OPERAÇÃO ABUTRE

Stephen W. Frey

OPERAÇÃO ABUTRE

TRADUÇÃO:
Cristina Laguna Sangiuliano Boa

2003

EDITORA BEST SELLER

Título original: *The Vulture Fund*

Coordenação editorial
Janice Flórido

Editores
Eliel Silveira Cunha
Fernanda Cardoso

Editoras de arte
Ana Suely S. Dobón
Mônica Maldonado

Revisão
Levon Yacubian

Editoração eletrônica
Dany Editora Ltda.

EDITORA NOVA CULTURAL LTDA.

EDITORA BEST SELLER
uma divisão da Editora Nova Cultural Ltda.
Rua Paes Leme, 524 - 10º andar - CEP 05424-010
Caixa Postal 9442 - São Paulo, SP
www.editorabestseller.com.br

2003

Impressão e acabamento:
RR DONNELLEY AMÉRICA LATINA
Tel.: (55 11) 4166-3500

A minha esposa, Lil,
e nossas filhas, Christy e Ashley.
Todo mundo merece um milagre.
Eu ganhei três.

PRÓLOGO

A MULHER RECOSTOU-SE no grande rochedo e ergueu os olhos para os milhares de galhos negros e totalmente desprovidos de folhas, acima de sua cabeça. Formavam milhões de formas geométricas complexas, como teias de aranha, contra as nuvens cinzentas de inverno que cobriam o céu. Ela estremeceu. A tarde já se aproximava do fim, e ela se sentia enregelada, cansada e faminta. Aquilo tudo fora um grande erro.

— Ei, acho que já sei onde estamos.

Lentamente, a mulher desviou o olhar das formas extraordinárias acima, até fixá-lo no homem que era seu marido havia três semanas. Ele estava agachado na neve, debruçado sobre um mapa topográfico, mordiscando uma barra de cereal. Não sabia onde estavam. Havia proclamado a mesma afirmação, no mínimo, uma vez a cada hora, desde a manhã daquele dia.

Três dias antes, eles haviam passado por um marco na Trilha dos Apalaches, sem percebê-lo. Desde então, vagavam, completamente perdidos, pelos recônditos mais remotos do oeste do Estado da Virgínia. Podiam estar tanto a um quilômetro da trilha como a vinte. Durante três dias, haviam subido e descido montanha após montanha, fazendo breves paradas em cada vale, apenas pelo tempo necessário para beber água do riacho que, inevitavelmente, corria junto ao pé de cada morro, antes de iniciar a próxima subida. Ela sacudiu a cabeça.

— Você não faz a menor idéia de onde estamos — retrucou. — Não entendo como pude deixar que me convencesse a fazer uma viagem como esta, para caminhar em trilhas de montanhas, em nossa lua-de-mel! Eu poderia estar deitada em uma praia de St. Thomas, neste exato momento, bebendo uma *piña colada*, servida por um amável garçom vestido de branco. Em vez disso, aqui estou eu, perdida em algum lugar ao norte de Sugar Grove, no oeste da Virgínia, congelando o meu traseiro.

— Um belo traseiro, aliás — o marido comentou com um sorriso.

— É mesmo? Pois saiba que não voltará a vê-lo, enquanto estivermos perdidos neste fim de mundo. Nas últimas três semanas, fizemos amor em cabanas com freqüência suficiente para eu nunca mais querer repetir a experiência.

Ela se curvou e massageou os joelhos doloridos.

O marido observou-lhe as mãos por um instante e, então, voltou a se concentrar no mapa.

— Dê-me apenas mais alguns minutos, para eu tentar localizar este ponto no mapa. Então, seguiremos viagem. Cuidarei para que esta noite estejamos de volta à trilha. É uma promessa.

A esposa gemeu, desolada. Não queria encontrar a trilha, e sim uma grande banheira cheia de água bem quente, e deitar-se nela por duas ou três horas.

— Só mais alguns minutos — o marido repetiu, como se falasse consigo mesmo.

A mulher se virou e começou a subir com cuidado pela lateral do enorme rochedo. Como era do tipo atlético, escalou com facilidade os dez metros de rocha. Do penhasco, a vista que se tinha dos Montes Apalaches era impressionante e, se não estivessem perdidos, ela teria apreciado intensamente aquela oportunidade. Contavam com uma boa quantidade de mantimentos, e não corriam perigo, mas, por alguma razão, ela se sentiu tomada pelo súbito desejo de voltar à civilização.

Mais adiante, ao norte, ela notou uma fenda artificial, aberta na encosta de uma colina.

— Deve ser uma velha mina de carvão — murmurou consigo mesma.

Cinco dias antes, o proprietário do pequeno mercado onde haviam parado para comprar suprimentos, em Sugar Grove, dissera que a mineração era, praticamente, a única atividade que mantinha empregados os habitantes daquela região. Dissera também que até mesmo aquela fonte de renda começava a secar. Ela desejou poder voltar no tempo, até o dia em que haviam comprado os suprimentos. Então, ela teria insistido para que alugassem o primeiro carro disponível e seguissem diretamente para o aeroporto mais próximo, de onde voariam para o Caribe.

Com um suspiro, retirou do bolso do casaco o pequeno porém potente binóculo, e levou-o aos olhos. Quase escondidas ao pé da montanha, perto da mina, ela avistou um grupo de construções razoavelmente grandes, que pareciam abandonadas, e em diferentes estágios de deterioração. A nuvem de condensação formada por seu suspiro ergueu-se diante das lentes. Ela já ia guardar o binóculo no bolso quando percebeu figuras movendo-se juntas, perto de uma das construções. Seu ânimo se renovou no mesmo instante. De um jeito ou de outro, haviam encontrado algum sinal de civilização. Ou, ao menos, pessoas que pudessem indicar-lhes como voltar a ela. Dentro de poucas horas, estariam longe daquele fim de mundo, a caminho de um clima mais quente.

Ajustando o foco das lentes, ela observou atentamente as figuras que caminhavam perto da construção. De repente, afastou o binóculo do rosto, para então voltar a posicioná-lo diante dos olhos. Cada uma das figuras movendo-se lá embaixo parecia empunhar uma arma. E não se tratava dos rifles de caça comumente usados pelos moradores locais dos sítios e fazendas. Filha de um caçador fanático por seu *hobby*, ela crescera em meio a armas, e sabia, sem sombra de dúvida, que aqueles não eram rifles de caça. Daquela distância não poderia afirmar, mas teve a impressão de serem armas de ataque.

— Jesus!

— Disse alguma coisa, querida? — o marido indagou, mais abaixo.

Ela guardou o binóculo no bolso do casaco e desceu do rochedo rapidamente. Cobriu os últimos metros com um único salto, aterrissando na neve macia. Seu marido se pôs de pé e, deixando o mapa aberto no chão, aproximou-se dela.

— Parece que... — ela começou, mas não pôde terminar a frase.

A bala entrou na cabeça de seu marido por trás e saiu pouco acima do olho direito. O crânio dele explodiu imediatamente, e fragmentos de massa encefálica, sangue e ossos espalharam-se nos galhos das árvores e na neve, como uma fina garoa vermelha. Enquanto ela olhava, petrificada de horror, o que havia restado do rosto do marido tombou para a frente, juntamente com o resto do corpo, caindo sobre a neve. Ela tentou gritar, mas não conseguiu emitir nenhum som. Era como se uma força sobrenatural e invencível subitamente apertasse sua garganta.

Quase imediatamente, outra bala cortou o ar frio com um zunido agudo, criando um eco assustador entre as árvores. A bala mal lhe arranhou o braço, mas, mesmo assim, sua força tremenda roubou-lhe o equilíbrio e lançou-a para trás, atirando-a na neve. Uma dor lancinante atravessou seu corpo.

— Ah, meu Deus! — ela gemeu, levantando-se com dificuldade.

Segurando a mão direita na esquerda, começou a correr para longe do local onde seu marido caíra. Quem quer que houvesse puxado o gatilho não o atingira por acidente. Nem a ela. A probabilidade de aquele segundo tiro tê-la acertado fora grande demais. Ela e o marido estavam a pelo menos cinco metros de distância um do outro. Não se tratava de um caso de engano de identidade, ou de um caçador empolgado, que os tivesse confundido com cervos, por exemplo. Os tiros haviam sido disparados para matá-los. Mas, por quê?

De repente, o chão pareceu desaparecer de sob seus pés, e ela rolou pela encosta. Lágrimas banharam suas faces. O rosto de seu marido estivera diante dela, sorridente, e então, no instante seguinte, explodira bem diante de seus olhos. Agora, tentavam alvejá-la. Ela podia senti-los atrás de si, podia sentir a perseguição. E sabia que estava deixando pegadas óbvias demais na neve, e que eles não teriam a menor dificuldade em localizá-la.

O tronco de uma árvore interrompeu sua queda de maneira abrupta, quando ela tropeçou na raiz. O impacto roubou-lhe o ar dos pulmões, mas ela mal se deu conta da dor. A adrenalina bombeada por todo seu corpo a anestesiava com eficácia.

Durante vários segundos, ela ficou deitada de lado, junto à árvore, imóvel, apertando o braço ferido contra o corpo, apurando os ouvidos em busca de quaisquer sons produzidos por seus perseguidores. Porém, tudo o que ouviu foi a brisa suave agitando levemente os galhos mais altos da floresta.

Finalmente, virou-se e deitou-se de costas, fitando o céu cinzento. Mais quinze minutos, e a semi-escuridão tornaria muito difícil a tarefa de seguirem seus passos, e a ajudaria a fugir. Se ela conseguisse chegar a um trecho do riacho que ainda não houvesse congelado, poderia caminhar pela água, sem deixar pegadas, e despistá-los. Suas botas eram à prova de água e a protegeriam da friagem. Então, ela voltaria à civilização. Conseguiria sair dali. Sim, conseguiria.

Com movimentos incertos, ela se levantou, usando a árvore como apoio, e recomeçou sua descida pela encosta, mantendo o equilíbrio da melhor maneira possível. Por diversas vezes, escorregou e caiu, deslizando por dez ou vinte metros em um segundo, aterrissando dolorosamente sobre o braço machucado. Mesmo assim, conseguiu não gritar, apesar da dor intensa, pois sabia que, se emitisse qualquer som, delataria sua posição imediatamente.

Finalmente, alcançou a base da montanha. Durante alguns minutos, ficou deitada junto a uma grande rocha, recuperando o fôlego e tentando detectar ruídos. Não ouviu nada, exceto o vento nas árvores. Talvez ela houvesse, de fato, conseguido escapar de quem quer que houvesse assassinado seu marido e ferido seu braço. Talvez eles houvessem perdido suas pegadas ao anoitecer. Talvez ela realmente tivesse conseguido despistá-los. No entanto, não podia arriscar. Tinha de seguir adiante.

No momento em que se pôs de joelhos, ela sentiu uma mão enorme envolver seu pescoço delicado. Aflita, sacudiu a cabeça, sem desviar os olhos do rosto escuro sob o gorro de lã preto, ao mesmo tempo que agarrou o punho forte com as duas mãos. As lágrimas voltaram a molhar suas faces.

— Por favor, não me faça mal! Ajude-me...

Ela baixou os olhos para os pequenos cristais de gelo alojados no espesso bigode negro. Então, voltou a fitar o homem com expressão de súplica.

Ele sustentou o olhar dela, impassível. Poderia partir aquele pescoço com uma só mão, mas isso seria um indício de que o trabalho fora realizado por um matador profissional. Tinha de fazer parecer que o casal havia caído numa emboscada de amadores, em busca de dinheiro e outros valores. Por um momento, ele pensou em levá-la até seus homens e deixar que eles a usassem para aliviar a tensão do treinamento estressante, antes de matá-la. Porém, afastou o pensamento depressa. Queria mantê-los concentrados. Afinal, fazia apenas uma semana que estavam na mina abandonada. Se começassem a se queixar, quando o final do treinamento estivesse próximo ele daria um jeito de acalmá-los.

— Não é nada pessoal — declarou com sotaque carregado, típico do Oriente Médio. — Você é apenas uma mulher com muita falta de sorte. Estava no lugar errado, na hora errada.

Então, colocou-a de pé com um gesto rude, forçou-a a girar, de maneira que lhe desse as costas, retirou do cinto a longa faca de caça e, mantendo o musculoso braço esquerdo firme em torno do pescoço dela, enfiou a lâmina serrilhada, de vinte e cinco centímetros de comprimento, através do casaco, atingindo-a no pulmão direito. Retirou a faca rapidamente e voltou a enfiá-la. Esfaqueou-a várias vezes, certificando-se de que a lâmina deslizasse por entre costelas diferentes, a cada golpe. E, várias vezes, enterrou a faca em partes do corpo onde sabia não haver nenhum órgão vital. Assim, um legista não reconheceria o trabalho de um profissional, quando o corpo fosse encontrado. Finalmente, deixou que ela tombasse na neve.

— Bom trabalho — elogiou seu imediato, que assistia à cena, recostado no tronco de um pinheiro. — Chega a parecer que você gosta de fazer isso.

O homem moreno resmungou algo incompreensível. Matar não era algo para se gostar ou não gostar. Era, simplesmente, para ser feito.

— Vamos carregá-la montanha acima, até onde está o outro. Então, voltaremos à base. Amanhã nós os levaremos para o sul, a oitenta quilômetros daqui, e deixaremos os corpos na Trilha dos Apalaches. Quando a polícia os encontrar, depois que a neve derreter, estaremos muito longe da base de treinamento. Se, por acaso, a polícia encontrar os corpos antes que deixemos este lugar, pensarão que o casal se deparou com um condenado fugitivo, à procura de dinheiro. — Fez uma pausa e olhou em volta. — Provavelmente, há alguns deles por aí.

1

Mace McLain entrou na sala de reuniões com passos calmos e decididos, tendo o cuidado de não transmitir nada além de autoconfiança para o diretor de um banco japonês, que se encontrava sentado na extremidade oposta da longa mesa. Na véspera, no último minuto, quando os documentos definitivos já estavam sendo assinados por todas as demais partes envolvidas na transação, o homem que agora se encontrava sentado à mesa da sala de reuniões tornara-se ganancioso, e suspendera a negociação de um bilhão de dólares, a um passo da linha final. Agora, os outros fornecedores de dinheiro, que incluíam investidores com capital próprio, companhias de seguro e outros bancos comerciais, ameaçavam desistir do negócio, uma atitude que poria a perder a comissão sobre investimentos bancários de Mace, calculada em sete milhões de dólares, além de tornar irrelevantes os seus seis meses de trabalho árduo.

O homem levantou-se quando Mace se aproximou.

— Bom dia, sr. Tashiro — Mace cumprimentou com voz calma e neutra.

— Bom dia, sr. McLain — Tashiro replicou com acentuado sotaque japonês.

Mace exibiu um breve sorriso, compreendendo que a intensidade do sotaque era cuidadosamente forçada. Às vezes, os japoneses exageravam seu sotaque durante negociações comerciais difíceis, a fim de poder alegar não compreender algum ponto crítico devido à barreira da língua. Tashiro, porém, trabalhava na filial de Nova York do Osaka Trust havia três anos, conforme

Mace soubera através de sua pesquisa detalhada, e se tentasse usar a desculpa esfarrapada da barreira do idioma, Mace o arrasaria de imediato. Quando se cumprimentaram com um aperto de mãos, Mace notou que a do outro homem estava úmida de nervosismo. Mace riu consigo mesmo. Tashiro tinha motivos de sobra para estar nervoso.

— Por favor, sente-se, sr. Tashiro.

O japonês curvou-se várias vezes, com movimentos rápidos, mas não se sentou de imediato, preferindo esperar que Mace desse a volta na mesa imensa, até a cadeira diretamente a sua frente. Então, Tashiro retirou do bolso um cartão impresso em inglês de um lado e em japonês do outro, deslizou-o sobre o mogno encerado na direção de Mace e sentou-se.

Mace apanhou o cartão e guardou-o no bolso da camisa, para então depositar sua agenda de capa de couro sobre a mesa e acomodar-se calmamente na cadeira. Era ridículo eles se sentarem em lados opostos, separados por três metros de madeira, em uma sala suficientemente grande para abrigar uma reunião de diretoria da IBM. No entanto, era assim que os japoneses gostavam de conduzir seus negócios, e Mace precisava do dinheiro de Tashiro. Por isso, submetia-se às regras do jogo.

— Acredito que nossa recepcionista tenha lhe oferecido alguma coisa para beber.

— Sim, ela ofereceu, mas eu não quis. Obrigado. — Tashiro tentou imitar a postura tranqüila de Mace, mas não conseguiu. — Obrigado — repetiu, mais para acalmar a si mesmo do que qualquer outra coisa.

Tashiro olhou em volta, examinando a sala imponente e bem decorada, um monumento ao capitalismo americano. De todos os ângulos, os olhos escuros dos homens de expressão severa, todos eles sócios, há muito tempo falecidos, da Walker Pryce & Company, a empresa de investimentos bancários para a qual Mace McLain trabalhava, fitavam-no dos retratos pendurados nas paredes. Belíssimas cadeiras estofadas mobiliavam o luxuoso recinto, e um imenso lustre de cristal pendia do teto, diretamente acima de Tashiro, como uma horrível guilhotina. De repente, ele sentiu saudade do ambiente monótono e estéril do Osaka Trust.

— Sr. Tashiro, estamos trabalhando nessa transação há seis meses. — Mace inclinou-se para a frente, sobre a mesa. Seus olhos se estreitaram, e sua voz tornou-se ligeiramente mais enérgica que antes. — Por que escolheu o último minuto para identificar um problema? Meu cliente não está nada satisfeito.

Mace sabia exatamente por que Tashiro escolhera aquele momento para fazer sua queixa, mas queria vê-lo suar. Sabia que os japoneses abominavam perguntas diretas.

Tashiro recuou na cadeira, à medida que Mace inclinava-se para a frente. Os americanos eram diretos demais. Diziam exatamente o que tinham para dizer, ao contrário de seus compatriotas, que muitas vezes rodeavam um assunto durante horas, discutindo questões irrelevantes, apenas para testar possíveis fraquezas do oponente.

— Eu não diria que seja um problema, mas sim uma questão que precisa ser resolvida.

Grande diferença, Mace pensou. Uma questão que precisava ser resolvida *era* um problema. Sua expressão, porém, não exibiu qualquer sinal de irritação ou frustração, mas apenas a calma estóica.

— Sr. McLain, eu apenas não estou certo de que os acordos sobre impostos funcionem como o senhor diz. E, se não funcionarem assim, e se os juros obtidos pelo Osaka Trust não forem isentos de impostos, meu banco, na verdade, perderá dinheiro com esse empréstimo.

Mace fitou Tashiro nos olhos. O japonês sabia muito bem que os acordos eram reais e sólidos, e que a transação era perfeitamente segura. Contavam com um parecer detalhado sobre a viabilidade da estrutura, fornecido pelo escritório de Washington da Jones Day, a conhecida e respeitada firma de advocacia de Cleveland.

Tashiro sabia de tudo isso, mas também sabia que Mace McLain precisava do Osaka Trust para finalizar a negociação. Sabia que, sem o Osaka, o grupo de bancos não atingiria o mínimo de participação japonesa estipulado nos acordos, e a transação se tornaria inviável. Pelo menos, era o que ele acreditava.

Mace inspirou lenta e profundamente. Tashiro pretendia manter suspensas as negociações até conseguir melhores taxas de juros. Mas, se Mace concedesse a ele taxas mais altas, teria de fazer o mesmo com todos os outros bancos. Então, os fundos de pensão e as companhias de seguro descobririam a novidade e começariam a exigir melhores condições também. Uma irreversível reação em cadeia teria início, e tudo cairia por terra.

— E como o senhor sugere que resolvamos essa questão, sr. Tashiro?

Tashiro ajeitou os óculos e, com os cotovelos apoiados nos braços da cadeira, cruzou as mãos diante da boca e encarou Mace. Ao que parecia, McLain estava disposto a negociar. Tashiro sorriu por detrás das próprias mãos. Seu medo dissipou-se, dando lugar ao alívio.

No momento em que ele abria a boca para falar, uma grande porta situada na extremidade oposta da sala se abriu com um estrondo. Mace e Tashiro viraram-se na direção da comoção no mesmo instante. Sherman Stevens, um sócio da Walker Pryce & Company, entrou na sala com passos apressados.

— Jesus Cristo, Mace! Procurei por você em toda parte! — Stevens não deu a menor atenção ao executivo japonês sentado diante de Mace. — A maldita transação da WestPenn está desmoronando. A Norfolk Southern vai cobrir nossa oferta de preço pelas ações da WestPenn. Isso não pode estar acontecendo. Preciso fechar esse negócio! — Stevens esbravejou.

Mace lançou um olhar para Tashiro, que parecia completamente perplexo.

Os olhos de Mace voltaram a se fixar em Stevens. O rosto do homem mais velho apresentava uma tonalidade escarlate, e seus cabelos estavam desgrenhados. Mace sacudiu a cabeça de leve. Stevens era um sócio, e Mace, apenas um consultor sênior. Supostamente, um sócio era sócio porque era capaz de se sair bem em situações de pressão, comuns quando as negociações chegavam à reta final. No entanto, ali estava Stevens, parado diante de

Mace como um associado inexperiente e recém-contratado, incapaz de raciocinar com clareza porque uma polpuda comissão parecia estar escapando por entre seus dedos e, como resultado, ele talvez não pudesse comprar a casa de veraneio em Grand Cayman, que tanto cobiçava.

Mace levantou-se e virou-se para Tashiro.

— Peço-lhe desculpas. Por favor, me dê licença por um instante.

Tashiro praticamente pulou da cadeira, assentindo com a cabeça e curvando-se ao mesmo tempo, sem saber ao certo o que se passava. Suspeitou que Mace estivesse recorrendo a uma encenação teatral para intimidá-lo, mas não queria insultar Stevens, caso este realmente fosse o responsável pela interrupção.

— Sente-se, por favor. Estarei de volta dentro de um minuto — Mace disse a Tashiro.

Tashiro obedeceu imediatamente.

Mace virou-se para Stevens.

— Venha comigo, Sherman — falou com firmeza, quando passou pelo homem mais velho.

Deixou a sala de reuniões e entrou em uma outra, menor, no final do corredor, seguido de perto por Stevens. Ao que parecia, mais uma negociação ameaçava não se concretizar. O que mais poderia acontecer, naquela manhã?

Fazia nove meses que Mace e Stevens trabalhavam juntos na aquisição da WestPenn, uma companhia ferroviária de pequeno porte, que operava seiscentos e cinqüenta quilômetros de ramais curtos e sem tráfego regular, no oeste da Pensilvânia e leste de Ohio. Agora, subitamente, a imensa companhia ferroviária Norfolk & Southern Railroad entrava em cena, prestes a arrematar as ações da WestPenn, justamente quando a Walker Pryce se encontrava a um passo de completar a transação.

Com passos rápidos e movimentos decididos, Mace fechou a porta assim que Stevens entrou na sala. Não se preocupou em sentar-se.

— Como ficou sabendo da oferta da Norfolk? — perguntou à queima-roupa.

— Não posso dizer — Stevens retrucou em tom subitamente agressivo.

Mace esmurrou a parede.

— Jesus Cristo! — exclamou Stevens, encolhendo-se. — Qual é o seu problema?

Mace ignorou-o.

— Como descobriu? — repetiu a pergunta, elevando ligeiramente a voz.

Stevens hesitou. Revelar fontes de informações no mundo dos investimentos bancários era algo que não se fazia sem pensar duas vezes. Mas, diante do olhar penetrante de Mace, ele cedeu.

— Peter Schmidt, da Morgan Stanley, telefonou para mim. Eles vão representar a Norfolk Southern.

Mace fitou-o por um instante e, então, soltou uma risada.

— Aquele sujeitinho incompetente! Ele está apenas tentando arruinar a nossa transação. A Norfolk Southern não quer, de fato, a WestPenn, que não teria lugar na estratégia da Norfolk. Meu palpite é que Peter deve ter convencido os sócios mais antigos da Norfolk a fazer uma oferta, só para ele poder se colocar em nosso caminho. Peter ainda não nos perdoou por ter perdido aquele finaciamento da Black and Decker para nós, há dois anos.

— Bem, não importa por que ou como ele fez isso. O que importa é que ele fez!

Mace virou-se, apanhou o telefone de uma pequena mesa de canto e discou um número. Uma secretária atendeu.

— Peter Schmidt, por favor — Mace falou com voz firme.

— Peter Schmidt. — O agente de investimentos da Morgan Stanley atendeu a ligação um instante depois de a secretária ter deixado Mace esperando na linha. Seu tom de voz era seco.

— Aqui fala Mace McLain.

— Olá, Mace. — A voz de Schmidt tornou-se subitamente arrastada e sarcástica.

Mace fez uma careta. Podia ver Schmidt reclinando-se em sua poltrona, os lábios se curvando em um sorriso satisfeito e antipático.

— Sherman acaba de me informar que você está representando outro interessado na WestPenn.

— Isso mesmo, meu caro — Schmidt confirmou com ironia.

— A Norfolk não quer a WestPenn, e você sabe disso, Peter.

— Sim, mas fiz com que pensassem que querem. E isso é tudo o que conta.

— E quanto à subscrição de títulos de três bilhões de dólares, do Aeroporto Chengtu, na China, a ser lançada no mercado ainda este ano? — Mace rebateu sem vacilar. — As comissões envolvidas nessa transação serão fabulosas, para não mencionar o enorme prestígio. Isso também conta?

Schmidt hesitou, incerto sobre as intenções de Mace.

— O que está querendo dizer?

— Como você deve saber, a Walker Pryce foi nomeada a principal subscritora nessa transação, pelo governo chinês. E nós selecionamos a Morgan Stanley como co-subscritora. Por termos sido tão generosos, a Morgan Stanley tem garantida uma comissão substancial, além de um aumento no número de negócios na China, que todos nós sabemos não ter sido um mercado fácil para vocês penetrarem. Mas não é tarde demais para mudarmos de idéia e escolhermos, digamos, a Goldman Sachs para nos assistir. Você não gostaria que seu presidente soubesse que a Morgan perdeu a negociação Chengtu para a Goldman Sachs por causa da WestPenn, por sua causa. Gostaria que isso acontecesse, Peter?

Houve um longo momento de silêncio do outro lado da linha. Finalmente, Schmidt falou:

— Vocês precisam de nós na transação Chengtu.

Sua voz, porém, não transmitiu firmeza.

— Não, não precisamos — Mace replicou de pronto.

Mais uma vez, silêncio.

— Desista, Peter. Tire a Norfolk Southern desse negócio — Mace sugeriu.

Após mais alguns segundos de silêncio, Schmidt finalmente sussurrou ao telefone:

— Está bem.

Mace desligou imediatamente, sem sequer se despedir de Schmidt. Então, virou-se para Stevens e estalou os dedos.

— Não há mais Norfolk Southern em nosso caminho. Feche o negócio da WestPenn, Sherman. Agora! Antes que mais alguém entre no baile e tente roubar nossa parceira de dança.

Com isso, saiu da sala, deixando o sócio para trás.

Stevens estreitou os olhos, observando Mace retirar-se da sala de reuniões. O garoto era bom. Não havia como negar. Mas, às vezes, era um bocado arrogante, também. Mace tinha de compreender a necessidade de demonstrar respeito para com um sócio, de curvar-se e beijar a mão de seus superiores. Stevens disse para si mesmo que não podia se esquecer de mencionar o problema na próxima reunião de sócios.

Tashiro levantou-se quando Mace voltou à sala de reuniões.

— Sente-se — Mace murmurou. Já era tempo de finalizar aquela transação. Em vez de retomar seu lugar diante de Tashiro, deu a volta na mesa e foi sentar-se ao lado do executivo japonês. Fitou-o diretamente nos olhos. — A verdade é que o seu verdadeiro problema é o preço, não a preocupação com a viabilidade da estrutura. O que está tentando fazer é me pressionar para obter lucros mais altos, na última hora, porque pensa que pode fazer isso.

Tashiro engoliu em seco.

— Está enganado, sr. McLain.

— Não, não estou — Mace retrucou. — Trata-se de um negócio altamente lucrativo, exatamente como está estruturado no momento, sr. Tashiro. Não há nenhuma justificativa para um aumento no preço. Tenho outro banco pronto para entrar na negociação, caso o senhor desista. — Fez uma pausa. — E, se o senhor recusar esta oportunidade, tenha certeza de que a filial do Osaka Trust em Nova York nunca mais fará qualquer outro negócio com a Walker Pryce & Company.

Manteve os olhos fixos nos de Tashiro. Não havia nenhum outro banco interessado na transação, àquela altura. O Osaka era a sua única opção. O que estava fazendo era, pura e simplesmente, um blefe. Mas Mace era um jogador de pôquer muito hábil.

Em questão de segundos, Tashiro já não queria mais continuar com aquele jogo. Aparentemente Mace estava blefando, mas os olhos do jovem a sua frente afirmavam o contrário. Tashiro sentiu o suor molhar sua camisa engomada. Tratava-se, de fato, de um negócio muito lucrativo, exatamente como fora estruturado. E o Osaka Trust ganharia uma alta quantia em dinheiro com aquele empréstimo, assim como acontecera com tantos outros negócios que a Walker Pryce havia lhes oferecido, ao longo dos últimos anos. Se ele insistisse na elevação do preço, e Mace realmente tivesse um outro banco japonês interessado, a fonte de bons negócios representada pela Walker Pryce certamente secaria. O que não deixaria seus superiores no Japão nada felizes.

Devagar, quase como se fosse um processo doloroso, Tashiro voltou a encarar Mace.

— Muito bem, fecharemos o negócio como foi estruturado.

Mace inspirou profundamente e ergueu uma sobrancelha.

— Bom — murmurou com toda a calma. — Sugiro que volte ao seu escritório e assine os documentos necessários. Imediatamente.

Mace levantou-se assim que terminou de falar.

Tashiro também se pôs de pé, parecendo ligeiramente desajeitado. Depois de curvar-se mais uma vez, o executivo japonês apanhou sua maleta e saiu.

Mace observou-o desaparecer no corredor e, então, soltou uma risada suave e satisfeita, ao mesmo tempo que se encaminhava para a janela que dava vista para Wall Street, vários andares abaixo. Lançou um olhar rápido para as nuvens escuras, carregadas de neve, que cobriam o céu de janeiro, para então consultar o relógio. Onze horas. Duas negociações estavam de volta aos seus trilhos, gerando comissões milionárias. Mesmo assim, ainda havia tempo de sobra no dia para algo dar errado em uma de suas outras seis transações.

Virou-se para sair. Havia muito que fazer. E o dia seguinte seria curto, pois ele teria de deixar o escritório mais cedo, a fim de dar uma aula na Universidade de Colúmbia. Às vezes, as horas do dia eram, simplesmente, insuficientes.

— Obrigado por ter vindo, esta noite. Sei que é difícil para você comparecer a estas reuniões, mas, como deve saber, o total sigilo é essencial, dada a minha posição.

Lewis Webster fitou o homem por um momento antes de assentir, como se não fosse problema algum percorrer tamanha distância, àquela hora da noite. Sentia-se mortificado por agir com tanta deferência, mas não tinha escolha. Não cooperar, não assumir o risco enorme que aquele homem lhe impunha, significaria uma longa sentença na prisão. Isso havia ficado perfeitamente claro. E tal pena não seria cumprida em uma penitenciária de segurança mínima, designada a criminosos de colarinho branco. Ele apodreceria juntamente com capangas da máfia e assassinos psicopatas, até o dia de sua morte. Isso também havia ficado claro.

— Aceita um sanduíche, sr. Webster? — o homem ofereceu, apontando para as fatias finas de rosbife e presunto, cuidadosamente dispostas em uma bandeja sobre a mesinha junto à porta da suíte do hotel.

Webster sacudiu a cabeça. Estava faminto, mas seu desejo de encerrar aquele encontro excedia em muito a sua fome. Encarou o homem a sua frente, tentando disfarçar o ódio que sentia... além do medo. A situação fora exposta a ele de maneira fria e detalhada no último encontro, um mês antes. Ele, Lewis Webster, sócio sênior da Walker Pryce & Company, um dos mais proeminentes bancos de investimentos de Wall Street, era culpado de chantagem, fraude e manipulação ilegal de contas de clientes. Se fosse condenado, receberia uma sentença de, no mínimo, trinta e um anos de prisão. Portanto, como já tivesse sessenta e dois anos de idade, a probabilidade de ele voltar a ser um homem livre antes de morrer era, praticamente, nula. E ele seria condenado, sem a menor sombra de dúvida. O homem fizera questão de lhe mostrar as evidências.

Webster apertou com força o braço da poltrona. Mas havia uma alternativa. Uma alternativa muito boa, dissera o homem. Ah, como Webster detestava as maneiras educadas e gentis do sujeito! Webster poderia cooperar. Poderia tornar certos recursos da Walker Pryce disponíveis. Se as coisas corressem conforme o que fora planejado, a recompensa seria enorme, na casa dos bilhões. A Walker Pryce ficaria com parte desses bilhões e, sendo sócio sênior, Webster era proprietário de grande parte da firma. Portanto, seria pessoalmente beneficiado. Mais importante, continuaria sendo um homem livre. Não teria de enfrentar o isolamento do mundo, celas infestadas de piolhos, surras e estupros. Webster estremeceu diante de tal pensamento.

— Está se sentindo bem? Acha que está frio demais, aqui dentro? Peço desculpas. Vou aumentar a temperatura do ar condicionado. Acontece que gosto muito do frio.

O homem sorriu e começou a se levantar.

— Não, não. Está bem assim — Webster falou depressa, agitando uma das mãos.

O homem voltou a se sentar, ainda sorrindo. Sabia por que Webster não queria comer, assim como sabia por que um tremor sacudia seu corpo com certa freqüência. Reconhecia o medo na expressão de Webster. O homem riu consigo mesmo.

— Teve oportunidade de considerar o que conversamos em nosso último encontro?

— Sim — Webster sibilou de pronto, ansioso para que tudo aquilo terminasse.

— E?

Webster olhou para o ar condicionado. Estava mesmo frio, dentro da suíte.

— Não creio que eu tenha alternativa. Sabe disso melhor do que eu. Só não entendo por que demoramos um mês para voltar a nos encontrar.

— Por duas razões. Primeiro, tenho uma agenda muito atribulada. Assim como Nova York e seus bancos de investimentos, Washington e sua política jamais descansam. Segundo, eu queria que o senhor tivesse a chance de refletir cuidadosamente sobre o que eu lhe disse em nossa última conversa. Trata-se de uma decisão extremamente importante, essa que vai tomar.

— Já refleti o suficiente.

O homem inclinou-se para a frente com movimentos lentos, até ficar muito perto de Webster.

— E está disposto a selar o nosso acordo? — inquiriu em um sussurro.

Webster examinou-lhe o semblante: forte e calmo, refletindo o tremendo poder que ele possuía, e o poder ainda maior que desejava alcançar.

— Sim, estou.

— Tem certeza?

— Absoluta.

— Sabe que, caso o plano dê errado, é você quem vai sofrer as conseqüências, não eu. — Sem esperar por um comentário, prosseguiu: — E, se tentar alertar alguém, ou transmitir essas informações para meus inimigos, na melhor das hipóteses, passará muitos e muitos anos na prisão. Na pior das hipóteses, bem...

Quando o homem tornou óbvia a sua ameaça, os sentimentos de ódio e medo que tomavam conta de Webster fundiram-se em apenas medo, um medo profundo, físico, que ele jamais experimentara antes.

— Eu compreendo. — Webster fechou os olhos por um longo momento. — Meu problema é que a maioria dos sócios da Walker Pryce quer tornar a sociedade pública. Agora. Acreditam que este seja o momento certo para isso. E se as ações da Walker Pryce forem lançadas no mercado, não haverá a menor possibilidade de eu convencer os novos acionistas a reunir o capital que você quer, ou a utilizar os rendimentos desse fundo como você pretende usá-los.

— Basta você convencer seus sócios de que ir a público, a esta altura, não é uma boa idéia. Muito simples.

— Não é tão fácil — Webster sussurrou.

— A decisão de ir ou não a público será tomada pelo comitê executivo da Walker Pryce. Não foi o que você me disse, em nosso último encontro?

— Sim.

Webster baixou os olhos para o chão.

O homem abaixou-se devagar e apanhou dois grandes envelopes pardos que se encontravam apoiados no pé da cadeira. Estendeu-os para Webster.

— Isto vai ajudar.

Com um sorriso, retirou lentamente os dedos dos envelopes.

2

— PRONTOS? ATACAR! Op, op, op! — o capitão gritou para os vinte e cinco homens da Terceira Unidade de Ataque.

No mesmo instante, eles atravessaram um dos quatro portões principais das imponentes instalações de armazenamento de gás líquido natural, no centro de Los Angeles. O capitão se preparou para as explosões de minas que os terroristas talvez houvessem conseguido colocar diante dos portões, mas elas não aconteceram. Deu graças a Deus por terem sido capazes de reagir tão rapidamente à crise, menos de uma hora depois de o armazém ter sido invadido, impedindo assim que os terroristas tivessem tempo para se entrincheirar.

Assim que os homens entraram nas instalações, o som das metralhadoras automáticas encheu o ar. Atiradores posicionados em edifícios do outro lado da rua dispararam sem dó contra a fachada do edifício da administração do armazém, a fim de dar cobertura às unidades de ataque.

No topo do edifício da administração, um terrorista se ergueu para disparar contra as unidades de ataque uma rajada de balas Black Rhino, capazes de atravessar os coletes de aço como se estes fossem de papel. Porém, antes que a figura encapuzada pudesse sequer pressionar o gatilho de sua arma, foi alvejado por um atirador de elite, posicionado na porta entreaberta de um helicóptero escuro, que pairava no céu da noite, a centenas de metros do edifício. O homem foi atirado para trás, pela força das balas que o atingiram. Rodopiou e cambaleou, até tombar morto no telhado.

Outros quatro terroristas se ergueram de suas posições protegidas no telhado, para atirar. Três foram mortos instantaneamente pelos atiradores de elite nos helicópteros. Mas, por um momento, o quarto homem escapou do fogo cerrado e conseguiu disparar várias rajadas para baixo. Seis integrantes das unidades de ataque foram atingidos quando corriam na direção do armazém principal, onde os imensos tanques de gás líquido natural comprimido erguiam-se, um ao lado do outro. Ou seja, onde estavam as enormes bombas, que pediam para ser detonadas. No instante seguinte, o terrorista no telhado, que conseguira escapar momentaneamente dos tiros vindos do helicóptero, foi atirado para trás. Estava morto.

Através de seus óculos especiais para visão noturna, o capitão da Terceira Unidade de Ataque avistou os homens da Primeira, Segunda e Quarta Unidades convergindo para o armazém principal, vindos de seus pontos de entrada, nos outros três portões. O tiroteio inofensivo, se é que alguma bala de metralhadora podia ser chamada assim, poderia ser um grande problema. Os homens estavam agindo, em grande parte, sob o efeito da adrenalina e dos instintos, e alguns deles poderiam atirar em qualquer coisa, àquela altura, apesar do treinamento intenso a que se submetiam todos os dias, na preparação para enfrentar situações exatamente como aquela.

De repente, o som de um foguete Diamondback, uma nova arma desenvolvida pelos iraquianos, cortou o ar.

— Protejam-se! — o capitão gritou.

Embora não houvesse visto o míssil ser lançado, havia reconhecido o zunido sinistro instantaneamente. Os homens atiraramse no chão, lançando o peito à frente, quase ao mesmo tempo que o foguete passava em disparada acima deles. Segundos depois, colidiu com o asfalto da rua, do outro lado do muro que cercava as instalações, detonando em uma explosão de fogo. Estilhaços mortais lançaram-se adiante, na mesma velocidade do míssil, destruindo as janelas dos edifícios na extremidade oposta do bulevar.

Ora, os terroristas não eram bem treinados no lançamento de mísseis, pensou o capitão, enquanto gritava ordens para que seus homens seguissem em frente. Eles deveriam ter se certificado de que o foguete atingisse o solo em frente às unidades de ataque. Assim, os estilhaços metálicos, afiados como navalhas, provocariam um grande número de baixas.

Os homens da Segunda Unidade mudaram subitamente de rumo, desviando-se na direção do edifício da administração, de onde o Diamondback fora lançado. Mais uma pequena explosão brilhante iluminou uma janela do segundo andar do edifício. Em seguida, outro Diamondback cortou o ar. Dessa vez, a mira foi mais certeira, e atingiu o cimento bem em meio aos homens que corriam. Sete homens da Quarta Unidade caíram no chão. Quase imediatamente, a janela do segundo andar, de onde o foguete fora lançado, explodiu em uma bola de fogo. Granadas atiradas pela Segunda Unidade de Ataque destruíram completamente a janela, deixando um imenso buraco em seu lugar. Três outras explosões se seguiram em rápida sucessão, uma vez que os mísseis Diamondback ainda não disparados pelos terroristas foram detonados pelas explosões das granadas. Mesmo estando a sessenta metros de distância, o capitão sentiu o calor intenso.

Estavam muito perto do alvo. Faltavam uns poucos metros, agora. Sessenta e seis homens, o que restava da Primeira, Terceira e Quarta Unidades, encontraram-se em uma das extremidades do primeiro tanque de armazenamento. Os homens da Segunda Unidade haviam entrado no edifício da administração à procura de outros possíveis terroristas, depois de terem derrubado os lançadores de mísseis. No momento em que as tropas alcançaram o armazém, o capitão da Terceira Unidade avistou dois terroristas na escuridão. Estavam ajoelhados na extremidade mais distante de um dos tanques, a cem metros de distância, tentando freneticamente instalar alguma coisa na base da estrutura. Embora não pudesse ver exatamente em que eles estavam concentrados, o capitão podia muito bem imaginar.

— Ali! — o capitão gritou e apontou para os terroristas, ao mesmo tempo que liderava o restante dos homens na direção dos alvos.

Ele sabia que os terroristas estavam tentando armar uma bomba que, se instalada ao tanque e detonada, incineraria instantaneamente a maior parte do centro de Los Angeles, em uma medonha e gigantesca bola de fogo. Para que os planejadores urbanos eram pagos, afinal? Como podiam deixar instalações como aquela desprotegidas, nos dias de hoje?

Mantendo os olhos fixos nos dois terroristas, o capitão continuou correndo, admirando de certa forma a devoção absoluta que aqueles homens dedicavam a sua missão, a disposição de morrer apenas para poder matar os outros. Apenas para registrar sua fé. Nada restaria deles, caso o tanque explodisse. Era suicídio, o capitão pensou, mas eles não se importariam se tivessem de morrer. Haviam sofrido uma lavagem cerebral e acreditavam que iriam para um lugar melhor depois que morressem. Como se podia combater esse dogma, se eles acreditavam piamente no que lhes era ensinado?

O capitão continuou correndo. Não havia tempo para tentar desvendar os mistérios da religião de outro homem. A bomba poderia explodir a qualquer momento.

Estava a cinqüenta metros, agora. Perto o bastante para atirar. Existia o risco de as balas detonarem a bomba, ou o próprio tanque, mas teriam de correr esse risco, ele pensou. Talvez não lhes restasse tempo algum.

No momento em que o capitão diminuiu a velocidade de sua corrida para atirar, um dos terroristas virou-se para as tropas e descarregou a munição de seu rifle automático. Minúsculas explosões de luz branca foram cuspidas da arma que ele empunhava. O capitão caiu, instantaneamente paralisado do pescoço para baixo por quatro balas. Atingiu o asfalto com força. Com um esforço enorme, ergueu a cabeça uma última vez e viu os dois terroristas serem mortos por uma verdadeira chuva de balas. Os Wolverines haviam vencido. Alguns estavam mortos, mas haviam salvo da devastação a maior cidade do país. O capitão sentiu o sangue encher seus pulmões, a garganta, a boca. Sua face pousou no asfalto sujo.

3

Os cabelos escuros caíam, descuidados, em torno do rosto delicado, em camadas de diferentes tonalidades. Emolduravam a pele perfeita, os lindos olhos azuis, as faces bem desenhadas e os lábios carnudos, que se curvavam em sorrisos rápidos e sedutores, enquanto os homens sentados ao redor flertavam com ela. E, embora a maior parte do corpo dela estivesse fora de suas vistas, devido aos numerosos admiradores e à mesa atrás da qual ela se sentava, Mace não tinha dúvida de que o resto daquela mulher era tão tentador quanto o que ele podia ver. Rapidamente, ele desviou o olhar. Seus olhos haviam se fixado nela por tempo demais.

De sua posição privilegiada, no alto do anfiteatro, Mace estudou os noventa rostos da classe de Administração da Universidade de Colúmbia. Situada em Manhattan, relativamente perto do centro financeiro mais famoso do mundo, a Colúmbia era, sem sombra de dúvida, a melhor faculdade de administração do país, sempre contando com estudantes brilhantes e dinâmicos, em todas as áreas. Depois de dois anos de estudos intensos, a maioria deles se formava com uma dívida de setenta e cinco mil dólares ou mais, e um pedaço de papel atestando que aquele novo profissional era mestre nas artes da administração. O que, no mundo real, não valia absolutamente nada. Por outro lado, muitos daqueles mesmos alunos se formavam com empregos que lhes rendiam salários de seis dígitos.

Os que pretendiam tentar obter cargos na área de marketing de empresas como Procter & Gamble, Philip Morris, ou qual-

quer outra grande companhia de produtos de consumo, sentavam-se na primeira fila, porque eram exageradamente entusiásticos, e acreditavam ser mais fácil se vender ao professor se estivessem fisicamente mais próximos dele. Aqueles que cobiçavam os altos salários pagos pela McKinsey & Company, Bain, ou qualquer outra conceituada firma de consultoria, ocupavam a segunda fila, pois assim podiam encarar o professor no mesmo nível, e porque achavam que seriam mais convincentes estando no meio da classe, no meio do povo, por assim dizer. Os engenheiros sentavam-se na terceira fila, porque os demais lugares já estavam ocupados quando eles chegavam, sempre na hora exata do início da aula, e não tinham tempo para joguinhos mentais. Estavam lá para aprender, não apenas para ter um diploma.

A fileira do céu, como os alunos haviam carinhosamente apelidado a quarta e mais alta fila da classe, era geralmente ocupada pelos lobos que sonhavam com Wall Street depois da formatura. De lá, era capazes de interferir nas discussões com oportunismo e só corriam o risco de ter suas opiniões atacadas de baixo, de posições inferiores, nas quais os outros alunos tinham de se virar desconfortavelmente em suas cadeiras para encará-los. Na fileira do céu, era possível preparar-se para a aula seguinte, sem ser facilmente notado pelo professor. E, de lá, podia-se zombar das tentativas frustradas de colegas de responder às perguntas do professor, sem ser tão óbvio. Os ocupantes da fileira do céu, inteligentes, paranóicos e tremendamente cínicos, eram os futuros agentes de investimentos.

Mace sabia muito sobre a divisão dos lugares nas classes do curso de mestrado, assim como as expectativas de carreira de tais alunos, porque havia se formado na Faculdade de Administração de Colúmbia apenas quatro anos antes, para então passar a fazer parte do Grupo de Consultoria em Negócios Imobiliários da Walker Pryce. Talvez sua carreira em Wall Street estivesse progredindo melhor do que a maioria de seus ex-colegas de classe porque ele não seguira a tradição de sentar-se na fileira mais alta. Mace preferira ficar entre os engenheiros, na terceira fila, e aprender alguma coisa.

Com uma indiferença estudada, Mace estabeleceu contato visual com cada um dos alunos na fileira do céu. Examinava sem pressa cada rosto, enquanto eles conversavam entre si, de maneira que, quando seus olhos voltassem a se fixar na linda jovem, seu interesse por ela não fosse óbvio. Enquanto o aluno que ele encarava não lançasse um olhar em sua direção, como todos acabavam fazendo, Mace não desviava o olhar para o colega seguinte. Uma das razões pelas quais ele sacrificaria duas noites por semana para ministrar as aulas de finanças no ramo imobiliário daquele semestre era o fato de que a Walker Pryce estaria um passo adiante dos outros bancos de investimentos de Nova York, no recrutamento dos melhores e mais promissores formandos da Colúmbia. Portanto, fazia sentido tentar memorizar cada rosto, antes que a temporada oficial de recrutamento tivesse início, dali a três semanas, no início de fevereiro.

A classe estava lotada porque os alunos sabiam qual era o motivo da presença de Mace ali: descobrir quem eram os melhores. No fundo, cada um deles, mesmo aqueles que já trabalhavam como consultores, alimentavam a fantasia de se tornar agentes de investimentos. Os salários eram, simplesmente, fantásticos.

Finalmente, os olhos de Mace voltaram a pousar sobre a beldade. Ele observou a maneira como os olhos dela se moviam, neutros porém sedutores, de um para outro de seus admiradores. Notou os sorrisos fáceis que lhe curvavam os lábios, dando-lhe aparência de sinceridade e, ao mesmo tempo, incentivando os homens a se curvar ainda mais diante dela. De repente, Mace deu-se conta de que ela também o observava. Não se tratava do olhar dissimulado que os outros haviam lançado. Não havia qualquer tentativa da parte dela em esconder suas intenções, como a maioria dos alunos fazia. Ela fitava Mace, simplesmente.

Mace continuou a encará-la durante alguns segundos, para então baixar os olhos para o nome escrito na placa de identificação afixada no tampo da mesa. Rachel Sommers. O nome lhe soava vagamente familiar. Mace tentou localizá-lo na memória, mas não conseguiu. Lentamente, seus olhos voltaram a subir, passando pelo suéter largo, até voltar a se fixar nos dela, azuis como

o céu de verão. Os lábios generosos se curvaram no sorriso que Mace vira antes, mas desta vez ela inclinou a cabeça para o lado, deixando claro que estava consciente de ter sido identificada.

— Muito bem... Vamos fazer silêncio! — gritou Charlie Fenton, reitor da Faculdade de Administração, ao mesmo tempo que golpeava de leve a mesa da plataforma com seu inseparável cachimbo. — Agora!

No mesmo instante, o burburinho de trinta conversas diferentes evaporou. Mace sorriu para o cavalheiro de cabelos prateados que observava seus alunos. Ao que parecia, Charlie não mudara. Ainda era perfeitamente capaz de silenciar uma classe repleta de arrogantes candidatos ao mestrado, com dois golpes de cachimbo.

Charlie gostava de pensar que conseguia fazia uma turma se aquietar por possuir o dom natural do comando. Na verdade, o respeito que ele inspirava nos alunos era resultado direto dos contatos influentes que ele mantinha em Wall Street. Charlie Fenton conhecia os presidentes e sócios de todas as firmas importantes, e podia abrir as portas para uma carreira brilhante em uma dessas companhias para qualquer aluno da Colúmbia, se quisesse. E uma carreira assim poderia tornar uma pessoa multimilionária.

— Assim está melhor. — Fenton fez mais uma pausa, a fim de obter o efeito desejado. Então, apontou para Mace com a mão que empunhava o cachimbo. — Este é Mace McLain, consultor sênior da Walker Pryce & Company, uma das firmas de elite entre os bancos de investimentos de Wall Street.

O reitor pronunciou as últimas palavras com sotaque aristocrático e anasalado, que indicava um sutil desagrado. Apesar do fato de realmente valorizar seus contatos em Wall Street, Fenton gostava de parecer um forasteiro aos olhos dos alunos, embora sua mansão se localizasse ao lado da de um dos sócios da Goldman Sachs, em Darien, Connecticut.

— Mace é um membro do clube — Fenton continuou com voz ainda carregada de falso desprezo —, o que não é necessariamente uma coisa boa. Ele trabalha dezesseis horas por dia, sete dias por semana. Come comida chinesa e pizza no jantar, e comida chinesa fria e pizza fria no café da manhã.

O reitor fez mais uma de suas pausas, para então prosseguir:

— Ele dorme em um sofá, no escritório, quatro noites por semana, e conhece o interior da maioria dos grandes aeroportos do mundo muito melhor do que vocês e eu conhecemos nossas próprias casas.

Mace sacudiu a cabeça e sorriu. Fenton estava certo.

— Ah, sim — Fenton continuou —, é claro que ele ganha muito dinheiro, provavelmente é dono de um imenso apartamento em um edifício de alto padrão, em Upper West Side, e tem a oportunidade de trabalhar e conviver com as pessoas mais inteligentes e interessantes do planeta.

O anfiteatro estava mergulhado no silêncio, enquanto os alunos ouviam cada palavra com intensidade capitalista.

— Mas posso apostar que aquele apartamento de luxo em Upper West Side não tem mobília nenhuma, a não ser um colchão no chão, um guarda-roupa velho e uma bicicleta ergométrica que nunca foi usada, porque ele não teve sequer um minuto para pensar em decoração, desde que se mudou para lá. E as pessoas com quem ele negocia podem ser muito difíceis, às vezes. Tenho certeza de que vocês concordam comigo que o dinheiro não compensa tamanho sacrifício. — Fenton virou-se para Mace. — Mace, quantos associados principiantes a Walker Pryce contratou, no ano passado, nas melhores escolas de administração do país?

Mace olhou ao redor do anfiteatro, observando os homens e mulheres ávidos, que não tinham um emprego de verdade havia quase dois anos. Era difícil não sorrir. Charlie estava fazendo um excelente trabalho com aquela gente arrogante. Fora por isso que Lewis Webster, sócio sênior da Walker Pryce, quisera que Mace ministrasse aquele curso. Quando Charlie terminasse a apresentação, cada aluno presente estaria rezando para ser contratado pela Walker Pryce.

— Nós contratamos trinta e três, no ano passado, Charlie.

— Trinta e três, trinta e três... — Charlie repetiu as palavras como se falasse consigo mesmo, perdido em pensamentos.

Como Webster sempre dizia, Charlis Fenton seria capaz de vender cubos de gelo a esquimós e casacos de pele a jamaicanos. Era prodigiosa a maneira como ele manipulava os alunos. E nenhum outro banco de investimentos tinha aquela oportunidade tão direta de vender sua imagem aos melhores alunos do curso de mestrado da Colúmbia porque Fenton não permitia que isso acontecesse. Somente a Walker Pryce tinha permissão para ministrar um curso semestral.

— E qual foi a renda anual média desses trinta e três indivíduos, Mace?

— Cento e setenta e sete mil dólares.

Um murmúrio fascinado ergueu-se da classe.

— E quanto ganhou o melhor deles, Mace?

Mace lançou um olhar rápido para Rachel Sommers. Seus lábios comprimiam-se em expectativa, e seus olhos azuis mantinham-se fixos em Mace.

— Duzentos e trinta e dois mil dólares.

Outro murmúrio encheu o ar.

O reitor baixou os olhos para o chão e sacudiu a cabeça.

— Jovens de vinte e sete anos de idade, ganhando duzentos e trinta e dois mil dólares! Meu Deus, aonde vai parar este mundo, Mace?

— Os jovens empregados em bancos de investimentos trabalham muito, Charlie — Mace replicou. — Merecem ser pagos por esse trabalho, com as melhores taxas que o mercado possa oferecer.

Os discípulos do mercado livre sentados nas quatro fileiras diante de Mace assentiram, como que em transe, como se todos eles devessem ganhar duzentos e trinta e dois mil dólares em seu primeiro ano fora da escola de administração.

Fenton emitiu um longo suspiro.

— Acho que você tem razão. Acontece que parece algo tão fora da realidade... — Voltou a sacudir a cabeça, para então continuar: — Bem, chega de falar de salários. Este é o curso de Finanças no Ramo Imobiliário, e Mace McLain será o professor de vocês, quando alguma negociação não o detiver em Los Angeles ou em Londres. — O tom de voz de Fenton tornou-se subitamente paternal: — Embora eu tenha sido assegurado pelo sócio sênior da Walker Pryce que ele fará até o impossível para estar aqui, pois do contrário...

O reitor ergueu uma sobrancelha prateada para Mace, que assentiu em concordância.

— Muito bem, vou deixá-los a sós, agora — finalizou.

Com isso, saiu pela porta lateral do anfiteatro.

Imediatamente, Mace tirou o paletó e colocou-o sobre uma mesinha preta junto à plataforma. Então, começou:

— Muito bem, vamos à aula. Quem de vocês pode me falar sobre JH e VH?

Ninguém ergueu a mão.

— Ora, vamos, pessoal! A menos que nunca tenham ouvido falar no *Wall Street Journal*, devem saber o que JH e VH significam.

Nenhum voluntário. Ninguém queria enfrentar o agente de investimentos parado diante da classe, com seus quatro anos de experiência no mercado.

Mace apontou, aleatoriamente, para o jovem de cabelos encaracolados da terceira fila, e leu seu nome na placa de identificação.

— Sou obrigado a convocar o sr. McDuffy para responder, a menos que alguém se apresente como voluntário.

McDuffy atirou as duas mãos para o alto e ergueu os olhos para o céu, como se implorasse por uma intervenção divina. O gesto provocou uma onda de gargalhadas nervosas da classe.

— Os termos JH e VH referem-se às taxas de juros hipotecários e valores hipotecários. — O riso se dissipou depressa, quando as preces de McDuffy foram atendidas. Todas as cabeças viraram-se para Rachel Sommers. Ela falava com voz confiante. — Vários anos atrás, agentes de investimentos começaram a reunir, em um fundo comum, um grande número de hipotecas com estruturas semelhantes, para então vender valores imobiliários financiados por essas hipotecas a investidores públicos. Mais tarde, a fim de ampliar ainda mais o mercado investidor, separaram as taxas de juros dos valores principais, vendendo-os separadamente.

Rachel cruzou os braços diante de si ao terminar.

Mace fitou-a por alguns instantes. Ela não só era linda, como também inteligente.

— Excelente — declarou, assentindo em aprovação e, então, passando os olhos pelo resto da classe. — Alguém pode me dizer o que é uma REIT?

O encanto se quebrara. Rachel havia, calmamente, saltado por sobre o fogo e saído ilesa. Várias mãos ergueram-se no ar, em uma avalanche de voluntários.

— Sim, senhor..., — Mace não conseguiu ler o nome na placa de identificação do homem de cabelos pretos, sentado no canto esquerdo da quarta fileira.

— Jensen — disse o jovem, apontando para a placa.

— Sim, Jensen. Vá em frente.

Jensen discursou durante vários minutos sobre trustes de investimentos imobiliários e suas vantagens tributárias *versus* estruturas de investimentos típicas. Mace permitiu que ele continuasse a falar por algum tempo, mas as explicações do jovem não eram tão objetivas, nem tão precisas, quanto a resposta de Rachel sobre hipotecas. Finalmente, Mace livrou-o do suplício.

— Obrigado, sr. Jensen.

Consciente de que Mace não estava nem um pouco impressionado, Jensen interrompeu sua frase ao meio.

— A propósito, há uma grande REIT com problemas, na Califórnia. Alguém sabe o nome? — Mace indagou.

A classe mergulhou no silêncio.

— Vamos lá. A notícia não foi manchete em nenhum jornal, mas foi publicada na segunda seção do *Wall Street Journal*, nos dois últimos dias.

Mace passou os olhos pela sala, fixando-os em diversos alunos, um de cada vez. Novamente, a resposta foi o silêncio.

— Um pré-requisito para qualquer bom agente de investimentos, para qualquer pessoa que trabalhe na área de finanças, é ler o *Journal* todos os dias, religiosamente. Vocês têm de saber o que está acontecendo no...

— O nome da REIT que está enfrentando problemas na Califórnia é East Orange Limited Partnership.

Mace ergueu os olhos na direção de onde viera a resposta, mas já havia reconhecido a voz. Sorriu para Rachel, antes de dizer:

– A senhorita parece ter todas as respostas, srta. Sommers.

Rachel não respondeu.

– Está absolutamente certo. Eastop – Mace prosseguiu, usando o apelido da empresa no mercado financeiro.

Aquele era um nome que nem Rachel nem qualquer outro aluno da classe poderia ter lido no *Journal*. O que demonstrava que Mace estava do lado de dentro, enquanto eles, do de fora.

– Há uma companhia em Cleveland, uma grande companhia, que também está a um passo de problemas ainda maiores. Quando essa história se tornar notícia, a Eastop será esquecida. A firma de Cleveland ocupará, sem dúvida nenhuma, a primeira página – Rachel declarou.

Mace fitou-a, intrigado. Eram somente duas as REITs de Cleveland e, até onde ele sabia, ambas gozavam de excelente saúde financeira. Ao menos, fora assim na última vez em que ele havia verificado, algumas semanas antes. Mace sorriu para ela, sem demonstrar a leve consternação que tal informação lhe causara. Afinal, recentemente, ele havia recomendado a um bom cliente da Walker Pryce que investisse nos juros da sociedade limitada de uma daquelas firmas.

– E qual é o nome dessa firma?

A expressão de Rachel tornou-se marota, e ela sorriu.

– Sr. McLain, não espera, de fato, que eu lhe dê esse tipo de informação, espera?

Um coro de assobios e incentivos encheu a sala imediatamente. A candidata ao título de mestre em administração havia, subitamente, percebido que o agente de investimentos poderia estar exposto na situação de Cleveland, e todos estavam exultando com a vantagem obtida pela colega.

Mace McLain assentiu para Rachel Sommers e, então, exibiu um sorriso largo. Havia uma grande possibilidade de que a Walker Pryce houvesse acabado de encontrar sua melhor contratação do ano, na Colúmbia.

* * *

Duas horas depois, Mace estava sentado no escritório do reitor Fenton. Era uma sala ampla, repleta de livros sobre administração, que se empilhavam como pequenos arranha-céus, erguendo-se na direção do teto, formando pequenas cidades no chão e sobre as diversas mesas que mobiliavam o escritório. Nas paredes estavam os monumentos à carreira de Fenton. Diplomas, certificados honorários e prêmios variados cobriam a tinta branca. Sobre a mesa do reitor, várias fotografias haviam sido estrategicamente posicionadas, a fim de ser vistas por seus visitantes. Nelas, Fenton trocava apertos de mão com figuras bem conhecidas no mundo dos negócios: Warren Buffett, presidente da Berkshire Hathaway; Stanley Gault, presidente da Goodyear Tire; e Lewis Webster, sócio sênior da Walker Pryce.

Mace observava as tentativas do mestre de encerrar sua conversa telefônica. Provavelmente, falava com algum executivo de Wall Street. Eles o procuravam constantemente, em busca de conselhos.

Finalmente, Fenton desligou.

— Essa história de trabalhar até altas horas da noite vai acabar me matando — resmungou com uma piscadela para Mace.

— Charlie, você adora ter todos esses sujeitos correndo atrás de você e implorando a sua opinião — Mace comentou com um sorriso.

Fenton abanou a mão, como se toda aquela atenção fosse, na verdade, um tormento.

— Como foi o seu primeiro dia de aula? Viu alguém de quem tenha gostado? Alguém que Lewis Webster gostaria de contratar para trabalhar na Walker Pryce?

Mace examinou a foto de Fenton e Webster sobre a mesa, bem a sua frente.

— Sim, vi uma pessoa — admitiu.

Fenton sorriu.

— Deixe-me adivinhar... Rachel Sommers.

As sombras produzidas pelos movimentos das chamas na lareira situada no canto oposto da sala obscureceram as feições de Mace. Mesmo assim, ele não conseguiu esconder o sorriso que curvou seus lábios.

— Talvez.

O reitor soltou uma risada.

— Tive a impressão de tê-lo visto olhar para ela várias vezes, enquanto eu fazia a apresentação.

Mace sacudiu a cabeça, mas o sorriso continuou a iluminar-lhe o rosto.

— E, se não estou enganado, ela não perdeu uma oportunidade sequer de olhar para você, quando você não estava olhando para ela.

Mace forçou-se a abandonar o sorriso.

— Charlie, meu interesse em Rachel Sommers é puramente profissional.

— Claro, claro — Fenton murmurou, reclinando-se na cadeira sem se deixar convencer.

Mace ignorou-o.

— Você afirmou, de antemão, que todos os melhores potenciais em finanças estão naquela classe. Pelo que pude perceber, ela está muito acima de qualquer outro, ali. Além disso, mais uma mulher trabalhando na Walker Pryce sempre nos ajuda a resolver aquele probleminha legal da proporção entre funcionários do sexo masculino e feminino.

Fenton assentiu em concordância.

— Fale-me sobre ela, Charlie. — Mace fez uma pausa. — Parece loucura, mas o nome dela me parece familiar.

— E deve ser. O *Wall Street Journal* publicou um artigo sobre ela, há duas semanas. Você deve ler a coluna central da primeira página, onde eles tentam apresentar uma história de interesse humano, ou qualquer coisa que não sejam as nem sempre alvissareiras notícias financeiras.

— Claro! Sim, eu me lembro, agora. — Mace endireitou-se na cadeira. — Ela administra um pequeno fundo de ações para a escola, que superou a média de todas as estrelas da Fidelity e Vanguard.

— Isso mesmo. Aqueles sujeitos dizem que é mais fácil para alguém como Rachel, com uma quantia relativamente pequena, obter grandes margens de lucro, enquanto eles têm de administrar contas imensas. Na minha opinião, isso é uma grande bobagem. Estão morrendo de inveja. Reservamos dez mil dólares para o clube de finanças administrar, no início de cada ano letivo. Isso proporciona aos alunos uma experiência real, ao contrário da administração de algum tipo de carteira de títulos, usando dinheiro imaginário, em aulas teóricas. No final do ano, doamos o que restou no fundo a instituições de caridade. Geralmente, não é muito, mas Rachel foi a principal estrategista, nos dois últimos anos, e as coisas têm sido muito diferentes.

Mace estava mais interessado do que nunca. Não era de admirar que Rachel conhecesse a situação da REIT em Cleveland. Afinal, ela mantinha contato constante com o mercado. E, provavelmente, estabelecera contatos bastante sólidos em sua trajetória, o que poderia ser muito útil à Walker Pryce.

— E quanto aos antecedentes dela?

Fenton riu sem humor.

— É exatamente nesse ponto que ela pode ter problemas. O sangue de Rachel não é exatamente azul, e esse é, geralmente, um pré-requisito para trabalhar na Walker Pryce.

— Isso já não é tão importante. Você conhece a minha história, e eles não parecem incomodados.

— Você foi um caso especial.

— Acho que Rachel Sommers também é. — Mace hesitou. — De onde ela é?

— Do outro lado do rio East, no Brooklyn. A família é muito pobre. Rachel freqüentou a Universidade Queens, depois de se formar num colégio público. Então, conseguiu um emprego na equipe responsável pelos títulos do governo, na Merrill Lynch, como assistente. Não muito tempo depois, foi selecionada para participar do programa de analistas deles. Agora, está aqui por força das recomendações de seus superiores na Merrill. Creio que pretendem tê-la de volta, quando ela terminar o curso na Colúmbia, pois a Merrill não se preocupa tanto com linhagem quanto a Walker Pryce. Ao que parece, consideram-na muito inteligente. E você sabe tão bem quanto eu o que uma mulher pode fazer em Wall Street, quando é inteligente e bonita.

Mace revirou os olhos. Sim, ele sabia.

– Todos vão querer contratá-la.

Fenton deu de ombros.

– É possível. Bem, decidi aceitá-la na Colúmbia, apesar das dúvidas sobre como ela pagaria pelo curso.

– Imagino que ela vá pagar como todos os outros: através do empréstimo estudantil – Mace falou.

– Sim, mas a maioria desses outros alunos têm mãe e pai com dinheiro, que assinarão como fiadores. Pouco importa se os pais de Rachel concordam ou não em assinar, pois eles não têm absolutamente nada. – Fenton fez uma pausa. – Mesmo assim, ela está em dia com as mensalidades. – Parou de falar por um instante e apoiou o queixo em uma das mãos. – Chega de falar de Rachel Sommers. Quero saber como você está, Mace.

– Eu continuo tentando, Charlie, mas há uma longa lista de pessoas capazes lá fora, sabia?

Fenton não respondeu. Era verdade. Havia mesmo uma longa lista de pessoas capazes lá fora. E Mace McLain ocupava o primeiro lugar dessa lista. Em seu quarto ano trabalhando para a Walker Pryce, era o responsável por uma receita tão significativa para a empresa que logo Lewis Webster seria forçado a nomeá-lo diretor-administrativo, que era o último degrau antes de se tornar sócio, apesar da regra implícita da Walker Pryce de ninguém chegar à diretoria administrativa com menos de sete anos de casa. Talvez Mace se tornasse sócio antes de completar seu décimo ano na firma.

– Está sendo muito modesto.

– Estou?

Fenton riu.

– Sim, está.

– Obrigado.

Mace fora sincero em seu agradecimento, mas não prestara muita atenção ao elogio, fixando os olhos nas chamas da lareira.

Estava concentrado em Rachel Sommers. Queria saber mais sobre ela, muito mais.

O telefone sobre a mesa de Fenton tocou, interrompendo os pensamentos de Mace. O reitor atendeu:

— Alô? Sim, claro. — Inclinou-se sobre a mesa, estendendo o telefone para Mace. — É para você. A secretária de Webster.

Mace apanhou o telefone, sacudindo a cabeça. O sócio sênior da Walker Pryce acabaria levando Sarah Clements, sua assistente executiva, a uma morte precoce. Já passava de dez horas, e a pobre mulher, provavelmente, chegara na empresa às oito da manhã, como sempre. Webster, porém, era maníaco por trabalho. Portanto, sua secretária também era.

— Pois não, Sarah?

— Mace, lamento incomodá-lo, mas é importante. O sr. Webster precisa vê-lo logo cedo, depois de amanhã. Às oito horas em ponto. E, por favor, não mencione essa reunião com mais ninguém. Ele quer conversar só com você.

— Webster disse qual será o assunto da reunião? Eu gostaria de me preparar.

— Não, ele não disse nada.

Mace assentiu. Por que o velho mencionaria detalhes da reunião? Simplesmente, esperava que Mace estivesse em condição de discutir qualquer assunto que ele escolhesse. Era esse o estilo de Webster. Ele esperava o mesmo de todos, em todas as situações.

— Está bem.

— Fico contente por ter conseguido encontrá-lo — Sarah declarou com o tom maternal de sempre. — Obrigada por manter sua agenda tão atualizada em seu computador.

— Às ordens. Boa noite, Sarah.

Mace devolveu o telefone a Fenton, refletindo sobre a breve conversa com a secretária. O sócio sênior queria vê-lo. Sozinho. Mace trabalhara ao lado de Webster em diversas transações, mas sempre em conjunto com outro sócio. Nunca sozinho. *Não mencione essa reunião com mais ninguém.* Haviam sido essas as palavras de Sarah. Ora, o encontro poderia ser muito interessante.

* * *

Já era tarde quando Rachel entrou na biblioteca da Colúmbia, e as mesas do salão imenso estavam todas desocupadas. Seus colegas estavam em casa, dormindo, ou bebendo nos bares de East Side. Ir à biblioteca àquela hora era uma tolice, Rachel pensou. Então, deu de ombros. *Tudo bem. Viva um pouco. Deus sabe que você merece.*

— Fecharemos dentro de meia hora — informou um senhor idoso, sentado atrás da mesa de recepção, ao ver Rachel entrar.

Calmamente, ela acenou para o velhinho, enquanto se dirigia para os fundos do salão, atrás das prateleiras repletas de livros, mas não disse nada. O que tinha a fazer não demoraria nada. Pelo menos, era o que ela esperava.

— Olá, Chad.

Rachel sorriu ao entrar na sala de comunicações, que consistia em um pequeno espaço anexo à biblioteca, contendo apenas terminais de sistemas de informação *on-line*: Lexis/Nexis, Telerate, Bloomberg, tudo o que um bom candidato ao diploma de mestrado precisava para se sair bem. Infelizmente, Chad Maddux, um colega do segundo ano, e a única pessoa presente na sala àquela hora da noite, estava usando justamente o programa que Rachel queria: o Bloomberg.

Chad virou-se na cadeira posicionada diante da tela, e sua expressão iluminou-se imediatamente.

— Olá, Rachel.

Reclinou-se na cadeira e passou os dedos longos pelos cabelos negros e revoltos. Ele usava um corte tipicamente estudantil, um retrato da irresponsabilidade.

Rachel apontou para ele.

— É melhor você cortar logo esse cabelo. As entrevistas devem começar dentro de duas semanas.

Chad começou a se espreguiçar, gemendo como se houvesse passado a noite inteira diante do terminal. Seus bíceps flexionaram de maneira afetada sob a camiseta de mangas curtas. Tudo apenas para se exibir para Rachel, como ela bem sabia. Ah, como os homens eram previsíveis!

— O que está fazendo aqui, a esta hora, Rachel?

Chad terminou de se espreguiçar e pousou as mãos nas coxas. Seus olhos fixaram-se momentaneamente no peito de Rachel, na tentativa de determinar o que se escondia por debaixo das roupas, mas incapaz de fazê-lo graças ao suéter folgado que ela usava.

— Preciso analisar algumas ações para o fundo — ela mentiu —, e é só a esta hora que tenho tempo para isso.

Rachel percebeu onde os olhos dele haviam se fixado.

Chad sacudiu a cabeça e fez uma careta.

— Você e esse fundo! Bem, imagino que se houvessem publicado um artigo sobre mim na primeira página do *Wall Street Journal* por causa de um fundo de ações, eu também cuidaria dele como se fosse meu filho.

— Chad, eu realmente preciso usar o terminal Bloomberg por alguns minutos, antes que a biblioteca feche. — Ela começava a se sentir impaciente. — Importa-se de me dar a vez?

— Com uma condição.

— Qual?

— Se eu puder acompanhá-la até sua casa.

— Claro — Rachel concordou com um sorriso. Não era má idéia ter um acompanhante do sexo masculino no caminho para casa, àquela hora da noite, em Nova York. Porém, se ele esperava algo mais no final da caminhada, ficaria profundamente desapontado. — Seria ótimo.

Chad levantou-se para ceder seu lugar a ela.

— Você poderia me fazer o grande favor de pegar uma Coca Diet? — Rachel pediu. — Estou morrendo de sede.

As máquinas de refrigerantes ficavam do lado de fora da biblioteca, o que o afastaria dali por alguns minutos.

— Já estou a caminho.

Chad desapareceu instantaneamente.

Rachel virou-se para o terminal Bloomberg e foi direto à seção "quem é quem" do sistema. Seus dedos voavam sobre o teclado. Ela não queria que Chad Maddux soubesse de seu verdadeiro objetivo. Fora por isso que pedira o refrigerante.

— Vamos!

O sistema parecia mais lento que o normal.

Finalmente, mostrou-se pronto para a pesquisa dela. Rachel digitou as letras com todo o cuidado: M-C-L-A-I-N, para então pressionar a tecla "enter". No mesmo instante, a tela ficou cheia de McLains. Abigail, Adam... Rachel foi rolando o texto, até encontrar Mace William McLain. Sem perder tempo, moveu o cursor até o nome dele e pressionou "enter" outra vez. Então, a imagem dele tomou conta da tela. Era moreno como Chad, de cabelos negros como a noite, mas parecia muito mais misterioso. Rachel fitou os olhos cinzentos, as faces bem esculpidas, o sorriso sedutor. Riu sozinha e sacudiu a cabeça. A tecnologia disponível nos dias de hoje era incrível. Tudo o que ela desejasse poderia aparecer no monitor de seu computador. Até mesmo Mace McLain.

Rachel foi rolando as páginas do sistema. Procurava por uma informação específica. Engoliu em seco e sentiu um tremor sacudir seu corpo. Ah, que tamanha tolice! Estava agindo como uma adolescente, mas não conseguia se controlar. Tinha de saber. Lá estava! Pelo menos até seis semanas antes, a última atualização da biografia dele indicada no sistema. Estado civil: solteiro.

— Não vi nenhuma aliança no dedo dele, durante a aula desta noite — disse a voz atrás de Rachel.

Ela girou na cadeira e viu-se frente a frente com Chad. Rachel estreitou os olhos, mas não disse nada.

Chad estendeu-lhe o refrigerante.

— E é claro que tenho certeza de que você também notou isso.

4

Bob Whitman, presidente dos Estados Unidos, caminhava rapidamente atrás de vários integrantes de sua equipe, pelo corredor estreito que levava à sala de imprensa da Casa Branca. Mantinha a atenção concentrada no bloco onde fizera algumas breves anotações, minutos antes. Leria a declaração preparada às pressas, responderia somente umas poucas perguntas daqueles repórteres que ele sabia serem sempre favoráveis à sua administração e, então, seguiria para Camp David o mais depressa possível. A decisão era controversa. Não havia dúvida disso. E, depois de quase sete anos como chefe executivo do país, Bob sabia que a melhor estratégia em uma situação como aquela era lançar a bomba sem aviso prévio, bater em retirada imediatamente após, e então observar a poeira baixar a uma distância segura. Inspirou profundamente, antes de entrar no que sabia ser uma sala apinhada.

— Senhor presidente...

Whitman ergueu os olhos do bloco enquanto o vice-presidente, Preston Andrews, abria caminho por entre os membros da comitiva, até postar-se diretamente a sua frente, bloqueando sua passagem para a sala de imprensa. Whitman estreitou os olhos. Havia acalentado a esperança de poder evitar aquele confronto até depois das férias em Camp David, até depois de a poeira ter, ao menos, começado a baixar. No entanto, aquela declaração teria um impacto dramático sobre o vice-presidente. Por isso, o fato de Andrews tentar lutar contra a maré até o último instante, quando o presidente já entrava na sala de imprensa para fazer tal declaração, não era surpresa. Whitman preparou-se para o ataque.

— Sim, Preston — replicou, com evidente irritação na voz.

Andrews não deu a menor importância ao tom de Bob.

— Senhor presidente, vai mesmo dar à CIA a responsabilidade permanente pela repressão ao terrorismo doméstico?

— Sim.

Whitman foi, deliberadamente, breve e firme em sua resposta. A decisão fora tomada e não seria alterada.

— O senhor poderia, ao menos, ter me informado de que a questão havia sido decidida.

— Não houve tempo — Bob retrucou.

— Mas Malcolm Becker é o candidato que está liderando as pesquisas — Andrews insistiu em voz baixa. — Ele já garantiu a nomeação do Partido Republicano. Toda essa atenção que o senhor está lhe dando pode fazer com que Becker vença as eleições, em novembro.

— Acho que está exagerando, Preston.

Mais uma vez, Preston ignorou o tom pouco amigável do presidente.

— Está condenando o nosso partido, para não mencionar a minha candidatura.

Whitman revirou os olhos.

— Isso não tem nada a ver com o partido, ou com você, Preston!

— Tem tudo a ver comigo — o vice-presidente protestou em um sussurro. — E não está certo. O FBI deveria continuar responsável pelo terrorismo doméstico.

Whitman lançou um olhar para os assessores à sua volta, que começavam a ficar impacientes com aquele obstáculo imprevisto. Então, voltou a fixar os olhos em Andrews.

— Você viu o que os Wolverines de Malcolm Becker fizeram com aquela gente em Los Angeles, ontem?

O vice-presidente engoliu em seco e assentiu.

— Aquela cidade poderia ter sido totalmente incinerada, mas não foi, graças àqueles soldados e sua habilidade. — A expressão de Whitman tornou-se sombria. — Lembra-se de um pequeno problema que tivemos em Waco, e outro, em Idaho?

Lembra-se de como nossos policiais domésticos reagiram àquelas situações?

Andrews tentou disfarçar a careta provocada pela lembrança daqueles fiascos.

Whitman aproximou-se do vice-presidente, até que os rostos quase se tocassem.

— Pode imaginar o FBI, ou a ATF, entrando nas instalações de Los Angeles para lutar contra terroristas munidos de armas de alta tecnologia, sem mandar tudo pelos ares, quando não foram capazes de controlar instalações tomadas por um bando de civis armados com espingardas? — Whitman sacudiu a cabeça e, então, ergueu o queixo com ar determinado. — Eu disse que daria uma chance a Becker e seus homens da CIA. Dei-lhes tal chance, e eles se saíram extremamente bem. O mundo é um lugar diferente, agora, Preston. Precisamos de Becker e sua experiência, mesmo sendo ele um republicano.

Fez uma pausa para respirar fundo.

— Sei que alguns de meus correligionários democratas ficarão chocados com esta decisão. Dirão que não estou sendo fiel ao partido, justamente em ano de eleições, que estou fortificando a maior esperança do partido rival, que estou proporcionando a Becker publicidade gratuita, além de uma base sólida para o desenvolvimento de sua campanha eleitoral. No entanto, não me importo com o que vão dizer. Tenho de tomar a melhor decisão possível nesta situação, sem me deixar influenciar por interferências políticas. Deve ser uma decisão baseada apenas na defesa da segurança do povo americano — Whitman concluiu, tocando de leve o braço do vice-presidente.

Andrews ergueu os olhos do chão para fitar o presidente. Bob sorriu.

— Não se preocupe, Preston. Você será nomeado candidato do Partido Democrata, e derrotará Malcolm Becker nas eleições de novembro. Será o meu sucessor na Casa Branca.

Andrews hesitou.

— Mas a investigação... — sussurrou. — A declaração que vai fazer agora significa que pretende suspender sua investigação sobre o uso indevido de fundos, na CIA? Eu...

Whitman ergueu a mão para interrompê-lo.

— Quando eu voltar de Camp David, prometo revisar essa questão. Tudo acabará bem. — Voltou a olhar para os integrantes de sua comitiva. — Prontos?

Os assessores assentiram em resposta, sem esconder seu constrangimento. O presidente já estava quatro minutos atrasado para a entrevista coletiva, e eles esperavam que os jornalistas não tirassem conclusões perigosas desse fato.

— Vamos — Whitman ordenou, passando por Andrews e entrando na sala de imprensa, confiante sob a luz forte dos refletores.

O vice-presidente virou-se para observar Whitman subir na tribuna.

— Eu daria tudo para ter tanta confiança quanto você — murmurou consigo mesmo.

Whitman subiu os degraus diante da platéia de jornalistas, e trocou um aperto de mão com Malcolm Becker, diretor da Agência Central de Inteligência. Os cliques e *flashes* das câmeras registraram o gesto realizado diante da tribuna que ostentava o selo presidencial. Preston Andrews estudou Becker, enquanto o outro sorria para os jornalistas. Detestava Becker mais do que qualquer outro ser humano no mundo.

A longa mesa situava-se sob o teto abobadado da sala dos sócios, no trigésimo oitavo e último andar do edifício de número dois, em Wall Street, sede da Walker Pryce & Company, um dos mais antigos bancos de investimentos da "Street". A poderosa empresa tivera origem na Guerra Civil e na subscrição de títulos para o patrocínio da União em sua luta para vencer o conflito. A mesa era cercada de confortáveis poltronas de couro, nas quais os sócios da respeitada firma se sentavam no final de cada quadrimestre fiscal, desde 1912, para fazer o balanço de seu capital. Fora em 1912 que a Walker Pryce comprara o que era, então, considerado um arranha-céu, na esquina de Wall Street com a Broadway, em frente à igreja Trinity. Um espesso tapete persa cobria o chão da sala ampla, e retratos a óleo de homens de aparência severa e próspera pendiam das paredes pintadas de verde-escuro, entre as pequenas alcovas mobiliadas por elegantes cadeiras de espaldar alto que proporcionavam aos sócios, e somente aos sócios, uma vez que nenhum outro membro da empresa tinha permissão para entrar naquela sala, sob pena de demissão sumária, um esconderijo seguro da constante torrente de telefonemas de clientes e outros funcionários da empresa.

No final do ano, quando eram publicadas as classificações dos maiores subscritores de valores imobiliários, a Walker Pryce encontrava-se sempre entre os cinco primeiros. A empresa também contava com um altamente respeitado Departamento de Assessoria em Incorporações e Aquisições, além de vários grupos comerciais, que agiam na velocidade de um raio, sempre que deslumbravam uma oportunidade, ou melhor ainda, uma manobra de compra e venda simultânea dos mesmos títulos em mercados diferentes. Como resultado de suas proezas financeiras, a empresa havia obtido um lucro líquido de mais de um bilhão de dólares, sem descontar os bônus de seus funcionários, em cada um dos três últimos anos.

A maioria dos bancos de investimentos mais famosos que haviam iniciado o século XX como sociedades privadas eram, agora, sociedades públicas, ou haviam sido incorporadas por entidades financeiras maiores e mais poderosas. Morgan Stanley, Salomon Brothers, First Boston, Kidder Peabody e Lehman Brothers haviam, todas elas, aberto mão de sua condição de sociedade privada em favor dos fundos de capital muito maiores disponíveis para empresas públicas. Até mesmo a Goldman Sachs havia vendido grande parte de seu patrimônio aos japoneses. Ao mesmo tempo que transformar-se em sociedade pública proporcionava acesso a fontes de capital mais diversificadas, o que melhorava em muito a posição na competitividade, deixar de ser uma sociedade privada apresentava uma enorme desvantagem: os lucros tinham de ser partilhados com os acionistas públicos.

A Walker Pryce conseguira continuar independente e, como resultado, seus sócios eram mais ricos do que a maioria dos americanos sequer sonhava ser um dia. Dos sete mil funcionários da empresa, somente cem eram sócios. Podia demorar até quinze anos para alcançar tal posição, sendo o mínimo de dez anos, mas uma vez alcançado esse nível, a segurança financeira do sócio estava garantida, assim como de sua família, por várias gerações. Dependendo do tempo que trabalhasse para a empresa, um sócio da Walker Pryce podia ter um patrimônio que variava entre quinze e trezentos milhões de dólares, quantia que, segundo rumores, Lewis Webster havia acumulado.

Porém, continuar independente vinha se tornando mais difícil a cada dia, até mesmo para a Walker Pryce. A demanda pelo aumento constante de capital para financiar o crescimento era diária. Agentes de investimentos em todas as áreas da empresa estavam constantemente esmurrando mesas, na tentativa de obter mais dinheiro para financiar suas transações. E, à medida que sócios mais velhos começavam a se aposentar, drenando as reservas da empresa, ceder à tentação do mercado público parecia inevitável.

Lewis Webster estava sentado à cabeceira da mesa, lugar tradicionalmente reservado para o sócio sênior da empresa. Ele era o décimo nono sócio sênior da história da Walker Pryce, e quando olhou por cima do ombro para o retrato de Harley Walker, fundador da empresa, pendurado sobre a imensa lareira, sentiu-se no direito de se convencer de que nenhum outro sócio sênior na história da Walker Pryce jamais tivera de enfrentar uma situação tão difícil quanto a que se apresentava diante dele naquele momento. A sociedade estava totalmente dividida entre abrir mão ou não dos cento e cinqüenta e dois anos de independência, enquanto um indivíduo com insaciável sede de poder abusava de sua autoridade para forçar Webster e a Walker Pryce a se lançar em um risco terrível. Mesmo assim, fiel a sua natureza, Webster transformaria aquela dificuldade em vitória... ao menos, para ele. Era um sobrevivente, e sacrificaria qualquer um a fim de alcançar seu objetivo.

Polk e Marston entraram na sala dos sócios pela porta situada na extremidade oposta. Juntos, Polk, Marston e Webster formavam o conselho executivo da Walker Pryce. Eram os responsáveis pelas grandes decisões que envolviam a empresa. Era um número pequeno de integrantes para um comitê tão importante, mas era esse o número especificado nos estatutos, e os membros da sociedade não tinham a menor intenção de alterar aqueles documentos consagrados pelo tempo. Além disso, o pequeno número de membros do conselho executivo estava em conformidade com a cultura empreendedora da empresa. Decisões importantes podiam ser tomadas com eficiência e sem alarde.

Webster ouviu o ranger das dobradiças da velha porta que se fechava. Virou-se, dando as costas para o retrato de Harley Walker, e observou os outros dois se aproximarem. Graham Polk era o chefe do Departamento de Vendas e Comércio, responsável por transações com clientes, distribuição e principais posições que a Walker Pryce ocupava em negociações específicas. Walter Marston era o principal agente de investimentos, responsável por manter o equilíbrio entre dívida e patrimônio, assim como por todas as atividades de assessoria da empresa. Polk era baixo, ruivo, gorducho, e sofria de úlcera no estômago. Raramente usava paletó e, quando usava, geralmente não o combinava com a calça. Marston vestia ternos caros e impecáveis, e parecia dez anos mais jovem que seus cinqüenta e dois anos de idade. Os dois homens se detestavam, e raramente concordavam em alguma coisa, simplesmente por uma questão de princípios. Cada um acreditava ser o responsável pelos lucros fantásticos da Walker Pryce, estava convencido de que as atividades do outro representavam um entrave para faturamentos mais altos, e acusava constantemente o outro de tentar interferir em seus negócios. Tal discórdia era aceitável para Webster porque fazia com que os dois homens pressionassem suas equipes ao máximo, a fim de provar que suas áreas eram as mais valiosas para os lucros da empresa, e porque, graças à obrigação que ambos sentiam em discordar um do outro, Webster podia sempre contar com um deles como seu aliado. Os estatutos declaravam com toda a clareza que o conselho executivo precisava apenas de maioria simples nos votos, para adotar uma medida.

Webster estudou-os atentamente, enquanto se aproximavam. Precisava desesperadamente de pelo menos um deles, naquela noite.

— Boa noite, Lewis — Marston cumprimentou-o ao sentar-se na poltrona à direita de Webster.

Passou os olhos pela sala imensa. Estava escura, exceto pela luz suave que emanava dos dois abajures de cúpula verde, posicionados no centro da mesa. A luz fraca lançava sombras estranhas nos cantos mais distantes da sala.

Polk resmungou algo incompreensível, acomodando-se na poltrona à esquerda de Webster. Colocou um grande copo de leite sobre a mesa e começou a arregaçar as mangas da camisa.

Marston emitiu um murmúrio de desagrado e sacudiu a cabeça diante da falta de boas maneiras de Polk.

Polk interrompeu momentaneamente o gesto de arregaçar as mangas.

— Algum problema, Marston? — inquiriu como faria um sargento a um dos soldados de seu pelotão, falando depressa e em tom objetivo.

Marston inclinou-se para a frente.

— Sim, tenho muitos...

— Cavalheiros, já chega — interrompeu o sussurro de Webster, pondo um fim às diferenças dos dois homens. Algumas pessoas se referiam aos sussurros de Webster como o "sussurro da morte", pois sua característica sinistra e tom de voz muito baixo era capaz de matar as frases dos outros. Dez anos antes, Webster havia lutado contra um câncer na garganta. Vencera a batalha, mas jamais recuperara a voz normal. No entanto, sempre fiel a sua natureza, Webster transformara a dificuldade em vantagem. — Sr. Polk, por favor, use um porta-copos — declarou, apontando para o copo de leite.

No mesmo instante, Polk apanhou um porta-copos do centro da mesa, gemendo baixinho pelo esforço de inclinar-se sobre a madeira encerada. Colocou o copo sobre o descanso, sentou-se novamente e, então, virou-se para Webster com postura respeitosa, assim como Marston. Os dois o temiam intensamente, bem como todos os outros sócios.

Webster não possuía uma presença física que inspirasse comando. Era magro e de estatura mediana. O rosto fino emprestava-lhe a aparência de um homem desnutrido, com a pele esticada formando verdadeiros buracos entre os ossos da face. Era desprovido de cabelos, exceto pelo halo grisalho pouco acima das orelhas e na nuca. Ao contrário dos demais sócios, usava barba bem aparada, tão grisalha quanto seus escassos fios de cabelo. Os olhos eram castanho-escuros, quase pretos, e pareciam parcialmente escondidos pelas sobrancelhas escuras. Não era um homem imponente, mas, mesmo assim, intimidava as pessoas imediatamente.

Webster administrava a Walker Pryce com mão de ferro. No início de seus nove anos de mandato como sócio sênior, algumas tentativas de insurreição haviam sido feitas, quando as pessoas se ofendiam diante de suas decisões operacionais unilaterais. Então, essas pessoas eram convocadas a comparecer ao escritório de Webster para reuniões particulares e, subitamente, suas críticas cessavam. Por isso, começaram a circular rumores de que Webster mantinha arquivos sobre cada sócio, arquivos repletos de provas incriminadoras, que ele obtinha por meios desconhecidos, e que ele usava para influenciar aqueles que ameaçavam insubordinação. No entanto, nenhum dos sócios que fora chamado para tais reuniões particulares havia revelado o que se passara atrás das portas fechadas.

— Agradeço a gentileza de virem aqui a esta hora da noite. — Já passava de onze horas. — Tenho um assunto de extrema importância para discutir com vocês. — Webster falava devagar, enunciando cada palavra com cuidado. — Trata-se de um assunto que terá um grande impacto sobre a empresa.

Fez uma pausa e encarou cada um dos dois homens.

Eles baixaram os olhos para o chão, evitando o olhar de Webster.

— Como sabem, nossas necessidades de capital parecem crescer a cada dia — ele continuou. — Vocês dois querem mais dinheiro, o tempo todo, para seus departamentos. Deixe-me assegurá-los de que não vejo problema nenhum nessa demanda. Ambos realizaram um trabalho admirável nos últimos três anos, e a empresa alcançou grande sucesso em resultados.

Polk e Marston assentiram, mas não ergueram os olhos. Webster raramente tecia elogios, e suas personalidades não lhes permitiam aceitar aplausos com facilidade.

— No entanto, no final deste ano, outros sete sócios irão se aposentar, e o total de nossos pagamentos anuais a sócios aposentados, programados em nosso orçamento, será de quase duzentos milhões de dólares. Estamos gerando pouquíssimo capital novo, a partir de nosso bilhão de dólares em lucros, depois de contabilizar os trezentos e cinqüenta milhões gastos em bônus para funcionários, as provisões de impostos dos sócios e os duzentos milhões de dólares das aposentadorias. Visto assim, pareceria que nossa única alternativa seria pôr fim a um século e meio de sociedade privada e tornar a empresa pública.

O sussurro já baixo de Webster havia se tornado quase inaudível.

Os olhos de Polk e de Marston permaneceram fixos no chão. Sabiam perfeitamente que Webster queria que a Walker Pryce continuasse independente, a qualquer custo. Mas isso não faria a menor diferença. Polk, Marston e a maioria dos demais sócios queriam tornar a sociedade pública, e acabariam vitoriosos. A oportunidade era tentadora demais. Eles poderiam vender parte de suas ações imediatamente, na oferta pública inicial, e os investidores, provavelmente, pagariam prêmios colossais, apenas para poder comprar as ações, apenas para poder dizer que eram acionistas da Walker Pryce. Nem mesmo Lewis Webster seria capaz de inverter o rumo das coisas.

— Ambos concordam nessa questão?

Polk e Marston ergueram os olhos e fitaram-se por sobre a mesa. No mesmo instante, seus olhos se estreitaram, deixando claro o desdém que tinham um pelo outro. Porém, assentiram em silêncio. Apesar do forte desejo de discordar, a ganância de ambos era infinitamente maior que o orgulho. Os mercados de subscrição de ações vinham apresentando bom desempenho. Se a Walker Pryce conseguisse realizar o processo de inscrição depressa, os sócios poderiam embolsar quantias verdadeiramente astronômicas, dado o desempenho de destaque da empresa ao longo dos três últimos anos.

— Sim, Lewis — Marston respondeu em voz baixa.

Polk resmungou sua resposta, também baixinho.

Webster levou uma das mãos ao rosto e cofiou a barba. Temera que isso acontecesse. Geralmente, Polk e Marston teriam discordado, apenas por discordar. Ele teria conquistado um aliado, e a Walker Pryce poderia continuar independente. A ganância, porém, era um fator unificador forte demais, naquele caso.

— E ambos sabem que eu quero muito que esta empresa fique longe das mãos do público? — inquiriu em um sussurro.

— Sabemos disso — Polk respondeu em tom submisso, porém firme. — No entanto, acreditamos que, a longo prazo, será melhor a Walker Pryce tornar-se pública. É o que a maioria dos sócios quer.

— Mas não é o que eu quero! — Webster golpeou a mesa com seu punho franzino, ao mesmo tempo que se punha de pé.

Polk e Marston pularam em suas cadeiras, como se houvessem, subitamente, tocado um cabo de eletricidade. Não era do feitio de Webster permitir-se explosões violentas, e os dois o fitaram com expressão chocada.

Webster apontou um dedo nodoso para Polk, que engoliu em seco.

— Esta empresa obteve lucros recorde nos últimos três anos — seu sussurro ecoou no recinto —, graças a decisões que eu tomei, a riscos que eu corri.

— Mas, Lewis — Marston falou em tom suave —, essa é a melhor opção para a...

— Não me interrompa, Walter! — Webster sibilou, virando-se para o principal agente de investimentos da empresa.

Polk passou a mão pela testa, a fim de secar o suor que a cobria. Sentiu-se grato a Marston por ter desviado a atenção que Webster concentrava nele. Apanhou o copo de leite e bebeu todo o líquido de um só gole.

— Quero uma chance de falar, uma oportunidade de traçar um plano, uma alternativa à sociedade pública. Eu mereço essa chance.

Polk e Marston trocaram um olhar. Os dois tinham limusines a sua espera, estacionadas em Wall Street, em frente ao edifício.

Mas, como Webster era o sócio sênior, preferiram satisfazer-lhe o desejo.

— Muito bem, Lewis — disse Marston.

Lentamente, Webster voltou a se sentar.

— Muito obrigado, cavalheiros — agradeceu com sarcasmo. — Como disse, tenho uma alternativa para a sociedade pública. Quero criar um grande fundo, de um bilhão de dólares. Talvez dois. A Walker Pryce vai semear o fundo com cinqüenta milhões e administrá-lo dentro da estratégia de um dia após o outro, gerando assim algumas boas taxas operacionais, em bases contínuas. O detalhe mais importante, porém, é que receberemos uma parte substancial dos lucros, muito maior que nossa parte relativa no investimento.

— Como os fundos criados pelas empresas compradas com recursos de terceiros, no final da década de 80 — Polk murmurou, fitando o copo vazio.

Pronunciou as palavras em tom de tédio, deixando óbvio que não estava interessado.

Webster assentiu.

— Exatamente.

— Em que esse fundo investiria? — Marston indagou, brincando com as próprias unhas.

Também não estava interessado na conversa, mas apenas obedecendo às regras do jogo, permitindo que Webster desfrutasse de sua última fantasia, antes que Marston e Polk lhe fechassem todas as portas.

Marston estudou o homem mais velho. Ocorreu-lhe que, como parte do processo de tornar a empresa pública, talvez fosse interessante liberar Lewis Webster de seu papel ativo na administração, colocando-o no caminho da aposentadoria. Webster já tinha quase sessenta e três anos, e já mostrava o peso de sua idade.

Marston lançou um olhar para Polk. Um deles seria o sucessor de Webster, e a luta seria titânica. Decidiu que, no dia seguinte, daria início a uma campanha discreta, com a finalidade de aliciar o apoio dos demais sócios.

— O fundo investirá no setor imobiliário de Manhattan e em ações ordinárias. Estou firmemente convencido de que o mercado imobiliário de Manhattan está, de maneira geral, excessivamente supervalorizado, e que os índices Dow Jones e S&P 500 também estão elevados demais. Acredito que, a curto prazo, tanto os imóveis de Manhattan quanto as ações negociadas na Bolsa sofrerão uma desvalorização significativa. Quero estar preparado para tirar vantagens dessa desvalorização, quando ela ocorrer. Assim que as correções forem feitas e os preços despencarem, compraremos maciçamente com dinheiro do fundo. — Webster fez uma pausa. — Para isso, proponho levantarmos a quantia de novecentos e cinqüenta milhões de dólares de investidores externos, imediatamente, somá-la aos cinqüenta milhões que a Walker Pryce investirá, e alavancar o patrimônio do fundo através do empréstimo de mais um bilhão de dólares sobre esse patrimônio, para termos um total de dois bilhões de dólares para movimentar. Então, basta sentar e esperar até que as correções sejam feitas, para darmos início à nossa colheita. Assim, obteríamos um lucro excedente de vários bilhões, em um prazo bastante curto. Seria dinheiro de sobra para patrocinarmos o crescimento da empresa, na entrada do século XXI. E não teríamos de nos transformar numa sociedade pública.

Com movimentos lentos, Webster fitou cada um dos dois homens, mantendo a cabeça inclinada para a frente, o olhar penetrante.

Marston sustentou-lhe o olhar.

— Não pode estar falando a sério, Lewis.

— Sim, estou falando muito a sério.

Marston sacudiu a cabeça.

— Existem riscos enormes na criação e administração de um fundo puramente especulativo, das proporções que você está propondo. Se não obtivermos as faixas de retorno que você mencionou, poderemos acabar afetando negativamente nosso volume de capital principal, sobre o qual obtemos regularmente lucros bastante sólidos. Pior ainda, um simples deslize em um fundo especulativo poderia nos impedir de tornar a sociedade pública. Na melhor das hipóteses, não conseguiríamos um preço tão bom dos investidores públicos. Não, Lewis. Creio que devemos esquecer essa idéia de fundo e tornar a empresa pública o quanto antes. Essa é a minha decisão, e não estou aberto a negociações.

Marston inclinou-se sobre a mesa com ar de triunfo, como se houvesse acabado de tomar o controle da firma das mãos do sócio sênior.

Webster virou-se para Polk.

— É essa a sua decisão, também, Graham? — perguntou em seu sussurro mortal, que pareceu encher a sala silenciosa.

Polk engoliu em seco, desviando o olhar rapidamente entre Webster e Marston repetidas vezes. Webster exigiria que ele e Marston registrassem seus votos, e toda a sociedade teria acesso a tal registro. Se ele votasse a favor de Webster, os demais sócios saberiam que ele não havia votado no que a maioria queria. Quando chegasse o dia de Webster se retirar da posição de sócio sênior, o que não demoraria muito a acontecer, Marston cuidaria de lembrar aos outros que ele havia votado a favor de tornar a empresa pública, e que Polk votara a favor de Webster. Se não enfrentasse Webster agora, Marston acabaria no controle da empresa, pois os sócios votariam em Marston para sócio sênior, sem a menor hesitação.

Polk mudou de posição na cadeira. Não o agradava o brilho malévolo que ainda ardia nos olhos de Webster, mas não havia alternativa. Respirou fundo e disse:

— Tenho de concordar com Marston.

Webster balançou a cabeça uma vez, lentamente, antes de inclinar-se para Polk.

— Tem certeza absoluta de sua decisão?

— Sim.

Desta vez, Polk não hesitou. Finalmente, a sociedade privada morreria. Olhou por cima do ombro de Webster, para o retrato de Harley Walker. *Desculpe, velho,* pensou, *isso não pôde ser evitado.*

— Muito bem — Webster prosseguiu em tom impassível —, eu gostaria que vocês dois levassem isto para casa, esta noite, e dessem uma lida no conteúdo. — Inclinou-se e apanhou do chão os dois grandes envelopes pardos que o homem lhe dera no hotel e estendeu-os para Polk e Marston, respectivamente. Exibiu um sorriso largo, como se estivesse dando presentes de Natal. — Mas sinto-me na obrigação de avisá-los que, provavelmente, preferirão abri-los quando estiverem sozinhos.

A expressão triunfante de Marston se dissipou, e ele apanhou o envelope sobre a mesa.

— O que...

— Não precisa abrir agora, Walter. Vou lhe dar uma idéia do que há aí dentro. — O sussurro de Webster era gentil, quase reconfortante. — Vejamos... Ao que parece, já faz vários anos que você vem ganhando milhões em um empreendimento do qual é sócio majoritário, na Argentina. No entanto, você nunca declarou essa renda à Receita Federal. A estrutura de propriedade é um tanto complicada, e não é imediatamente óbvio que você realmente possua alguma ação, ou que tenha trazido seus rendimentos para os Estados Unidos, de maneira que ficassem sujeitos aos impostos americanos. — A voz de Webster adquiriu um tom sombrio. — Mesmo assim, os relatórios dentro do seu envelope comprovam de maneira conclusiva que você é, de fato, proprietário de noventa e cinco por cento do empreendimento, assim como provam que você repatriou fundos para suas contas aqui, nos Estados Unidos, em um total de quase vinte milhões de dólares. Portanto, o que tem nas mãos representa de quinze a trinta anos de prisão, em uma penitenciária federal. As autoridades argentinas, provavelmente, se interessariam em saber que você está sonegando impostos lá, também.

Webster virou-se para Polk, que apertava seu envelope pardo contra o peito, com propósito e determinação.

— Graham, você já brincou com muitos garotinhos de dez anos de idade, em sua mansão de Staten Island, não é mesmo? Teve de pagar caro por isso, mas isso é problema seu. De qualquer maneira, está tudo gravado em vídeo, na fita dentro do seu envelope. São tomadas perfeitas de seus interlúdios. Coloque a fita no videocassete de seu apartamento, em Upper East Side, e mostre aos seus vizinhos de condomínio. Se não fizer isso, eu mesmo farei. Mas não vou me contentar com seus vizinhos, tenha certeza. Cada sócio desta empresa assistirá ao vídeo, assim como o pessoal do Departamento de Polícia de Nova York.

Chegara a vez de Webster saborear o seu triunfo. Em trinta segundos, havia destruído os dois homens.

Marston abriu a boca para dizer alguma coisa, mas desistiu. Não havia nada a dizer.

— Espero encontrar seus votos sobre minha mesa, amanhã, às oito horas em ponto. Continuaremos sendo uma sociedade privada por, no mínimo, mais dois anos, e vocês dois me darão autoridade absoluta para iniciar imediatamente a criação do fundo que descrevi há pouco. Fui claro?

Webster sorriu.

Marston e Polk assentiram, como se estivessem em transe.

— Muito bem. Podem ir.

Os dois se levantaram, com expressões transtornadas, apertando seus grandes envelopes contra o peito.

— Mais uma coisa, Marston — Webster disse.

Os dois pararam e se viraram para fitá-lo.

— Vou retirar Mace McLain do seu Grupo de Assessoria em Negócios Imobiliários. — Webster voltou a sorrir. — Ele é o funcionário mais brilhante da empresa, e vou precisar dele para administrar esse fundo. McLain deixará de se reportar a você.

Marston assentiu, incapaz de falar. Àquela altura, Webster poderia ter dito qualquer coisa, que ele teria concordado.

Os olhos de Webster pousaram no copo vazio sobre a mesa de mogno.

— Aprenda a limpar a sujeira que faz, Polk. — Sorriu outra vez. — Você tem alguns hábitos um tanto porcos, não?

Rapidamente, Polk apanhou o copo. Então, ele e Marston deixaram a sala.

Com movimentos lentos, Webster girou sua cadeira na direção da imensa lareira e do retrato de Harley Walker. Mais uma vez, sorriu. Talvez, tudo acabasse bem, afinal. Talvez fosse exatamente como o homem dissera. No final das contas, todos sairiam daquele impasse muito mais fortalecidos do que antes. E ele ficaria bem longe daquela cela infestada de piolhos, a sua espera em Leavenworth.

Lá embaixo, os sinos da igreja Trinity começaram as badaladas da meia-noite.

5

Era um soldado, embora seu uniforme não fosse aquele usado pelo exército regular. Como soldado, obedecia cegamente às ordens de seu comandante. Pois, como soldado, se parasse para questionar a autoridade, poderia estar morto no instante seguinte. A bala poderia atingi-lo naquele exato momento de insubordinação. Era mesmo muito simples. Vivo ou morto: o que era preferível?

O suor escorria pelo rosto de Slade Conner, enquanto ele se mantinha agachado junto à extremidade da remota pista de pouso de terra. A noite estava quente e úmida naquela selva das Honduras, e seu corpo ainda não havia se recuperado completamente da árdua tarefa de fixar com o auxílio de uma marreta os quarenta e dois obstáculos de aço na pista estreita, de maneira que se projetassem quarenta e cinco centímetros acima da superfície de terra, em seis fileiras perfeitas, de sete obstáculos cada uma, conforme as instruções que recebera.

Slade abanou a mão para afastar um mosquito da frente do rosto. Em momento algum questionara a ordem recebida, mas agora, fitando o céu escuro, agachado em meio à densa vegetação, a mais de trinta quilômetros da cidade mais próxima, uma cidade que, na verdade, não passava de um pequeno amontoado de barracos erguidos à margem de um riacho que descia a montanha, a ponta de dúvida que ele se esforçara tanto para ignorar, desde sua partida de Washington, quatro dias antes, começou a ocupar seus pensamentos outra vez.

— Droga!

Slade atingiu com um tapa outro mosquito, que chegara a picá-lo na parte posterior do pescoço, esfregou com movimentos circulares o inseto morto contra a própria pele e, então, segurou-o entre o indicador e o polegar e posicionou-o diante de seus olhos. Mesmo à distância de uns poucos centímetros, mal podia discernir a forma do mosquito sobre a ponta de seu dedo. A noite estava escura demais para enxergar com clareza. Isso era bom. Significava que o piloto do pequeno avião não avistaria a caminhonete escondida em meio aos arbustos. Mais importante, não notaria os obstáculos na pista de pouso, até que fosse tarde demais.

Evidentemente, Slade não estava preocupado com o piloto. Matar um contrabandista de drogas não o incomodava nem um pouco. Os traficantes eram o flagelo do planeta. Era a pessoa que, supostamente, estaria acompanhando o piloto que preocupava Slade.

O avião partira das florestas da Colômbia com destino a uma pequena pista de pouso a leste de Lopeno, no Texas, levando um carregamento de cocaína, cujo valor de venda ultrapassava vinte e cinco milhões de dólares. Embora os senhores do tráfico houvessem se tornado mais ousados, recentemente, passando a diversificar seus métodos de contrabandear a droga para dentro dos Estados Unidos, a maior parte da cocaína ainda entrava no país em aviões pequenos, de dois ou quatro lugares. A aeronave usada naquela noite era das menores, e teria de pousar para reabastecer em uma das duas pistas escondidas na selva hondurenha, antes de seguir viagem para os Estados Unidos. Ao menos, era o que as informações recebidas por Slade indicavam.

Não muito acima de sua cabeça, um galho grande se partiu e caiu ruidosamente no solo, a três metros de onde ele se encontrava. No mesmo instante, ele se pôs de pé e retirou do cinto de couro a sua lanterna. Então, pensou melhor e voltou a guardá-la. Não queria correr o risco de delatar sua posição ao piloto do avião. Além disso, tinha certeza absoluta de que não fora um ser humano que partira o galho. Slade havia feito um reconhecimento minucioso do local, e estava certo de que não havia ninguém por ali. A única estrada que levava à pista de pouso era uma velha trilha para transporte de madeira, que ele tivera o cuidado de minar em diversos pontos. O galho, provavelmente, se quebrara pelo próprio peso, ou pelo de um animal.

Slade fixou os olhos na direção em que o galho caíra e apurou os ouvidos. Pensou ouvir um leve farfalhar que não havia notado antes. Uma cobra? Havia serpentes grandes naquela região, que poderiam partir galhos robustos com seu peso, durante suas caçadas noturnas. Slade detestava cobras. Venenosas ou não, pouco importava. Tentara livrar-se da fobia com a ajuda de treinadores do Zoológico de Washington, mas não tivera sucesso. Sua mão direita pousou no cabo da pistola nove milímetros firmemente presa a sua coxa.

De repente, pelo canto do olho, Slade percebeu as luzes azuis de pouso se acenderem. Havia dez delas incrustadas na pista de terra, para orientar os pilotos em pousos noturnos, e Slade tivera o cuidado de não fixar obstáculos perto delas. Sentiu o pulso acelerar. Estavam perto. O piloto teria acionado as luzes da pista de seu painel de controle, no avião.

Slade movimentou-se por entre os arbustos, afastando-se da extremidade da pista curta e do ponto onde o galho caíra, pouco antes. Não queria enfrentar uma cobra, se fosse mesmo esse o motivo da queda do galho.

No início, o som do motor do avião não passava de um zumbido agudo, como se um pernilongo estivesse voando em círculos, próximo ao seu ouvido. No entanto, o zunido foi se tornando mais intenso e mais alto, até o avião rugir acima de sua cabeça, a apenas umas poucas centenas de metros do solo. Passou por cima da pista e desapareceu na distância. O que mostrava que o piloto era cuidadoso, Slade pensou. Não pousaria na primeira aproximação. Slade perguntou-se se o piloto havia pousado na outra pista, a vinte quilômetros dali, e encontrado os tanques vazios, de onde ele havia retirado, com a ajuda de um sifão, todo o combustível, na véspera. Se fosse assim, era possível que o piloto estivesse desconfiado.

Slade colou o corpo de encontro ao tronco de uma árvore imensa, quando o avião sobrevoou a pista novamente. Podia haver equipamento com sensor de calor a bordo e, embora o calor gerado por Slade pudesse ser facilmente identificado como sendo produzido por um animal, ele não queria dar aos ocupantes do avião nenhum motivo para uma súbita alteração de planos. Quando o avião passou por ele outra vez, Slade afastou-se ligeiramente da árvore e observou as luzes alaranjadas da aeronave desaparecerem além da copa das árvores. Seu coração batia descompassado debaixo da camisa cáqui, encharcada de suor. Mais uma vez, ele pressionou a mão na pistola. Desta vez, porém, seus motivos eram muito diferentes.

O som do motor do avião foi se dissipando na distância, até se tornar quase inaudível. Então, começou a aumentar de intensidade novamente. Desta vez, os homens pousariam. Slade podia sentir isso. Provavelmente, estavam sem combustível e atrasados, e embora pressentissem o perigo, não tinham escolha senão pousar ali.

Slade afastou-se da árvore um pouco mais, os dedos cravados na casca do tronco, os olhos fixos no céu, imediatamente acima das árvores, esperando que as luzes do avião voltassem a aparecer. Gotas de suor escorriam por sua testa, fazendo seus olhos arder. Ele as secou com as costas da mão, rapidamente, e voltou a observar a copa das árvores. Naquele instante, as luzes do avião tornaram-se visíveis, descendo depressa na direção das luzes azuis de pouso.

Que eles não vejam os obstáculos! O coração de Slade parecia prestes a explodir em seu peito. *Que eles não vejam!*

Os pneus atingiram a segunda fileira de obstáculos, e parte do trem de pouso foi imediatamente arrancada. No mesmo instante, o avião lançou-se para a frente, sem dar tempo ao piloto para reagir ao impacto inesperado. A hélice dianteira cravou-se na pista, atirando grandes blocos de terra e pedregulhos no ar, até as lâminas se partirem e desprenderem da fuselagem. Os dois passageiros foram lançados contra o pára-brisa e, em seguida, contra o teto da fuselagem, enquanto o avião capotava para a frente, para então deslizar de cabeça para baixo, até a linha seguinte de obstáculos, que cortaram o revestimento delicado da aeronave como se fossem navalhas.

Quando o que restou do avião finalmente parou ao colidir com a quinta fileira de obstáculos, Slade Conner já estava no meio da pista, lanterna em punho, o facho de luz dançando loucamente a sua frente, no ritmo de sua corrida frenética.

— Não vá explodir, beleza! Não se atreva a explodir! — Slade sussurrava enquanto corria, seguindo a luz da lanterna, desviando-se dos poucos obstáculos ainda de pé e dos escombros espalhados pelo chão.

Precisava identificar o corpo do passageiro, e um incêndio poderia tornar a tarefa impossível. Recebera uma lista de sinais existentes em todo o corpo do sujeito, para usar na identificação, mas se o corpo não houvesse sido atirado para fora do avião, Slade teria de ficar naquele lugar até as chamas se dissiparem, o que seria demorado e perigoso. O fogo atrairia atenção, mesmo em um local tão desolado. E, se o corpo ficasse muito queimado, ele teria de abri-lo para fazer a identificação. E essa era uma tarefa que ele preferiria evitar, se pudesse.

Slade diminuiu a velocidade ao se aproximar do que restara da aeronave. Inspirou várias vezes, mas não detectou nenhum sinal de fumaça. Ao que parecia, o avião tinha pouquíssimo combustível, e o piloto realmente não tivera alternativa senão pousar. Desligou a lanterna, ajoelhou-se e arrastou-se por seis metros para a direita, para então parar e apurar os ouvidos. Se um dos ocupantes, ou os dois, houvesse conseguido sobreviver, ele não queria se tornar um alvo fácil. Permaneceu agachado, imóvel, durante alguns minutos, os ouvidos atentos a qualquer som que indicasse vida humana. Não escutou nada.

Finalmente, Slade moveu-se devagar e com cuidado na direção do avião. Foi então que avistou os sacos plásticos espalhados por todos os lados, alguns ainda cheios da carga ilícita. O chefe do tráfico ficaria ligeiramente irritado pelo prejuízo, mas existiam outros aviões, muitos outros pilotos, e outras tantas toneladas de cocaína. Era a perda do passageiro que o deixaria furioso, pois este, se estivesse mesmo a bordo, fora quem permitira ao traficante contrabandear muito mais cocaína para os Estados Unidos do que qualquer de seus concorrentes, fornecendo-lhe informações importantes relacionadas à identidade de agentes infiltrados, avisando-o com antecedência sobre batidas policiais de surpresa e alertando-o sobre locais e horários das patrulhas aéreas noturnas. O passageiro fizera isso em troca de uma parte dos lucros. Essa fora a história contada a Slade.

O avião estava de cabeça para baixo, apoiado na linha de obstáculos. Umas das asas fora arrancada da fuselagem, assim como o estabilizador, mas o compartimento do passageiro parecia intacto. Slade respirou fundo antes de erguer-se sobre os joelhos e espiar por uma das janelas laterais da cabine. O vidro se fora, exceto por uma estreita moldura de cacos afiados. Ele voltou a respirar fundo e, então, acendeu a lanterna. Só lhe restava rezar para que o passageiro estivesse mesmo a bordo e para que não houvesse sido lançado para fora do avião, durante a capotagem.

Porém, não havia motivo de preocupação. Carter Guilford, agente veterano e chefe de todas as operações da Agência Central de Inteligência na América do Sul, jazia de costas no teto da cabine. Seu braço direito fora totalmente separado do corpo, na altura do ombro, e o sangue cobria seu rosto, mas Slade reconheceu-o de pronto, assim mesmo. Um agente da CIA que se deixara corromper: fora o que seu comandante lhe dissera, e parecia ter acertado. Lá estava Guilford, os olhos abertos sem ver nada, deitado em meio aos restos da cocaína que ele vinha ajudando a transportar, perto do piloto morto a quem ele estivera dando proteção.

Obedeça ao seu comandante. Era esse o lema de Slade. Não havia razão para questionamento. Guilford era um agente renegado. A única outra explicação para a presença dele naquele vôo seria ele estar trabalhando como agente infiltrado, mas isso era impossível. Agentes veteranos da CIA como Guilford jamais trabalhavam infiltrados. Eram reconhecidos com extrema facilidade e representariam uma perda grande demais para a agência, se fossem descobertos. Ora, Guilford estava apenas alguns cargos abaixo de Malcolm Becker, diretor da CIA.

A janela do avião era grande o suficiente para Slade entrar por ela. Ele fez isso devagar, cuidando para não se cortar nos cacos espetados. Fitou os olhos sem vida de Guilford, ao se aproximar do corpo. Como alguém podia se voltar contra o próprio país, daquela maneira? Como ele podia ter traído de maneira tão ostensiva a confiança das pessoas, além do juramento de sustentar e proteger a segurança da nação?

Evitando o sangue que escorria pelo teto, na direção da cauda do avião, Slade aproximou-se mais do corpo. Revistou os bolsos externos do paletó de Guilford, mas não encontrou nada. Então, verificou os bolsos internos.

A agenda era pequena, sete centímetros por quinze, encadernada com couro preto com filetes dourados. Slade depositou a lanterna no teto do avião e inclinou-se para folhear as páginas à luz da pequena lâmpada. Como seu trabalho era de investigação, ele possuía uma tendência natural a se interessar por um artigo como aquele, que poderia revelar tanto sobre seu proprietário. De repente, parou, voltou algumas páginas e fixou os olhos nas anotações. Não fazia sentido. O comandante não lhe dissera nada que indicasse aquela segunda traição. Mencionara apenas os crimes de cumplicidade com o traficante de drogas.

Slade estreitou os olhos. Uma reunião, já realizada, de acordo com a agenda, entre Guilford e Preston Andrews, vice-presidente dos Estados Unidos. Malcolm Becker e Preston Andrews desprezavam um ao outro, e agentes da CIA jamais deveriam encontrar-se com o vice-presidente a sós. No entanto, lá estava a anotação na agenda de Guilford. Recentemente, em Bogotá, segundo a agenda. Não fazia sentido. Teria sido esse o verdadeiro motivo daquele incidente?

Slade sacudiu a cabeça. Lá estava a ponta de dúvida novamente, lenta mas persistente, penetrando seus pensamentos. Tinha de dar um basta aos seus questionamentos. O comandante estava acima de qualquer suspeita. Não estava?

6

A DECORAÇÃO DO ESCRITÓRIO parecia mais apropriada para um gerente de banco do século XIX do que para um homem prestes a conduzir o banco de investimentos mais progressista de Wall Street ao século XXI. Equipamentos modernos e comuns no mundo financeiro não existiam na sala. Não havia nenhum sistema *on-line*, computador, ou aparelho sofisticado de telefone. Enfim, nada que indicasse a era da tecno-informação que havia dominado o mundo financeiro.

As paredes eram pintadas de uma tonalidade cinza e exibiam quadros antigos, retratando caças a raposas, em molduras também antigas e pesadas. A mobília, inclusive a grande escrivaninha de tampo corrediço feita de madeira escura, posicionada a um canto da sala, teria parecido natural na coleção de um museu. Tudo era antigo, incluindo a máquina de escrever sobre o aparador junto à janela, que dava vista para o começo de Wall Street, ou seja, para a frente do edifício da Walker Pryce. Até mesmo o cheiro que impregnava a sala sugeria antigüidade, lembrando ambientes há muito fechados e ligeiramente mofados. J.P. Morgan teria se sentido em casa.

Como só estivera naquela sala algumas poucas vezes, ao longo de sua carreira de quatro anos na Walker Pryce, Mace hesitou no corredor e observou tudo ao seu redor, por um momento. O escritório era, sem sombra de dúvida, antiquado, mas ainda assim impressionante. Finalmente, bateu na porta entreaberta. Lewis Webster ergueu os olhos dos papéis que examinava e encarou Mace.

— Já terminou de examinar o meu escritório? — perguntou em seu sussurro pouco amigável.

O velho soubera da presença de Mace todo aquele tempo. Webster não deixava passar nada. Podia parecer fraco, mas era um exemplo notório de que, às vezes, as aparências enganam. Mace não respondeu diretamente ao tom belicoso de Webster, decidindo que era melhor ignorar a alfinetada.

— Marston disse que o senhor queria me ver.

— Sim, entre e feche a porta.

Mace passou pela porta com passos lentos e fechou a porta atrás de si.

— Como está Marston? — Webster perguntou.

Ao se sentar na poltrona indicada, Mace pensou haver detectado um leve sorriso nos lábios finos de Webster, mas não poderia afirmar com certeza. Webster raramente sorria.

— Ele está bem — respondeu.

Entretanto, Marston não lhe parecera bem. Geralmente, o homem era compenetrado e cheio de energia, mas desde a manhã do dia anterior mostrava-se distraído e letárgico, incapaz de prestar assistência efetiva em diversas transações de grande porte, que outros agentes do Grupo de Consultoria em Negócios Imobiliários tentavam finalizar. No entanto, os problemas de Marston não afetavam Mace, que negociava e finalizava suas próprias transações.

— Fico contente em ouvir isso — Webster disse.

Mace retirou um minúsculo pedaço de papel da perna da calça de seu conservador terno risca-de-giz.

— Lewis, para que precisa de mim?

Em questões de negócios, Mace era direto e objetivo. Sua capacidade de ganhar dinheiro era limitada apenas pelo número de horas do dia e, por isso, ele queria aproveitá-las ao máximo.

Webster ficou ligeiramente tenso. Não estava acostumado a ser chamado de Lewis por qualquer pessoa que não fosse outro sócio. Até mesmo alguns deles dirigiam-se a ele como sr. Webster.

— Quero convocar sua assistência para um projeto em que estou trabalhando.

Mace assentiu, mas não disse nada. Embora não tivesse contato diário com aquele homem, participara de várias reuniões em que ele estivera presente e, por isso, percebeu que o homem mais velho sentia-se subitamente constrangido.

— Trata-se de um projeto importantíssimo para a Walker Pryce — Webster continuou. — Um projeto que, acredito, permitirá que a empresa permaneça independente, que conservemos nossa condição de sociedade privada, sem termos de ceder ao mercado público.

Mace inspirou devagar, mas não demonstrou nenhuma reação à notícia. Assim como todos os bons profissionais em sua área, Mace era adepto de coletar informações, tanto sobre clientes quanto sobre membros da empresa onde trabalhava, e sabia que a maioria dos sócios queria tornar a sociedade pública, o quanto antes. Aquele projeto tinha de ser algo excepcional, para Webster conseguir convencer os outros membros do conselho executivo, Marston e Polk, a desistir do mercado público e manter a sociedade privada.

— Fale-me sobre o projeto.

— Quero reunir uma quantia considerável que usaremos para investir no mercado imobiliário de Manhattan e em ações listadas na Bolsa de Valores de Nova York. A Walker Pryce criará o fundo com cinqüenta milhões de dólares, retirados do capital dos sócios.

— Qual é o montante do fundo a que está se referindo?

— No mínimo, um bilhão.

Mace fitou-o, perplexo. Um bilhão de dólares. Era muito. Mesmo para a Walker Pryce.

— E quero alavancar esse bilhão tomando emprestado mais um bilhão de bancos comerciais, de maneira a contarmos com dois bilhões para investir — Webster prosseguiu. — Walter Marston, Graham Polk e eu acreditamos que os mercados estão extremamente supervalorizados, que estamos a caminho de grandes correções nesses mercados, quedas acentuadas no mercado imobiliário e nos preços das ações, e queremos estar preparados, quando isso acontecer. Quando essa crise financeira chegar, esperaremos que os preços cheguem ao fundo do poço e, então, compraremos barato e desfrutaremos dos lucros, quando os valores subirem novamente... como sempre acontece.

— Um clássico fundo abutre — Mace concluiu.

— Sim — Webster confirmou em voz quase inaudível.

Mace assentiu. Os preços estavam, de fato, altos demais. Porém, no mundo dos investimentos, era praticamente impossível prever uma correção acertadamente. Justamente quando todos os sábios pensavam que os valores cairiam, eles disparavam em alta. E vice-versa. Mas, se reunissem todo aquele dinheiro, e o fundo não obtivesse um bom resultado porque os preços continuassem altos, isso não seria nada bom para a sua carreira. Os investidores, que estariam esperando por lucros altíssimos e, ao contrário, receberiam pouco, ficariam furiosos. A notícia de que ele fora o responsável por isso se espalharia. Webster não enfrentaria o fogo cruzado. Disso, Mace não tinha a menor dúvida. Claro, pensou, seria ele o peão a tombar, caso o fundo ruísse, como uma apólice de seguro.

— Lewis, nossos próprios economistas, no vigésimo terceiro andar, não estão prevendo nenhum tipo de queda acentuada. Não estão pressionando o botão do pânico — Mace argumentou, tentando justificar sua falta de entusiasmo.

— Economistas! — Webster murmurou com desdém. — Peça a eles o número do telefone de alguém e, se não souberem, vão estimá-lo para você. Papel higiênico é muito mais valioso do que um economista. A única razão pela qual eu mantenho o nosso departamento econômico é que uma empresa conhecida como a nossa não pode deixar de ter um.

Mace discordava. Os economistas da Walker Pryce eram extremamente talentosos e já haviam lhe fornecido informações mais que precisas. No entanto, essa não era uma batalha na qual ele pretendia lutar no momento.

— Mesmo assim, acho que seria arriscado demais apostar o futuro da empresa no sucesso de um fundo como esse.

Mace engoliu em seco. Era óbvio que as palavras que acabara de pronunciar não eram o que Webster esperava ouvir.

Webster assentiu, pensativo, cofiando a barba.

— Mace, quantos anos você tem?

— Trinta.

Webster sorriu.

— Em seus quatro anos na Walker Pryce, vem se saindo muito bem. Conseguiu cinqüenta milhões de dólares em comissões, no ano passado, se não estou enganado.

— Isso mesmo.

— Um feito admirável para um homem tão jovem — Webster elogiou. — Temos diretores-administrativos de quarenta anos que não conseguiram gerar nem dois milhões, no ano passado.

Mace assentiu. Sabia onde estavam os pesos mortos da empresa.

Webster sacudiu a cabeça.

— Chegamos a um ponto em que, desde que alguém seja diretor-administrativo e seja capaz de embaçar um espelho, nós lhe pagamos mais de um milhão de dólares. — Fez uma pausa. — Quanto pagamos a você, no ano passado, Mace?

— Oitocentos e cinqüenta mil.

Webster voltou a sacudir a cabeça.

— Não é o bastante. Você deveria ser diretor-administrativo. No mínimo.

— Acho boa idéia — Mace replicou com um sorriso maroto.

— O problema é que temos essas regras não escritas, na empresa. Você sabe que é exigido um mínimo de sete anos de trabalho na Walker Pryce para se tornar diretor, e um mínimo de dez anos para ser sócio.

Mace olhou para a janela. O velho era mestre na arte da manipulação.

— O diretor-administrativo mais jovem da história da Walker Pryce. Na história da empresa! — Webster sussurrou as últimas palavras em voz mais alta. — O que acha?

— Muito bom, Lewis — Mace respondeu imediatamente, mas seu tom foi frio, pois ele não gostava de ser encurralado.

— Na qualidade de sócio sênior, posso lhe garantir esse título, Mace. Dentro de seis meses. Se você me ajudar com esse fundo. Preciso dos seus contatos no ramo imobiliário e da sua capacidade de identificar valores nos mercados de ações. Posso lhe garantir o título e uma compensação anual de dois milhões de dólares, no mínimo. Sabe que, a partir daí, será fácil e rápido tornar-se sócio. E ainda terá a satisfação de saber que o seu trabalho permitiu que esta empresa continuasse sendo uma sociedade privada. Assim, um dia, você conhecerá a sensação de ser sócio do banco de investimentos mais prestigiado de Wall Street.

Mace não respondeu, e Webster persistiu:

— Com a minha idade e experiência, posso afirmar que o sucesso ou o fracasso na vida dependem de algumas poucas decisões muito importantes. E de se jogar no time certo. Esta é uma dessas decisões, Mace, e eu sou o capitão do time para o qual você quer jogar. — Fez uma pausa. — Se não está comigo, está contra mim.

Desde a infância, Mace sempre fora analítico, reunindo informações pertinentes com respeito a uma decisão que teria de tomar, para então optar pelo melhor caminho, baseado nas informações obtidas. Às vezes, porém, as informações disponíveis não eram suficientes para resolver a questão, e era preciso, simplesmente, seguir os instintos. No momento, seus instintos lhe diziam que ele deveria rejeitar o plano de Webster e voltar para o Grupo de Consultoria em Negócios Imobiliários. Mas, assim, estaria jogando para o outro time, aos olhos de Webster, e enquanto o velho ocupasse o cargo de sócio sênior, ele jamais se tornaria diretor-administrativo.

Não deveria ser assim. Não era justo ter de se deixar envolver em manobras políticas. Ele deveria poder trabalhar arduamente, gerar para a empresa grandes quantias em comissões e ser devidamente recompensado por isso. Mas a vida nem sempre era justa. E Mace sabia muito bem disso.

— Qual seria o meu papel? — indagou em voz baixa.

Os olhos de Webster dançaram. Atingira um ponto fraco, como havia calculado que aconteceria.

— Você teria controle absoluto da parte de investimentos. Quero que se concentre nas propriedades nas quais o fundo deveria investir, em Manhattan. O perfil de tais propriedades será simples: edifícios comerciais grandes e muito bem localizados, que estejam em situação financeira instável. Tenho certeza de que conhece alguns.

Mace assentiu. Metade do mundo imobiliário vivia, constantemente, à beira da falência. Era sempre assim, por mais forte que a economia estivesse. No mercado imobiliário, os compradores tentavam, sistematicamente, utilizar o máximo de dívidas e o mínimo de seu próprio capital em suas transações, o que criava um imenso fardo de fluxo de caixa para a propriedade, na forma de serviço da dívida. Um pequeno tropeço na renda gerada pelos aluguéis era suficiente para que o fluxo de caixa não cobrisse as despesas de juros. Um déficit prolongado no fluxo de caixa, e o proprietário teria de correr para a proteção da falência e aceitar o melhor preço oferecido pelo imóvel, para poder sair da situação que ele mesmo havia criado.

– Comece a negociar com os proprietários desses imóveis, e também com os credores hipotecários. Limite-se a abrir as conversações, nada mais que isso, por enquanto. Visite-os, ou convide-os para um almoço, aqui na empresa. Mas, antes de mais nada, informe-me sobre cada uma das propriedades que tiver em vista.

– Certo.

Mace respirou fundo. O que Webster estava lhe pedindo seria muito fácil. As pessoas estavam sempre dispostas a ouvir. E, pelo preço certo, qualquer propriedade estava à venda. Os investidores não eram sentimentais. Ao menos, não os bons investidores.

– Comece a pesquisar o mercado de ações, também, em busca de ações subavaliadas. Esse projeto é do tipo aberto, mas você é inteligente. Sabe onde procurar o que quer. Pode convocar dois ou três associados do Departamento de Assessoria em Incorporações e Aquisições, para fazer o trabalho de base. Ligarei para Renenberg, chefe da M&A, e o informarei sobre tudo o que você precisa. Mas não diga aos associados por que precisa dessa pesquisa.

– É claro que não – Mace retrucou com cinismo.

Webster ignorou-lhe o tom de voz.

— Finalmente, e no mais absoluto sigilo, quero que comece a conversar com seus contatos nos grandes bancos comerciais de Nova York sobre possíveis empréstimos para o fundo. Procure, em primeiro lugar, os bancos especializados em empréstimos imobiliários e para fundos de títulos. É possível que tenhamos de utilizar mais de uma instituição para reunir um bilhão de dólares em empréstimos, e pode não ser fácil convencê-los.

Era a mais pura verdade, Mace pensou. Dar início às conversações não seria difícil. Conhecia todos os responsáveis pelos departamentos encarregados de negócios imobiliários, nos grandes bancos comerciais de Nova York. Convencê-los a conceder um empréstimo seria outra história.

— Onde vai conseguir o capital de terceiros para o fundo, Lewis? Refiro-me ao bilhão de dólares que funcionará como garantia para o empréstimo bancário — Mace esclareceu, cruzando os braços sobre o peito, com expressão de desafio.

— Vou selecionar algumas das famílias mais ricas dos Estados Unidos.

— Por quê? Por que não fazer contato com as instituições? É nessa área que temos os nossos melhores relacionamentos.

— Quero manter este fundo em certo sigilo. Todas as transações devem ser confidenciais. Não quero que todos saibam o que estamos fazendo. As instituições se encarregariam de espalhar a notícia por toda Wall Street.

— Quantas famílias pretende procurar?

— Oito, dez no máximo.

Mace fez uma careta, como se sentisse alguma dor.

— O dinheiro antigo de famílias tradicionais não é como o dinheiro rápido das instituições. Sei que eles se dispõem a correr alguns pequenos riscos, mas acredita mesmo que vai conseguir reunir um bilhão de dólares, de apenas dez famílias? Isso significa que cada uma delas terá de depositar cem milhões de dólares no fundo. Mesmo que estejamos falando de gente muitíssimo bem posicionada, em termos financeiros, acho difícil... — Mace hesitou, mas seu silêncio expressou com clareza todas as suas dúvidas. — E não poderei ajudá-lo nessa parte do trabalho, pois não tenho nenhum contato com esse tipo de gente. Conheço outro tipo de investidor, instituições, companhias de seguros, fundos de pensão.

— Já cuidei desse ângulo — Webster informou-o.

— É mesmo? Ora, eu não sabia que era chegado a essa gente. Geralmente, fazemos nossas negociações no mercado institucional.

Webster tossiu e arrumou vários papéis sobre sua mesa.

— Não estou familiarizado com essa gente, quero dizer, com as famílias. Mas você terá ajuda de alguém que está.

— Ajuda?

Webster fitou Mace diretamente nos olhos.

— Sim, ajuda. Algum problema, para você?

O sussurro do homem mais velho tornou-se ácido. Mace estreitou os olhos.

— Não, problema nenhum.

— Ótimo.

— Quem é essa pessoa? — Mace perguntou, realmente curioso.

— Alguém de fora da empresa.

— Ah...

Aquela era uma informação interessante, pois a Walker Pryce raramente buscava qualquer tipo de ajuda fora da firma, para um projeto como aquele. Aliás, raramente buscava ajuda para qualquer projeto, exceto na contratação de funcionários para a categoria júnior. — Já fez uma oferta a essa pessoa?

— Não formalmente, pois queria a sua opinião, antes.

Mace assentiu. Tal postura era boa, pois demonstrava um respeito que ele apreciava.

— Quando vou conhecê-lo?

Webster pigarreou.

— Em primeiro lugar, não é ele... é ela. E você vai conhecê-la amanhã à tarde.

Mace sorriu.

— Compreendo. Bem, eu não me importo em ter uma subordinada do sexo feminino. Sou um sujeito de mente aberta.

— Ela não estará subordinada a você, Mace. Será contratada como diretora-administrativa. — Webster foi direto e objetivo. — Ela se reportará diretamente a mim, e você se reportará a ela. Somente a ela. De agora em diante, você deixa de ser membro do Grupo de Consultoria em Negócios Imobiliários. Marston está de acordo com essa mudança. — Ele fez uma pausa. — É claro que você terá acesso direto a mim, também. No entanto, quero que essa mulher seja informada de tudo o que você fizer. Quero-a presente em todas as suas reuniões e encontros.

Mace tocou os lábios, pensativo. Não tinha nada contra uma chefe mulher. O problema era ter um chefe, independentemente de quem fosse essa pessoa. Durante os dois últimos anos, ele havia operado com independência quase total. Tivera liberdade para iniciar e finalizar suas transações, com um mínimo de interferência. E esse sistema vinha funcionando muito bem. Agora, voltaria a ter a responsabilidade de se reportar a alguém. E quem poderia saber até que ponto a tal mulher era controladora? Fitou Webster nos olhos.

— Não é incomum trazer alguém de fora, como está fazendo? Uma pessoa que nem sequer conhece a Walker Pryce?

— Em primeiro lugar, ela possui excelentes contatos com famílias riquíssimas, como resultado de experiências anteriores. Em segundo, esse fundo será independente da firma, exceto pelo meu envolvimento e o seu. E, em terceiro, se ela realmente precisar de ajuda no que diz respeito às normas e costumes da Walker Pryce, espero que você supra todas as necessidades dela. Está claro?

— Perfeitamente.

Havia uma coisa definitivamente positiva em Webster. Era sempre possível saber exatamente onde se estava pisando, e o que ele esperava.

— Bom. Acredito que, por enquanto, isso é tudo o que tínhamos a discutir. Pode começar a preparar a sua lista de alvos imobiliários. Espere até amanhã para entrar em contato com o Grupo M&A. Dê-me uma chance de conversar com Renenberg, antes. Sarah ligará para você amanhã, para lhe dar os nomes dos associados com quem poderá contar.

Mace levantou-se. A reunião estava terminada. Isso ficara mais do que claro. Ele não estava satisfeito com o que se passara dentro daquela sala, mas a oportunidade de discutir com Webster era praticamente nula.

— Mais uma coisa, sr. McLain.

Mace virou-se e voltou a encarar Webster.

— Amanhã, quero que se mude de seu escritório no trigésimo andar, para o sétimo. Será mais fácil mantermos esse projeto em sigilo, lá, longe dos outros. Cuidarei para que tenha todos os computadores e sistemas *on-line* que precisar. Sei quanto gosta de ter a tecnologia ao seu dispor. — Webster pronunciou as últimas palavras como se elas deixassem um gosto amargo em sua boca.

— Está bem — Mace murmurou e virou-se para sair. Quando alcançou a porta, parou e voltou a virar-se. — Lewis?

Webster ergueu os olhos de seus papéis.

— Sim?

— Sabe que estou ministrando um curso de negócios imobiliários na Colúmbia.

— Sim, eu sei.

— Eu identifiquei uma mulher na classe que, na minha opinião, tem o perfil ideal para a Walker Pryce. Ela é extremamente inteligente e...

— Rachel Sommers — Webster interrompeu-o. — É de quem está falando, não?

Mace assentiu.

— Sim, mas...

— Já conversei com Charlie Fenton. Ele me contou que vocês dois falaram sobre a srta. Sommers. Pedi a Sarah que programasse um dia inteiro de entrevistas com ela, na segunda-feira. Leve-a para almoçar e faça com que ela aceite nosso generoso convite para entrevistas na Walker Pryce. E certifique-se de que ela realmente tem o perfil adequado.

Mace fitou Webster em silêncio. O homem parecia estar sempre um passo adiante.

* * *

— Faz muito tempo que não nos vemos, Mace! — Slade Conner gritou para ser ouvido.

A música alta emanava dos auto-falantes instalados acima do balcão do Poor Richard's, um bar bastante popular, situado em South Street Seaport e freqüentado pelo pessoal de Wall Street. O lugar consistia em um conjunto de bares, restaurantes e lojas, em um pavilhão de três andares, com vista para o rio East, bem ao norte do distrito financeiro.

Mace sorriu e brindou, tocando sua caneca de cerveja na de Slade. Então, bebeu um longo gole do líquido âmbar. Após alguns instantes, abaixou a caneca e falou junto ao ouvido de Slade, por causa da música alta.

— Vamos procurar um lugar nos fundos, onde o barulho não é tão alto.

Slade assentiu em concordância.

Lentamente, os dois se dirigiram para os fundos do bar, abrindo caminho cuidadosamente por entre a massa de clientes reunida na área próxima ao balcão. Quando, finalmente, conseguiram atravessar o congestionamento, uma loira usando um vestido vermelho muito curto segurou a mão de Mace.

— Quer dançar? — ela gritou.

Mace sorriu.

— Desculpe, mas agora não. Talvez mais tarde.

Apertou a mão dela em um gesto gentil, para então soltá-la e continuar seguindo na direção dos fundos. Após alguns instantes, encontraram um espaço junto à parede, onde podiam conversar com maior facilidade. Mace bebeu mais um gole de cerveja e sacudiu a cabeça.

— Tem certeza de que quer ficar aqui, Slade?

— Absoluta — Slade respondeu de pronto, observando um grupo de três mulheres que dançavam juntas, na pequena pista de dança. Seus movimentos eram fluidos e sedutores, acompanhando o som das batidas, sem nenhum homem por perto. — Ah, sim, tenho certeza de que quero ficar aqui.

— Quando nos falamos ao telefone, você disse que queria mulheres e música. Este é o melhor lugar que conheço, por aqui, para se ter essa combinação.

— É perfeito — Slade concordou, sem desviar o olhar das três mulheres.

Mace sorriu e bebericou sua cerveja. O apetite sexual de Slade era insaciável. Fora assim desde que Slade chegara ao orfanato, em Plymouth, Minnesota, aos treze anos de idade, e Mace supunha que seria sempre assim. Slade fora o primeiro garoto do grupo da mesma idade com audácia suficiente para entrar em uma loja de conveniências, comprar uma revista *Playboy* e, então, contrabandeá-la com sucesso para dentro do dormitório do orfanato. Também fora o primeiro da turma a "comer uma garota", aos catorze anos, depois de um evento conjunto com o orfanato feminino da cidade. Ao menos, era o que ele afirmava.

Mace observou a maneira como ele olhava para as mulheres. Slade não era alto: não chegava a um metro e oitenta, mesmo montado em suas botas de caubói. Por outro lado, era muito musculoso. Seu pescoço parecia o de um leão, os braços eram como os de um ferreiro, e as pernas lembravam toras. E todo aquele físico não era apenas fachada. Slade era forte. Sempre fora. Mace o vira retirar, sem qualquer ajuda, uma vaca que se afogava nas águas profundas do rio Minnesota, quando os dois tinham apenas dezesseis anos. Também vira Slade brigar, quando cursavam o último ano do colégio. A luta não durara mais de vinte segundos, mas o outro rapaz, que cometera o grave erro de provocar Slade, ficara estendido no chão por, no mínimo, cinco minutos, antes de se levantar com dificuldade e, atordoado, arrastar-se para longe. Slade não se enfurecia com facilidade, mas uma vez irado, a única maneira de acalmá-lo era apontar-lhe uma arma.

Quando terminaram o colégio, foram para a Universidade de Iowa, para jogar futebol juntos. Mace era zagueiro, enquanto Slade era o jogador ofensivo de linha, que se esforçava mais que os colegas, mas não ganhava fama. Slade, porém, não se importava. A única coisa que importava para ele era poder jogar com

Mace durante quatro anos. Ele protegia Mace, para que o amigo fizesse grandes jogadas e chamasse a atenção da mídia, enquanto ele permanecia nas sombras. Slade era uma das pessoas mais leais e com maior senso de equipe que Mace conhecia.

Depois da formatura, Mace fora para Nova York, para trabalhar no Chemical Bank, antes de freqüentar a Universidade de Colúmbia. Slade entrara para a Marinha e se tornara oficial condecorado. Agora, trabalhava em Serviços Especiais, ou algo parecido. Ele não gostava de falar sobre seu trabalho.

Mace examinou os cabelos loiros e longos que cobriam a gola olímpica da blusa vinho de Slade, e sorriu. Viam-se pouco, atualmente, mas a amizade de ambos era tão sólida que não enfrentavam aquele período de desconforto inicial que, às vezes, velhos amigos sentiam, depois de algum tempo de afastamento.

— Você gosta disso, não? — Mace indagou, apontando para as mulheres.

— Sim, gosto! — Slade assentiu com vigor.

— Fale sobre você. O que tem feito? — Mace perguntou.

O olhar de Slade continuou fixo nas mulheres por mais alguns segundos. Então, ele se virou para Mace e sorriu, revelando os dentes desalinhados, que jamais haviam sido tocados por um aparelho ortodôntico, pois esse era um luxo que o orfanato não podia pagar.

— Eu poderia lhe contar o que tenho feito, mas depois disso teria de matá-lo. — Voltou a olhar para as mulheres.

Mace soltou uma gargalhada. Aquela era a resposta típica de Slade, sempre que Mace tentava descobrir alguma coisa sobre o trabalho do amigo.

A primeira impressão que Slade causava em alguém que o visse pela primeira vez era a de um urso loiro, manso e carinhoso. Ele era quieto, raramente usava palavras com mais de três sílabas, e não parecia ter opiniões muito fortes. Um sujeito simpático, mas provavelmente incapaz de sair da cama sozinho, pela manhã, se não recebesse instruções de como fazer isso. O que não correspondia à realidade. Slade era extremamente inteligente, o bastante para tirar apenas a nota máxima em engenharia elétrica, ao longo de seus quatro anos em Iowa. E inteligente o bastante para ser incumbido de missões especiais a serviço do governo dos Estados Unidos, em diversas partes do mundo, embora Slade jamais especificasse com exatidão qual era a missão, ou onde era realizada. Essa era outra qualidade especial de Slade: ele jamais revelava segredos.

Slade desviou o olhar das mulheres.

– O que está se passando no seu mundo, Mace? Afinal, sua vida é muito mais interessante do que a minha!

Mace duvidava disso.

– Bem, tenho um novo emprego, desde esta tarde.

– Está trabalhando em outra empresa? – Slade inquiriu, incrédulo. – Pensei que fosse ficar na Walker Pryce até o dia de sua morte.

Mace sacudiu a cabeça e terminou sua cerveja.

– Não, eu continuo na Walker Pryce. Simplesmente, vou assumir novas responsabilidades, lá.

– Ah – Slade pareceu aliviado. – Que tipo de responsabilidades?

Mace hesitou. Não deveria contar nada, mas Slade pouco se importava com o que acontecia em Wall Street. Além disso, o amigo jamais diria uma palavra sequer a ninguém, se Mace lhe pedisse segredo.

– Trata-se de um assunto altamente confidencial.

Slade revirou os olhos.

– É o que você sempre diz.

– Verdade, mas desta vez, falo a sério.

– Certo. Eu entendo. Não direi nada a ninguém. Portanto, pode começar a falar. Conte-me tudo o que está acontecendo, irmão.

"Irmão" era o apelido que Slade usava para se dirigir a Mace, desde os tempos de colégio. E os dois eram mesmo tão próximos quanto dois irmãos.

Mace olhou em volta, certificando-se de que ninguém os ouvia.

— Tentaremos levantar uma grande quantia em dinheiro, de várias famílias ricas, e investir no mercado imobiliário de Manhattan e no mercado de ações. Acreditamos que, no futuro próximo, ocorrerão correções severas em tais mercados, ocasionando uma queda brusca do valor desses patrimônios. Esperaremos que os preços caiam o suficiente e, então, compraremos. Trata-se de uma operação conhecida como "fundo abutre".

— O quê? — Slade indagou, franzindo o cenho em uma careta estranha.

Mace sorriu.

— Fundo abutre. Se os preços de imóveis e ações caírem significativamente em um breve período de tempo, teremos muita gente infeliz. São pessoas que têm muito dinheiro em um dia e, de repente, puf! No dia seguinte, contam com pouco mais que as roupas que têm no corpo. Essas pessoas vão apontar uma arma para a própria cabeça, ou pular de uma janela, porque não terão como pagar suas dívidas de empréstimos e de outros tipos. Nossa posição será de meros observadores, durante algum tempo e, quando a situação se tornar insustentável, nós nos apresentaremos e faremos a nossa festa. Como o abutre que voa em círculos, observando sua presa, para mergulhar e caçá-la no momento certo. Ofereceremos centavos de dólar por propriedades que, em uma situação econômica estável, valeriam muito mais. Os proprietários, porém, aceitarão a oferta porque precisarão adquirir capital rapidamente. Então, quando os preços voltarem a subir, teremos lucros enormes.

Slade sacudiu a cabeça.

— Um fundo abutre. Vocês, do mundo dos investimentos, são incríveis. São tão rápidos para fazer uma piada quanto para enfiar a mão no bolso alheio.

— Nós apenas cuidamos para que os mercados funcionem de maneira eficiente. É esse o nosso trabalho. E alguém tem de fazê-lo.

— Ah, sim! Um trabalho árduo, eu diria. Reunir um vendedor e um comprador, e ganhar milhões. Meu coração está apertado por você, irmão. Um dia, vou lhe dizer o que é trabalho árduo.

— Bem que eu gostaria de ouvir — Mace provocou, erguendo o copo em um brinde.

Slade exibiu o sorriso largo e torto, e tocou seu copo no de Mace. O amigo quase conseguira penetrar seu mundo secreto. Slade bebeu o resto da cerveja, afastou o copo dos lábios e limpou-os com as costas da mão.

— E de quanto será a grande quantia em dinheiro que você pretende levantar?

Mace voltou a olhar ao redor.

— Um bilhão de dólares.

Slade arregalou os olhos.

— Jesus Cristo! É muito dinheiro!

Mace continuou a sorrir, mas não disse nada.

Slade riu alto e virou-se para a multidão, murmurando:

— Meu amigo, o sr. Wall Street! — Então, fez um sinal à garçonete, para que trouxesse mais duas cervejas. — Agora, conte-me como vai a sua vida pessoal.

— Eu poderia lhe contar como vai minha vida pessoal, mas depois teria de matá-lo — Mace replicou com um sorriso maroto.

Slade soltou uma gargalhada e, mais uma vez, fixou os olhos nas mulheres que dançavam na pista. O grupo havia crescido, de três para cinco beldades, que pareciam desesperadas por companhia masculina.

Dentro de uma hora, no máximo, Mace pensou, Slade estaria envolvido em uma conversa cativante com uma daquelas garotas, dizendo o que fosse necessário para poder sair do bar com ela, no final da noite. E ele tinha de voltar para a Walker Pryce. Havia muito trabalho a fazer, se o fundo batizado por ele e Webster de Broadway Ventures LP fosse mesmo decolar.

Slade observava as cinco mulheres. Enquanto isso, perguntava-se se o pedido de Malcolm Becker para que ele fizesse contato com Mace teria alguma relação com o fundo abutre de um bilhão de dólares no qual seu amigo estava envolvido.

O toque da linha particular que Webster instalara com muita relutância em seu escritório, na semana anterior, interrompeu o silêncio da noite. No primeiro momento em que o ruído estridente alcançou seus ouvidos, ele foi tomado por uma torrente de sentimentos. Conhecia a identidade da pessoa do outro lado da linha. Somente um homem possuía aquele número: o homem de Washington.

Webster estreitou os olhos, e sua cabeça projetou-se para a frente ao segundo toque. Não queria atender à ligação. Queria fechar os olhos e fazer com que tudo desaparecesse: o homem de Washington, o fundo, Mace McLain, o telefone... tudo... desaparecer... O homem ligava com maior freqüência agora, à medida que a conspiração atingia estágios mais avançados, e que Webster era constantemente encurralado contra a parede, com intensidade cada vez maior. E a freqüência e intensidade crescentes daquelas ligações estavam acabando com ele.

Ao terceiro toque, Webster virou-se para fitar através da janela a escuridão de Wall Street. Não havia para onde fugir, onde se esconder. Mesmo com todo o dinheiro que possuía. Justamente por causa de todo o dinheiro que possuía. O homem o encontraria, se fugisse. Isso ficara muito claro. E quando o encontrasse... Webster estremeceu diante da lembrança da ameaça que lhe fora feita. Finalmente, respirou fundo e atendeu o telefone.

7

O ENGENHEIRO BEBERICOU o café da xícara fumegante, tomando cuidado para não queimar os lábios, enquanto observava o guarda de segurança limpar seu rifle calibre trinta. O guarda era um policial aposentado de Nova York, sustentado por um generoso plano de aposentadoria, mais o que ganhava naquele emprego na Usina Nuclear Nyack. Provavelmente, não levava uma vida ruim, pensou o engenheiro, considerando a barriga saliente do guarda um atestado disso.

O guarda parou de limpar sua arma por um momento e apanhou a grande rosca, parcialmente consumida, deixada sobre papel impermeável, sobre a mesa de metal. Queijo e calda de frutas escorreram pelo canto de sua boca, caindo no uniforme azul, quando ele mordeu a guloseima.

— Droga! — ele resmungou, apanhando uma toalha de papel da pilha junto ao papel impermeável.

O engenheiro sorriu e desviou o olhar para as águas escuras do rio Hudson, que seguiam para o sul, além da torre de vigilância. Os primeiros raios de sol começavam a surgir por entre as nuvens matinais, a leste, e o engenheiro mal podia discernir a silhueta de uma balsa rumando para norte, contra a correnteza. Voltou a bebericar seu café, segurando a xícara com as duas mãos. A desembocadura do rio Hudson e o porto da cidade de Nova York situavam-se a menos de trinta quilômetros ao sul.

Ele respirou fundo. Gostava das manhãs de inverno ali em cima, na torre de vigilância, depois de um longo turno de trabalho na madrugada, fechado na sala de controle da imensa usina geradora de dois mil megawatts de eletricidade. Fechou os olhos e reclinou-se na cadeira. Talvez ficasse ali por mais algum tempo, antes de descer a longa escada que levava ao andar térreo. A torre era sossegada e silenciosa, e talvez ele pudesse tirar um cochilo antes de voltar para casa, para sua esposa e filhos.

— Como foi o turno, sr. Wilson?

A linda morena que caminhava em sua direção, na praia, usando nada além de um minúsculo biquíni, evaporou do devaneio do engenheiro. Ele esfregou os olhos por um instante, para então abri-los e fixá-los no velho guarda, que voltara a limpar a arma.

— Foi bem, Liam, muito bem.

— Algum problema? — Liam perguntou.

— Não.

Wilson endireitou-se na cadeira e bebeu outro gole de café. Era evidente que Liam não o deixaria voltar para junto da mulher na praia.

O guarda de segurança esfregava com carinho um pedaço de tecido macio pelo cano negro e brilhante de seu rifle.

— Importa-se se eu fizer uma pergunta rápida, sr. Wilson?

— Não, Liam. É claro que não.

Wilson gostava do guarda. Era um homem simples, que ia para o trabalho todos os dias e cumpria com sua obrigação. Sem chamar atenção sobre si, sem se queixar, como todos deveriam ser.

— Sinto-me um tanto tolo — Liam murmurou, colocando o rifle sobre a mesa e exibindo um sorriso tímido.

Wilson estudou-o.

— Ora, Liam, não vai me perguntar de onde vêm os bebês, vai? — indagou, provocando o mais velho.

— Não! É claro que não.

O guarda mostrou-se profundamente embaraçado.

— Bom. Creio que serei capaz de responder a qualquer outra pergunta que você faça. Portanto, mire e atire. — Wilson lançou um olhar para a arma sobre a mesa e desejou ter escolhido melhor as suas palavras.

Liam refletiu por um breve instante e, então, começou:

— Bem, eu... venho trabalhar aqui todos os dias, nesta usina nuclear, e na verdade, não faço a menor idéia de como ela funciona. Sei que produz eletricidade para a cidade de Nova York...

— Toda a eletricidade de que a cidade precisa — Wilson interrompeu, esclarecedor.

— Sim, sim — Liam assentiu, parecendo encontrar dificuldade para acreditar no que Wilson acabara de dizer. — Bem, eu gostaria de saber como isso funciona.

Wilson sorriu para o guarda. Era louvável o interesse de um homem em saber mais sobre seu local de trabalho.

— Sim, claro — disse. — Já ouviu os outros engenheiros, e a mim, conversando sobre o núcleo, certo?

— Sim, ouvi.

— Muito bem. É lá que a maior parte do processo ocorre. O núcleo é cheio de água, e quando acoplamos os bastões combustíveis ao...

— Bastões combustíveis? — Liam interrompeu.

Wilson assentiu.

— Sim, são bastões imensos, repletos de bolinhas de urânio. Da sala de controle, podemos encaixar os bastões em seus lugares, no núcleo, automaticamente. Quando fazemos isso, damos início a uma reação nuclear, como quando riscamos um fósforo e ele se acende, produzindo calor. O núcleo da usina é, praticamente, o mesmo conceito, mas em escala muito maior. A reação nuclear produz uma imensa quantidade de calor, mais de quatrocentos graus, uma temperatura que faz ferver a água muito rapidamente, transformando-a em vapor. O vapor é conduzido por canos que vão do núcleo até as turbinas. À medida que o vapor movimenta as turbinas, elas começam a girar, produzindo eletricidade. Bastante simples, não?

Liam não parecia convencido da simplicidade da operação.

— Então, é verdade que o vapor do núcleo é carregado de radiação?

— Sim. — Wilson baixou o tom de voz. — É verdade. Grandes quantidades de radiação. Se entrasse em contato com ela, não ficaria muito feliz.

O guarda olhou pela janela da torre de vigilância, para o vapor que se erguia das duas grandes torres de resfriamento. O engenheiro seguiu a direção do olhar do homem mais velho e começou a rir.

— Não, não, Liam — falou depressa, sabendo exatamente o que o outro estava pensando. — Aquele vapor vem da água que bombeamos do rio Hudson para resfriar o vapor que vem das turbinas, para condensá-lo e transformá-lo em água novamente, para que possa voltar ao núcleo e ser reaquecido. O vapor que sai das torres não tem o menor vestígio de radiação.

Liam continuou examinando as torres de resfriamento por alguns minutos.

— Deve ser muito quente, no núcleo.

— Incrivelmente quente.

— Como fazem para resfriá-lo?

— Temos os bastões de controle, feitos de boro, que podemos inserir no núcleo. Uma vez acoplados, eles interrompem a reação nuclear, e o núcleo esfria.

Liam fitou Wilson nos olhos.

— O que acontece se os bastões de controle não funcionarem? Se, por alguma razão, eles não se moverem?

Wilson sustentou-lhe o olhar.

— Nesse caso, mandamos você entrar lá para descobrir que diabos está acontecendo.

Liam não riu.

— Estou falando a sério.

Wilson respirou fundo. Já explicara o funcionamento básico da Usina Nuclear Nyack centenas de vezes, a pessoas que não compreendiam o processo. Existiam milhares de caminhos que a conversa poderia seguir, mas a discussão parecia chegar sempre àquele mesmo ponto: a questão da fusão nuclear. Apesar de tanta preocupação, a Nyack jamais tivera um acidente grave, na história de seus vinte anos em operação. Um probleminha aqui, outro ali, o que era esperado, mas nada importante.

As pessoas não se davam conta de quanto economizavam em suas contas de energia elétrica, graças ao fato de a Nyack ser uma usina nuclear. Se soubessem, não fariam tantas perguntas.

— A energia nuclear é um dos tipos mais seguros de energia conhecidos pelo homem, além de ser mais limpo e infinitamente mais eficiente que carvão ou óleo.

— Mas, o que acontece se os bastões de controle não funcionarem, sr. Wilson? — Liam perguntou pela segunda vez. Queria mesmo uma resposta.

O engenheiro fitou o policial aposentado por cima da borda de sua xícara de café, e respondeu:

— Saímos correndo.

Liam engoliu em seco.

— O quê?

Wilson continuou:

— Imagine a situação como sendo o motor de um automóvel, quando o sistema de refrigeração falha e o radiador explode. Imagine-se na estrada, vendo vapor sair de debaixo do capô de um carro, em um dia quente de verão. Na verdade, trata-se do mesmo princípio. A pressão vai aumentando até que algo se rompa e o núcleo seja violado.

— Violado? — Liam repetiu, deixando claro que o som da palavra não o agradara.

— O núcleo explode, ou simplesmente, derrete dentro de seu recipiente. De qualquer maneira, a radiação é liberada na atmosfera.

— E isso seria perigoso.

— A radiação faz com que você desenvolva dez dedos em uma só mão, se não matá-lo antes. — Wilson bebericou o café e olhou na direção da cidade. — Infiltra-se em edifícios e nos reservatórios de água. Uma grande dose de radiação pode tornar um lugar inabitável durante muito tempo. — Pronunciou a última frase em voz baixa.

O guarda assentiu, arrependido por ter perguntado sobre a usina. Ir para o trabalho nunca mais seria tão fácil como era antes. Era mesmo verdade o que as pessoas costumavam dizer: a ignorância era, sem sombra de dúvida, uma bênção.

Wilson deu as costas a Liam e continuou olhando pela janela. As pessoas sempre tendiam a pensar o pior sobre as usinas nucleares: que estavam constantemente a um passo de explodir e lançar uma chuva de radiação sobre todos os que viviam em um raio de cento e cinqüenta quilômetros da explosão. Era tão ridículo! Distantes no horizonte, ele avistou as torres do World Trade Center apontando para o céu, de sua base em Manhattan.

O homem moreno, com o espesso bigode preto, estava na crista, mastigando sementes de girassol, observando os homens descer rapidamente a parede íngreme da pedreira, pelas longas cordas. Sorriu ao sentir as sementes deliciosas libertarem-se de seus invólucros, separou-as com a língua, para então cuspir as cascas sobre a neve que cobria o oeste do Estado da Virgínia. Depois de mastigar e saborear as sementes, engoliu-as. Os homens estavam prontos. Definitivamente, prontos. O treinamento fora difícil. Já haviam perdido dois homens durante exercícios nos penhascos e nas minas abandonadas. Mas valera a pena. Eram uma máquina, agora, livre daqueles que poderiam ter falhado no cumprimento de suas tarefas, durante o ataque. Eram uma força de combate que nenhum grupo ralé de policiais aposentados jamais poderia ter esperanças de atrapalhar, e menos ainda, de dominar. Esmagariam as defesas de seu alvo, exatamente como os *panzers* haviam esmagado a Polônia. Seria mesmo muito fácil.

Ele riu alto ao pensar nos pobres-diabos em seus postos, tomando café e comendo rosquinhas. A maioria deles nem sequer saberia o que os havia atingido. Não teriam tempo. O fogo do inferno se ergueria diante deles por uns poucos e brutais segundos. Então, eles seriam mortos misericordiosamente. Seria muito rápido. Extremamente fácil. Rifles convencionais e barrigas protuberantes contra armamento de alta tecnologia e assassinos treinados. Não fazia sentido. Não era justo. Era, simplesmente, como ele queria, como o homem de Washington queria.

Vargus, como ele decidira chamar-se naquela missão, gritou algo para seu imediato, postado na base do penhasco. O outro assentiu e então gritou para os homens, que no mesmo instante começaram a içar-se para o topo, pelas longas cordas. Vargus voltou a encher a boca com um punhado de sementes de girassol. Os homens, escolhidos a dedo por Vargus entre os melhores talentos que a Síria, Líbia e Iraque tinham a oferecer, haviam se dedicado com vigor àquela missão, embora, claro, ainda não soubessem qual seria o alvo. Sabiam, porém, tratar-se de algo muito importante e conhecido, e sabiam que o ataque seria contra uma instalação americana. E haviam sido informados de que aquela não seria uma missão suicida, pois os poderes que controlavam a missão pretendiam tirá-los do local, depois que o resgate fosse pago. Era um grupo de homens talentosos demais para serem desperdiçados.

Vargus riu. Eles haviam aceitado a explicação com tanta facilidade... A verdade era que ele seria o único a sair com vida. Todos os outros seriam mortos. Cada um deles, exceto ele mesmo. Fazia parte do grande plano, cujos detalhes nem ele conhecia por completo.

Vargus ergueu os olhos para o topo do penhasco. Vários homens, os melhores, já estavam chegando lá. Ele teria de se submeter a uma cirurgia plástica de grandes proporções, logo após o término da missão. Os médicos teriam de, praticamente, retirar seu rosto e colocar um novo. Ele seria levado ao hospital imediatamente após o ataque, uma vez que o fator tempo seria essencial. Os poderes do Oriente Médio compreenderiam rapidamente o que havia acontecido: haviam sido traídos. Não saberiam exatamente como, mas concluiriam que ele, Vargus, fora o responsável. E enviariam esquadrões assassinos para caçá-lo. Imediatamente.

Depois da cirurgia, o homem de Washington providenciaria para que ele fosse levado a um outro destino para convalescer. Provavelmente, ele seria transportado diversas vezes para lugares diferentes, com a finalidade de garantir a sua segurança. Ele sofreria dores horríveis durante algumas semanas, enquanto estivesse se recuperando, mas uma vez terminado esse período, estaria livre para desaparecer para sempre, sem medo de ser reconhecido. Nenhuma pergunta seria feita. Ele desfrutaria espólios de guerra pelo resto de sua vida longa e feliz.

Vinte e cinco milhões era o que lhe pagariam, o bastante para comprar várias mansões, iates e todas as mulheres bonitas que ele pudesse atrair para sua cama. Vinte e cinco milhões de dólares. Ele valia cada centavo.

Virou-se e caminhou na direção dos edifícios, inspirando o ar frio e limpo do oeste da Virgínia, enquanto pisava sobre os dez centímetros de neve que caíra durante a noite. Estreitou os olhos ao passar por um pequeno barracão, construído na periferia do complexo de edifícios. Parou e olhou para a porta de madeira. Ainda teriam de se livrar dos corpos do casal que ele e seu imediato haviam matado. Pensou em verificar os corpos, mas mudou de idéia e retomou seu caminho. Aquele era um mero detalhe, do qual ele cuidaria mais tarde.

8

DA MESA SITUADA num patamar superior, no fundo do grande salão, Rachel observou a mulher de cabelos negros conduzir Mace pelo restaurante apinhado. Bebeu mais um gole de vinho. Raramente bebia, e jamais no meio do dia, mas aquela era uma ocasião especial.

Através do vidro curvo, continuou observando a recepcionista acompanhar Mace por todo o percurso, desde a entrada do restaurante até a mesa, passando pelo bar e pela sala de espera. A mulher ondulava os longos cabelos por cima do ombro, cada vez que olhava para trás, para Mace, a fim de se certificar de que ele estava apreciando seu andar sensual. A recepcionista sorria e conversava com ele, algo que não fizera com nenhum dos outros clientes que havia conduzido pelo restaurante. Mace retribuía os sorrisos com gentileza, mas Rachel ficou satisfeita por perceber que ele não estava realmente impressionado com a mulher, como os outros homens haviam ficado.

Rachel bebeu mais um gole de seu vinho e contou as cabeças femininas que se viravam à medida que Mace passava pelas mesas, com seu andar e atitude imponentes. Não se tratava da imponência resultante da arrogância, ou da insegurança, Rachel pensou, mas simplesmente da postura de um homem que dava a impressão de ser capaz de permanecer calmo em qualquer situação, mesmo que o caos reinasse à sua volta.

— Olá, Rachel — Mace cumprimentou-a assim que a viu, alargando seu sorriso natural.

Lançou um olhar rápido para o copo de vinho, mas sua expressão não se alterou. Quando, finalmente, chegou à mesa, apertou-lhe a mão com delicadeza, mas Rachel pôde sentir a força contida naquele aperto, que envolveu seus dedos com um calor delicioso.

A expressão da recepcionista voltou a ser de tédio, como antes, quando ela presenciou o cumprimento. Enquanto ela colocava os cardápios na mesa, Rachel dirigia-lhe um sorriso de provocação.

— O garçom virá atendê-los em um instante — a mulher informou.

— Obrigado — Mace agradeceu, sem desviar os olhos dos de Rachel, fascinado por descobrir que ela era ainda mais bonita quando vista tão de perto.

— De nada — a recepcionista murmurou, dirigindo-lhe um último sorriso desesperado, que Mace não notou, antes de se afastar.

— Este lugar parece ótimo. Uma excelente escolha de sua parte — Mace elogiou com um gesto amplo da mão, indicando o ambiente espaçoso. — Alguns associados da Walker Pryce disseram-me que a comida é espetacular.

— O Carmine's está entre os melhores restaurantes italianos da cidade. E as porções são mais que generosas. — Rachel apontou para o grande cardápio afixado na parede, os lábios se curvando em um sorriso. — Achei que você preferiria um lugar onde a comida fosse boa e farta a um restaurante mais sofisticado, onde servem um bife minúsculo e um único aspargo como prato principal.

Mace fitou-a nos olhos.

— Vejo que me conhece muito bem.

Não, mas adoraria conhecer, Rachel pensou. Riu consigo mesma. Geralmente, os homens não a afetavam daquela maneira. Na Colúmbia, ela poderia ter o homem que quisesse, mas prestava pouca atenção a eles. Estava lá para aprender, não para se deixar distrair por sujeitos que não representavam um desafio. Mace era diferente.

— Bem, sente-se e tire o seu paletó.

Mace não hesitou, colocando o paletó no encosto da cadeira.

— Gosto dos seus suspensórios — Rachel comentou, examinando as tiras coloridas que cruzavam a camisa azul, na altura dos ombros.

— Obrigado. — Mace riu ao baixar os olhos para os suspensórios. — São muito diferentes dos que eu usava no orfanato de Plymouth — acrescentou ao se sentar.

— Do que está falando? — Rachel indagou.

— Gostariam de saber quais são as sugestões do dia?

Rachel e Mace ergueram os olhos para o garçom que empunhava um bloco de pedidos, parado junto à mesa. Rachel não perdeu tempo:

— Este cavalheiro precisa de uma bebida. Faremos o pedido mais tarde.

— Quero um desses — Mace declarou, apontando para o copo de vinho de Rachel.

O garçom assentiu e se afastou rapidamente. Dera-se conta de que sua presença não era apreciada, e tinha experiência suficiente para saber que, nesse caso, sua gorjeta seria inversamente proporcional ao tempo que passasse junto à mesa.

Rachel inclinou-se para a frente.

— O que dizia, quando o garçom nos interrompeu?

Mace permitiu-se fitá-la por um longo momento, antes de responder. Ah, era tão linda! Os cabelos caíam em ondas suaves sobre a pele lisa e macia do rosto delicado. Quando ela sorria, uma covinha se formava em sua face direita. Possuía lábios generosos e bem desenhados, e a voz ligeiramente rouca era muito, muito sexy.

— Mace, o que disse, antes de o garçom chegar? — ela insistiu.

Mace despertou de seu devaneio.

— Disse que sou de Plymouth, Minnesota, a aproximadamente trinta quilômetros de Minneapolis. Na verdade, nasci na capital, mas cresci em Plymouth.

— Não era a isso que eu me referia. Você disse algo sobre um orfanato.

— Ah... — Mace exagerou na expressão fingida de surpresa. — Está interessada no tempo que passei no Lar para Garotos Abandonados de Plymouth.

— Sim.

Os olhos de Rachel estavam fixos nos dele.

O garçom voltou a interrompê-los, desta vez apenas para servir a taça de vinho de Mace. Deixou a bebida sobre a mesa e retirou-se imediatamente, sem pronunciar uma palavra.

Mace apanhou o copo, movimentou o conteúdo por um momento e, então, bebeu. Assentiu com ar de aprovação.

— Nada mau — murmurou e respirou fundo, para então continuar: — Minha mãe tinha dezesseis anos quando eu nasci. Era muito pobre e não tinha a menor condição de me sustentar. Por isso, entregou-me para adoção, mas ninguém me quis. Felizmente, a boa gente do orfanato de Plymouth me aceitou.

Mace bebeu mais um gole. Havia se lembrado do comentário de Charlie Fenton sobre a família de Rachel ser muito pobre. A menção ao orfanato fora uma informação íntima demais para ser dada logo no início da conversa, mas ele havia pesquisado a história de Rachel em detalhes, e estava convencido de que ela se identificaria de pronto com a experiência dele. Se a Walker Pryce fosse mesmo contratá-la, teria de fazer isso com base em algo especial, algo diferente. Ela teria de se sentir à vontade com as pessoas com quem iria trabalhar. Todas as outras empresas também ofereceriam toneladas de dinheiro a ela.

Àquela altura, Mace já dera três aulas do curso de negócios imobiliários, e tinha certeza de que Rachel era a grande estrela da turma de formandos daquele ano, na Colúmbia. Queria ter certeza de que ela trabalharia na Walker Pryce. Com um rosto bonito como aquele, e inteligência à altura, ela poderia ser a responsável por bons financiamentos, logo no início de sua carreira em investimentos bancários. E ele seria beneficiário direto da capacidade dela.

A informação sobre a vida de Mace registrava-se na mente de Rachel e produzia o efeito desejado. Ele podia ver isso nos olhos dela. Portanto, sua aposta dera certo. Para um agente de investimentos, ser bom psicólogo podia ser bastante útil.

Rachel fitou com interesse os olhos cinzentos. Nunca antes vira olhos daquela cor. Eram fascinantes. Tentou pensar em algo para dizer, mas ele a deixava nervosa, só por estar sentado à mesma mesa que ela. Rachel não se sentia assim fazia muito tempo. Era maravilhoso.

— Chega de falar de mim. Vamos falar de você — Mace anunciou. — Tem irmãos, ou irmãs?

Rachel reclinou-se na cadeira, sem responder à pergunta. Ela ainda não queria falar de si mesma. Mace reconheceu a mensagem enviada pela linguagem corporal de Rachel. Ora, isso não era problema, e ele não pretendia pressioná-la.

— Como está o fundo da Colúmbia? Passei algum tempo no terminal da Bloomberg, e li aquele artigo do *Wall Street Journal* sobre você. Impressionante.

Rachel sorriu.

— Obrigada — murmurou, ocupando-se com os talheres. — Trabalhamos duro para garantir o bom desempenho do fundo.

Mace gostou da maneira como ela usara o verbo no plural. Isso indicava que ela era, provavelmente, uma boa colega de equipe. O que era bom. Rachel se adaptaria facilmente ao trabalho na Walker Pryce. Isso, se conseguisse escapar ilesa do ataque dos lobos. Todos os funcionários mais jovens da empresa desejariam vê-la sair-se muito mal, porque reconheceriam imediatamente o grande potencial que ela possuía. Se Rachel fosse capaz de desenvolver sua autoconfiança, não demoraria a deixá-los para trás, pois os sócios mais velhos prefeririam tê-la a seu lado, em vez de mais um jovem arrogante de suspensórios coloridos.

— Nós? Pensei que só você administrasse o fundo.

— Há várias pessoas envolvidas nesse trabalho — Rachel esclareceu e bebericou o vinho.

— Mas é você quem orienta todo o trabalho. Conversei com Charlie Fenton sobre o fundo. Ele disse que as instituições de caridade para as quais a Colúmbia doa os lucros ficarão inconsoláveis, quando você se formar.

— Acabarão se acostumando. — Ela exibiu um sorriso rápido e, então, assumiu uma expressão séria. — Tive muita sorte, e fiz várias boas escolhas, entre ações de pequenos valores.

Pronunciou as palavras com objetividade, enquanto observava o garçom depositar um enorme prato de massa sobre a mesa ao lado. Enquanto ele servia os ocupantes da mesa, Rachel perguntou-se o que Mace estaria pensando. Qual seria o verdadeiro motivo daquele almoço? Teria ele planejado levá-la ao hotel Marriott Marquis, a poucos quarteirões dali, para algumas horas de prazer? Teria sido por isso que ele telefonara, convidando-a para almoçar? Ou tratava-se de um honesto almoço de recrutamento?

— Você é muito talentosa, Rachel. Acho que se daria muito bem na Walker Pryce. Gostaria que você fosse ao número dois de Wall Street, nossas instalações, para conhecer algumas pessoas.

No mesmo instante, os olhos dela se fixaram na toalha da mesa.

— Duvido que eu me encaixe no perfil da Walker Pryce. Provavelmente, voltarei a trabalhar na Merrill Lynch. Eles já fizeram uma oferta.

Ela parecia ter medo de bobagens como sangue azul e aristocracia.

— Não se deixe influenciar pela reputação preconceituosa da empresa, Rachel. Trata-se de uma manobra dos outros bancos de investimentos de Wall Street, com a finalidade de afastar de nós os candidatos de maior potencial. Sei que você vem de uma região complicada do Brooklyn, e provavelmente acredita que não seria aceita pelas pessoas...

Os olhos dela se ergueram para se fixar nos dele.

— ... mas a sua origem não seria problema. — Mace jogara todas as suas cartas, agora, e não havia como voltar atrás. Porém, ao que parecia, não havia tempo a perder e, portanto, não havia razão para percorrer atalhos, em vez de ir direto ao ponto. — A empresa mudou muito, nos últimos anos. Basta olhar para mim.

— Sim, basta olhar para você — Rachel murmurou.

Então, seus lábios se curvaram em um sorriso largo, e ela levou uma das mãos ao rosto. Havia falado sem pensar.

Mace ignorou o comentário.

— A Merrill Lynch é uma excelente empresa. Conheço várias pessoas que trabalham no departamento de negócios imobiliários, lá. No entanto, não é uma Walker Pryce. Você vai ganhar mais dinheiro, mais depressa, na Walker Pryce. E, mais importante, terá a oportunidade de trabalhar em uma variedade de projetos muito maior.

Rachel levou o copo de vinho aos lábios e bebeu todo o conteúdo. Ao que parecia, o almoço fora sugerido por razões puramente profissionais. Mace a respeitava pelo que ela era e não pelo que havia debaixo de suas roupas. Rachel deveria estar feliz, não deveria? Não era respeito o que deveria querer dele?

— Rachel, um dia de entrevistas já foi programado para você, na Walker Pryce, com base no que vi de você nas aulas e no que Charlie Fenton informou ao nosso sócio sênior, Lewis Webster. Gostaríamos que fosse até lá, na segunda-feira. Imagino que terá de perder algumas aulas na Colúmbia, mas acredite, vai valer a pena.

Rachel ouvira o que Mace dissera, mas as palavras mal se registraram em sua mente. Seus pensamentos vagavam a milhares de quilômetros dali. Mace, provavelmente, ganhava mais de setecentos mil dólares por ano, ou mais. Provavelmente, saía com uma modelo diferente a cada noite da semana, isto é, nas noites em que não estivesse ocupado com alguma reunião de diretoria muito importante. Rachel era uma aluna de administração, filha de uma família pobre do Brooklyn. Como poderia ter lhe passado pela cabeça que o interesse de Mace McLain por ela pudesse ser qualquer outro que não profissional?

Mace estudou o belo rosto e, então, desviou o olhar. A expressão de Rachel projetava uma força interior natural, além do desejo de obter sucesso. O fogo da motivação ardia nos lindos olhos azuis. Porém, naqueles mesmos olhos residia uma ponta de vulnerabilidade, também.

— E então? Posso dizer a Webster que você irá?

Rachel hesitou por um breve instante.

— Sim, claro. Por que não? — respondeu por fim, sem fitá-lo nos olhos.

9

ROBIN CARRUTHERS PAROU, totalmente nua, diante do enorme espelho na parede do banheiro de sua suíte, no Doha Marriott. Não gostou do que viu. A viagem relâmpago pela Arábia Saudita, Jordânia, Kuait, Bahrein e, agora, Catar, já exercia seus efeitos. Bolsas haviam se formado sob seus olhos, manchas vermelhas haviam surgido na pele clara de seu rosto, e seu corpo parecia estar criando curvas em todos os lugares errados. Poucas horas de sono, comida nada saudável e nenhum exercício. Uma combinação nada indicada para uma mulher de quarenta e três anos de idade que tentava permanecer, ao menos, um pouco atraente por mais alguns anos.

As visitas oficiais do vice-presidente a países estrangeiros, com exceção da Europa, eram terríveis. Porém, sendo sua chefe de gabinete e antiga conselheira de confiança, ela simplesmente tinha de acompanhá-lo em uma viagem importante como aquela. Faltava menos de um ano para as eleições. A campanha presidencial entrava, agora, em sua fase mais crítica, e Preston Andrews via aquela viagem ao Oriente Médio como uma grande oportunidade, não só de estampar sua fotografia em todos os jornais americanos, mas também de colocar alguma distância entre ele e seu único verdadeiro concorrente para o cargo de presidente, Malcolm Becker, diretor da CIA, uma oportunidade de ganhar algum terreno adiante de um homem que ele considerava um oponente indigno.

Robin posicionou as mãos sob os seios e ergueu-os. Anos antes, eles haviam mantido aquela posição por si mesmos. Agora, não. Ela nunca engravidara, mas a lei da gravidade e o tempo haviam trabalhado de maneira igualmente eficiente para torná-los flácidos. Robin retirou as mãos e observou os seios caírem para sua posição natural. Perguntou-se se ainda era atraente. Examinou os cabelos castanho-claros por um momento. Os rumores de interlúdios noturnos entre o vice-presidente e ela, rumores que haviam sido intensos no início do mandato de Preston, apesar de completamente infundados, haviam desaparecido nos dois últimos anos. Talvez esse fosse o maior indicador de que sua aparência estava se deteriorando. Ninguém acreditaria naqueles boatos, agora, pois ninguém acreditaria que o vice-presidente ainda pudesse desejá-la. Olhou para o espelho mais uma vez. Seu corpo não havia se tornado tão ruim.

Rapidamente, Robin retirou o robe de algodão do gancho fixado atrás da porta do banheiro e vestiu-o. Saiu do banheiro e, pisando com os pés descalços no carpete espesso e macio, atravessou a sala da luxuosa suíte, até alcançar a porta de vidro que se abria para o terraço. A porta deslizou suavemente, e ela saiu da sala para a escuridão, caminhando pelo piso frio, até chegar à grade, onde se apoiou para apreciar a noite árabe. Do vigésimo quinto andar do hotel, Robin avistou várias luzes verdes e vermelhas, piscando na distância. Eram as luzes dos petroleiros que atravessavam o golfo Pérsico constantemente, para o norte e para o sul, carregados de petróleo para exportação, ou a caminho de receber outra carga de ouro negro.

Robin riu, acendeu um cigarro e tragou profundamente. As pessoas haviam dado início a rumores lamentáveis sobre Preston e ela, no início de seu mandato como vice-presidente de Bob Whitman. Diziam que ela e Andrews programavam deliberadamente as longas viagens ao exterior que, às vezes, duravam semanas a fio, para afastar Preston de Sandra, sua esposa. Comentavam o fato de os dois sempre se hospedarem em suítes contíguas, nessas viagens. Diziam até que os dois haviam sido surpreendidos juntos na cama, em várias ocasiões.

Robin tirou outra tragada do cigarro. Nenhum dos boatos era verdadeiro. Tratava-se apenas das técnicas de intimidação, típicas de Washington. Ela havia ficado terrivelmente preocupada quando ouvira tais rumores pela primeira vez, e rezara para que as pessoas parassem de comentar. Agora, quase desejava que os rumores voltassem à baila.

Robin consultou o relógio: cinco horas da manhã. Seria melhor fazer mais um contato com Preston antes de se deitar para desfrutar de umas poucas horas de sono. Não tinha dúvida de que ele estava acordado. O vice-presidente parecia jamais precisar dormir, o que era um pré-requisito para qualquer político. Às duas horas da madrugada, ele se mostrara firme ao dizer que não precisaria mais dela, naquela noite, mas isso não significava nada. Preston esperava que ela o visitasse constantemente.

Ela voltou para a sala e trancou a porta de vidro, uma precaução tola, uma vez que estava protegida por, no mínimo, cinqüenta homens do Serviço Secreto, posicionados no topo do edifício, imediatamente acima de sua suíte, no corredor, junto à porta da sala e no andar de baixo. Então, dirigiu-se ao pequeno corredor que ligava sua suíte à do vice-presidente. Caminhou na ponta dos pés e bateu de leve na porta fechada. Sem esperar por uma resposta, abriu a porta e espiou pela fresta.

Preston Andrews estava sentado do outro lado da sala, de costas para Robin. Sentado ao lado dele, estava um homem moreno, de cabelos pretos e crespos, e espesso bigode, também preto. Esse último detalhe, Robin só viu porque o homem estava virado para Andrews. Estavam muito próximos um do outro, falando em voz muito baixa. A cena era um tanto estranha, ela pensou. Afinal, Robin conhecia a agenda de Preston como a palma da própria mão, e ele não tinha nenhum compromisso antes do meio-dia, quando deveriam comparecer a um almoço enfadonho com um dos emires. Ora, mas então, o que aquele homem estava fazendo ali, às cinco horas da manhã?

— Preston? — Robin chamou baixinho, entrando na suíte, sem fechar a porta atrás de si.

O vice-presidente levantou-se de um pulo, visivelmente surpreso pela presença dela. Virou-se para ela com um sorriso nervoso. O outro homem pareceu curvar-se em sua poltrona, como se não quisesse ser visto. Ou seria apenas a imaginação de Robin?

— Robin, Robin... Pensei ter sugerido que fosse dormir — Preston murmurou, abrindo os braços ao alcançá-la, envolvendo-a em um abraço.

Robin sentiu que ele a conduzia com gestos gentis, porém firmes, de volta à porta pela qual ela acabara de entrar.

— Quem é esse homem, Preston?

Preston beijou-a na face com ternura.

— Sabe que fica linda, com esse robe?

— Tanto quanto Miss América, eu suponho — ela replicou, virando-se para tentar ver melhor o homem moreno sentado na poltrona, enquanto Preston a empurrava de volta para sua suíte. — Quem é?

— Não se surpreenda, caso eu tente, finalmente, atirar-me na sua cama, esta noite, querida. Precisamos justificar todos aqueles rumores, algum dia.

Robin fitou-o, chocada.

— Preston?

— Até mais tarde.

Ele sorriu, mas fechou a porta sem a menor cerimônia. Por um momento, Andrews ficou parado, olhando fixamente para a porta que acabara de fechar. Estava ofegante. Então, virou-se e olhou para o homem moreno sentado na sala de sua suíte. Logo amanheceria. Precisavam terminar depressa.

10

RAJADAS GELADAS DO VENTO de fevereiro varriam copos descartáveis vazios, papéis de balas e chicletes, e guardanapos usados sobre o asfalto, criando um verdadeiro caos. Exatamente como as frias rajadas do vento econômico, às vezes, varriam os negociantes de Wall Street para o caos da Bolsa de Valores de Nova York, um quarteirão adiante das instalações da Walker Pryce. Mace desviou-se de vários pedaços de papel voadores e entrou pela porta traseira da imensa limusine, cumprimentando o motorista de meia-idade, que se manteve imóvel em seu casaco longo e escuro, segurando a porta aberta contra o vento gelado. O motorista havia esperado por Mace em frente ao edifício da Walker Pryce durante a última meia hora, e não estava nada feliz, pois por duas vezes fora forçado a mudar a limusine de lugar, a pedido de um guarda de trânsito. A porta se fechou no momento em que Mace relaxou no banco de couro macio. Ele esfregou as mãos, para então passá-las pelos cabelos.

— Você está ótimo.

Mace virou-se devagar para a direita e encarou a mulher sentada a seu lado. A escuridão da noite tomara conta de Manhattan uma hora antes, mas várias lâmpadas suaves iluminavam o interior da limusine, e ele podia vê-la muito bem.

— Na verdade, você me parece mais que ótimo. — A voz dela era aveludada.

— Mace McLain — ele se apresentou, estendendo-lhe a mão.

Ela falou devagar, com um sorriso sedutor, antes de colocar a mão na dele:

— Kathleen Hunt.

A mão de Kathleen estava muito quente, como se a temperatura do corpo dela estivesse ligeiramente acima do normal. Mace baixou os olhos. Os dedos dela eram longos e finos, desprovidos de jóias. As unhas mostravam-se impecáveis, pintadas de vermelho. Ele voltou a fitá-la nos olhos.

— Sr. McLain, seguiremos para a Universidade de Colúmbia, certo? — a voz anasalada do motorista soou no pequeno autofalante posicionado acima do aparelho de televisão da limusine.

— Isso mesmo — Mace respondeu, tentando soltar a mão de Kathleen, mas ela prolongou o contato por mais um momento. — Siga pela West Side Highway.

Voltou a olhar para Kathleen, e ela voltou a sorrir, antes de virar-se para a janela e observar a entrada do Banco de Nova York, instalado no número um de Wall Street.

— Obrigado — o motorista agradeceu e desligou o autofalante.

A estática que acompanhara a voz dele se desfez, deixando em seu lugar um silêncio agradável.

Aquilo não seria nada fácil, Mace pensou.

— Mace... — Kathleen murmurou. — É um nome interessante.

Mace virou-se para ela no instante em que a limusine começava a se movimentar e declarou:

— Sou um sujeito interessante.

Arrependeu-se do comentário no mesmo instante. Afinal, nada do que estava acontecendo era culpa dela. Kathleen estava apenas sendo oportunista. No entanto, Mace encarava a presença dela como desnecessária, e não tinha tempo para banalidades.

— Já percebi.

Ele respirou fundo.

— Desculpe-me por tê-la feito esperar, mas fiquei preso em uma reunião que durou mais tempo do que eu havia calculado.

— Sem problemas. — Ela apontou para a pequena televisão. — Passei esse tempo na companhia de Peter Jennings. Ele também é um sujeito interessante.

Mace ignorou o comentário.

— É lamentável termos de nos conhecer dessa maneira, dentro de uma limusine, a caminho da Colúmbia. Infelizmente, minha agenda tem estado lotada. Este é o primeiro tempo livre que tenho, em muitos dias, pois estou tentando finalizar duas transações, antes de me dedicar inteiramente a essa idéia de fundo de Webster.

— Na minha opinião, é uma boa maneira de nos conhecermos. Teremos uma linda vista do rio Hudson e das luzes dos barcos, enquanto estivermos seguindo pela West Side Highway — Kathleen murmurou, inclinando a cabeça para o lado e brincando com um dos brincos.

Mace observou-a ajeitar as pequenas argolas de ouro que enfeitavam suas orelhas, perguntando-se se toda aquela simpatia e civilidade seriam mero teatro, a fim de despertar nele sentimentos iniciais de boa vontade, ou se seriam uma tentativa sincera de estabelecer as bases de um bom relacionamento de trabalho.

Passou a mão pelo queixo, pensativo. Kathleen era mais velha do que ele, provavelmente já a caminho dos quarenta. Ao menos, era o que indicavam as linhas em torno de seus olhos e lábios. Porém, aqueles sinais do tempo não diminuíam sua beleza. Era uma mulher atraente, ele tinha de admitir, e não se encaixava no modelo de mulher profissional de salto alto, pérolas e meias de seda. Os cabelos loiros e longos caíam em cascata sobre o moderno suéter preto, violando a regra de Wall Street, que determinava que os cabelos de uma mulher deviam estar sempre afastados dos ombros. A saia na altura dos joelhos aderia de maneira sensual às pernas longas e bem torneadas. E Kathleen não usava meias, o que Mace achou muito sexy. Seu rosto era delicado, e ela usava óculos de armação clara, que realçavam ainda mais os seus traços. Embora fosse difícil avaliar-lhe a altura, enquanto estivessem sentados na limusine, Mace decidiu que ela era, provavelmente alta, com uma estatura de cerca de um metro e setenta e cinco. Como era bastante alto, Mace apreciava as mulheres altas, também.

— Então, é você quem vai arrecadar um bilhão de dólares para o fundo que Lewis Webster pretende utilizar em sua ousada aventura no mundo dos abutres.

Mace cruzou as mãos sobre as coxas. Não se deixaria aproximar demais de Kathleen Hunt tão rapidamente. Primeiro, cuidaria de deixar bem clara a sua posição.

— Ao que parece, você não está cem por cento a favor dessa idéia — ela comentou, sem qualquer sinal de irritação pelo tom cínico dele. — Lewis disse que você não está totalmente convencido de que a Walker Pryce deveria criar esse fundo.

A voz de Kathleen era naturalmente reconfortante, como um banho quente, ou uma xícara de café, depois de uma longa caminhada em uma fria noite de inverno. Mace advertiu a si mesmo que tivesse o cuidado de não se deixar enfeitiçar por ela.

A limusine entrou no túnel Battery Park. Mace observou as luzes que pontilhavam o interior do túnel, que pareciam piscar, à medida que o motorista ia ganhando velocidade. Tinha de ser cauteloso. A primeira impressão era a que ficava, lembrou. Apesar de suas reservas com relação ao fundo, a realidade da situação era que aquela mulher era sua chefe e, provavelmente, reportaria qualquer insubordinação sua diretamente a Webster.

— Acho que o fundo representa um grande risco para a empresa. Só isso.

— Sem riscos não há recompensas — ela argumentou.

— Certo. — A limusine saiu do túnel para a zona oeste de Manhattan. — Tenho certeza de que você tem um excelente currículo e acredita que faremos um grande sucesso com o fundo, mas acho que a sociedade estava de acordo quanto a se tornar pública e poder resgatar grandes somas em dinheiro, em um futuro muito próximo. Portanto, você e eu, claro, teremos uma tarefa árdua pela frente. Se a operação der certo, seremos heróis. Se não der, teremos de procurar emprego em outro lugar.

— Sim... — Kathleen murmurou, parecendo refletir sobre as palavras de Mace. De repente, ela apontou para a janela. — Ei, aquele não é o Downtown Athletic Club?

Mace inclinou-se na direção da mesma janela e espiou pelo vidro.

— Sim, é.

— É lá que entregam o Troféu Heisman para o melhor jogador de futebol universitário, todos os anos, não é?

Mace assentiu, perguntando-se que ligação aquilo teria com o assunto que vinham discutindo.

— Herschel Walker ganhou o Heisman de 1982.

— Isso mesmo. Como sabe disso? — Mace indagou com um sorriso.

— Walker jogava pela Universidade da Geórgia, e eu sou da Geórgia. Eu adorava vê-lo jogar. Ia aos jogos, nas tardes de sábado, com meu namorado e um grupo de amigos. Nós passeávamos, bebíamos e, então, íamos para o estádio. Bons tempos, aqueles. — A voz de Kathleen soou nostálgica. — Você foi um excelente jogador, na faculdade, Mace. — Comentou de repente, no mesmo tom distante.

Mace fitou-a nos olhos, mas não disse nada.

— Superou a marca das duas mil jardas, no último ano, e marcou catorze pontos — ela continuou. — Não chega à altura das estatísticas do Heisman, mas são números bastante respeitáveis. Tentou ser contratado pelos Vikings, de Minnesota, mas não é fácil entrar para um time profissional sem ter sido escolhido — concluiu em tom de simpatia.

Bem, ao que parecia, Kathleen Hunt também sabia fazer bom uso dos sistemas de pesquisa. O que era ótimo, mas não reuniria um bilhão de dólares. Ainda assim, tinha de admitir que fora simpático da parte dela ter pesquisado até mesmo sua vida de atleta.

— Nasceu na Geórgia?

— Sim — ela respondeu rindo, virando-se para encará-lo.

— Mas não tem sotaque.

— Aonde você acha que eu chegaria, em Wall Street, com um sotaque sulista carregado? — Kathleen indagou, forçando o sotaque realmente carregado da Geórgia.

— Não muito longe — Mace reconheceu, compreendendo o que ela queria dizer.

Ela era agradável, com respostas para tudo, sempre na ponta da língua. Além de espirituosa e bem-humorada. *Devagar, Mace,* ele disse a si mesmo. *Não se entregue tão fácil.*

A limusine passou pelo *Intrepid,* o porta-aviões utilizado na Segunda Guerra Mundial, agora transformado em um museu marítimo flutuante, atracado no píer da rua 46.

— A quem vai procurar, na tentativa de obter o dinheiro? — Mace perguntou.

Queria algumas respostas antes que chegassem à Colúmbia.

Ela inclinou a cabeça para o lado, ao mesmo tempo que deslizava uma das mãos por todo o comprimento de seus cabelos.

— Famílias muito ricas, aqui, nos Estados Unidos.

— Que famílias, exatamente?

— Você é um bocado persistente.

— Pensei que fosse interessante.

Kathleen sorriu. Lewis Webster a prevenira sobre Mace. Não se tratava de um homem para ser levado na brincadeira, ou alguém facilmente manipulado. Então, ela recuperou a seriedade.

— Farei contato com as famílias Rockefeller, Mellon, Bass, Stillman, Koch, a família de Sam Walton, Bill Gates... entre outros.

Mace emitiu um assobio cínico.

— Você parece freqüentar uma roda e tanto! Conhece, de fato, essa gente?

Seu tom de voz deixava claro o seu ceticismo.

— Na maior parte dos casos, conheço pelo menos um membro da família, ou seus consultores.

— Como?

— Na década de 80, trabalhei na Kohlberg, Kravis & Roberts. Algumas dessas famílias eram os maiores investidores da KKR, e foi lá que as conheci. Em1989, fui trabalhar para a LeClair e Foster, em San Francisco, e fiz mais alguns contatos com grandes investidores, lá. Mais famílias ricas. Essa gente gosta de comprar companhias em segredo.

KKR, LeClair e Foster. Eram empresas de renome. Mace recostou-se na porta, enquanto o motorista conduzia a limusine por uma das saídas para o Upper West Side de Manhattan. Não demorariam a chegar à Colúmbia.

– E você acha que seu relacionamento com essas famílias seja sólido o bastante para criar um fundo de um bilhão de dólares, com mera finalidade de especulação no mercado imobiliário de Manhattan e nas ações da Bolsa?

Ela se inclinou para a frente e deu um tapinha no joelho de Mace.

– Tenho certeza disso.

Mace sorriu.

– E o que a torna tão confiante?

– Já tenho comprometimentos preliminares de algumas dessas famílias, em um total de duzentos milhões. Caso não saiba, venho trabalhando no fundo há dois meses. Lewis não lhe contou tudo, certo?

Mace ergueu uma sobrancelha, pensativo. Dois meses? Duzentos milhões de dólares?

– Não, creio que ele não me contou tudo.

Bem, sem dúvida, toda a conversa de Webster sobre esperar que Mace tivesse a oportunidade de falar com Kathleen Hunt, para então contratá-la, não passara mesmo de conversa fiada. Webster a contratara sem esperar pela opinião de ninguém. Por outro lado, ela afirmava já contar com duzentos milhões de dólares. Se fosse verdade, as chances começavam a aumentar. Afinal, criar um fundo era como uma bola de neve descendo a encosta de uma montanha: uma vez reunido um volume substancial, ela continuaria rolando por sua própria conta, e sempre crescendo.

A limusine parou diante da Universidade de Colúmbia, mas Mace continuou a fitar Kathleen por alguns momentos. Não conhecia nenhuma daquelas famílias tão ricas. Seus investidores consistiam, na maioria, em administradores profissionais, incapazes de manter sigilo. Provavelmente, fora assim que Schmidt, da Morgan Stanley, havia descoberto e quase destruído a transação da WestPenn. As famílias, porém, eram diferentes. Moviam-se nas sombras. Não gostavam que o mercado soubesse o que estavam fazendo. E pareciam ter toneladas de dinheiro, que podia ser levantado rapidamente, sem a necessidade de aprovação de comitês de investimentos.

Mace continuou a fitar Kathleen. Queria gostar dela. Afinal, trabalhariam juntos por um período de tempo razoavelmente longo. Mas não era tão fácil. Ela havia entrado na Walker Pryce, já na posição de diretora-administrativa, sem se dedicar à empresa como ele fizera. Se Webster havia prometido a ele dois milhões de dólares, além do cargo de diretor-administrativo, certamente prometera a Kathleen cinco milhões e posição de sócia. Se ela realmente conseguisse fazer aquele fundo decolar, Mace estava, provavelmente, olhando para a primeira sócia do sexo feminino da história da Walker Pryce.

— Bem, foi um prazer conhecê-la — Mace murmurou, inclinando-se para a frente e pousando a mão no trinco da porta, sem esperar que o motorista viesse abri-la. — Tenho certeza de que será muito interessante trabalhar com você. O motorista a levará para onde quiser.

— Vou com você.

— O quê?

Mace fitou-a por cima do ombro.

Kathleen exibiu um sorriso sedutor.

— Quero ver você trabalhar. E, quando terminar a sua aula, iremos jantar em um bom restaurante e começaremos a traçar nossa estratégia de trabalho, com respeito ao fundo. Terei um bilhão de dólares para você investir muito em breve. Por isso, é melhor começarmos a trabalhar o quanto antes. — O motorista abriu a porta para ela, mas em vez de sair da limusine, Kathleen aproximou-se de Mace ainda mais. — E meus amigos me chamam de Leeny. É mais curto e mais fácil que Kathleen.

— Leeny? Leeny — Mace repetiu o apelido duas vezes, como se tentasse se acostumar. — É um nome interessante.

— Sou uma mulher interessante.

Leeny piscou para ele, antes de virar-se e aceitar a mão que o motorista lhe estendia para ajudá-la a sair da limusine.

* * *

Rachel recostou-se na cadeira e consultou o relógio. Faltavam cinco minutos para as sete horas. Mace McLain estava atrasado para a aula. Era a primeira vez que isso acontecia, desde que o curso iniciara, várias semanas antes. Por alguma razão, ela se sentiu vagamente ofendida, como sempre se sentira quando os garotos prometiam telefonar em uma hora exata, nos tempos de colégio, e não ligavam.

O nível de barulho na classe era alto, pois os alunos discutiam ofertas de trabalho, outras aulas e o clima frio que tomava conta de Nova York durante os últimos dias. Todos, exceto Rachel, pareciam felizes pelo atraso de Mace, radiantes por cada minuto a menos que teriam de enfrentar o agente de investimentos, que acabara se tornando um pesadelo para a maioria deles. Mace fazia perguntas difíceis e esperava respostas corretas e bem preparadas. E exigia uma participação significativa de todos os alunos. Ninguém conseguia esconder-se de seus olhos de águia.

— Muito bem, acabou a festa! — Mace anunciou, entrando na classe apressado, com um sorriso largo, perfeitamente consciente do desapontamento que tomara conta do ambiente.

Os alunos gemeram baixinho. Rachel endireitou-se na cadeira e sorriu. A contrariedade provocada pelo atraso de Mace dissipou-se instantaneamente. Havia preparado muito bem o caso para aquela aula e mal podia esperar pelo seminário em classe, pois pretendia dominar a discussão ao final da sessão de duas horas, quando o material se tornasse mais complexo e seus colegas já não tivessem muito a dizer, incapazes de compreender exatamente a que ponto ela pretendia chegar com sua linha de comentários, e não dispostos a arriscar segui-la por território desconhecido, por medo de dizer algo estúpido.

— Muito bem, peguem suas anotações, e vamos começar — a voz de Mace ecoou pelo grande anfiteatro.

Naquela fração de segundo, durante a qual os alunos desviaram os olhos dele para abrir suas pastas, Mace cumprimentou Rachel com um aceno de cabeça sutil.

Rachel retribuiu o cumprimento, ao mesmo tempo que se sentia invadida por uma imensa onda de alívio pelo fato de ele ter aparecido. Ela chegara a temer que Charlie Fenton fosse entrar a qualquer momento e informá-los de que Mace não poderia comparecer naquela noite porque fora chamado a algum lugar exótico, para finalizar uma transação. Todos os seus colegas teriam aplaudido entusiasticamente, exceto ela. Agora, estavam todos irritados, e Rachel estava feliz. Era uma pena, ela pensou.

Rachel observou Mace. Talvez estivesse começando a gostar demais daquelas aulas. Engoliu em seco. Não, não havia nada de errado com o que ela sentia. Pela primeira vez, deu-se conta de que estava, de fato, ansiosa por suas entrevistas na Walker Pryce, marcadas para a semana seguinte. Especialmente pela entrevista com Lewis Webster. Mace tinha razão. Ela era boa o bastante para ser aceita na Walker Pryce. Era boa para ser aceita em qualquer lugar. No mundo de hoje, as origens de sua família eram irrelevantes. Rachel riu. Mace havia lhe transmitido tamanha confiança!

De repente, todo o corpo de Rachel tornou-se tenso, e seu sorriso desapareceu. A loira alta que acabara de entrar na sala não era aluna, nem professora. O número de alunos da Colúmbia pouco passava de quinhentos, e todos se conheciam, ao menos de vista.

Leeny Hunt aproximou-se de Mace, pousou uma das mãos em seu ombro e sussurrou algo em seu ouvido, enquanto ele organizava os papéis sobre a mesa preta, na frente da sala. Os assobios elogiosos dos alunos do sexo masculino tomaram conta do anfiteatro.

Mace lançou um olhar rápido para os rapazes que faziam tanto barulho e, então, fixou os olhos em Rachel. No mesmo instante, ela desviou o olhar, fingindo-se subitamente interessada nas anotações sobre sua mesa.

— Já chega — Mace declarou, erguendo as duas mãos acima da cabeça. — Vamos sossegar.

Quando a ordem parecia prestes a se restabelecer, e a classe voltava a mergulhar no silêncio, Jake Levin, um dos antipáticos formandos em marketing sentados na primeira fileira, assobiou mais uma vez. A turma explodiu em gargalhadas diante da ousadia de Jake. Nem mesmo Mace conseguiu conter um sorriso. Finalmente, depois de um longo momento, o silêncio retornou.

Mace sacudiu a cabeça, olhando para Levin.

— Por Cristo, Jake! Assim, vamos pensar que já faz muito tempo que você não vê uma mulher.

Jake refletiu por um instante, avaliando até aonde poderia levar a brincadeira adiante. Então, exibiu um sorriso maroto.

— Faz muito tempo que não vejo uma mulher como essa!

Mais uma explosão de aplausos e gargalhadas. Os colegas sentados perto de Jake deram-lhe tapas nos ombros, em congratulação pela resposta.

Lentamente, quando a classe voltava a se aquietar, Leeny encaminhou-se para Jake. À medida que ela se aproximava, a classe tornava-se mais e mais quieta, até que ela finalmente se postou diretamente diante dele, as mãos na cintura delgada, diante da sala totalmente silenciosa. Lenny estreitou os olhos para fitá-lo. Com todo o cuidado, levou o indicador da mão direita à boca, molhou-o na ponta da língua, inclinou-se e tocou o dedo na camisa de Levin. Todos os olhos mantiveram-se fixos no dedo de Leeny, que agora voltava a se afastar de Jake.

Um sorriso curvou os lábios dela.

— Ora, veja o que eu fiz! — exclamou com voz rouca. — Agora, terei de levá-lo para casa e livrá-lo dessas roupas molhadas.

Por um momento, Levin limitou-se a fitar Leeny, boquiaberto. Então, levou as duas mãos ao peito e fingiu desmaiar na cadeira. A classe explodiu pela terceira vez, enquanto Leeny voltava para perto de Mace, com passos calculadamente sensuais. Quando alcançou Mace, ela agarrou-lhe a mão. Mace simplesmente sacudiu a cabeça e sorriu, enquanto a classe assobiava, gritava e aplaudia. Todos, menos Rachel Sommers.

11

OS DOIS TERRORISTAS tentavam freneticamente instalar o explosivo no imenso tanque de gás natural, enquanto os Wolverines corriam para eles. Finalmente, quando o capitão dos Wolverines diminuiu a velocidade para atirar, um dos terroristas virou-se subitamente e disparou uma rajada de balas de seu rifle automático, na direção das tropas que se aproximavam. A arma cuspiu fogo branco e, instantaneamente, quatro balas atingiram o corpo do capitão. Ele caiu, paralisado do pescoço para baixo, mas conseguiu erguer a cabeça em tempo de ver os dois terroristas tombarem sob o ataque dos Wolverines. Então, sua face pousou no chão, e o último sopro de vida abandonou seu corpo.

— Desligue — Malcolm Becker ordenou em voz baixa, com um aceno de cabeça para Willard Ferris e outro na direção da grande tela no canto da sala espaçosa.

— Sim, senhor. — Ferris apontou o controle remoto para a televisão, e a tela ficou cinza. O som dos gritos cessou. — Se me permite dizer, senhor, foi uma idéia genial colocar aquela câmera sobre o capacete do capitão da unidade, antes que os Wolverines entrassem lá. — Ferris riu consigo mesmo, embriagado pelo entusiasmo e pela auto-satisfação. — Ah, eu adoro assistir a esse vídeo!

Becker fitou o homenzinho. Ferris era chamado de Homem Rato, na CIA, devido ao seu nariz afilado, o bigode eriçado, que lembrava o de um roedor, e os dentes grandes e curvos, que ficavam constantemente à vista, em resultado do lábio superior estreito e arqueado. Becker sabia que Ferris não era particularmente popular entre os outros membros de sua equipe, na CIA, porque Ferris era, muitas vezes, um sujeito desagradável. No entanto, o Homem Rato era um excelente administrador, além de ser mais leal que qualquer outro. A palavra do diretor era lei, na agência, e a lei dizia que Ferris tinha de ser obedecido, se não respeitado. Os dois estavam juntos desde os dias de Becker no Vietnã, e continuariam assim até o fim.

— Que desempenho! — Ferris continuou. — Aqueles soldados neutralizaram os terroristas em questão de minutos, sem qualquer problema.

— Incompetência — Becker murmurou.

— O quê? — Ferris inquiriu, chocado.

Becker esfregou os olhos.

— Os terroristas deveriam ter conseguido explodir o tanque, no tempo que tinham. Foram incompetentes. Nós tivemos sorte.

Ferris emitiu um som irritado.

— Foi sorte o fato de termos um contingente de Wolverines instalados em Los Angeles? De jeito nenhum! Foi resultado de planejamento cuidadoso. Temos bases de Wolverines em Los Angeles, Nova York e Chicago, porque são esses os principais alvos. Em uma hora, os Wolverines estão no local. Realmente, no local. Se tivessem de voar de outra região do país, talvez os terroristas houvessem conseguido minar a área e detonar a bomba. Tempo de reação: essa foi uma das chaves para o sucesso. O fato de nossos homens terem saído vitoriosos não foi um golpe de sorte.

— Certo — Becker resmungou, gostando do som daquelas palavras.

— Adoro esse vídeo — Ferris insistiu. — Ele provoca em nós um sentimento bom com relação à América. Continuo achando que deveríamos exibi-lo na comemoração da sua posse.

— Acha mesmo? — Becker indagou com um sorriso.

Ferris estava absolutamente convencido de que Becker seria o próximo presidente dos Estados Unidos, e Becker gostava daquele tipo de entusiasmo. Apreciava pessoas que exalavam confiança, que acreditavam que qualquer coisa podia ser realizada, desde que recursos apropriados fossem combinados a um forte senso de compromisso, e levados adiante pelas pessoas certas. Becker sabia que a única maneira de vencer uma batalha difícil era manter uma atitude mental positiva. Coisas positivas aconteciam a pessoas positivas. Esse era o segredo do sucesso, segundo Becker.

— Sim, eu acho — Ferris respondeu em voz alta.

— E o senhor, o que acha, major Conner? — Becker perguntou, virando-se para Slade Conner, que estava sentado em uma cadeira perto da televisão, com os braços cruzados sobre o peito.

Slade flexionou os dedos enquanto estudava o diretor. A cabeça de Becker era grande, fazendo-o lembrar de um touro. Os cabelos pretos eram cortados rente ao couro cabeludo e, como resultado, as veias azuis de seu crânio era claramente visíveis. O nariz, olhos e orelhas de Becker também eram grandes demais, até mesmo para seu rosto enorme. Essas características monstruosas ajudavam muito quando ele aparecia na televisão, pois faziam com que ele aparentasse ser muito alto, o que não era verdade. Para aumentar ainda mais a imagem poderosa que ele possuía naturalmente, todos os dias, Becker usava o seu uniforme do Exército dos Estados Unidos, dos tempos em que ele comandara uma unidade, antes de ser nomeado diretor da CIA pelo presidente Whitman, cinco anos antes.

Becker era um homem de convicção e ação. Tomava decisões rápidas e agia decisivamente, depois de consultar os conselheiros em quem mais confiava. Às vezes, confiava no consenso, às vezes, não. Porém, uma vez tomada a decisão, ele nunca hesitava, nunca se questionava. Era extremamente leal àqueles que demonstravam lealdade para com ele, e implacável com os que o traíam. Não se importava em ouvir uma opinião diferente da sua, durante o processo de tomada de decisão, desde que fosse dirigida diretamente a ele, não comentada às suas costas, e oferecida com respeito. E, uma vez tomada a decisão, Becker exigia o mais absoluto comprometimento com a causa. Nada de questionamentos, mudanças de idéia, ou facadas pelas costas. Se descobrisse algo assim, o autor estava exonerado de seu cargo.

Becker era duro. Não hesitava em sacrificar alguns homens para atingir um objetivo. O treinamento intensivo que recebera no Exército o livrara do sentimento de culpa provocado por enviar jovens para as linhas de combate. Becker considerava morrer pelo país uma honra do mais alto grau, especialmente quando o país em questão eram os Estados Unidos da América.

Malcolm Becker era agressivo, direto e exigente. Por outro lado, apesar da natureza combativa de Becker, além de seu autocontrole inabalável, Slade conhecia o lado generoso daquele homem. Sabia da profunda devoção de Becker aos homens subordinados a ele, bem como às suas famílias. Sabia da preocupação e compromisso de Becker com relação aos menos afortunados, que eram alvo de seu diligente trabalho de caridade. Quem não o conhecia bem, e não vira esse lado mais gentil, descrevia Becker como um homem frio, calculista e egoísta. Sem dúvida, ele era agressivo, direto e exigente, como o diretor da Agência Central de Inteligência dos Estados Unidos tinha de ser, quase por definição. Proteger os Estados Unidos da América não era um jogo. Mas Slade já vira a faceta gentil de Becker, várias vezes, desde que fora convocado para fazer parte de sua equipe pessoal, seis meses antes. Essa faceta não aparecia com freqüência, mas estava sempre presente, se observada de perto. E era justamente esse detalhe que tornava aquela situação tão difícil.

Slade sorriu.

— Concordo com o sr. Ferris, general Becker. Acho que deveria exibir esse vídeo na sua festa de posse. Afinal, teremos muito mais falcões do que pombas presentes, nessa noite.

— Gosto quando as pessoas concordam comigo — Becker declarou, batendo o punho na mesa e retribuindo o sorriso de Slade.

— Sejamos analíticos, chefe — Ferris voltou a interferir.

"Chefe" era o apelido que Ferris usava para se dirigir a Becker, e era o único com permissão para isso. Para todos os outros, ele era o general Becker, ou "senhor".

Becker reclinou-se na poltrona.

— Muito bem. Gosto quando você é analítico, Willard.

— Bom, sim... Bem, veja a situação desse ângulo, chefe. Já garantiu a sua nomeação para ser o candidato do Partido Republicano. A convenção deste verão será mera formalidade. Seus possíveis rivais seriam Morgan, o senador do Texas, e Cain, governador de Connecticut – Ferris prosseguiu. – No entanto, eles não oferecem real ameaça, pois contam com apoio regional, mais nada. Não têm alcance nacional. Ao menos, não como o senhor tem. Além de Morgan e Cain, não há mais ninguém.

Becker assentiu, enquanto abria a primeira gaveta de sua mesa, a fim de apanhar um de seus adorados charutos Monte Cristo.

– Então, temos de pensar nos democratas – Ferris acrescentou.

Slade observou Ferris, que se tornava mais excitado à medida que falava, excitado diante da perspectiva de se tornar chefe de gabinete de um presidente dos Estados Unidos. Slade lançou um olhar para Becker, que já tirava uma baforada de seu charuto cubano. Perguntou-se se Becker realmente pretendia promover Ferris à posição com que ele tanto sonhava, caso vencesse de fato as eleições, ou se procuraria alguém que possuísse mais carisma. A lealdade podia ter seus limites, mesmo para Malcolm Becker.

– Parece-me mais do que óbvio que os democratas vão nomear o vice-presidente, Preston Andrews, para candidato. As pesquisas mostram que ele está muito à frente dos demais democratas. E o senhor esmagará Andrews, nas eleições.

Becker inspirou lentamente e, então, expirou até sentir os pulmões vazios. Durante vários segundos, Becker segurou o charuto aceso bem diante de seu rosto enorme, examinando-o atentamente.

– Monte Cristo Churchill – disse –, o charuto mais famoso do mundo. – Virou-se para Slade. – Sabia que John Kennedy adiou a assinatura do embargo a Cuba, até conseguir importar um suprimento enorme destes charutos, que duraria pelo resto de sua vida, e de todos os seus amigos?

– Não, senhor, eu não sabia. – Slade sentiu o aroma suave do Monte Cristo pela primeira vez e, embora não fumasse, achou o perfume agradável.

Becker assentiu.

– Ah, sim – murmurou com uma risada. – É assim que o mundo funciona. – Virou-se para Ferris. – Willard.

– Sim, chefe.

— Vamos evitar mencionar o nome daquele civil aqui dentro, tanto quanto for possível. O sr. Andrews é nosso inimigo.

— Sim, senhor. — Willard usou o tratamento mais formal, "senhor", baixando os olhos para o chão.

Becker tirou mais uma baforada do charuto.

— O problema é que detesto aquele homem. Ele vem pressionando o presidente Whitman há cinco anos, desde que assumi este cargo, para cortar as verbas da CIA. E, claramente, nunca aprovou os Wolverines — acrescentou, com um gesto na direção da televisão.

— Acho que "nunca aprovou" é uma maneira bastante suave de falar — Ferris comentou com um sorriso maldoso. — Ele deve ter ficado arrasado quando aqueles terroristas invadiram as instalações do reservatório de gás, em Los Angeles, e os Wolverines reagiram com tamanha eficiência.

— Sim, e temos de agradecer ao major Conner pelo sucesso dos Wolverines — Becker declarou, voltando a se virar para Slade.

Slade assentiu em agradecimento. Cinco anos antes, a pedido direto do recém-nomeado diretor da CIA, ele fora transferido da Marinha para assumir o comando de uma nova força de ataques antiterroristas, que Becker queria criar. Em resposta ao aumento das atividades terroristas em território americano, como a bomba detonada no World Trade Center, o atentado em Oklahoma, o carro-bomba em Pennsylvania Avenue, praticamente em frente à Casa Branca, e a invasão de um hotel de Chicago, no qual um contingente de senadores americanos estava hospedado, o presidente Whitman havia, secretamente, pedido a Becker que criasse o grupo de ataque antiterrorista, por concordar, apesar de relutante, que os altos escalões das agências de inteligência domésticas eram totalmente ineptos. Becker, por sua vez, convocara Conner para selecionar, treinar e liderar a força de elite que seria batizada de Wolverines.

Inicialmente, o presidente Whitman quisera permitir que o FBI conservasse a responsabilidade pelas reações a situações domésticas. Becker, porém, argumentara com veemência que o FBI não estava equipado, ou treinado, para enfrentar o tipo de armamentos de alta tecnologia que um esquadrão terrorista utilizaria, que, na condição de ex-comandante do Exército americano, ele e, conseqüentemente, a CIA, estariam em posição muito melhor para comandar os Wolverines. Igualmente importante, Becker persistira junto a Whitman, a maioria dos ataques domésticos teriam origem em países inimigos dos Estados Unidos, países nos quais a CIA operava. Portanto, a CIA contaria com informações mais precisas sobre quem estaria envolvido em um ataque, sobre o poder de força e o perfil dos atacantes, e por aí afora. Mais uma vez, a CIA estaria em melhores condições para enfrentar os ataques. Por fim, Whitman havia concordado com um período de testes. A situação em Los Angeles forçara o presidente a tomar uma decisão.

Criar, armar e treinar os Wolverines fora uma proposta extraordinariamente cara, e o vice-presidente Andrews fora um dos mais eloqüentes críticos de Becker, citando os custos gigantescos do Projeto Wolverine.

Durante anos, o projeto realmente pareceu não ter grandes méritos. Ao que parecia, bilhões de dólares eram despejados em um imenso buraco negro burocrático. Não houve qualquer incidente terrorista em solo americano. Desmerecer Becker pelo Projeto Wolverine tornou-se um hábito de seus inimigos. No entanto, três meses atrás, extremistas haviam tentado dominar simultaneamente as torres de controle dos três maiores aeroportos: Kennedy, La Guardia e Newark, para assistir a aviões sem combustível cair sobre a cidade de Nova York, a menos que lhes fosse dado o que queriam. Então, o ataque de Los Angeles ocorrera. Em ambos os casos, os Wolverines haviam utilizado a última palavra em tecnologia de armamentos, treinamento de alto nível e a velha e conhecida coragem, para erradicar os terroristas rapidamente, sem sacrificar um único civil.

Agora, Malcolm Becker era o herói de Washington, assim como de todas as cidades americanas, grandes ou pequenas, do Atlântico ao Pacífico. Ele aparecia na primeira página dos principais jornais e revistas do mundo, e agradava o povo americano. Era um John Wayne moderno, forte, controlado e implacável, que não permitiria que estrangeiros armados entrassem no *seu* país e perturbassem o *seu* modo de vida. Assumia uma atitude direta, objetiva e impiedosa que agradava a todos. Era um bom negociador, embora implacável, e mantinha a calma mesmo sob fogo cerrado. Um homem totalmente convencido de que seus pontos de vista eram os certos, um homem que parecia capaz de governar, não só a CIA, mas também o país. Becker era um homem numa missão, um homem que não se contentaria com menos do que a presidência e que faria qualquer coisa para chegar lá. Slade sabia muito bem disso.

Agora, ele era membro da equipe pessoal do general Becker, graças ao sucesso dos Wolverines. E o general jamais se esquecia dos amigos. Não havia qualquer dúvida quanto a isso.

— Obrigado, senhor.

— Não. Sou eu que lhe agradeço, filho.

Slade olhou para Becker, que nunca o chamara de "filho" antes. De repente, foi tomado por um profundo sentimento de devoção para com Becker, como jamais sentira antes. Mas tinha de sufocar tal sentimento, pois sabia que era tudo uma questão de trabalho... e política.

Slade sorriu.

— Sabe, general, o senhor só precisa de mais um ataque terrorista aqui, nos Estados Unidos, outra situação como aquela em Los Angeles. Isso o colocaria no topo.

Slade pensou ter notado uma sutil troca de olhares entre Becker e Ferris, mas não tinha certeza.

— E você pode providenciar isso para nós? — Ferris perguntou, exibindo toda a extensão de seus dentes frontais superiores, ao sorrir.

Slade riu e ergueu as duas mãos.

— Estou dizendo apenas que, com relação à campanha eleitoral, seria estratégico termos outra situação como aquela. Espero que não entendam, a partir do meu comentário, que eu gostaria de ver algo assim acontecer. Ainda conheço muitos dos homens que integram os Wolverines, e jamais desejaria vê-los em batalha. — Slade fez uma pausa. — Ainda me sinto culpado por não ter entrado nas instalações de Los Angeles com eles.

— Bobagem! — protestou o general. — Você é valioso demais para entrar lá. Os líderes não podem ser perdidos, durante as batalhas. Essa é uma das primeiras leis da guerra. — Fumou o charuto por um momento e, então, apontou para Slade. — Outra situação como a de Los Angeles, certo? Seria bom. Slade, você está começando a pensar como político.

— Isso é assustador! — Slade replicou.

Os três riram e, então, um silêncio constrangedor tomou conta da sala.

Finalmente, o general Becker inspirou profundamente e tossiu.

— Bem, infelizmente, outro ataque terrorista é algo totalmente fora do meu controle. Não posso ficar sentado, esperando por uma batalha. Tenho de travar minha própria batalha com o sr. Andrews. — Fez uma pausa. — Falando nisso, Willard e eu temos trabalho a fazer, Slade.

Slade compreendeu a mensagem.

— Sim, senhor. — Levantou-se, bateu continência e dirigiu-se à porta. Quando já a fechava atrás de si, virou-se e enfiou a cabeça pela fresta. — Senhor?

Becker ergueu os olhos para fitá-lo.

— Sim, major?

— Disse que precisava conversar comigo sobre um determinado assunto.

— Ah, sim. Irei procurá-lo mais tarde, ainda hoje. No seu escritório. Estará lá?

— Sim, senhor. — Slade bateu continência outra vez e saiu.

— Do que estava falando, chefe? — Ferris perguntou.

Becker não respondeu de pronto. Seus olhos estavam fixos nos pequenos monitores de televisão instalados em uma pequena mesa, junto à sua. Observou um dos monitores, até Slade Conner terminar de falar com a secretária do general e sair da ante-sala. Então, concentrou a atenção em Ferris.

— Nada, Willard.

Alguma coisa estava acontecendo, mas Ferris decidiu não pressionar. O general tinha seus próprios compromissos, às vezes. Era melhor ninguém fazer perguntas. Nem mesmo o chefe de gabinete.

Becker apagou o charuto no grande cinzeiro de cristal sobre sua mesa.

— Sempre pare de fumar um charuto pela metade, Willard. Mesmo que seja um Monte Cristo. A fumaça da última metade de qualquer charuto o matará. É onde se concentram os componentes nocivos. — Becker retirou outro charuto da gaveta e colocou-o na boca, mas, desta vez, não o acendeu. — O presidente enviou os novos valores do nosso orçamento?

Ferris hesitou. De repente, a alegria do vídeo e da discussão sobre as chances de Becker tornar-se presidente se dissipou. Ele havia temido esse momento, mas na posição de chefe de gabinete de Becker, tinha de discutir a questão, por mais delicada que fosse.

— Willard? — o general persistiu, erguendo a voz.

— Já recebemos os novos números — disse o Homem Rato em voz muito baixa.

— E?

— E as notícias não são boas.

— O que "não são boas" significa, Willard?

Ferris podia sentir a tensão crescendo em Becker.

— O memorando, enviado diretamente da mesa do presidente, informa que nosso orçamento será cortado, ao longo dos três próximos anos: dois bilhões no primeiro ano, três e cinco, respectivamente, nos dois anos seguintes. O relatório diz ainda que esses valores são preliminares, e que poderão aumentar, após revisões a serem feitas no futuro.

— O quê? — O general levantou-se de um pulo.

— O memorando cita um estudo que projeta uma dívida interna nacional de mais de quatrocentos bilhões de dólares, no ano dois mil, a menos que sejam feitos cortes significativos nos gastos governamentais. Também diz que Whitman decidiu que um aumento de impostos está totalmente fora de questão, e nem sequer representa uma opção. Portanto, vai se concentrar nos cortes de despesas. Aparentemente, o pessoal de Wall Street disse a ele, em termos claros e precisos, que algo precisa ser feito com relação ao déficit nacional, ou ele será considerado o responsável pela catástrofe, mesmo que já tenha deixado a presidência. E é óbvio que ele não quer ficar conhecido na história pelo déficit que criou para a nação, mesmo que a crise venha depois que seu mandato terminar.

— Dez bilhões de dólares! — o general sibilou, esmurrando a mesa com violência.

Com o impacto, o cinzeiro de cristal deu um *looping* no ar, espalhando todo o seu conteúdo sobre a mesa, mas Becker pareceu não notar.

— E fica ainda pior.

— Pior? Como pode ficar pior? — Becker inquiriu, fixando o olhar irado em Ferris.

Ferris ergueu os olhos para o rosto enorme. As veias no crânio avantajado começavam a intumescer e pulsar, por debaixo dos cabelos cortados rente, e os olhos castanhos pareciam atravessá-lo como se fossem balas de fuzil. Ferris vira apenas umas poucas demonstrações do temperamento explosivo do general, e não queria ver outra tão cedo. Muitas vezes, o mensageiro de uma má notícia, mesmo sendo mero mensageiro, era punido tão severamente quanto se fosse o responsável pelo acontecimento. Ferris respirou fundo.

— O memorando diz que Whitman quer um relatório completo de todas as despesas relacionadas aos Wolverines, desde a idealização do projeto. Ele se refere a diversos níveis máximos de gastos, sobre os quais o senhor e ele concordaram, no início do projeto. — Ferris fitou o general por um longo momento. — Chefe, estamos muito acima desses níveis máximos.

— Eu sei disso! — Becker apoiou as duas mãos na mesa. A palma de sua mão direita pousou sobre a brasa de um charuto que ainda não se apagara por completo. Lentamente, ele baixou os olhos para a mão, cerrando os dentes. — Andrews — sussurrou. — Aquele patife do Andrews está por trás disso.

Ferris assentiu.

— Provavelmente.

— Ele está tentando expor, ou até mesmo inventar, desvios de verbas aqui, na agência, para evitar que a atenção se concentre nos problemas financeiros das empresas da família dele.

Becker voltou a fixar os olhos nos de Ferris, que também o encarou.

— A que problemas está se referindo, chefe? — Ferris indagou, perguntando-se se aquele seria mais um detalhe do qual ele não estava a par.

O general hesitou. Não havia planejado partilhar aquela informação com Ferris, por enquanto. Por outro lado, não poderia voltar atrás, agora. Willard poderia ficar desconfiado, caso não ouvisse uma explicação, dessa vez. Afinal, Willard era desconfiado por natureza.

— Fui informado de que os negócios familiares de Preston Andrews, a multibilionária Andrews Industries, produtora de uma ampla variedade de autopeças e componentes utilizados pelas três maiores montadoras de Detroit, não vão nada bem.

— Eu leio o *Journal* e o *New York Times* todos os dias. Não houve qualquer menção de problemas financeiros na Andrews Industries, em nenhum dos dois jornais.

— Trata-se de uma empresa privada. Apenas uns poucos membros da família Andrews possuem ações. Não há ações públicas. E, como resultado, não há acionistas terceiros, nem fiscalização dos balanços pelos órgãos governamentais competentes. Eles nem precisam informar seus bancos sobre o que está acontecendo.

— Está falando a sério?

— Claro!

— Como obteve essa informação, chefe?

Ferris lançou um olhar na direção da porta, perguntando-se se Slade Conner estaria, de alguma maneira, envolvido naquela questão. Becker e Conner haviam dado a impressão de ter interrompido uma conversa, quando ele entrara na sala, mas Ferris convencera-se de que fora apenas sua imaginação. Agora, já não tinha tanta certeza.

O general estreitou os olhos.

— Não costumo revelar minhas fontes, nem mesmo para você. Já deveria saber disso.

Ferris assentiu. Era verdade.

— Vou lhe contar mais uma coisa, que talvez você ache surpreendente, Willard.

Ferris fitou-o nos olhos.

Becker exibiu um leve sorriso.

— Carter Guilford, o homem que perdemos em Honduras, há algumas semanas...

— Sim. — Ferris inclinou-se para a frente e sacudiu a cabeça. — Uma pena. Fico contente que o fato de que ele estava trabalhando para o cartel de tráfico liderado por Ortega não tenha vindo a público. Teria sido difícil demais para a família dele.

Becker ignorou o comentário sobre a família de Guilford.

— Acho que sei para onde ia o dinheiro que ele recebia do tráfico.

Uma expressão estranha anuviou as feições do Homem Rato.

— Não está dizendo... — deixou a frase interminada.

O general assentiu com ar de seriedade.

— As informações que tenho apontam para o triste fato de que Guilford estava trabalhando para o vice-presidente Andrews. Ao que parece, parte do dinheiro vindo do cartel pode ter ido parar na Andrews Industries, depois de Guilford ter descontado sua parte, é claro.

Ferris fitou Becker com os olhos arregalados.

— O quê?

Becker voltou a estreitar os olhos.

— Preston está entrando em pânico. Ele não pode permitir que uma crise financeira em sua companhia seja exposta, pouco antes do início da campanha eleitoral. A imprensa faria uma festa com essa notícia. Por isso, ele está recebendo dinheiro de um cartel do tráfico de drogas, para salvar a própria pele. Está disposto a fazer, praticamente, qualquer coisa para patrocinar sua campanha e manter os problemas da companhia em sigilo. E isso inclui usar dinheiro do tráfico.

Ferris engoliu em seco. O que Becker estava dizendo parecia incompreensível, mas o general não fazia aquele tipo de acusação sem ter um fundamento sólido. Nem mesmo quando o acusado era seu inimigo mortal. Becker era um homem honrado.

12

— E COMO FOI O SEU DIA, srta. Sommers?

Rachel estudou Lewis Webster, enquanto ele se sentava, curvado, atrás da velha escrivaninha, fitando-a por debaixo das espessas sobrancelhas negras. Fora um dia extenuante. Sua primeira entrevista tivera início às nove horas da manhã, com um dos sócios, um homem espalhafatoso, chamado Sherman Stevens, que talvez fosse o ser humano mais egocêntrico que ela já conhecera.

Durante os primeiros dez minutos, o homem se lançara em um monólogo frenético sobre suas façanhas na Walker Pryce, sobre seu estilo brilhante e agressivo de gerenciar investimentos e sobre sua esposa lindíssima, que, a julgar pela grande fotografia sobre o aparador ao lado da mesa, teria sorte se fosse admitida em uma das famosas exposições de cães de Madison Square Garden. Rachel cansara-se rapidamente da conversa inútil e, por isso, cruzara as pernas a certa altura do monólogo, tirando vantagem de seu velho conjunto azul que escolhera para o dia das entrevistas, cuja saia ficava um pouco mais acima dos joelhos do que seria recomendável.

Como se encontrava sentada de frente para Stevens, no confortável sofá da sala dele, Rachel erguera a perna esquerda, passando-a por sobre a direita, bem devagar, erguendo-a mais do que o necessário. Por uma fração de segundo, os olhos de Sherman haviam baixado apenas um pouco, em um movimento quase imperceptível. No entanto, daquele momento em diante, ele quisera saber tudo sobre Rachel. Não que o gesto fosse um motivo de orgulho para Rachel, mas aquele encontro não fora marcado para que ele falasse de si próprio.

Da sala de Stevens, Rachel fora conduzida ao Departamento de Assessoria em Incorporações e Aquisições, para conhecer outros dois associados. Em seguida, fora entrevistada por um dos responsáveis pelas carteiras de títulos do governo, com quem ela simpatizara de imediato. Na maior parte do tempo, os dois conversaram sobre a experiência dela na Merrill Lynch, na qual ele se mostrara particularmente interessado. Então, Rachel almoçara com Mace e com o diretor de Recursos Humanos, em uma sala de jantar pequena e formal, que contava com todo tipo de requintes, inclusive quatro garfos à esquerda de cada prato. Rachel manipulara os talheres nos momentos exatamente corretos, o que fora devidamente notado pelo diretor de Recursos Humanos. Após o almoço, ela fora entrevistada por outros três sócios e dois diretores-administrativos.

Haviam feito muitas perguntas sobre seu currículo, tanto pessoal quanto profissional; sobre seus estudos na Colúmbia, incluindo sua classificação na classe; sobre sua capacidade de trabalhar em equipe; sobre sua habilidade empreendedora; sobre transações nas quais trabalhara, na Merrill Lynch; e, finalmente, sobre sua determinação de fazer o que fosse preciso para fechar um bom negócio, fosse passar três noites seguidas sem dormir, fosse pegar um vôo noturno, de Seattle para Nova York, às duas horas da madrugada, para então atravessar o Aeroporto Kennedy e embarcar em um Concorde, a fim de trabalhar em outra transação, em Paris, sem tempo sequer para tomar um banho entre os vôos.

Rachel enfrentara bem a rotina costumeira das entrevistas: o bandido e o mocinho, o sócio que continuava falando ao telefone até que ela sugerira que ele pedisse à secretária que não transferisse mais ligações até o final da entrevista, e até mesmo a cantada sutil de um sócio que mais parecia um galã de cinema. Agora, às sete horas da noite, Rachel estava exausta, mas não tinha a menor intenção de deixar que Lewis Webster percebesse isso.

— Foi muito bom, obrigada. Gostaria que todos os meus dias fossem assim tão agradáveis. — Ela sorriu com expressão tranqüila.

Webster cofiou a barba por um momento e, então, sorriu, embora seu sorriso mais parecesse uma careta. Seus olhos se desviaram dos dela e, lentamente, desceram até os sapatos que ela usava, para então subir novamente. Seu olhar fixou-se por um longo instante na bainha da saia de Rachel, mas ela teve a impressão de que o velho não estava sentindo o menor prazer em olhar para a saia curta. Estava apenas registrando o fato de que era curta demais, confeccionada com fibra sintética e ligeiramente puída perto de uma das costuras.

— A Walker Pryce é uma empresa bastante exigente, srta. Sommers — ele sussurrou.

— Estou confiante de que posso...

Webster ergueu uma das mãos.

— Ainda não terminei.

Rachel parou de falar. A voz sussurrada do homem provocou-lhe um arrepio gelado na espinha.

Webster continuou:

— Muitas das pessoas nesta instituição, com quem você teria de interagir diariamente, vêm de camadas sociais privilegiadas. Você, não. Isso poderia criar hostilidade entre você e essas pessoas. — Fez uma pausa e sorriu. — Algumas delas farão questão de lhe contar o quanto são ricas... e falarão disso o tempo todo.

— Minha vez, agora? — Rachel indagou em tom cortês.

O sorriso se dissipou nos lábios de Webster.

— Sim.

— Sou perfeitamente capaz de lidar com qualquer tipo de pessoa — ela declarou com voz calma, mas seus olhos faiscavam. — A maioria dos alunos da Colúmbia é de classe média-alta, no mínimo. Pessoalmente, considero a maioria deles tão inertes quanto a barriga de Sherman Stevens. — Fez uma pausa, para que seu comentário se registrasse. — A inveja torna as pessoas famintas. Tenho inveja suficiente dentro de mim para engolir um Rockefeller. Quero o que o senhor, e muitos outros aqui, têm: segurança financeira. Crescer na pobreza não é divertido, e estou disposta a ser totalmente franca sobre isso. Trabalharei com afinco, muito afinco, para ter segurança financeira. Em conseqüência, vocês se beneficiarão disso.

Webster levou uma das mãos aos lábios e, então, voltou a pousá-la sobre a coxa.

— A Walker Pryce não tem nenhuma sócia do sexo feminino, e somente duas mulheres fazem parte da diretoria-administrativa: uma no Departamento Pessoal, outra no Departamento Comercial. Você quer trabalhar no Departamento de Finanças Corporativas, onde não há nenhuma mulher acima do nível de associado.

— Não me importo — Rachel retrucou, impassível. — Gosto de desafios.

O interfone na mesa de Webster tocou. Ele estendeu a mão, apertou um botão e disse:

— Pois não, Sarah.

— A srta. Hunt está aqui, e deseja vê-lo.

No mesmo instante, os olhos de Rachel e os de Webster se encontraram.

— Mande-a entrar — ele sussurrou para o aparelho preto. — Desculpe-me, srta. Sommers, mas terei de encerrar nossa entrevista, agora. Preciso atender essa pessoa imediatamente.

Ele se levantou da cadeira e fez um gesto na direção da porta, sem estender a mão para Rachel.

— Alguém da Walker Pryce entrará em contato com a senhorita, nas próximas semanas.

Rachel assentiu, sentindo um nó se formar em sua garganta. Webster não parecia exatamente entusiasmado em contratá-la. Ela se levantou, agradeceu rapidamente e afastou-se. Quando se aproximava da porta, Leeny Hunt abriu-a, e as duas ficaram frente a frente.

— Boa noite. Sou Kathleen Hunt — Leeny apresentou-se, estendendo-lhe a mão.

Rachel apertou a mão estendida, só então dando-se conta de que Mace e aquela mulher trabalhavam juntos. Ora, não era o máximo?!

— Rachel Sommers.

Uma expressão de reconhecimento cruzou subitamente o semblante de Leeny.

— Ah, você é o gênio da Colúmbia, que administra o fundo da Escola de Administração, ao mesmo tempo admirado e odiado pelos gerentes de investimentos. Não ligue para eles, Rachel; estão morrendo de inveja. – Leeny soltou a mão de Rachel e lançou um olhar para Webster. – É melhor contratá-la para trabalhar na Walker Pryce imediatamente, Lewis. Do contrário, Goldman ou Morgan farão isso, e você se sentirá um grande tolo, em menos de três anos.

Webster apenas resmungou e sentou-se. Leeny virou-se para Rachel e sorriu.

– Não ligue para ele – murmurou. – É apenas um velho rabugento. Desempenha o papel de durão porque tem de ser assim. Mas Mace a adora. Não pára de falar em você. Pelo que pude entender, você é uma das preciosidades que a Walker Pryce não pode perder.

– Obrigada – Rachel agradeceu.

– De nada. Desculpe-me por ter interrompido sua entrevista.

– Tudo bem.

Rachel sorriu e, então, saiu da sala com passos apressados. Assim que ela se afastou, Webster apontou para Leeny.

– Feche a porta – ordenou.

Leeny obedeceu, antes de virar-se e aproximar-se de Webster.

– Como vai a arrecadação de verba para o fundo? – O tom de voz do velho não era nada amigável.

– Vai bem – ela respondeu com indiferença.

– O que isso significa? – Webster mostrou-se instantaneamente exasperado.

– Significa que não vai demorar muito para eu levantar os cinqüenta milhões de dólares das famílias ricas com quem tenho feito contato. Não vai demorar nada – Leeny sibilou.

De repente, foi tomada de profunda ira, à medida que sua frustração pela constante pressão a que ele a submetia emergia como se tivesse vontade própria. E a culpa que ela começava a sentir precisava de uma válvula de escape.

– Acalme-se, srta. Hunt.

Webster compreendia o que ela sentia, inclusive a necessidade de desabafo. Não que se importasse com ela em nível pessoal. Não se importava nem um pouco. Mas tinha de fazer com que ela se mantivesse estável, para que pudesse completar a tarefa crítica que lhe fora designada.

Leeny ignorou-o.

— Refiro-me ao fato de que novecentos e cinqüenta milhões de dólares já foram levantados para mim. Cinqüenta milhões da Walker Pryce e novecentos milhões de Washington. — Sua voz ainda soava quase histérica. — Quando as famílias souberem que o fundo já conta com essas cifras, farão questão de enfatizar que mal podem esperar para colocar seu dinheiro nesse mesmo fundo, também. Calcularão que, com essa quantia já aplicada, e o patrocínio da Walker Pryce, só pode se tratar de um bom negócio.

Webster assentiu.

— Bom.

— Qualquer idiota poderia fazer esse trabalho — ela disse.

— Está enganada.

— Não, não estou. — Leeny fitou Webster por um instante. Era um homem de aparência assustadora, pensou, como um mensageiro da morte. — É mesmo necessário envolvermos dinheiro alheio? Estou falando das famílias. Por que não levamos o projeto adiante apenas com dinheiro de Washington?

Webster sacudiu a cabeça com veemência.

— Não. Devemos contar com dinheiro independente, para garantirmos a credibilidade. Talvez seja crucial podermos provar às pessoas que temos investidores externos no Broadway Ventures, um dia. Espero nunca chegarmos a esse ponto, mas, se acontecer, ficaremos felizes por ter o dinheiro que você está levantando. Ficaremos felizes por você ser tão talentosa.

Webster raramente fazia elogios, porque não os considerava tão satisfatórios quanto a maioria das pessoas achava. Porém, o elogio era necessário naquele momento, para fazer com que ela se sentisse bem.

— Pode se tornar arriscado, também — Leeny retrucou, sacudindo a cabeça.

Webster estreitou os olhos.

— Quando terá uma resposta definitiva das famílias? Quando terá o dinheiro na conta do fundo?

— Eu poderia ter cinqüenta milhões depositados no fundo, amanhã — Leeny afirmou, mas estava exagerando.

— Bom.

— Mas se eu realmente tivesse o dinheiro em caixa com tamanha rapidez, nosso querido Mace desconfiaria de que algo muito estranho está acontecendo em Wall Street, não acha? E temos de fazer com que essa história não pareça premeditada, certo? Como se já não estivesse tudo determinado. Você faz a sua parte; eu faço a minha. Não pressione demais, meu velho.

— Mace não vai desconfiar de nada. — A voz de Webster soou gélida. Ele não gostava das maneiras desrespeitosas de Leeny. — Ele sabe que esse fundo representa a posição de diretor-administrativo para ele, além de muito dinheiro.

— Acha que Mace McLain é mesmo tão fácil de se enganar? — Leeny indagou, retirando um maço de cigarros do bolso do vestido.

— Não fume aqui dentro — Webster advertiu-a rapidamente.

— Ah, sim. Eu havia me esquecido do seu probleminha de garganta.

Por um momento, ela considerou a possibilidade de desobedecer e fumar, mas acabou guardando o maço no bolso. Webster tinha uma relação muito mais direta com o homem de Washington do que ela, e se o sujeito estava disposto a se arriscar, emprestando para si mesmo novecentos milhões de dólares retirados de uma conta do governo, mesmo que fosse apenas por algumas semanas, ele provavelmente não hesitaria em matar alguém, caso Webster lhe dissesse que a pessoa estava se transformando em um problema. Mesmo que o problema fosse um maço de cigarros.

Webster fez um gesto na direção de Leeny, apontando-lhe o dedo retorcido.

— Eu não acho que Mace possa ser facilmente enganado, mas ele pode ser desviado do que nos interessa, de maneira que nem seja necessário enganá-lo. E é aí que você entra, mais uma vez.

Leeny sorriu sem humor.

— Sim, esse é o meu trabalho de babá. Aposto que sou a *baby-sitter* mais bem paga de Manhattan. E nem fiz o curso preparatório! — ela acrescentou com uma risada.

— Sim, você é a babá mais bem paga de Manhattan — Webster concordou em um sussurro —, e é melhor agir como tal. Não quero que Mace McLain vá a lugar nenhum sem você, exceto ao banheiro masculino. E se você achar que pode entrar lá, também, sem despertar suspeitas, eu me sentiria aliviado — acrescentou, erguendo uma sobrancelha.

— Não foi um jogo de palavras, certo?

Leeny pensou ter notado um brilho demoníaco nos olhos do velho.

Webster deu de ombros, e seu leve sorriso se dissipou. Ele não possuía um senso de humor aguçado.

— Sabe de uma coisa, Lewis? Mace é um homem muito atraente — Leeny comentou. — E não só fisicamente.

Webster ergueu os olhos para fitá-la. Não estava gostando do tom de voz que ela usava.

— Srta. Hunt, se está pensando em se apaixonar por Mace McLain, sugiro que pense duas vezes. Ele, provavelmente, não ficará muito tempo entre nós.

— Está dizendo que ele deixará a Walker Pryce, ou se refere a um "estar entre nós" mais definitivo?

— Tente adivinhar. Você sempre parece ter todas as respostas.

Leeny desviou o olhar. Webster provocava-lhe asco. Infelizmente, para todos os efeitos, eram sócios, unidos por um passado de atividades criminosas, embora ninguém houvesse conseguido provar sua culpa... ao menos, não através do sistema legal.

Webster reclinou-se em sua cadeira.

— Conte-me, srta. Hunt, como o nosso amigo de Washington a está manipulando? O que fez com que se deixasse envolver por essa trama?

O sorriso sinistro havia retornado aos seus lábios.

Leeny não respondeu, mas sua mente girou em disparada, como se reprisasse a longa lista de fraudes, das quais ela fizera parte, enquanto trabalhava na LeClair e Foster. Lembrou-se de como ficara sabendo, sem a menor possibilidade de dúvida, que o preço de um determinado pacote de ações dobraria de valor no dia seguinte, assim que a oferta de compra houvesse sido anunciada no *Journal* e no *Times*, e de quantas vezes ela havia tirado vantagem de tal conhecimento ilícito. Soltou uma risada amarga. Acreditara ter apagado seu rastro com eficiência.

— Preciso ir embora — murmurou.

Webster não respondeu, mas quando ela se virou e encaminhou-se para a porta, sentiu o olhar dele em suas costas.

Fora da sala de Webster, o ar parecia fresco e agradável, e Leeny apoiou-se na porta e respirou fundo. Suas mãos estavam molhadas de suor. Ora, o sujeito provocava-lhe náuseas todas as vezes em que se encontravam. E, pior ainda, não haveria como evitá-lo, à medida que aquela história fosse se aproximando de sua conclusão.

Leeny enfiou a mão na bolsa. Onde estava o frasco? Era a única coisa que a mantinha em movimento, agora. Ah, lá estava ele! Graças a Deus! Ela se perguntou se alguém sabia daquele pequeno hábito. Afinal, eles pareciam saber tudo.

Mace ergueu os olhos dos papéis sobre sua mesa e sorriu para Rachel, que estava parada na porta de seu escritório.

— Como foi a entrevista com Webster?

Rachel entrou na sala, atirou a bolsa e a pasta sobre uma cadeira e, então, deixou-se cair no longo e confortável sofá.

— Não sei, Mace. Ele é... é...

— Um asno — Mace completou o pensamento para ela.

— Eu poderia pensar em algumas outras palavras, que o descreveriam melhor.

Mace voltou a sorrir.

— Como o próprio Lewis é o primeiro a admitir, ele faltou à aula no dia em que o professor ensinou o conceito de "amabilidade".

— Não concordo. Acho que ele compareceu e foi reprovado.

— O que ele lhe disse? — Mace perguntou, fechando a pasta que estivera examinando.

— Disse que alguém da Walker Pryce entraria em contato comigo, nas próximas semanas. — Rachel apanhou uma cópia da última edição da *Business Week* da mesinha junto ao sofá, folheou-a rapidamente e devolveu-a ao lugar. — Não sei o que pensar.

— Ele não sugeriu que você esquecesse a Walker Pryce. É o que diz a nove de cada dez alunos de administração que entram naquela sala. E somente um de cada vinte candidatos que passam por aqui chega ao escritório de Webster. As outras pessoas que a entrevistaram falaram muito bem de você. Deveria sentir-se bem com isso.

— Ah, eu me sinto ótima! Dez horas de entrevistas, praticamente ininterruptas. Dez horas seguidas, tendo de ouvir egocêntricos recitarem suas proezas, suportar homens olhando fixamente para as minhas pernas, e cuidar de usar o garfo certo, na hora certa, para que Fred Forsythe, o diretor de Recursos Humanos, não pensasse que sou uma pária da sociedade. — Olhou para Mace. — Nunca me senti melhor, em toda a minha vida!

— Então, você percebeu que Fred a estava observando, durante o almoço? — O sorriso de Mace alargou-se.

— Você também me observava — Rachel acusou em tom zangado, mas não conseguiu conter o sorriso que brotou em seus lábios. — Além do mais, é tudo pré-arranjado. A única razão pela qual todos me trataram tão bem é que fui indicada por você.

Mace sacudiu a cabeça.

— Se quer saber a verdade, Rachel, não posso fazer muito mais que isso: indicá-la. Bem que eu gostaria de deixá-la acreditar que exerço esse tipo de influência aqui, mas estaria sendo desonesto, se o fizesse. Posso abrir as portas para você, mas não posso ir além disso. O resto depende de você. A razão pela qual você foi convidada à sala de Webster no final do dia, foi que todas as pessoas que a entrevistaram concluíram que você traria uma grande contribuição, vindo trabalhar na Walker Pryce. É assim que as coisas funcionam. Foi por isso que teve de esperar na ante-sala do escritório de Forsythe, depois da última entrevista. Ele estava ao telefone, conversando com todas as pessoas com quem você esteve hoje, para saber se achavam que você deveria continuar no processo, antes de mandá-la para Webster. Somos uma sociedade. Todos têm votos iguais.

— Posso apostar que alguns votos são mais iguais do que outros.

Mace não respondeu ao comentário.

— Você esteve com pessoas bastante exigentes, hoje. Pessoas que sabem que você não vem de uma classe privilegiada e não dão a mínima importância para isso.

— Com exceção de Webster. Ele fez questão de me dizer como devo estar preparada para o preconceito com que as pessoas me tratarão, caso eu venha trabalhar aqui.

— Ele só estava tentando ser difícil. Afinal, é o trabalho dele.

Rachel ocupou-se em retirar um fio escuro de suas meias de seda brancas.

— Encontrei Kathleen Hunt — declarou, tentando parecer indiferente.

— É mesmo? — Mace cruzou os braços sobre o peito largo.

— Sim. Na verdade, ela foi o motivo pelo qual minha entrevista com Webster terminou. Quando Webster foi informado pela secretária de que a srta. Hunt queria vê-lo, ele quase me chutou para fora da sala. O velho é quase tão mau quanto você.

— Do que está falando? — Mace indagou, com expressão confusa.

— Você e a srta. Hunt estavam, definitivamente, flertando durante a aula, na semana passada. Você pareceu gostar da reação dela aos assobios de Levin.

Rachel continuou tentando fazer com que sua voz soasse casual e indiferente.

— Será que estou detectando uma ponta de ciúme?

— O quê? — Rachel fitou-o, incrédula.

Mace sorriu.

— Da maneira como você fala, parece estar com ciúme.

— Ah, claro! Estou com ciúme. Estou verde de ciúme! — Ela fez uma pausa. — Meu Deus, você tem um ego e tanto, Mace McLain!

— Tenho? Bem, de fato, por que eu deveria achar que você está com ciúme?

Na verdade, Mace estava provocando Rachel por saber que ela só podia estar vulnerável, naquele momento. Dez horas de entrevistas eram o suficiente para derrubar as defesas dela, e em conseqüência daquele estado vulnerável, talvez ele descobrisse alguma coisa útil. Como, por exemplo, o que ela sentia por ele. Mace notara a alteração na expressão de Rachel, algumas noites antes, na Colúmbia, quando Leeny se aproximara dele, depois da brincadeira que fizera com Levin. Os olhos dela haviam lembrado os de um animalzinho perdido. Bem, poderia ter sido apenas fruto de sua imaginação, Mace pensou. Sabia que não era justo fazer aquilo com Rachel, naquele momento, mas queria saber quais eram os verdadeiros sentimentos dela. Queria saber se realmente havia algo diferente entre eles. Reclinou-se na cadeira e espreguiçou-se.

— Leeny é muito agradável...

— Ah, então, é Leeny, não Kathleen?

Mace voltou a sorrir.

— Ela prefere ser chamada de Leeny. E é muito bonita, tenho de admitir. Quero dizer, qualquer um a consideraria bonita, certo?

Ele a estava provocando. Rachel sacudiu a cabeça. Não se deixaria levar naquele tipo de competição.

— Claro — replicou em tom amável, sabendo que Mace estava tentando provocá-la a ponto de ela explodir, proporcionando a ele imensa satisfação.

Mas Rachel não pretendia dar a Mace o grande prazer de vê-la perturbada.

— Eu só gostaria de não ter de trabalhar tão perto dela — Mace continuou.

Rachel pigarreou baixinho e pegou a *Business Week* novamente. O tom da conversa não a estava agradando.

— O que está querendo dizer?

— Trata-se de um novo projeto de Webster, para o qual ele nos designou. Foi por isso que ela me acompanhou à aula, naquela noite. Estávamos discutindo o projeto, no caminho para a Colúmbia; então, fomos jantar, depois da aula, para fazer mais alguns planos. Eu pretendia deixá-la na limusine que me levou à faculdade, mas ela disse que queria me ver trabalhando. — Mace sorriu. — Não estou bem certo quanto ao significado desse comentário. Talvez eu ainda venha a descobrir.

Rachel ignorou a maior parte do que ele disse.

— Que projeto é esse? — perguntou, sentindo o pulso acelerar. Não queria perguntar, mas não pôde evitar. Se Leeny e Mace iam trabalhar juntos o tempo todo, ela queria saber.

Mace não respondeu de pronto.

— Direi tudo o que quiser saber, se aceitar jantar comigo.

— Hoje?

— Sim. — Mace consultou o relógio. Eram quase oito horas. — Aliás, deveríamos sair agora mesmo. Preciso acordar cedo, amanhã, pois terei uma reunião no café da manhã, às sete horas e, logo depois, pegarei um avião para Nova Orleans. — Murmurou a última frase praticamente para si mesmo, como se estivesse fazendo uma anotação mental, enquanto falava.

— Vai viajar sozinho?

Mace ergueu os olhos.

— Não.

— Vai com sua nova colega de trabalho? — Rachel persistiu em tom sarcástico.

Mace assentiu.

— Bem, divirta-se. Ouvi dizer que Nova Orleans é um tanto escura e misteriosa, uma cidade muito romântica.

Com isso, Rachel levantou-se.

— Ei, aonde você vai?

Ela apanhou a bolsa e a pasta de sobre a cadeira.

— Voltar para a Colúmbia.

— E quanto ao nosso jantar?

— Preciso estudar.

— Não. Não vou deixar você voltar para a Colúmbia, agora. — Mace também se levantou e deu a volta na mesa. — Você vem comigo.

— Vou com você? — Rachel parou na porta da sala e fitou-o por cima do ombro. Então, virou-se bem devagar, ao perceber que ele se aproximava.

Mace parou diante dela e exibiu seu sorriso irresistível.

— Sim, vem comigo. Nada de livros para Rachel Sommers, esta noite. Vou raptá-la.

— É linda, não? — Rachel sussurrou.

Mace assentiu, mas não disse nada.

De Brooklyn Heights Promenade, uma alameda de aproximadamente um quilômetro de extensão, algumas centenas de metros acima da zona portuária do Brooklyn, tinha-se uma vista espetacular do centro do distrito financeiro de Manhattan, do outro lado do rio East, a partir do extremo oeste de Long Island. Com as luzes acesas, os imensos arranha-céus erguiam-se na escuridão da noite de Nova York como se fossem cabines de um gigantesco transatlântico ancorado no porto. Em uma noite quente de verão, o lugar estaria repleto de pessoas admirando a paisagem, mas, naquela noite, estava quase deserto.

— Está bem agasalhada, Rachel? — Mace virou-se para ela, ao se apoiar na grade.

— Sim, estou bem. — Ela nem sequer havia se dado conta da baixa temperatura, desde que haviam deixado o edifício da Walker Pryce, em Wall Street. A brisa leve agitou seus cabelos suavemente, bem diante de seu rosto, e ela retirou uma das mãos do bolso do casaco longo, para afastá-los. Seus olhos desceram pelos edifícios iluminados, até a água escura que corria lá embaixo. — Espero ter me saído bem nas entrevistas, hoje — murmurou.

Mace sorriu.

— Tenho certeza de que foi ótima. Confio muito em você. Aposto que os deixou boquiabertos. — O tom de voz dele transmitia força.

— Você é muito bom e gentil, Mace. — Rachel desviou o olhar, ao terminar a frase.

— Obrigado — ele agradeceu, ainda sorrindo. — Mas sintome no dever de informá-la de que, provavelmente, algumas mulheres não concordariam.

Era uma advertência muito sutil, quase subconsciente.

— Estou falando a sério — Rachel replicou com voz distante. — É mesmo muito gentil de sua parte ajudar alguém como eu.

Por alguma razão, era mais fácil ser tão direta longe do escritório.

Mace endireitou-se, e sua expressão adquiriu um ar de fingida irritação.

— O que está querendo dizer com isso? "Alguém como você"! Do que está falando?

Sabia exatamente do que ela estava falando, o que queria dizer, mas Rachel não podia considerar-se inferior, em nenhum aspecto, se realmente quisesse vencer no verdadeiro faroeste que era Wall Street. Tinha de desenvolver uma forte autoconfiança, que chegasse às raias da arrogância. Se houvesse o menor sinal de dúvida em sua mente, todos duvidariam dela, também. E atacariam impiedosamente, como um bando de cães famintos.

Rachel voltou a fixar os olhos nas luzes de Manhattan e sacudiu a cabeça.

— Ofereci a Webster o velho discurso "sou perfeitamente capaz de enfrentar qualquer coisa", mas não sei, Mace. Talvez eu não seja. Talvez eu não faça parte do mundo da Walker Pryce.

— Bobagem. Isso é ridículo — Mace declarou em tom gentil, porém firme.

Rachel soltou uma risada irônica.

— Você deveria ver onde eu moro, Mace. Não é um gueto. Não é isso que estou querendo dizer. Meu pai trabalhou muito, a vida inteira, para proporcionar um bom lar a minha família. Mas, também, não é um palacete. Longe disso. Se os sócios da Walker Pryce vissem minha casa, ou conhecessem meus pais, morreriam de rir. Provavelmente, você também riria.

Ela voltou a baixar os olhos para a água. Outra rajada de vento soprou os cabelos sobre seu rosto. Com um gesto instintivo, Mace estendeu a mão para afastá-los, e surpreendeu-se com o próprio reflexo.

Rachel virou-se para fitá-lo, no momento em que os dedos dele tocaram sua face. Estavam muito próximos um do outro.

— Não sou assim, Rachel. Eu não riria. Sabe disso. — Sua voz transbordava de compaixão, pois ele sabia o que ela estava sentindo. — Mas não vou mentir para você. Existem, sim, pessoas na Walker Pryce, extremamente orgulhosas de si mesmas e de suas árvores genealógicas, que adoram falar disso o tempo todo, para lembrá-la de que você não é um deles. Ouvi muitos desses discursos, quando comecei a trabalhar na empresa, acredite. — Fitou-a diretamente nos olhos e, então, um leve sorriso curvou seus lábios. — Mas nunca ninguém lhe disse que você iria gostar de todas as pessoas com quem trabalhasse, especialmente em Wall Street. O segredo é saber usar esse tipo de pessoa na Walker Pryce e deixar que pensem sempre que são superiores, enquanto você ganha um milhão de dólares por ano. Deixe que usem todos os contatos de alto nível que possuem, para ajudá-la a ganhar dinheiro. O fato de trabalhar com eles não significa que terá de socializar com eles.

Rachel sacudiu a cabeça.

— O problema é que, às vezes, quando penso sobre isso, sinto-me intimidada por toda aquela riqueza e herança social, e quatro garfos sobre a mesa do almoço. Sei que, um dia, acabarei embaraçando alguém.

— Você jamais embaraçará ninguém — Mace assegurou, tomando a mão dela nas suas.

Rachel desviou o olhar.

— Você realmente assumiu o papel de meu protetor, Mace. Acima de tudo, não quero embaraçar você.

— Ei, foi o que eu acabei de dizer. Você jamais embaraçará alguém.

Rachel ergueu os olhos para fitá-lo. Mace possuía uma autoconfiança invejável. Estudou-o por alguns instantes, perguntando-se se todo aquele apoio poderia ter alguma outra finalidade, e esperando que tivesse. Com um movimento quase imperceptível, aproximou-se dele ainda mais.

Talvez ele devesse aproveitar aquele momento para descobrir o que realmente se passava entre eles, para saber se havia algo romântico. Rachel poderia ser a mulher de sua vida, Mace pensou. Às vezes, ele era tomado por aquele tipo de convicção no início de um projeto, de uma negociação ou de um relacionamento. E sabia que um relacionamento com Rachel poderia dar muito certo. Não seria necessário passar por um longo e extenuante processo para se certificar disso. E Mace desconfiava que o sentimento era mútuo.

Fitou-a nos olhos rapidamente e, então, desviou o olhar. Seria errado. Tinha de sufocar aqueles sentimentos. Ela não deveria ser distraída de seu caminho, agora. Afinal, estava tão perto de receber a recompensa pelo trabalho árduo que ele sabia que Rachel havia realizado durante os últimos anos. Tão perto de sair de um lugar do qual não se orgulhava nem um pouco. Assim como ele havia saído, ao ser aceito na Universidade de Iowa. Mace deixara o orfanato, um lugar do qual jamais se orgulhara.

Rachel teria de redobrar seus esforços, caso a Walker Pryce realmente lhe fizesse uma oferta e ela a aceitasse. Ela não seria dona do próprio tempo, durante vários anos. Teria uma multidão de chefes, todos exigindo o seu tempo, todos convencidos de que as suas negociações eram as mais importantes. Sócios, diretores-administrativos, agentes e associados da Walker Pryce estariam diante da mesa de Rachel constantemente, pressionando-a durante vinte e quatro horas por dia, para que ela finalizasse projetos. A pressão por produção e desempenho seria intensa. Por outro lado, a recompensa potencial era enorme. A última coisa de que Rachel precisaria, àquela altura, seria Mace para distraí-la de tal recompensa.

No entanto, não era tão fácil ignorar os sentimentos. Mace voltou a fitá-la nos olhos e, contra a própria vontade, começou a inclinar-se na direção dos lábios dela.

Rachel sentiu o coração acelerar ao perceber que Mace ia beijá-la. Seus joelhos enfraqueceram, e ela apertou a mão dele com força. Quando os lábios de Mace aproximaram-se dos dela, Rachel fechou os olhos. Seria maravilhoso.

Os lábios dele, porém, não tocaram os seus. No último instante, Mace beijou-lhe a face com ternura, para então afastar-se. Rachel abriu os olhos, dando-se conta do que havia acontecido. Por um longo momento, fitou-o diretamente nos olhos, tentando não demonstrar a profunda frustração que sentia.

Mace respirou fundo.

— É melhor irmos embora. Tenho aquela reunião de que lhe falei, bem cedo, e depois, devo embarcar para Nova Orleans. E tenho certeza de que você tem muito o que fazer, também.

Rachel assentiu em silêncio. Tinha, de fato, muito o que fazer, inclusive a preparação de um caso e uma revisão completa da carteira de ações da Colúmbia. Naquele momento, porém, não conseguiria concentrar-se em nada. Disso, ela tinha certeza absoluta.

13

Qualquer pessoa que seja alguém e trabalhe no mundo financeiro de Nova York mora em Connecticut ou Westchester County, e faz a viagem de ida e volta da cidade, todos os dias, nos trens da Metro-North. Todos esses trens convergem para a Grand Central Station, no coração de Manhattan. Por isso, o Grand Hyatt construído sobre a estação é um lugar perfeito para reuniões. Qualquer pessoa que seja alguém toma seu café da manhã ali, ao menos uma vez por mês.

Todas as manhãs, a gerência do Hyatt acomoda agentes e corretores em um luxuoso ambiente. O bufê, farto e variado, é decorado com imensos buquês de flores frescas e uma escultura de gelo de um edifício particularmente famoso de Manhattan. Os talheres são de prata, as toalhas, de linho, e os garçons usam luvas brancas. E uma pequena porção de cereais, suficiente apenas para encher duas ou três colheres, custa oito dólares.

Da cadeira que ocupava no grande salão do restaurante, Mace identificou os presidentes de três das maiores empresas de Wall Street, ouvindo o que pareciam ser os gerentes de seus investimentos pessoais, enquanto comiam ovos quentes ou mexidos com bacon ou lingüiça, tudo pago pelos acionistas das empresas para as quais trabalhavam. Os altos executivos de tais corporações ganhavam quase tanto em benefícios quanto em salários, bônus e opções de ações.

— Seu amigo está atrasado — Leeny comentou com sua voz ligeiramente rouca.

— Ele deve estar chegando. — Mace consultou o relógio: sete e dez. — Gerentes de banco costumam chegar atrasados, pois isso faz com que se sintam mais importantes. — Cobriu a boca com a mão a fim de disfarçar um bocejo.

— Peço desculpas por não ser uma companhia mais excitante — ela falou em tom casual.

— Leeny, me desculpe. Não sei por quê, mas não dormi bem, esta noite.

Mace sabia muito bem por que dormira mal. O motivo fora Rachel Sommers. Ele não conseguira parar de pensar nela.

— Bem, espero que não esteja cansado demais, pois o dia será longo — Leeny lembrou.

— Eu sei. A propósito, qual é o horário do nosso vôo para Nova Orleans?

— Nove horas, em La Guardia.

Leeny bebericou o suco de laranja feito na hora. Mace voltou a consultar o relógio.

— Teremos de sair daqui, no máximo, às oito horas.

— E quem, exatamente, visitaremos em Nova Orleans? Não, não me diga. — Leeny retirou uma agenda da maleta de couro que deixara apoiada no pé da mesa. Folheou a agenda, até chegar na página daquele dia. — Ah, sim. Bobby Maxwell. Fale-me sobre ele, já que temos algum tempo livre.

Mace sorriu.

— Bobby Maxwell, um dos homens mais pitorescos do ramo imobiliário que você jamais conhecerá, ou desejará conhecer. — Mace lançou um olhar maroto para Leeny. — Ele é espalhafatoso, inconveniente e se considera irresistível para as mulheres. Vai se derreter ao vê-la. Eu garanto.

— E você vai me proteger, está entendendo? — a voz de Leeny soou alta e estridente. — Lembre-se de que nasci na Geórgia, e conheço bem os chamados cavalheiros sulistas — acrescentou com sarcasmo.

Mace ergueu uma sobrancelha.

— De fato, você os conhece.

Leeny terminou seu suco de laranja.

— O que há de tão especial no sr. Maxwell? Por que vamos visitá-lo?

— Ah, ele é o proprietário de um pequeno imóvel em Manhattan, chamado Trump Tower. Além de outros onze edifícios comerciais, nas melhores regiões de Manhattan.

— O quê? — Leeny inclinou-se sobre a mesa, na direção de Mace. — Pensei que Donald Trump fosse o dono do Trump Tower.

— Não. Maxwell pagou trezentos milhões de dólares pelo edifício, no ano passado, quando Donald precisou de dinheiro para construir aquele novo cassino, em Las Vegas. É claro que parte do acordo incluía o compromisso de Maxwell em manter o nome do edifício, depois de comprá-lo. Assim, todos pensam que Donald ainda é o proprietário. Apesar do que dizem sobre ele, Trump é um excelente negociador. E Maxwell pouco se importa com essas coisas de nome. As pessoas importantes sabem que é ele o novo proprietário. É só o que interessa a ele. O que os freqüentadores das altas-rodas não sabem é que Bobby entrou com apenas três por cento do dinheiro para a compra. O resto veio de várias grandes companhias de seguros. Lewis Webster quer que eu localize grandes propriedades que se encontrem em situação financeira instável. Essa preenche todos os requisitos. Maxwell vai se recusar a falar sobre o Trump Tower, hoje. Ainda está apaixonado pelo fato de ser o proprietário do edifício e, por isso, nós o deixaremos fora da lista. Mas ele possui algumas outras propriedades comerciais em Manhattan, situadas em locais muito visados, que não estão em condições financeiras realmente boas. Ele vai se mostrar mais do que disposto a conversar sobre elas. Não vai gostar dos nossos preços, mas vai conversar. E, se Webster estiver certo sobre uma correção de valores no mercado imobiliário de Manhattan, Maxwell estará falando ao telefone conosco imediatamente, tanto sobre o Trump Tower quanto sobre suas outras propriedades. Seus três por cento se evaporariam rapidamente, se o mercado entrar em pânico.

— Suponho que saiba tanto sobre a compra do Trump Tower por Bobby Maxwell, porque foi você quem o assessorou.

— Ora, vejo que a senhorita é muito esperta — Mace replicou, imitando o sotaque da Geórgia.

— Mais do que você imagina. — Leeny fez uma pausa, voltando a examinar sua agenda. — Diga-me uma outra coisa, sr. McLain.

Mace voltara a observar um dos presidentes sentados nas mesas ao seu redor, mas a menção de seu sobrenome chamou-lhe a atenção, e ele se virou para Leeny.

— O que você quer saber?

— Está anotado em minha agenda que pegaremos o vôo das vinte e duas horas, de Nova Orleans para Nova York, esta noite. Por que tão tarde?

— Nossa reunião com Maxwell está marcada para as três horas da tarde. Teremos sorte se conseguirmos sair do escritório dele por volta das seis. O vôo das dez era o primeiro disponível, depois das seis.

— Se a reunião foi marcada para as três horas, por que vamos tão cedo? — Leeny insistiu.

— O vôo seguinte ao das nove horas da manhã, para Nova Orleans, parte à uma hora da tarde, e não chegaríamos em tempo para o início da reunião.

— Se pegarmos o vôo da dez, de volta para cá, não chegaremos a La Guardia antes de duas da madrugada.

— E? — Mace lançou outro olhar para o presidente.

— Por que não ficamos em Nova Orleans, esta noite, em vez de toda essa afobação para voltar para Nova York? Poderíamos comer comida *cajun* depois da reunião e ouvir um pouco de música em um pequeno clube de jazz do qual ouvi falar muito bem. Tomaríamos um excelente café da manhã no Brennan's e pegaríamos um vôo civilizado para Nova York, por volta das onze horas. Ainda chegaríamos aqui em tempo de trabalhar um pouco. O que acha? Assim, teríamos uma chance de nos conhecermos melhor. — Leeny piscou para Mace.

Ele riu. Por mais estranho que pudesse parecer, nem sequer lhe ocorrera passar a noite em Nova Orleans. Entrar e sair, o mais depressa possível. Estava condicionado a pensar assim. Concluir uma transação e passar à seguinte, imediatamente. Fora esse o seu estilo, desde a formatura na Colúmbia. Sentado em um clube de jazz, qualquer um poderia perder uma transação e, conseqüentemente, uma grande comissão.

Mace sorriu para Leeny. Evidentemente, também era possível divertir-se, sentado em um clube de jazz. Coisa que ele não fazia com freqüência, ultimamente. Permitiu que seus olhos passeassem por um instante. Ela estava particularmente bonita, naquela manhã, usando uma blusa de seda e saia preta, que alcançava seus tornozelos.

— Bem, eu...

— Mace! Desculpe-me pelo atraso! — John Schuler acenou para Mace e Leeny, enquanto atravessava com lentidão o salão apinhado.

Schuler não era alto, já estava bastante calvo e sofrendo da crescente barriguinha tão comum entre os homens de meia-idade, que restringia seus movimentos na tentativa de passar entre as inúmeras mesas, todas ocupadas.

Mace e Leeny levantaram-se quando ele finalmente alcançou sua mesa.

— Olá, John — Mace cumprimentou-o com um aperto de mão e, então, apontou para Leeny. — John, esta é Kathleen Hunt, diretora-administrativa recém-contratada pela Walker Pryce. — Mace forçou-se a especificar o cargo de Leeny, pois era um protocolo na Walker Pryce apresentar um superior pelo título.

Schuler mostrou-se muito impressionado e estendeu a mão para ela.

— É um grande prazer conhecê-la, srta. Hunt.

— Muito prazer, John.

Leeny exibiu um sorriso provocante, ao cumprimentá-lo. Mace não deixou de notar que Leeny segurara a mão de Schuler por mais tempo que o necessário, exatamente como fizera com ele, na noite em que haviam se conhecido na limusine. Ela era boa. Não havia dúvida. Aquela pequena manobra do aperto de mão asseguraria, provavelmente, um mínimo de algumas centenas de milhões, e o leve sotaque sulista que surgira subitamente em sua voz garantiria ainda mais. No entanto, ela não pedira a John que a chamasse de Leeny. O que era muito interessante.

Schuler tossiu, visivelmente agitado.

— Lamento muito ter me atrasado, mas houve um problema com o trem.

— Sem problemas — Leeny murmurou com um sorriso. — Por favor, sente-se.

Os três se sentaram e, no mesmo instante, suas xícaras e copos se encheram de café e suco de laranja, pelas mãos de dois jovens garçons.

— John, temos de pegar um avião esta manhã; por isso, vou direto ao âmago da questão.

Mace observou Schuler retirar um grande biscoito da cesta de vime coberta por um guardanapo de linho e cobri-lo com manteiga e geléia de framboesa.

— Certo — John replicou, antes de abocanhar quase metade do biscoito.

Mace estudou-o, enquanto ele mastigava. Suas faces se estufaram como as de um hamster quando ele forçou mais um pedaço de biscoito para dentro da boca. Não era uma pessoa que causasse uma impressão das melhores, mas era um excelente gerente de um grande banco, e ocupava uma posição de destaque na instituição onde trabalhava... além de saber como concluir uma boa negociação. Mace virou-se para Leeny.

— Como já lhe disse, John é gerente-executivo do Chase. Ele administra toda a parte de empréstimos domésticos do banco, inclusive os financiamentos imobiliários e empréstimos a instituições financeiras, como fundos semelhantes ao que estamos criando. Trabalha no Chase há quase vinte e cinco anos, e se existe alguém capaz de concluir esse negócio, esse alguém é John.

Schuler assentiu em concordância, ao mesmo tempo que se servia de outro biscoito.

Mace continuou:

— Já realizei diversas transações com John e com as pessoas que trabalhavam com ele, desde que fui contratado pela Walker Pryce. Algumas das transações pareciam arriscadas, a um primeiro olhar, mas John enxergou além dos riscos, e todas elas acabaram rendendo excelentes frutos.

— Mace acaba de me fazer parecer um astro — Schuler zombou de boca cheia.

— Ele é muito bom nisso — Leeny replicou, lançando um olhar sedutor para Mace, por cima da borda da xícara, enquanto bebericava seu café.

— Bem — Mace voltou a falar, encarando Schuler. — O negócio é o seguinte, John. A Walker Pryce está criando um fundo a ser conhecido como Broadway Ventures Limited.

— De que porte será o fundo? — Schuler inquiriu, deixando no prato o que restava do segundo biscoito e limpando a boca com o guardanapo.

— Buscamos uma subscrição total de um bilhão de dólares.

Schuler assobiou.

— É grande, mesmo para a Walker Pryce. Qual será a finalidade da renda? O que pretendem fazer com todo esse dinheiro?

— Compraremos propriedades em Manhattan e ações da Bolsa — Mace respondeu —, o que é uma informação confidencial.

— Claro. — Schuler abanou a mão diante do rosto. — Ambas já estão supervalorizadas, no momento, você não acha, Mace? — perguntou, apoiando os cotovelos na mesa e cruzando as mãos diante do queixo.

Mace lançou um olhar rápido para Leeny e voltou a encarar Schuler.

— Acreditamos saber onde estão os verdadeiros valores.

Mace não queria relatar a teoria de Webster sobre as correções de valores de mercado. Tal explicação faria o fundo parecer meramente especulativo, e a especulação era o que mais aterrorizava os bancos. Mesmo os gerentes tão bons quanto Schuler.

John riu e virou-se para Leeny.

— Se qualquer outra pessoa dissesse isso, eu diria que o sujeito estava louco. — Respirou fundo. — Mas Mace já provou que eu estava enganado, muitas vezes. E sei que a Walker Pryce não faz nada por fazer. — Empurrou o biscoito pelo prato. — De onde vão conseguir o dinheiro, um bilhão de dólares em capital privado?

— Esse é o trabalho de Leeny — Mace respondeu, com um gesto na direção dela.

Leeny apoiou um cotovelo sobre a mesa e pousou o queixo na palma da mão, inclinando-se para Schuler.

— A Walker Pryce iniciará o fundo com cinqüenta milhões de dólares, mas receberemos o restante de famílias ricas americanas. Na verdade, já temos acertos preliminares para quase trezentos milhões.

Mace lançou um olhar rápido para Leeny. Aquilo era novidade. Eram apenas duzentos milhões, poucos dias antes. Como ela podia estar levantando tanto dinheiro, com tamanha rapidez?

— Bem, é fácil compreender por que a Walker Pryce a contratou em nível de diretoria-administrativa, srta. Hunt. Tais números são, de fato, impressionantes. — Schuler bebeu um gole de seu café e virou-se para Mace. — E é claro que você quer que eu convença o Chase a lhe emprestar dinheiro, com esse bilhão em capital privado como garantia, a juros ridiculamente baixos, para que possam alavancar o fundo, comprar mais ações e propriedades, e ganhar ainda mais dinheiro quando os valores subirem.

— Isso é o que eu mais gosto em você, John. Vai direto ao ponto — Mace declarou, dando um tapinha nas costas de Schuler.

O gerente exibiu um sorriso maroto.

— É claro que, se o valor total dos investimentos que vocês fizerem cair abaixo do valor do meu empréstimo, estarei acabado. — Seu semblante retomou a expressão séria. — Quanto querem para alavancar o fundo?

— Um para um — Mace respondeu sem vacilar. — Queremos um bilhão em empréstimo bancário para somar ao bilhão de capital privado, de maneira que tenhamos um total de dois bilhões de dólares para investir.

Schuler afastou a xícara dos lábios depressa, e pareceu engasgar-se.

— Um para um? Nos anos noventa, Mace? — Fitou Mace com ar de incredulidade. — Quer que eu lhe conceda um bilhão em financiamento bancário, sobre um bilhão de dólares de capital privado, para um fundo? E suponho que se trate de um jogo no escuro. Você vai exigir que pouquíssimas restrições sejam feitas pelos bancos com relação ao tipo de investimentos que decidir fazer.

Mace assentiu com ar solene, e Schuler sacudiu a cabeça.

— Não vai ser fácil, no mercado de hoje, Mace. Mesmo se tratando de você e da Walker Pryce. Provavelmente, eu lhe conseguiria quinhentos milhões rapidamente, dado o fato de a Walker Pryce estar patrocinando o fundo e de você estar diretamente envolvido na transação. Talvez setecentos e cinqüenta. Mas, um bilhão? Será difícil convencer a diretoria do Chase a fazer isso.

— Mas Mace me disse que você é um dos homens mais poderosos dentro do Chase, John.

Leeny deslizou a mão esquerda pela toalha de linho, até pousá-la sobre a de Schuler. Então, apertou-lhe os dedos gorduchos, para em seguida retirá-la.

Schuler exibiu um sorriso nervoso. Queria impressioná-la, mas não queria arriscar sua carreira no Chase. Tinha planos de ocupar cargos mais altos. Por outro lado, tinha consciência de que, ao se comprometer com aquele projeto, veria aquela criatura tentadora com grande freqüência, durante as semanas que viriam e, quem sabe, mais adiante, também. De repente, a imagem de sua esposa obesa e devoradora de cartões de crédito invadiu sua mente. Ele poderia nunca mais ter uma chance como aquela. E os olhos daquela mulher maravilhosa lhe diziam que ela estaria disposta a relevar um pouco os seus princípios morais, para obter um bilhão de dólares.

— O que pode fazer por mim? — Leeny indagou, inclinando a cabeça para o lado, de maneira que os cabelos loiros tombassem sobre os ombros.

Foi o bastante para empurrar Schuler para o precipício.

Mace riu consigo mesmo, admirando o trabalho de Leeny.

— Digamos que eu consiga fazer com que o Chase subscreva um empréstimo de um bilhão de dólares. O que eu receberia em troca? — Schuler indagou, brincando com os talheres.

Uma subscrição de um bilhão de dólares! Era inacreditável, mais do que Mace poderia ter esperado conseguir. Havia mencionado o índice de um para um simplesmente como um lance inicial inatingível, para estabelecer um teto para as negociações, por mais ridículo que esse teto pudesse parecer, como faria qualquer bom negociador. Esperava que Schuler acabaria dizendo que poderia subscrever, talvez, meio bilhão de dólares. No entanto, lá estava Schuler, praticamente comprometendo o Chase com um empréstimo de um bilhão, durante o café da manhã. A reação de Schuler devia-se, em parte, como ele mesmo dissera, ao fato de que a Walker Pryce e, mais especificamente, Mace administrariam o fundo. Mace, porém, sabia que a simples manobra dos cabelos caindo sobre os ombros de Leeny poderia ter sido igualmente importante. Incrível, ele pensou. Ah, o mundo real!

— A base de cálculo para qualquer quantia excedente será o custo de financiamento do Chase mais três por cento. — A voz de Mace soou perfeitamente controlada. — Para quantias comprometidas, mas não excedentes, os bancos receberão setenta e cinco pontos-base, ou seja, três quartos de um por cento. E se, como você diz, o Chase concordar com uma subscrição de um bilhão de dólares, você receberá uma comissão prévia de dois por cento.

Schuler ergueu as sobrancelhas.

— É bastante alto.

— Sim, mas achamos que você merece. E queremos esse negócio fechado depressa — Mace acrescentou com firmeza.

Webster havia concordado com as comissões bancárias, duas noites antes. Na verdade, ele mesmo fizera a sugestão, para surpresa de Mace. Geralmente, Webster detestava ter de pagar qualquer quantia a bancos.

O garçom aproximou-se da mesa, de bloco em punho.

— Posso anotar seus pedidos?

Mace consultou o relógio. Já passava de oito horas.

— Receio que não, amigo — respondeu, levantando-se. Apertou a mão de Schuler. — Desculpe, John, mas Leeny e eu temos de pegar um avião para Nova Orleans. Sei que você compreende.

— Claro. — Schuler levantou-se ao mesmo tempo que Leeny. Estava visivelmente desapontado quando olhou para Leeny, lamentando ter sido arrogante e feito os dois esperar. — Mais uma vez, peço desculpas pelo meu atraso. Fui tão grosseiro — murmurou.

Leeny sorriu, apertando-lhe a mão.

— Não se preocupe. Algo me diz que teremos tempo de sobra para nos conhecermos melhor, em um futuro muito próximo. Estou ansiosa para trabalhar com você, John.

Schuler hesitou por um instante.

— Sim, e eu, para trabalhar com você. — Olhou para Mace, sem conseguir esconder o fato de que havia, definitivamente, caído na teia, e agora não tinha para onde fugir.

Se Leeny tivesse em mãos os documentos do empréstimo, Schuler já os teria assinado.

Mace virou-se para o garçom e colocou uma nota de cem dólares na mão do jovem.

— Por favor, sirva ao nosso amigo o que ele desejar para o seu desjejum. E traga o *New York Times*, enquanto ele espera. Ele, provavelmente, já leu o *Journal*.

Schuler assentiu e riu.

— Muito observador, sr. McLain.

— Ligarei para você amanhã, John. — Leeny acenou, quando ela e Mace encaminhavam-se para a porta. — Precisaremos de sua confirmação o quanto antes.

Schuler voltou a assentir, mas com vigor renovado.

— Começarei a trabalhar nisso assim que chegar ao banco. Quando vocês estiverem desembarcando em Nova Orleans, já terei uma equipe inteira designada à nossa negociação.

— Ótimo! — Leeny replicou por cima do ombro.

Schuler continuou a observá-la com ar melancólico, até ela desaparecer.

Quando deixavam o restaurante, Mace inclinou-se para Leeny e disse:

— Deviam chamá-la de barracuda.

Ela lhe deu um leve tapa no braço e riu.

— É justamente como me chamam!

Porém, Leeny não estava rindo por dentro. Schuler provocava-lhe asco, quase tanto quanto ela sentia asco de si mesma, por concordar em fazer parte de tudo aquilo. O gerente era um homenzinho repugnante, mas Webster havia deixado muito claro que ela deveria fazer o que fosse necessário. Ao desviar o olhar do rosto de Mace e virar a cabeça para o outro lado, sua expressão tornou-se amarga.

Nada do que Mace pudesse ter dito teria preparado Leeny para conhecer Bobby Maxwell. O homem era uma coletânea de contrastes. Contrastes absurdos. Os cabelos cor de fogo estavam presos em um rabo-de-cavalo impecável, que descia por sobre o paletó Armani, até o meio das costas. O certificado de membro do Sierra Club enfeitava uma das paredes de seu escritório, ao lado de uma fotografia cuidadosamente emoldurada dele mesmo, segurando a boca aberta de um jacaré enorme, que ele havia acabado de matar a tiros, em algum recanto dos pântanos da Louisiana. Havia uma pequena bandeira dos confederados sobre um dos cantos de sua mesa, e uma foto dele trocando apertos de mão com os líderes da NAACP regional, no outro. E Leeny tinha certeza absoluta de que, por debaixo do profundo sotaque sulista, escondiam-se toques rudes do Brooklyn.

— Quer fazer o quê, Mace?

O tom de voz de Maxwell era terrivelmente alto, mesmo durante uma conversa normal. Mace parou diante da imensa janela do magnífico escritório de Maxwell, cinqüenta andares acima das ruas de Crescent City, apreciando a vista do rio Mississípi, que se estendia até o golfo do México, à claridade suave do lusco-fusco.

— Quero comprar a sua propriedade de Lexington Avenue, em Manhattan, por cem milhões de dólares. Refiro-me ao edifício comercial, situado na esquina da Lexington com a rua 47.

— Faça-me rir de novo, Mace McLain. Diga isso mais uma vez. Ora, vamos! Faz muito tempo que não dou umas boas gargalhadas, que não ouço uma boa piada. Ao menos, não uma tão boa quanto essa.

Mace deu as costas para a janela e encarou Maxwell.

— Estou falando a sério, Bobby. Cem milhões.

Maxwell deu um tapa no próprio joelho e soltou mais uma gargalhada.

— E eu pensava que você era um homem sério, Mace.

De repente, retirou os pés envoltos pelas botas de couro de cobra de cima da mesa, inclinou-se sobre ela, apanhou uma granada da Segunda Guerra Mundial que jazia ao lado da bandeira dos Confederados e atirou-a na parede oposta.

Leeny, que observava com desconfiança a granada desde o momento em que pusera os pés no escritório, abaixou-se depressa, enquanto a arma atingia a parede com um estalo. O movimento brusco fez com que os óculos de Leeny caíssem no carpete espesso.

— Pensou que era de verdade, não é, querida? — Maxwell indagou. — Ela pensou que fosse de verdade, Mace.

Maxwell voltou a rir alto, enquanto Leeny se abaixava para apanhar os óculos. Mace, porém, não riu. Sentia-se frustrado com a conversa. Haviam discutido cada uma das propriedades de Maxwell, exceto o Trump Tower, e Maxwell rira da oferta feita por Mace para cada uma delas. Como Mace já esperava que aconteceria. Os preços eram baixos, em alguns casos pouco acima do valor da hipoteca que Maxwell fizera sobre a propriedade. Infelizmente, os preços de oferta haviam sido determinados por Webster. Mace tentara convencer Webster de que Maxwell não se interessaria, mas Webster não dera importância aos seus argumentos. *Deixe Maxwell rir*, ele dissera. *A alegria dele será temporária. Quando a crise explodir, Maxwell não rirá mais.*

Tal atitude era aceitável para Webster, que podia ficar sentado em sua torre de marfim, em Manhattan, contando sua fortuna de trezentos milhões de dólares, e ainda viver como um rei pelo resto de sua vida, mesmo que a suposta crise jamais ocorresse e o Broadway Ventures não tivesse sucesso.

Para Mace, era totalmente diferente. Se a operação fracassasse, ele teria de recomeçar sua carreira financeira do zero. Além disso, seus contatos, gente como Bobby Maxwell, certamente nunca mais o levariam a sério outra vez.

Maxwell sacudiu a cabeça.

— Ah, Mace, você sabe que eu te adoro, devido àquela transação de compra do Trump Tower. Adoro mesmo. E quero retribuir o que fez por mim, oferecendo-lhe um bônus acima da comissão que você já recebeu. Por outro lado, tenho de cuidar da minha reputação de negociador duro.

Com um gesto súbito, Mace pegou o paletó de cima da mesa diante da janela e aproximou-se da mesa de Maxwell.

— Desculpe-me por tê-lo incomodado, Bobby. — Virou-se para Leeny. — Venha. Vamos embora.

Leeny levantou-se de pronto. Não precisaria sofrer qualquer pressão para deixar aquele lugar.

— Ora, vamos, Mace! Não fique zangado comigo. Fique mais um pouco. Escute, se aumentar em vinte milhões a oferta pela propriedade da Lexington Avenue, eu aceitarei. Ainda seria um preço muito baixo, mas eu lhe venderia o edifício. Só porque eu te adoro. — Maxwell levantou-se de sua confortável poltrona de couro. — Quer saber do que mais? Vou levar vocês dois para jantar. Primeiro, vou levá-los até minha fazenda, no pântano, onde mostraremos à senhorita como se caça um jacaré à noite, usando lanternas. — Falou diretamente para Leeny. — Já caçou jacarés, alguma vez?

Leeny sacudiu a cabeça depressa, cruzando os braços sobre o peito, em um gesto instintivo.

— É muito divertido. Acredite. Quando cansarmos de caçar jacarés, pedirei ao cozinheiro que prepare algo para comermos. Depois, você e eu poderemos dar um passeio. Teremos lua cheia, esta noite, e não encontraremos dificuldade para enxergar as cobras. Deixaremos Mace na mansão, para caminharmos à margem do pântano. A essa altura, é possível que aceite até mesmo um aumento de apenas quinze milhões de dólares na oferta pelo edifício da Lexington.

Mace deu um passo à frente, colocando-se diante de Leeny.

— Obrigado, Bobby, mas temos de pegar o avião para Nova York.

— Droga! — Maxwell resmungou e coçou a cabeça, tentando pensar em um meio de manter Leeny por perto, naquela noite.

Mace segurou a mão de Leeny e puxou-a na direção da porta. Alguns minutos depois, a porta do elevador se fechava, e os dois desciam sozinhos.

Leeny sacudiu a cabeça e riu.

— Esse sujeito é o maior idiota que já vi! — exclamou.

— Não se deixe enganar. — Mace observava os números acima da porta se acenderem, à medida que o elevador descia em alta velocidade. — Ele vale quase um bilhão de dólares.

— O quê? — Leeny inquiriu, fitando Mace com ar incrédulo.

— Sim, senhorita — Mace confirmou, imitando a maneira de falar de Maxwell. — No entanto, trata-se de uma posição peculiar.

— Do que você está falando? — Leeny indagou.

— Se os valores imobiliários caírem por volta de dez por cento, ele estará falido. Quebrado. Arruinado. — Mace sacudiu a cabeça. — Mas, no momento, é o rei. É o poder da alavancagem financeira, Leeny. É o que torna este país tão grandioso. Se um joão-ninguém como Bobby Maxwell consegue convencer um banco a lhe fazer um empréstimo, pode se tornar bilionário da noite para o dia.

No momento em que ele parou de falar, a porta do elevador se abriu para o imenso saguão do edifício Maxwell, o arranha-céu mais alto de Nova Orleans.

Vinte minutos mais tarde, Mace e Leeny estavam sentados a uma mesa do Blue Note Heaven, um conhecido clube de jazz, em French Quarter. Mace arregaçou as mangas da camisa branca social, prestando atenção à banda. Então, apanhou o copo de cerveja gelada, tocou-o no de Leeny em um brinde e bebeu. Saboreou o líquido com prazer. Após alguns instantes, colocou o copo na mesa e, literalmente, atacou o generoso prato de camarões cozidos no vapor e temperados com muita pimenta, a sua frente. Não comia desde que lhe fora servida uma pequena porção de frutas frescas, no avião, pela manhã. De repente, deu-se conta de que estava faminto.

— Ei, não se esqueça de mim, sr. McLain.

— Desculpe, Leeny — Mace murmurou, depositando a casca e as patas de mais um camarão no recipiente das sobras, a um canto da mesa. Então, mergulhou a carne rosada e branca em uma tigela menor, cheia de molho apimentado, colocou a iguaria na boca e empurrou o prato na direção de Leeny. — Estou faminto.

— Isso é óbvio. — Leeny apanhou um camarão e começou a descascá-lo. — Agradável, este lugar, não acha?

— Sim, muito agradável. — Ele limpou as mãos no guardanapo. — Você ainda não me contou por que deixou seu emprego na LeClair e Foster. Devia ganhar um bom salário, lá. Especialmente, trabalhando em San Francisco.

Leeny suspirou.

— Quer mesmo que eu desenterre lembranças amargas?

— Não se deu bem com os sócios?

— Não houve nada relacionado com a empresa. Eu adorava o meu trabalho lá.

Mace sorriu.

— Nesse caso, deve ter havido um motivo importante para você sair de lá.

— Ah, vejo que andou me investigando!

Ela ergueu as sobrancelhas. O divórcio também não tivera nenhuma relação com sua vida profissional, mas se ele preferia pensar que esse fora um dos motivos, muito bem. Ela não o corrigiria.

— Não esperava que eu fizesse isso? Você também me investigou. Afinal, com a tecnologia disponível nos dias de hoje, seria uma grande tolice não gastar os cinco minutos necessários para saber tudo o que for possível sobre alguém. — Mace fez uma pausa. Queria saber mais sobre o motivo da saída de Leeny da empresa anterior, mas ela não parecia disposta a falar do assunto. Ainda assim, não havia razão para pressioná-la e estragar o que começava a se transformar em uma noite muito agradável. — Como você fica sem os óculos? — perguntou.

— Quer mesmo saber? — Leeny indagou com um sorriso sedutor.

— Tire-os.

Mace bebeu mais um gole de sua cerveja.

— Só tiro os meus óculos por um motivo, Mace.

— Que motivo?

— Por que não telefona para o meu ex-marido e pergunta a ele? — ela sugeriu com toda a calma.

— Ah, já entendi.

Ele riu e, então, suspirou profundamente.

— Qual é o problema?

Mace balançou a cabeça.

— Desperdiçamos um dia inteiro, vindo para cá. Maxwell não vai vender nada, não pelos preços que estamos oferecendo. Precisamos convencer Webster a aumentar as ofertas em, pelo menos, dez por cento.

— Esqueça isso, agora — Leeny apressou-se a dizer. — Divirta-se um pouco.

Mace consultou o relógio.

— Já está quase na hora de irmos para o...

— De jeito nenhum! — Ela agarrou-lhe a mão e levantou-se. — Venha!

A banda começava a tocar uma música mais rápida, com um ritmo contagiante, e a pista de dança do pequeno clube estava se enchendo rapidamente de freqüentadores ligeiramente embriagados.

— Não, sou um péssimo dançarino — Mace protestou em voz alta, uma vez que a música se tornara agitada demais. — É verdade.

— Venha comigo!

Estava claro que Leeny não aceitaria um "não" como resposta.

Mace apanhou o copo de cerveja de cima da mesa, bebeu o que restava do conteúdo em um só gole, e deixou-se conduzir até a massa de corpos que se sacudiam na pista. Não era do seu feitio chamar atenção sobre si e, por isso, precisava do máximo teor de álcool no sangue, tanto quanto fosse possível.

Durante a meia hora seguinte, Mace dançou com Leeny de uma extremidade da pista à outra, durante a seleção de músicas mais agitadas, e sentiu o corpo dela mover-se com sensualidade contra o seu, nas mais lentas. Finalmente, quando nenhum dos dois tinha mais energia para dançar, voltaram à mesa e deixaram-se cair nas cadeiras.

— Nossa! — Leeny exclamou, levando a mão ao peito e apanhando o copo de gim-tônica, no qual os cubos de gelo haviam se tornado pequenos cristais. — E você disse que não era bom dançarino! Eu deveria ter sabido. Afinal, foi um atleta, na faculdade.

Mace sorriu. Ela era sexy, inteligente e excelente parceira de dança. Continuou tentando se convencer de que não era uma idéia sensata envolver-se com uma pessoa tão intimamente ligada a ele no trabalho, que não deveria sentir-se atraído por ela. No entanto, ignorar tal atração tornava-se mais difícil a cada momento.

Leeny puxou-o para dentro do quarto do hotel, ergueu as mãos até sua nuca e beijou-o com ardor. Mace não resistiu. Os lábios dela eram doces, quentes, deliciosos. Leeny beijou-lhe o pescoço, ao mesmo tempo que começava a desabotoar a camisa.

— Está vendo? — indagou, ofegante, os dedos trabalhando freneticamente. — Eu disse que seria uma boa idéia passarmos a noite aqui.

Ela abriu a camisa de Mace e deslizou as mãos pelo peito largo, enquanto voltava a beijá-lo no pescoço. Mace apoiou as costas na parede, sentindo as mãos de Leeny apertarem seus ombros. Ah, como era bom! Incapaz de se conter, segurou-a pela cintura e ergueu-a no ar, para então girá-la lentamente, até que as costas dela ficassem coladas à parede, o rosto junto ao seu. Leeny puxou a saia para cima, a fim de envolver o corpo de Mace com as pernas, mordiscando-lhe a orelha suavemente, sentindo-se segura nos braços fortes.

— Você não tem de fazer o menor esforço para me manter aqui em cima, não é mesmo?

O corpo dele emanava força e poder.

— Não. — Mace fitou-a à luz suave que vinha do corredor, pela fresta da porta ainda entreaberta. — Você é leve como uma pluma.

Era verdade. Leeny parecia não pesar nada.

— Ah, não pare o que estava fazendo comigo. Continue.

Mais uma vez, ela o beijou, mas, desta vez, sua mão direita deslizou pelo abdome de Mace, até a fivela do cinto. Ele continuou a fitá-la. Aquilo não deveria estar acontecendo.

— Pare — murmurou, ao mesmo tempo que fazia Leeny deslizar para baixo, até os pés dela tocarem o chão.

— O quê? Parar o quê?

— Isto. É melhor pararmos o que estamos fazendo.

Mace respirou fundo, reunindo toda a força de vontade que possuía para pronunciar aquelas palavras.

— Não, eu não vou parar.

Lentamente, ela foi se abaixando, até ficar de joelhos diante dele. Mace, porém, segurou-a pelos braços e forçou-a a se levantar. Ainda sentia os efeitos do álcool. Seria tão fácil permitir que ela fizesse o que queria fazer, o que ele queria que ela fizesse... Mas tinham de continuar trabalhando juntos, e ele sabia que, geralmente, homens e mulheres não trabalhavam juntos com eficiência quando estavam envolvidos um com o outro.

— Não pense que não sinto atração por você.

— Qual é o problema, então? — Leeny indagou, acariciando-lhe a face.

— Temos de trabalhar juntos, e acho que isso poderia se tornar difícil. Tentaríamos não deixar que nosso envolvimento nos afetasse, mas mais cedo ou mais tarde, isso se tornaria um problema.

— Não seria problema para mim — ela sussurrou.

Mace riu.

— Não, provavelmente, não. Você parece ter a capacidade de enfrentar qualquer situação. Então, ponhamos a culpa em mim.

— Uma noite, nada mais. Eu prometo. E nunca direi uma palavra sequer a respeito.

Mace voltou a respirar fundo. Leeny estava tornando a situação ainda mais difícil. Ela acariciou seu peito com suavidade, usando as costas da mão, sem desviar os olhos dos dele. Então, com movimentos lentos, deu um passo para trás e começou a despir-se, sempre fitando-o nos olhos. Mace observou-a tirar, muito sedutora, cada peça de roupa, deixando que os olhos passeassem por cada centímetro da pele acetinada que era exposta, à medida que a saia, a blusa e as peças íntimas deslizavam para o chão.

Finalmente, Leeny ficou totalmente nua diante dele, as mãos pousadas nas coxas e um sorriso tranqüilo nos lábios. As pontas dos dedos dela moviam-se de maneira quase imperceptível sobre a própria pele, enquanto Mace a observava. De repente, Leeny arqueou as costas e cerrou os olhos por um momento, como se desfrutasse um imenso prazer físico com aquele leve movimento dos dedos sobre as coxas.

Muito devagar, ela se aproximou dele. Pousou uma das mãos no ombro de Mace, enquanto usava a outra para retirar os óculos de armação clara e colocá-los sobre a cômoda.

— Como já deve ter adivinhado, esta é a única razão pela qual eu tiro os meus óculos — murmurou com voz rouca.

Então, tomou o rosto dele entre as mãos e beijou-o nos lábios, atrevida e provocante. Mace sentiu os seios fartos roçarem seu peito, enquanto o beijo se tornava mais ousado e intenso. Como poderia resistir?

— Não posso esperar mais, Mace. Com ou sem você, alguma coisa precisa acontecer — ela sussurrou.

E, com isso, afastou-se dele, subiu na cama, virou-se e deitou-se de costas, voltando a fitá-lo.

Imóvel, Mace viu Leeny passar lentamente uma das mãos pelos cabelos, enquanto a outra massageava um dos seios com sensualidade, para em seguida deslizar pelo abdome liso. Era demais para ele. Seria impossível resistir.

Em questão de segundos, Mace livrou-se das roupas e deitou-se na cama, ao lado de Leeny. Os dois se beijaram com suavidade e ternura durante um longo momento, até que ela serpenteou o corpo, enviando através do movimento a mensagem de que não queria esperar mais. Sua mão deslizou até encontrar a prova pulsante da masculinidade de Mace e, com firme gentileza, puxou-o até que ele se posicionasse sobre ela.

Mace fitou Leeny nos olhos. Quase havia se esquecido de quanto era embriagante deixar-se envolver por uma mulher como ela.

— Leeny, não posso lhe prometer qualquer tipo de compromisso.

Ela sustentou seu olhar, erguendo os tornozelos, deslizando-os pela parte posterior das pernas e coxas de Mace. A ação fez com que ele a penetrasse parcialmente e, no mesmo instante, as costas dela arquearam, os seios pressionando o peito largo de Mace.

— Não diga nada — Leeny sussurrou. — Não quero conversar, agora. Quero apenas sentir você.

— Webster, a srta. Hunt está atenta a todos os movimentos do sr. McLain?

— Muito atenta — Webster sussurrou ao telefone.

Detestava aquelas ligações, que estavam se tornando cada vez mais freqüentes, à medida que o prazo final se aproximava.

— Estou preocupado com McLain. Pelo que pude depreender, é um homem muito inteligente. Ele poderia descobrir o que está acontecendo.

— Eu saberia, se ele desconfiasse de alguma coisa, e o avisaria imediatamente. E suponho que você tomaria as providências necessárias.

— Sem dúvida — disse o outro homem. — Mas o problema está no fato de você ter como principal fonte de informação a srta. Hunt. E não podemos ter certeza de que ela permanecerá imparcial.

— Acha que ela poderia contar a McLain tudo o que sabe? — Webster inquiriu, incrédulo. — Na minha opinião, a srta. Hunt tem plena consciência de que, se fizesse isso, estaria assinando o atestado de óbito de ambos.

— Acho que ela pode considerar o sr. McLain muito atraente, e deixar-se envolver por isso.

Webster hesitou. Lembrou-se do dia, em sua sala, em que Leeny fizera alusão ao fato de Mace ser um homem atraente.

— Não creio que ela possa ser tola a esse ponto.

— Mesmo assim, não quero Mace McLain por perto por mais tempo do que o estritamente necessário. Quando ele terá tudo arranjado com os bancos, as propriedades-alvo e as ações, de maneira que não precisemos mais dele?

— Não vai demorar muito mais. Apenas umas poucas semanas.

— Bom.

Webster podia perceber a satisfação do homem, mesmo através do telefone.

— Francamente, não acho que exista qualquer motivo para preocupação. Mas, se isso o fizer sentir-se melhor, providencie para que alguém o siga, durante as últimas semanas do projeto.

— Talvez eu faça isso. Só não quero correr o risco de deixá-lo desconfiado.

— Sei disso.

Webster respirou fundo.

— Há mais uma coisa que preciso lhe dizer, antes de desligar — o homem mudou de assunto.

— O que é?

— Precisarão de mais dinheiro, no oeste da Virgínia, em breve.

— É mesmo?

— Sim. Na próxima semana, todo o dinheiro daqui terá sido transferido para a conta no Chase. Quando os novecentos milhões de dólares estiverem lá, quero que você deposite os cinqüenta da Walker Pryce e, então, transfira um milhão para o pessoal da Virgínia, na agência de Sugar Grove, no Charleston National. Não espere que a srta. Hunt obtenha os cinqüenta milhões dos investidores externos.

— Certo.

— Provavelmente, será a última vez que precisaremos enviar qualquer coisa a eles. Entendeu?

— Claro.

Webster queria que a conversa terminasse logo.

O homem tossiu ao telefone.

— Quando a srta. Hunt terá o resto do dinheiro? Os cinqüenta milhões?

— Ela me garantiu que deverá ter tudo muito em breve, dentro de duas semanas, no máximo.

— Bom.

Webster hesitou mais uma vez.

— Vai me avisar, antes de lançar os cães sobre McLain?

— Por que você quer saber?

Webster engoliu em seco. Não que se importasse com Mace. No que lhe dizia respeito, eles podiam picar Mace em pedacinhos e atirá-los aos tubarões, quando tudo aquilo terminasse. Só queria um aviso prévio para si mesmo. Não confiava naquelas pessoas. Afinal, por que deveria?

— Para que eu possa lhe dizer se ele já será descartável, ou não.

— Vou me lembrar de perguntar — o outro respondeu em tom de desafio.

— Certo.

Ocorreu a Webster que negociar com a máfia devia ser exatamente assim. Era impossível sentir-se à vontade, ou qualquer coisa do tipo. A única sensação possível era o medo.

— Até logo, Lewis.

— Até logo.

A mão de Webster tremia quando ele desligou o telefone.

Lentamente, Mace emergiu de um sono profundo para a consciência. Ainda estava atordoado, mas, por alguma razão, tinha a sensação de que alguma coisa estava errada. Esfregou os olhos durante um longo momento, para então abri-los. À luz cinzenta do amanhecer, que penetrava pela fresta estreita entre as cortinas fechadas, o rosto de Leeny começou a adquirir forma. Ela estava ajoelhada ao lado dele, na cama, o corpo curvado para a frente e o rosto a poucos centímetros do seu, fitando-o nos olhos com uma expressão muito estranha. Não piscava, nem se movia. Simplesmente, olhava fixamente para ele.

— Leeny? — Mace despertou por completo. — Você está bem?

Ela não respondeu, não se moveu, parecendo uma estátua, sempre a fitá-lo nos olhos.

— Leeny! — ele elevou a voz, ao mesmo tempo que levava uma das mãos à face dela.

No mesmo instante, ela afastou o rosto. Durante mais alguns segundos, Leeny continuou a fitá-lo. Então, levantou-se da cama e caminhou com passos lentos até o banheiro, sem pronunciar uma palavra sequer.

Boquiaberto, Mace viu a porta do banheiro se fechar atrás dela.

Leeny acendeu a luz, apoiou as mãos na pia e fixou os olhos no espelho. Era uma prostituta cara, nada mais que isso, nem menos. Era o que ela havia se tornado.

Sem desviar os olhos do espelho, estendeu a mão para a pequena bolsa de maquiagem deixada a um canto da pia. Suas mãos tremiam violentamente enquanto ela vasculhava o conteúdo da bolsa, até encontrar o frasco de remédio. Retirou o frasco da bolsa, colocou cinco minúsculas pílulas verdes na palma da mão e atirou-as na boca. Não era justo o que a estavam obrigando a fazer. Aquilo era como estar no inferno. Como podia ter descido tão baixo, tão depressa?

14

O VICE-PRESIDENTE ANDREWS observou a escuridão que descia, da janela do trigésimo sexto andar do edifício comercial no centro de Detroit, onde ficava a matriz da Andrews Industries. Expirou o ar lentamente, enquanto olhava para o lago St. Clair, uma imensa mancha negra a distância. As coisas iam mal. A Andrews Industries, a empresa que seu bisavô fundara oitenta anos antes, para fornecer peças às montadoras de automóveis, a empresa que crescera ao longo dos anos até atingir o atual rendimento anual de cinco bilhões de dólares, a empresa que permitira que a família gozasse de um estilo de vida idílico durante oito décadas, precisava desesperadamente de uma injeção de capital.

Assim como ele. Andrews já havia gasto cada centavo de suas contas pessoais na campanha eleitoral. Havia planejado, simplesmente, lançar mão do dinheiro da empresa, naquele estágio, para patrocinar sua árdua batalha contra Malcolm Becker, como os seus trinta por cento de ações lhe permitiam fazer.

Agora, porém, não poderia fazer isso, pois a firma estava no vermelho. Os cofres corporativos, que durante anos haviam permanecido tão abarrotados de dinheiro que os dividendos pareciam intermináveis, estavam subitamente vazios. Tal desastre não poderia ter ocorrido num momento pior.

Andrews estreitou os olhos. Becker. Detestava aquele homem. Becker era um oportunista, nada mais. Um maníaco egocêntrico, que tivera sorte com o projeto Wolverines e aproveitara a fama momentânea que conquistara com os sucessos do empreendimento, para sonhar com o cargo mais alto e importante do país, o cargo de presidente da República.

Becker não fazia idéia do que era administrar um país, especialmente um país complicado como os Estados Unidos da América. Becker sabia administrar um exército, sabia como obter informações importantes, sabia como ser diretor da CIA. Era onde ele deveria ficar: do outro lado do rio Potomac, na CIA.

Andrews riu baixinho ao imaginar Becker presidindo um jantar oferecido a um outro chefe de Estado. Seria terrível. Ele provavelmente arrotaria e desabotoaria o cinto, após a sobremesa.

Como Becker estava patrocinando sua própria campanha? Sua família possuía recursos financeiros limitados. Eram da classe proletária, e poderiam até mesmo ter trabalhado nas linhas de montagem de uma das dezessete fábricas da Andrews Industries, espalhadas pelos Estados Unidos. Não podiam estar fornecendo o dinheiro. O emprego na CIA, certamente, também não pagava tão bem, mesmo para um cargo de diretoria... Nada que se aproximasse do que ele precisava para patrocinar uma campanha nacional. E Backer ainda não levantara grandes fortunas de seus simpatizantes. Isso havia ficado claro nas investigações feitas pelo pessoal de Andrews.

Então, de onde Becker estava tirando o dinheiro para pagar por toda aquela propaganda na televisão, que o descrevia como o americano duro, o homem diante dos quais os outros governos se acovardariam?

Andrews voltou a estreitar os olhos. Tinha certeza de que sabia a resposta. O dinheiro vinha das contas da CIA. Era a única explicação. Tal uso do dinheiro do governo era completamente ilegal, mas o assistente de Becker, o Homem Rato Ferris, guardava aquelas contas com tamanho cuidado que era impossível descobrir o que realmente se passava com elas. Mesmo assim, Andrews estava determinado a descobrir. Conseguira, finalmente, convencer o único homem que tinha o poder de investigá-las, o único homem capaz de passar por cima de Ferris para fazer isso: Bob Whitman, presidente dos Estados Unidos.

Depois de meses de discussão, Andrews finalmente convencera Whitman de que, a julgar pelo tamanho do esquadrão Wolverine e pelo tipo e número de armas compradas, Becker certamente ultrapassara em muito o orçamento com o qual havia concordado, antes da aprovação do projeto. Se fosse o caso, se Becker houvesse mesmo gasto mais do que podia com os Wolverines, só podia estar usando dinheiro destinado para outras operações da CIA para sustentar os Wolverines. Não que Andrews se importasse se, de fato, fosse isso que Becker estivesse fazendo. O que realmente importava era que, se irregularidades iniciais fossem descobertas, a auditoria das contas da CIA assumiria proporções maiores, e os contadores do governo poderiam descobrir que Becker estava usando dinheiro da CIA para patrocinar sua campanha eleitoral e, provavelmente, para uma série de outras despesas pessoais, também. Se isso fosse descoberto, Becker estaria fora da corrida presidencial, e ele, Preston Andrews, garantiria sua vitória, pois não havia nenhum outro candidato capaz de representar uma ameaça a sua eleição.

Depois de toda aquela discussão, o presidente finalmente enviara a Becker um pedido de prestação de contas, juntamente com uma redução significativa no orçamento da CIA. Andrews tentou reprimir um sorriso, enquanto apreciava a noite de Michigan. Gostaria de ter podido assistir à reação de Becker ao memorando. Demoraria um pouco para conseguirem ter acesso às contas. Becker e Ferris fariam tudo para ganhar tempo. Mas poderiam adiar o inevitável apenas por uns poucos meses, desde que ele e Robin conseguissem convencer o presidente a continuar pressionando. Faltavam nove meses para as eleições. Era tempo demais para Becker esquivar-se de responder às perguntas do presidente.

Andrews prometeu a si mesmo que apanharia Becker. Continuaria a fechar o cerco, até expor o que acreditava firmemente estar acontecendo do outro lado do Potomac, na CIA. A menos que Becker descobrisse um meio de cobrir o excesso de gastos com os Wolverines. Andrews pousou a mão na janela. Nunca subestimar Malcolm Becker... Essa era a regra número um.

— Bonita noite, não? — Robin Carruthers parou ao lado de Andrews, também apreciando as luzes da cidade.

Ela sorriu e, então, afastou-se da janela e sentou-se à mesa da sala de reuniões.

Robin era uma mulher maravilhosa, e leal. Inteligente, atraente e muito eficiente. Deveria ter se casado muito tempo antes, mas havia sacrificado tudo por ele.

— Sim, uma linda noite — ele murmurou.

Também se afastou da janela e foi se sentar ao lado dela.

Robin encarou-o.

— Como você está, Preston?

— Bem, eu acho.

— Parecia perdido em pensamentos.

Andrews tomou-lhe a mão e afagou-a, exibindo o largo sorriso amigável, capaz de iluminar um ambiente. Robin dizia que aquele era o sorriso de candidato.

— Estou bem — ele repetiu. — Apenas um pouco preocupado com a Andrews Industries. E preocupado com a possibilidade de Becker descobrir o que está acontecendo aqui. — Voltou a sorrir. — Mas ficarei bem.

Robin tomou a mão de Andrews nas suas, como fizera tantas vezes antes, e começou a massageá-la. O movimento o relaxava.

— Acha mesmo que Becker poderia descobrir os problemas que surgiram aqui? Afinal, trata-se de uma empresa privada.

— Ele é um espião, não é? Supostamente, o melhor do país. É pago para obter informações sobre pessoas como eu, para o país. Não há motivo para ele não fazer isso por si mesmo, de vez em quando. Aposto que já infiltrou alguém aqui e nos escritórios dos contadores. Ou vai mandar alguém. Nosso amigo Becker é muito detalhista.

— Sim, tem razão.

Robin fitou Andrews, enquanto pressionava a pele entre o polegar e o indicador do vice-presidente. Preston era tão atraente quanto um galã de cinema: alto, cabelos loiro-escuros que pareciam nunca sair do lugar, dentes perfeitos, pele perfeita, que parecia constantemente bronzeada, e muitos sorrisos diferentes, que variavam do sincero ao maroto, um para cada situação. Um partido e tanto. E não perdia a calma, mesmo sob fogo cerrado. Aqueles sorrisos não eram apenas aparência.

— Ele deixará a informação vazar para o *Wall Street Journal* e para o *New York Times*, e eles ganharão o dia à minha custa —

Andrews continuou. — Ele dirá que não sou capaz de administrar meus próprios negócios; como poderiam me eleger para administrar o país? Provavelmente, tentará encontrar irregularidades aqui, para mostrar que não só sou incapaz de manter minha própria casa em ordem, mas também que não sou digno de confiança. Que roubo de minha própria família e que, portanto, roubaria do povo, também. Ou pior.

— Mas não há nada a descobrir.

Andrews fitou-a por um longo momento. Robin era tão confiável, mas ainda era um tanto ingênua, mesmo depois de sete anos em Washington. No entanto, tal ingenuidade trazia certas vantagens para ele. Podia convencê-la a fazer coisas que outras pessoas, mais cínicas, não fariam.

— Não, não há nada a descobrir — declarou com firmeza. — Mas Becker pode tentar inventar alguma coisa, ou mesmo falsificar irregularidades.

— Vai dar tudo certo — Robin garantiu, continuando com a massagem.

— É bom saber que você está confiante. — Andrews baixou os olhos para a mão dela. — Isso é muito bom.

— É essa a idéia — ela murmurou, sem erguer os olhos. — Talvez você devesse contratar mais seguranças para trabalhar aqui, além de alertar seus contadores para fazerem o mesmo.

— Talvez. — Andrews fez uma pausa. — O que realmente preciso é pôr as mãos nas contas da CIA relativas aos Wolverines.

— Para sabermos se ele está usando dinheiro da CIA para patrocinar a campanha — Robin completou o pensamento.

Haviam repetido aquela mesma discussão várias vezes, e já era quase um reflexo para ela repetir tais palavras.

Andrews riu.

— Preciso parar de pensar nisso. Ainda vou acabar enlouquecendo.

— Olá, sr. vice-presidente — Bob Howitt, presidente da Andrews Industries, cumprimentou-o ao entrar.

Seus olhos fixaram-se na mão de Andrews, que se afastava sorrateiramente da de Robin, para então se erguerem para o rosto de Andrews.

— Sempre parece um pouco estranho chamá-lo de vice-presidente. — Howitt soltou uma risada nervosa. Administrava a empresa da família havia seis anos, e estava em maus lençóis pelas dificuldades financeiras que a firma enfrentava. — Ora, lembro-me de você quando ainda cursava a faculdade. Eu estava começando a trabalhar aqui. A companhia mal alcançava quinhentos milhões de dólares em vendas, na época.

O vice-presidente e Robin levantaram-se para cumprimentar Howitt. Os dois homens apertaram as mãos.

— Lembra-se de minha chefe de gabinete, Robin Carruthers? — Andrews falou, apontando para Robin, ignorando o arroubo de nostalgia de Howitt.

— Sim, claro. É um prazer revê-la, Robin. — Apertou a mão dela rapidamente e soltou-a.

— Igualmente — Robin replicou com um sorriso cortês.

Howitt era baixo e magro, com poucos traços físicos marcantes. Ela o encontrara várias vezes antes, e lembrava-se de que ele lhe parecera muito mais jovem do que seus cinqüenta e cinco anos. Agora, Howitt aparentava setenta. Certamente, Robin pensou, a família o estava crucificando pelo que estava acontecendo com a empresa.

— Por favor, sente-se, Bob — o vice-presidente convidou com voz firme, quase irritada, quando ele e Robin retomaram seus lugares.

— Sim, claro — Howitt sussurrou, sentando-se na cadeira mais próxima a Andrews.

Preston não perdeu tempo.

— Qual é a extensão do problema, Bob?

Howitt exibiu um sorriso nervoso.

— Nada de amenidades, certo?

— Não — Andrews confirmou, cruzando os braços sobre o peito.

Howitt estalou a língua nos dentes, abriu o caderno que trouxera consigo para a sala de reuniões e colocou-o sobre as coxas. Esfregou a mão no queixo, enquanto passava os olhos pelas páginas.

— Estamos sofrendo uma perda de, aproximadamente, um milhão e meio de dólares por dia, sr. vice-presidente. Já lançamos mão de quase um bilhão e quatrocentos mil, do limite de dois bilhões de dólares de nossa conta bancária, e ao final do segundo trimestre, em trinta de junho, teremos descumprido várias cláusulas do contrato de empréstimo. A essa altura, também estaremos totalmente sem fundos, a menos que as coisas comecem a melhorar. O total de dois bilhões do limite da conta bancária estará pendente. Faltam quatro meses para junho, o que parece muito tempo, mas passará mais depressa do que imaginamos.

— Os gerentes já estão exigindo explicações? — Andrews perguntou.

Howitt sacudiu a cabeça.

— Ainda não. Ao menos, não diretamente. Examinaram os números preliminares do ano passado, e esses números não são de todo maus. Vendemos duas de nossas pequenas divisões, antes do final do ano, para levantar dinheiro. Com isso, conseguimos contabilizar alguns ganhos de capital e compensar as perdas operacionais. Dissemos aos gerentes que as perdas operacionais eram simples resultados de reestruturações realizadas em diversas divisões. Os gerentes de banco parecem aceitar sem questionamento a desculpa das reestruturações, desde que só ocorram de vez em quando. No entanto, não nos resta mais nada para vender. Os números do primeiro trimestre deste ano serão bastante desanimadores; os gerentes, provavelmente, não aceitarão a história da reestruturação outra vez; e, conforme o contrato de empréstimo, devemos disponibilizar para análise o balanço do primeiro trimestre, até quinze de maio. Será quando começarão a exigir explicações. Na verdade, ficarão agitados e nervosos. Não poderão tomar qualquer atitude até desrespeitarmos o contrato, em junho, mas não se mostrarão nada amigáveis. A menos, é claro, que a família esteja disposta a aplicar capital privado na companhia, para pagar os empréstimos. Então, os gerentes ficarão instantaneamente felizes e amáveis.

— Quanto a família teria de investir? — o vice-presidente inquiriu, estreitando os olhos.

Howitt pigarreou.

— O chefe do departamento financeiro informou-me que, provavelmente, os bancos exigirão algo em torno de quinhentos milhões de dólares em depósitos privados, mas, com certeza, pedirão um bilhão. Um investimento de um bilhão de dólares diminuiria nossa despesa com juros em quase cem milhões de dólares por ano. Com algumas demissões, talvez conseguíssemos interromper o processo de prejuízos contínuos e chegar ao final do ano com as contas equilibradas. — Pronunciou a última frase em voz muito baixa.

— Um bilhão de dólares, Bob? — A voz de Andrews tornou-se alta, com um timbre estridente. — Você só pode estar brincando! Preciso *retirar* dinheiro da companhia para patrocinar a minha campanha eleitoral, e não *investir*. Um bilhão de dólares? Isso significaria trezentos milhões para mim.

A notícia não era inesperada. Fazia mais de um ano que Howitt vinha lhe dizendo que a situação era ruim. Mesmo assim, era desconcertante ouvir os números reais. Trezentos milhões de dólares.

Howitt engoliu em seco.

— Eu sei, eu sei. — Lançou um olhar rápido para Robin. — E nós, da empresa, somos muito gratos pelo que fez ao longo deste último ano, para ajudar.

Foi a vez de Robin lançar um olhar rápido para Andrews. O que aquilo significava?

— Acredite, estamos nos esforçando ao máximo para que essa situação se reverta — Howitt continuou.

— Esforcem-se mais. — A voz do vice-presidente soou gelada.

— O problema é aquele maldito comando de válvulas que provocou o *recall* da General Motors, para que os proprietários dos veículos com as peças defeituosas voltassem às concessionárias para troca imediata. Isso está nos custando quinhentos mil dólares por dia, e não há nada que possamos fazer.

— Quando se encerra o prazo para os proprietários de veículos fazerem a substituição? Quando teremos trocado todas as peças com defeito?

— Daqui a um mês.

Andrews cerrou os dentes. Howitt fora precipitado na apresentação do novo comando de válvulas à GM. Precipitado demais. Preston o advertira para não ir tão cedo, mas Howitt não lhe dera ouvidos. Agora, estavam pagando caro pelo erro. Preston sentiu o sangue ferver nas veias, mas não demonstrou seus sentimentos.

— Muito bem. Vou lhe dizer o que vai fazer, Bob. Vai manter os gerentes dos bancos em compasso de espera. Não dê muita atenção a eles. Do contrário, saberão que algo errado está acontecendo aqui. Cuide de mantê-los longe dos livros de contabilidade. Faça o que tiver de fazer, mas não deixe que tomem conhecimento do fato de que esta empresa está perdendo um milhão e meio de dólares por dia.

— Sim, senhor. — Howitt dirigiu um olhar constrangido para Andrews, pois sabia o que o vice-presidente estava pensando. — Acha que a família poderá investir algum dinheiro na empresa?

Não queria fazer a pergunta, mas não tinha alternativa. Os bancos perguntariam, e ele precisaria ter uma resposta.

Andrews sacudiu a cabeça e lançou um olhar de soslaio para Robin.

— Não de imediato. Nós estamos... — fez uma pausa —... explorando várias possibilidades diferentes.

— Como por exemplo? — Howitt queria saber o que, exatamente, aquilo significava.

— Vou me reunir com gerentes de bancos de investimentos, em Nova York, muito em breve. Talvez eles possam nos ajudar. É possível que nos forneçam bons empréstimos, com contratos de longo prazo.

— Quem? — Howitt insistiu, empertigando-se na cadeira subitamente.

Durante meses, tentara convencer Andrews a permitir que ele procurasse pelos homens do dinheiro, em Nova York, mas o vice-presidente recusara-se a considerar a idéia. A verdade era que Preston tinha verdadeiro pavor de que gente de Wall Street descobrisse as dificuldades financeiras que a empresa enfrentava, pois acreditava que tal notícia estaria na Bloomberg, no dia seguinte. Andrews deixara claro que não confiava no pessoal dos bancos de investimentos. Sabia que eles revelariam a informação à imprensa, pois isso forçaria a companhia a nomear uma consultoria, e a empresa contratada para assessorar na administração da companhia poderia começar a cobrar seus honorários absurdos imediatamente.

— Vou me encontrar com a pessoa mais importante na direção de uma das maiores empresas de Wall Street.

— Andrews pensou no homem de aparência estranha que presidia a Walker Pryce & Company. Não poderia ser mais específico, mas tinha de dizer alguma coisa a Howitt. Não queria que o outro abandonasse o navio àquela altura dos acontecimentos. Na verdade, Andrews deveria demiti-lo o quanto antes. Naquele momento, se possível. Mas, se fizesse isso, o pessoal de Wall Street ficaria sabendo que Howitt caíra, e que um novo presidente fora nomeado para administrar a Andrews Industries. E os tubarões sentiriam o cheiro de sangue. O que poderia ser desastroso. Portanto, Howitt estava protegido contra o perigo, por ironia, em decorrência do problema que ele mesmo havia criado, Andrews pensou.

— Quem?

— Pare de perguntar quem, pelo amor de Deus! Que diferença faz? — o vice-presidente retrucou, irritado, tentando encerrar o assunto de uma vez por todas.

— Desculpe. Eu só quero ver a situação melhorar.

— É o que todos nós queremos — Andrews murmurou em tom solidário. — Confie em mim, Bob.

— Claro, senhor.

— Bob, quero que comece a demitir funcionários. Nada de demissões em massa, apenas umas duas centenas de pessoas, aqui e ali. Ninguém de Detroit, nem de nossas fábricas instaladas em cidades pequenas. Nenhum lugar onde isso pudesse causar impacto na economia, nem em número que chame a atenção. Não queremos a imprensa por perto. Nenhuma notícia. Sei que nunca recorremos a demissões antes, mas a esta altura não temos escolha. Precisamos cortar despesas. Você entendeu?

— Sim.

Howitt baixou os olhos para a mesa.

— Bem, o que está esperando?

Howitt levantou-se, apertou a mão do vice-presidente e dirigiu-se com passos lentos para a porta da sala de reuniões.

Andrews esfregou a mão na testa. Um bilhão de dólares da família. Trezentos milhões dele. Podia sentir o prenúncio de uma forte dor de cabeça.

Robin tomou-lhe a mão direita e recomeçou sua massagem. O vôo de volta a Washington não seria nada fácil.

— Tem certeza de que Schuler vai liberar o empréstimo do Chase? — Webster inquiriu com seu olhar penetrante e ameaçador.

— Quase — Leeny murmurou em voz baixa.

— *Quase* não é suficiente. — A voz desagradável de Webster cortou o ar como uma lâmina afiada. — Precisamos desse empréstimo o mais depressa possível. Precisamos ter certeza absoluta de que Schuler vai nos dar o dinheiro.

— Estou fazendo tudo o que posso — Leeny sibilou, começando a ficar exasperada.

— Está mesmo?

— Estou — declarou com firmeza.

Ela sabia a que o velho se referia, e a simples idéia provocava-lhe náuseas. Mace McLain era uma coisa, mas o gerentezinho do Chase era outra, muito diferente.

Webster apontou-lhe um dedo comprido e amarelado.

— Quero que faça absolutamente tudo o que estiver ao seu alcance para conseguir o dinheiro. Entendeu?

Leeny fitou-o com expressão fria, mas não disse nada.

Um sorriso curvou lentamente os lábios de Webster.

— Eu detestaria ter de reportar o fato de que você não está se dedicando ao máximo a sua missão.

Leeny virou-se, dando-lhe as costas. Ah, como odiava aquele homem!

Vargus observou Tabiq, seu assistente, calçar as luvas. Fazia frio dentro do pequeno escritório construído de blocos de concreto de cinzas, e os dois homens usavam casacos pesados. Porém, nada se comparava ao frio que fazia lá fora. As montanhas do oeste da Virgínia haviam sido atingidas por uma horrível frente fria. Nos dois últimos dias, a temperatura não havia ultrapassado a marca de zero grau.

— O que está dizendo? — Vargus inquiriu de mau humor.

Tabiq hesitou. Vargus não era o tipo de homem a quem se pudesse irritar impunemente. Por isso, decidiu escolher cuidadosamente as palavras.

— Os homens têm treinado arduamente. Já estão preparados.

— Sim — Vargus concordou, aumentando a intensidade de sua voz, pois sentia o cheiro da insubordinação no ar, e isso não poderia acontecer.

— Por quanto tempo mais teremos de esperar?

— Os homens estão se tornando impacientes? Foi por isso que você veio até aqui?

Mais uma vez, Tabiq hesitou.

— Alguns estão fazendo perguntas. E você sabe tanto quanto eu que, se alguns perguntaram, todos estão curiosos.

Vargus apanhou o saquinho de sementes de girassol de cima da mesa. Então, estreitou os olhos.

— Diga-lhes que não teremos de esperar muito mais. — Enfiou um punhado de sementes na boca. — E dê-lhes o dia de folga, amanhã.

Tabiq assentiu e levantou-se. Aquela notícia ajudaria, mas não poria fim às queixas. Virou-se para sair.

— Mais uma coisa, Tabiq.

Tabiq voltou a encarar Vargus.

— Sim?

Vargus exibiu um sorriso largo.

— Lembra-se das caixas guardadas no barracão onde escondemos os dois corpos?

— Sim, eu me lembro.

— São vinte caixas de vodca. Deixe que bebam à vontade, esta noite.

Desta vez, foi Tabiq quem sorriu. Vargus sempre contava com uma carta na manga. Sempre.

15

MACE ABRIU A PORTA de entrada do One If By Land Two If By Sea, o conhecido restaurante situado em Greenwich Village. Rachel passou por ele, entrando no venerado salão. Mace a apanhara meia hora antes com a limusine, e esperava com ansiedade por aquele jantar. Não só por ter excelentes notícias para ela, mas também porque sentira sua falta. O Broadway Ventures começava a consumi-lo, como ele sabia que aconteceria, e não lhe sobrara nenhum tempo livre para conversar com Rachel, nem mesmo após as aulas, nas últimas vezes em que estivera na Colúmbia. Aquela seria uma noite maravilhosa sob vários aspectos. Mace estava com um bom pressentimento.

— Obrigada — Rachel agradeceu, parando apenas pelo tempo necessário para tocar-lhe o queixo com a ponta de um dedo.

Mace sentiu-lhe o perfume sutil, quando ela passou. Era agradável, e ele respirou fundo, fechando os olhos para apreciar melhor a fragrância suave.

Rachel começou a tirar o casaco que alcançava seus tornozelos, mas Mace apressou-se e postou-se atrás dela, segurando o casaco pelos ombros e fazendo-o deslizar pelos dois braços de Rachel, simultaneamente.

— Você é, sem dúvida, um cavalheiro, sr. McLain — ela sussurrou por cima do ombro.

— Nem sempre — ele replicou com uma piscadela.

— O que isso significa?

— Ah, nada.

Mace entregou o casaco de Rachel à mulher que o guardaria na chapelaria e, então, parou, sacudiu a cabeça e sorriu. Ela usava um elegante vestido preto, que deixava os ombros à mostra, terminava muito acima dos joelhos e aderia sensualmente ao corpo, acentuando suas formas. Finíssimas meias de seda preta cobriam as pernas bem torneadas, e os sapatos pretos de salto alto combinavam com o traje. Os cabelos, presos no topo da cabeça, revelavam a pele acetinada do pescoço e dos ombros.

— Por que esconde tudo isso debaixo daqueles blusões enormes e calças jeans, todo o tempo, nas aulas?

Embaraçada, Rachel levou uma das mãos ao rosto para disfarçar um sorriso.

— Podemos ir para a mesa?

O *maître* conduziu-os a uma mesa aconchegante, no fundo do salão, isolada dos grupos numerosos que ocupavam as mesas próximas à entrada. Ficariam sossegados ali, e fora por isso que Mace havia escolhido aquela mesa. O *maître* puxou a cadeira para Rachel e, então, colocou o cardápio e a carta de vinhos diante de Mace.

— Obrigado — Mace agradeceu ao sentar-se na confortável poltrona estofada.

O *maître* assentiu.

— *Bon appétit.*

Com isso, afastou-se.

Durante uma hora e meia, os dois comeram, beberam e conversaram. Rachel não perguntou a Mace se ele tivera alguma razão especial para ter telefonado na véspera, insistindo naquela reunião, como ele se referira ao encontro pelo telefone. Mace, por sua vez, não tomou a iniciativa de dar uma explicação, ou de dizer a Rachel por que a "reunião" havia se transformado em um jantar. Não falaram de negócios, nem de qualquer assunto remotamente relacionado a trabalho. Trocaram detalhes das histórias de suas vidas, discutiram filosofias, falaram de política e religião e, embora não concordassem em tudo, não se incomodaram com isso. Estavam se divertindo demais.

— Agora, conte-me sobre esse novo projeto no qual está trabalhando — Rachel pediu, finalmente incluindo a Walker Pryce na conversa. — Refiro-me àquele que você mencionou, quando conversávamos no seu escritório, no outro dia. Disse que me contaria tudo, se eu fosse jantar com você. — Ela sorriu. — Aqui estou.

Mace hesitou. Talvez não fosse uma boa idéia contar a ela muitas coisas sobre o fundo.

Rachel estendeu a mão por sobre a mesa e tocou a dele com delicadeza, percebendo-lhe a hesitação.

— Sou perfeitamente confiável. Deve saber disso.

Sim, ela era confiável, Mace pensou. Rachel exalava sinceridade por todos os poros.

— Está bem, mas não posso falar muito.

Ela assentiu e cruzou as mãos diante do queixo. Durante vários minutos, Mace explicou em termos vagos a natureza do Broadway Ventures: o volume, as áreas de atuação e os objetivos gerais.

Rachel ouviu com atenção, interrompendo-o para fazer perguntas pertinentes durante a explicação. Quando Mace terminou, ela sacudiu a cabeça.

— Eu não deveria criticar Lewis Webster, pois suponho que ele possa decidir se vou ou não ser contratada, mas essa operação me parece um tanto arriscada.

Mace refletiu por alguns instantes, antes de responder.

— Pode dar certo. Na verdade, pode ser um sucesso, e Lewis Webster possui uma incrível habilidade de prever oscilações dos mercados. Essa é uma das razões pelas quais ele é o sócio sênior. Mas se você disser que detectou uma ponta de hesitação na minha voz, não vou negar. É claro que Lewis Webster pode dar um grande empurrão em minha carreira, ou acabar com ela, também. Ele me deu uma ordem direta para ajudá-lo nesse projeto. Portanto, não tenho muitas alternativas, nem como não me envolver. Certo?

Rachel sorriu.

— Não, acho que não. — Sua expressão alterou-se lentamente. — Qual é o papel de Leeny Hunt em tudo isso?

Não queria estragar o clima, mas precisava saber. Mace ignorou o toque de desagrado na voz de Rachel.

— Leeny está encarregada de levantar o capital privado.

— Você não poderia fazer isso?

Ele sacudiu a cabeça.

— Webster queria dinheiro de famílias ricas, para que pudéssemos trabalhar praticamente em sigilo. Conheço o dinheiro institucional deste país, mas não o dinheiro das famílias tradicionais. Aliás, acabo de me lembrar que eu não deveria estar lhe contando nada disso.

— Ora, você sabe que não direi uma palavra sequer a ninguém. — Rachel hesitou. Sabia que o estaria pressionando ao formular a pergunta seguinte. — Quais famílias?

— Stillman, de Pittsburgh, os irmãos Bass, a família de Sam Walton, os Rockefeller e várias outras.

— Só essas?

— Existem outras.

— Quantas outras?

— Se não me engano, ela disse que faria contato com, aproximadamente, oito a dez famílias.

— Dez, só? Ela pretende levantar um bilhão de dólares de dez famílias?

Mace assentiu.

— Vai ser difícil.

Ele deu de ombros.

— Leeny já obteve concordância para um total de trezentos milhões de dólares em depósitos.

Rachel reclinou-se na cadeira.

— Quanto os Stillman vão investir?

— Não sei com precisão. Ela tem sido bastante reticente sobre toda a negociação. Mas eu diria que Leeny espera um mínimo de cem milhões de dólares. Talvez até mesmo duzentos.

— De jeito nenhum — Rachel replicou de pronto. — Conheço muito bem um dos gerentes de investimentos da família, devido ao fundo que administro para a Colúmbia. O limite determinado pelos Stillman para qualquer fundo é de cinqüenta milhões de dólares.

Mace deu de ombros novamente.

— Não sei o que dizer. Talvez eles tenham decidido fazer uma exceção, nesse caso.

O que Rachel estava dizendo fazia sentido. Todo investidor impunha limites, a fim de garantir a diversificação de seus investimentos e também como um mecanismo para se proteger contra fraudes. Definitivamente, ele não tinha uma resposta.

— Bem, Leeny tem um bom currículo. Ela trabalhou na KKR e, depois, na LeClair e Foster. Na Walker Pryce, está apresentando um desempenho mais que satisfatório. Além disso, que diferença faz, desde que o dinheiro seja depositado?

Rachel cruzou os braços, refletiu por alguns instantes e, então, sorriu.

— Desculpe. Estou fazendo tempestade em copo d'água.

Porém, não podia evitar as dúvidas que a perturbavam. Leeny Hunt era a concorrência. Rachel sentira isso, tanto na sala de aula quanto no escritório de Webster. Leeny havia tentado ser simpática e mostrar-se amigável, mas fora simpática *demais*.

O garçom retirou com rapidez os pratos da mesa. Quando ele terminou, Mace reclinou-se na cadeira e fitou Rachel por um longo momento. Os olhos dela brilhavam à lua suave das velas. A noite estava se revelando ainda melhor do que ele imaginara que seria. Mace sacudiu a cabeça. Era uma pena.

— Por que está sorrindo? — Rachel indagou com voz suave.

Mace deu de ombros e bebericou seu café.

— Porque estou vendo uma mulher muito bonita.

O vinho tinto havia exacerbado sua capacidade de ser direto com ela... além de ter intensificado o seu desejo.

— Obrigada.

Rachel não ignorava a beleza que possuía. Baixou os olhos para as mãos e, lentamente, voltou a erguê-los. O vinho a afetara exatamente como acontecera com Mace.

— Sim, uma mulher muito bonita — Mace recomeçou, devolvendo a xícara ao pires —, que está prestes a iniciar uma carreira muito lucrativa em Wall Street.

Rachel fitou-o, curiosa. Havia algo estranho no tom de Mace.

— Do que está falando?

Ele se inclinou sobre a toalha de linho branco.

— Os resultados foram tabulados, e o veredicto foi "aprovada".

Rachel também se inclinou sobre a mesa.

— Poderia, por favor, explicar melhor? — pediu, embora soubesse exatamente o que ele diria. — Um arrepio de excitação percorreu seu corpo.

— Fred Forsythe, diretor de Recursos Humanos, procurou-me ontem para pedir que eu a informasse que a Walker Pryce vai lhe fazer uma oferta de emprego, para trabalhar como associada no nosso Departamento de Finanças Corporativas. — Mace fez uma pausa. — Uma oferta generosa, atrevo-me a acrescentar.

Olhou em volta, apreciando a decoração de extremo bom gosto do restaurante.

— Achei que este seria um ambiente apropriado para transmitir a notícia a você.

Rachel estendeu os braços por sobre a mesa e segurou o braço esquerdo de Mace com as duas mãos. Suas unhas se cravaram nos músculos fortes.

— Patife! — ela sussurrou. — Fez com que eu esperasse todo esse tempo para me contar!

Apesar das palavras severas, Rachel não pôde conter um sorriso. Mace tomou-lhe as mãos nas suas.

— Mas, agora, temos o que comemorar. — Consultou o relógio. — Se eu tivesse contado no início do jantar, a esta altura você já teria ultrapassado o pico do entusiasmo, e estaria me dizendo que precisava voltar para casa, a fim de trabalhar na sua carteira de investimentos. Agora, poderei ficar com você um pouco mais, convencê-la a beber mais vinho e obter a sua aceitação por escrito da nossa proposta, esta noite, de maneira que não tenha a chance de telefonar para as outras empresas e forçá-las a aumentar suas propostas.

— Pode ficar comigo por quanto tempo quiser — ela sussurrou.

— O quê?

— Nada. Preciso de mais vinho.

Rachel retirou as mãos dele e pegou seu copo, que ainda estava pela metade. Sentia os joelhos trêmulos.

— Quer saber os detalhes, ou prefere esperar?

Ela sacudiu a cabeça.

— Não quero esperar nada. Conte-me tudo agora.

Mace bebeu um gole de vinho e devolveu-o à mesa. De repente, sua expressão tornou-se solene.

— Em primeiro lugar, você deve manter todos os detalhes de sua oferta completamente confidenciais. Não somos como as outras empresas, que fazem a mesma oferta para todos os iniciantes. Você será a associada com o salário mais alto na firma. E, se o seu desempenho for o que é esperado, também receberá o maior bônus.

Rachel fitou-o por cima da borda do copo. A associada com o salário mais alto da Walker Pryce. Da Walker Pryce, onde imperava o sangue azul. Era incrível.

— Deve guardar esse segredo somente para você. Compreendeu?

Ela assentiu, mas mal conseguia prestar atenção ao que ele dizia.

— Muito bem — Mace continuou, baixando o tom de voz. — Seu salário anual será de cem mil dólares. E você terá a oportunidade de ganhar o equivalente ao dobro do seu salário em bônus, no primeiro ano, o que não tenho a menor dúvida de que vai conseguir. Evidentemente, esses números aumentarão rapidamente, após o primeiro ano. Estará ganhando meio milhão de dólares, no terceiro ano. Talvez mais. Só depende do tamanho da sua vontade de ganhar muito dinheiro. É claro que tudo isso será formalizado em uma carta.

Rachel sentiu os olhos se inundarem de lágrimas. Meio milhão de dólares. Pensou na luta e no sacrifício dos últimos dez anos: a faculdade em Queens College, o trabalho na Merrill Lynch e, agora, a Colúmbia; praticamente, não tivera vida social desde a formatura no colegial. Agora, porém, todos os sacrifícios pareciam ter valido a pena. Sua vida, finalmente, tomava um rumo ascendente. Nunca mais teria de se preocupar com dinheiro.

Assim como sua família. Haviam, de repente, atravessado a linha que os separava do mundo dos privilégios, e ela era o agente catalisador dessa mudança. A pequena Rachel. A garota estranha que gostava de ler a página com as cotações da Bolsa de Valores, nos jornais, em vez da seção de moda, como faziam suas irmãs. Sua família não acreditaria, mas ela lhes mostraria a carta da Walker Pryce, e todos exultariam juntos. Até mesmo seu padrasto, que desde o casamento com sua mãe, quando Rachel tinha quatro anos, trabalhara a vida inteira em um emprego braçal nas docas, mal ganhando o suficiente para manter um teto sobre suas cabeças e comida na mesa. Ele fora o primeiro a apoiá-la, quando os outros riam de seus sonhos. E estivera a seu lado em cada passo do caminho árduo, algo que Rachel jamais esqueceria.

— Você está bem? — Mace perguntou com um sorriso.

Ele compreendia os sentimentos dela. O mundo havia, subitamente, sofrido uma mudança radical. Tudo era possível, agora.

— Sim, estou bem — Rachel respondeu, apanhando o guardanapo e usando-o para secar os cantos dos olhos. — Pare de sorrir para mim — murmurou e atirou o guardanapo em Mace.

Ele apanhou o linho branco com facilidade.

— Devo entender que vai aceitar a nossa oferta?

Ora, era claro que ela aceitaria! Afinal, era muito mais do que a Merrill Lynch havia oferecido para que ela retomasse seu trabalho lá. E estavam falando da Walker Pryce. No entanto, essas não eram as duas únicas razões pelas quais ela aceitaria a oferta. Rachel voltou a se inclinar sobre a mesa. Tinha de perguntar. Chegara o momento. Não havia motivo para esperar mais.

— E quanto a nós? — perguntou em um sussurro.

Mace fitou os olhos azuis. *E quanto a nós?* Havia feito aquela mesma pergunta a si mesmo, muitas vezes naquele dia, sabendo que, mais cedo ou mais tarde, teria de enfrentar os próprios sentimentos, também. O que aconteceria se um relacionamento entre eles não desse certo e resultasse em ressentimentos de um para com o outro? Rachel jamais se sentiria à vontade, na Walker Pryce, desde o seu primeiro dia lá. E se o relacionamento fosse bom, e ela passasse tempo demais dedicando-se a Mace, ignorando o seu trabalho? Como seria se ela não conseguisse o grande bônus e, depois disso, eles se separassem? Esse seria um desastre ainda maior. Mas Mace gostava dela. Fez uma pausa, dividido entre as alternativas. A resposta, porém, era perfeitamente clara. Não poderia fazer isso a ela.

— Nós? — indagou com ar inocente.

Reconheceu a profunda mágoa nos olhos dela, imediatamente. Disse a si mesmo que estava agindo assim para o bem dela. Rachel lhe agradeceria, um dia. Trabalhar na Walker Pryce era a grande oportunidade da vida dela, e ela teria de se concentrar inteiramente no trabalho.

— Sim, nós.

— Não sei do que está falando, Rachel.

Ela sacudiu a cabeça devagar, incapaz de compreender.

— Escute, não sou idiota. Sei que há algo entre nós. Eu sinto. Sei que você sente o mesmo. — Seus olhos imploravam para que ele admitisse a verdade. — Esta noite foi maravilhosa, e você disse que queria ficar comigo até mais tarde.

— Queria apenas ter certeza de que você aceitaria a oferta da Walker Pryce. Você é a nossa escolhida número um. Será uma grande vitória para mim, se você for efetivamente contratada. — Mace fitou-a, impassível. — Minha reputação na empresa ficará nas nuvens, com você lá.

Ah, como era difícil!

— Então, só está preocupado com a sua reputação na empresa? Mas eu pensei... Tinha certeza... Eu... — Rachel parou de falar e virou-se. As palavras haviam sido pronunciadas e, agora, estava arrependida. Estava evidente na expressão de Mace que ele não sentia nada por ela, como mulher. Era simplesmente um amigo, nada mais. — Sinto muito.

— Rachel...

— Não. Meu comportamento é horrível! Você acaba de fazer uma oferta maravilhosa de emprego, e veja como estou reagindo!

Mace sentiu um forte aperto no peito. Daria tudo para poder fazer com que ela compreendesse. Talvez valesse a pena tentar.

— Rachel, você é uma mulher linda, e eu adoraria...

— Não. — Ela se levantou. — Voltarei em um minuto. Preciso ir ao toalete.

— Sim, claro.

Mace levantou-se imediatamente e ajudou-a a afastar a cadeira. Observou-a dirigir-se com passos rápidos para a parte da frente do restaurante. Então, deixou-se afundar na cadeira, assim que ela desapareceu, virando à esquerda. Não tivera a intenção de magoá-la. Queria contar a verdade a ela, sobre quanto gostava dela. Porém, assim seria muito melhor para Rachel, a longo prazo. Voltou a encher seu copo de vinho e bebeu um longo gole.

Leeny esperava na entrada do edifício de apartamentos, em Barrow Street, em frente ao One If By Land, havia três horas. Era uma rua estreita, que serpenteava por Greenwich Village, o bairro de Manhattan tão diferente de qualquer outra região de Nova York. Mas Leeny não prestava a menor atenção no cenário pitoresco de Greenwich Village, àquela altura. Preocupava-se com Rachel Sommers, que estava se tornando um problema. Mace começara a exibir aquele conhecido brilho no olhar, quando falava sobre ela, e tal reação tornava-se mais freqüente a cada dia. Rachel era a verdadeira razão pela qual Mace se mantivera distante de Leeny, desde aquela noite em Nova Orleans. Leeny não tinha a menor dúvida disso.

Geralmente, os homens não resistiam à beleza e ao charme de Leeny. A maioria deles era como o desprezível gerentezinho, John Schuler. Derretiam-se instantaneamente, loucos para ficar com ela. Se Leeny quisesse que isso acontecesse, acontecia. Tinha esse tipo de poder sobre os homens. Conseguira atrair Mace para a cama, também, exatamente conforme o planejado. Ele havia sussurrado as palavras sobre não assumir compromisso, ao mesmo tempo que penetrava seu corpo, em Nova Orleans. Leeny, porém, confiante de que seria capaz de fazer com que ele a quisesse constantemente, não dera a menor importância às palavras. Mas as coisas não haviam acontecido como ela esperava. Mace nunca mencionara aquela noite, desde então.

Supostamente, ele deveria estar fascinado por ela, àquela altura. Ao menos, fora esse o plano. Para que ela pudesse vigiá-lo de perto em tudo o que ele fizesse, especialmente quando se aproximavam do final do projeto. O homem de Washington estava decepcionado. Fora o que Webster lhe dissera. Decepcionado por ela não ter sido capaz de envolver Mace McLain em um relacionamento ardente. Decepcionado por Mace não ter se mudado para o apartamento dela, ou ela para o dele. Decepcionado por ela não ser uma prostituta espetacular.

Leeny esmurrou a parede de tijolos da entrada do edifício. Não era nisso que se resumia toda aquela conversa? Em ser uma prostituta.

Leeny sentiu então que um nó se formava em sua garganta. Disse a si mesma que não deveria olhar para a situação daquele ângulo. Estava, simplesmente, obedecendo ao seu instinto de autopreservação.

Voltou a olhar para a porta do restaurante. Um casal de meia-idade havia saído, mas não havia nenhum sinal de Rachel, ou de Mace.

Leeny advertira Webster contra fazer a oferta de emprego a Rachel, pois isso só faria com que Rachel continuasse em cena. Webster, porém, não lhe dera atenção. Rachel causara excelente impressão em todos que a haviam entrevistado, durante o dia que ela passara na Walker Pryce. E todos haviam recomendado que a empresa a contratasse imediatamente. Mace sabia disso. Rachel tinha de receber uma oferta.

De repente, a porta do restaurante se abriu, e Rachel saiu para a calçada. Leeny recuou para as sombras do pequeno pórtico, esperando ver Mace. Para sua surpresa, Mace não apareceu de pronto. Rachel olhou para um lado e para outro da rua e, então, acenou para um táxi estacionado meio quarteirão acima. O motor do carro rugiu e os pneus rangeram contra o asfalto. Rachel atirou-se no banco traseiro do automóvel que parou diante dela e, segundos depois, o motorista pôs o carro em movimento.

Leeny adiantou-se apenas um pouco, sem abandonar completamente seu esconderijo. Que diabos estava acontecendo, afinal? Mace deveria ter transmitido a notícia a Rachel e, depois de três horas bebendo e comemorando, Rachel deveria estar muito feliz. Os dois deveriam ter saído juntos do restaurante, de braços dados. Deveriam ter entrado juntos no táxi.

Os lábios de Leeny curvaram-se involuntariamente. Vários minutos se passaram, antes que a porta do restaurante voltasse a se abrir. Mais uma vez, Leeny recuou, abrigando-se na escuridão. Mace saiu para a calçada, parou debaixo do poste de iluminação, e olhou para um lado e outro de Barrow Street, várias vezes. Finalmente seus ombros vergaram, e ele voltou para dentro do restaurante.

Leeny apoiou-se na parede de tijolos. Rachel, simplesmente, deixara Mace sozinho no restaurante. Essa era a única explicação para as cenas que ela acabara de testemunhar. Ela sorriu. Talvez ele a houvesse assediado de maneira rude, logo após ter anunciado a oferta de emprego. Ou, ainda, poderia ter estabelecido uma conexão entre o emprego e uma noite de sexo, e Rachel reagira com indignação, deixando-o plantado lá.

Leeny suspirou profundamente. Aquele era, sem sombra de dúvida, um acontecimento positivo para o projeto. Mesmo assim, ela seguiria Mace aonde ele fosse, naquela noite, apenas para ter certeza de que ele não reencontraria sua linda estudante mais tarde.

O lenço encharcado de éter envolveu o rosto de Liam, firmemente pressionado contra o nariz e a boca do velho guarda. Ele despertou imediatamente de seu sono profundo e tentou livrar-se da mão forte de seu atacante, assim que se deu conta de onde estava. Seus esforços, porém, foram inúteis. A química penetrou suas narinas, mesmo enquanto ele tossia e engasgava, enfraquecendo-o instantaneamente, incapacitando-o de lutar contra o homem que o segurava. O éter não exercia efeito rápido, mas o atacante era incrivelmente forte, e não afastou o lenço do rosto de Liam durante um minuto inteiro. Finalmente, os olhos do guarda se fecharam.

O invasor deixou o corpo de Liam tombar lentamente para o chão da torre de vigilância e, então, amarrou-lhe as mãos atrás das costas, usando um pedaço de corda de náilon, e enfiou o lenço com éter em sua boca. Em seguida, aproximou-se da janela da torre, retirou a lanterna do cinto e piscou-a três vezes, na escuridão da noite.

No mesmo instante, a equipe de ataque deu início à invasão. O portão principal da Usina Nuclear Nyack já fora neutralizado e, enquanto os homens se dirigiam para a entrada do edifício, davam-se conta de que o que lhes fora repetido tantas vezes, que a equipe de segurança formada por velhos ex-policiais não teria a menor chance contra eles, era a mais pura verdade. Vestidos de preto da cabeça aos pés, os invasores não hesitaram quando alcançaram a entrada principal. Assim que atravessaram a porta, dispararam contra os homens que usavam uniformes azuis e sentavam-se ao painel de controle. Os guardas tombaram para trás, caindo juntamente com suas cadeiras.

Rapidamente, dois dos atacantes posicionaram-se diante do painel e acionaram diversos botões, abrindo a imensa porta de metal e permitindo aos companheiros acesso a todo o interior da usina nuclear. Eram muitos os locais, dentro das grandes instalações, para os quais eles poderiam ir, mas tinham um único alvo: o cérebro do edifício, a sala de controle. Uma vez controlado o cérebro, poderiam fazer o que quisessem com o corpo.

Atravessaram os corredores em alta velocidade, seguindo o líder na direção da sala de controle, todos correndo, as botas grossas atingindo o chão de ladrilhos em uníssono. De repente, viraram à direita e, em seguida, à esquerda, seguindo por outro corredor. Uma técnica emergiu de uma porta. Ela nem teve tempo de gritar, antes de ser derrubada pelas rajadas assassinas.

Desceram um lance de escadas e, mais uma vez, viraram à esquerda. Mais duas pessoas, desta vez engenheiros de plantão, tombaram sob as armas. Um deles tentou alcançar o alarme geral, apoiando-se na parede. Mas foi atingido por outra rajada, antes que seus dedos pressionassem o botão. Ele caiu no chão.

Após mais uma curva, viram-se diante da imensa porta de aço da sala de controle. A porta estava trancada, mas o líder possuía uma senha especial, que somente ele e cinco outras pessoas no mundo conheciam, e que lhes garantiria o acesso ao cérebro da usina. O líder digitou a longa seqüência de números, vinte e seis no total, no pequeno teclado. Se errasse, mesmo que um único número, quatro barras extras deslizariam automaticamente pelo lado de dentro da porta, impedindo a entrada de qualquer pessoa na sala de controle, durante vinte e quatro horas. Não havia segunda chance com aquela senha. Ninguém seria capaz de entrar ou sair, mas as pessoas dentro da sala de controle estariam em segurança. Mais importante, a usina estaria sem segurança.

Se o líder houvesse digitado um número errado, além das barras, outras três coisas teriam acontecido instantaneamente. Um alarme estridente teria disparado na sala de controle, alertando os ocupantes de que uma senha errada fora digitada no pequeno teclado e que possíveis intrusos indesejados tentavam entrar. Outro alarme teria soado na Delegacia de Polícia de Nyack e no Distrito Policial de Manhattan, na rua 54, alertando as autoridades para o perigo. Finalmente, os bastões de controle do núcleo deslizariam automaticamente para seus lugares, impossibilitando qualquer reação nuclear durante vinte e quatro horas. Tudo isso acontecia instantaneamente, a menos que a seqüência de vinte e seis números fosse digitada de maneira absolutamente correta, ou que as pessoas que se encontravam dentro da sala de controle abrissem a porta.

Em um movimento lento e contínuo, a grande porta de aço se abriu, fazendo zunir as engrenagens com suas várias toneladas de metal. Assim que a fresta permitiu a passagem de um homem, os invasores começaram a saltar para dentro da sala de controle. Em questão de segundos, vinte deles encontravam-se no interior da sala, tomando o controle de todas as atividades da usina. Ficaram ali parados por vários instantes, os rifles apontados, ameaçadores, para os engenheiros desarmados. Os engenheiros não se moveram, ou melhor, não se atreveram a se mover. A sala, escura exceto pelas luzes azuis, verdes, vermelhas e amarelas que piscavam no gigantesco painel de controle, foi tomada pela total imobilidade, quebrada apenas pela respiração ofegante dos invasores.

Após o que pareceram vários minutos, o homem no comando da sala de controle naquele turno da noite, Richard Steele, adiantou-se na direção do líder da tropa de ataque, no lado oposto da sala. Steele caminhou com ar de determinação mesclada de agitação.

Quando, finalmente, alcançou o homem que abrira a porta com a combinação de vinte e seis números, tomou-lhe o rifle e disparou em todas as direções, espalhando tinta por todos os lados e gritando alto enquanto atirava. Os outros engenheiros na sala, assim como os invasores, abaixaram-se, desviando-se das bolinhas que se espatifavam contra as paredes. Segundos depois, o pente se esvaziou, e ele atirou a arma no chão. Ela deslizou pelo chão, até colidir com a base de uma unidade de processamento.

— Diabos! — o homenzinho esbravejou a plenos pulmões. — Estou cansado de dizer a eles que a segurança daqui não vale nada! Mas ninguém me ouve! — As palavras ecoaram pela grande sala. Lentamente, Steele virou-se para o líder dos invasores, que removia a máscara de esqui preta. — Precisamos fazer alguma coisa — Steele sussurrou.

Jim Dolan, o engenheiro-chefe não escalado para o turno daquela noite, que se fizera passar por líder de um grupo terrorista na simulação de ataque, assentiu.

— Sim, precisamos.

Era tudo o que ele podia dizer.

John Schuler caminhava rapidamente na direção de uma das entradas ao sul do Central Park, mantendo a gola do longo casaco erguida em torno do rosto, a aba do chapéu puxada sobre os olhos. Ele não havia tomado aquelas precauções devido ao frio do inverno, mas por razões muito diferentes.

Era ridículo, pensou, enquanto seguia para leste, na direção do portão. Não, era insano. Era um dos principais gerentes de um dos maiores bancos do mundo, com grandes chances de conquistar um cargo ainda mais alto, como alguns membros da diretoria haviam insinuado no final do ano. E ali estava ele, esgueirando-se pelo Central Park como um vagabundo qualquer.

O problema era que ele nunca conhecera uma mulher tão linda quanto Leeny Hunt, e ela estava se mostrando mais do que disponível para ele.

Medo e excitação percorreram o corpo de Schuler, quando ele virou à esquerda e entrou por uma abertura no muro de pedra do parque. Caminhou pela estreita trilha de asfalto por quinze metros e, então, virou à direita, descendo os degraus que levavam a um lago solitário, num canto do lado sudeste do Central Park. O caminho escurecia à medida que as luzes iam ficando para trás. Grandes árvores erguiam-se nos dois lados do caminho, bloqueando totalmente a vista, exceto pelo topo dos edifícios mais altos da rua 59.

John mal podia ouvir o ruído dos automóveis, agora. Estava sozinho. Era incrível como o Central Park era desolado, a poucos metros do muro que o separava da rua. Schuler diminuiu o passo. Não demoraria a fazer contato.

— Cocaína, maconha, o que você desejar.

O sussurro vindo de debaixo de um pinheiro enorme, à sua direita, sobressaltou Schuler.

Durante alguns instantes, ele fixou os olhos na árvore, até distinguir uma figura solitária, apoiada no tronco. Finalmente, assentiu para a figura. O homem afastou-se da árvore e aproximou-se de Schuler com passos silenciosos, abafados pela camada de neve que cobria o solo. Schuler prendeu a respiração. Se fosse um policial disfarçado, tudo terminaria bem depressa. Sua carreira explodiria como os fogos de Quatro de Julho, para que todos vissem, nas manchetes do *New York Times*.

O traficante parou a vários metros de distância, estudando-o com desconfiança.

— O que você quer?

Schuler engoliu em seco.

— Cocaína. Pode me ajudar?

Schuler viu os dentes brancos do homem, quando ele sorriu diante do pedido.

— Não se preocupe, camarada. Tenho todo tipo de ajuda de que você possa precisar.

16

MALCOLM BECKER E WILLARD Ferris sentaram-se com expressão satisfeita nas confortáveis poltronas de couro vermelho, diante da mesa do vice-presidente. Não seria fácil, Andrews pensou. O presidente ordenara que Andrews e Becker coordenassem uma cerimônia de premiação em homenagem a vários Wolverines que haviam demonstrado excepcional bravura durante o incidente em Los Angeles. A finalidade daquela reunião era começar a planejar o evento. A cerimônia era o tipo de acontecimento que deveria ser organizado por assistentes de ambas as equipes. A reunião não deveria ocorrer, mas o presidente havia telefonado para Becker, a fim de informá-lo sobre a idéia da homenagem aos Wolverines, deixando claro que Andrews seria o anfitrião da cerimônia, e Becker solicitara aquela reunião, para que os planos fossem discutidos.

Robin sentou-se em uma cadeira ao lado da mesa de Andrews. O vice-presidente tentou provocar alguma reação nela, mas não conseguiu. O rosto de Robin permaneceu impassível.

Andrews esfregou os olhos. Sabia por que Becker solicitara aquela reunião. Como sempre, o homem tinha segundas intenções. No entanto, Becker era tão sutil quanto o Monumento Washington e, por isso, poucas coisas eram realmente "escondidas" nele. Tudo isso fazia parte da atitude direta e beligerante, que parecia tanto agradar os fãs do general, mas que criaria grandes problemas nos eventos da Casa Branca, caso Becker fosse eleito presidente. Não se resolvia nada em Washington, com uma atitude direta e beligerante. Tudo o que se conseguia era resultado de agradar a pessoa certa, e deixar-se ser agradado por ela. Era por isso que aquilo se chamava política.

Se Becker fosse eleito, quatro anos improdutivos se seguiriam. Mas, evidentemente, o povo americano não compreenderia isso. Eles realmente acreditavam que um forasteiro seria capaz de realizar obras, ali. Andrews sacudiu a cabeça e riu, continuando a esfregar os olhos. Eram todos tão ingênuos.

— O que é tão engraçado, Preston? — Becker inquiriu em tom severo.

— Ah, eu estava apenas me lembrando de uma piada engraçada, que ouvi ontem, Malcolm.

O vice-presidente parou de esfregar os olhos e pousou as mãos nas coxas.

Becker inclinou-se para a frente, na poltrona de couro.

— Não tenho tempo para piadas, Preston.

Andrews assentiu.

— Eu havia me esquecido de que você é o homem que não tem tempo para nada, exceto salvar o país de todos os impérios malignos da face da terra. Uma piada poderia impedi-lo de resolver todos os problemas do mundo até amanhã.

Becker inspirou profundamente, cerrando os dentes.

— Estou fazendo um bom trabalho, com relação a isso, de meu escritório na CIA. Mas não posso resolver todos os problemas, enquanto não me mudar para a Casa Branca. O que deverá acontecer dentro de menos de um ano.

Ferris soltou uma risadinha abafada.

Andrews exibiu o seu sorriso de candidato. Não pretendia deixar-se arrastar para uma batalha verbal. Tentaria se manter acima daquele tipo de coisa.

— Talvez devêssemos começar a planejar a cerimônia de premiação em homenagem aos Wolverines — Robin interrompeu-os. Virou-se para Ferris. — Você prometeu trazer uma lista específica dos homens que deverão ser homenageados no...

— Discutiremos essa questão dentro de alguns instantes, senhorita — Becker interrompeu-a.

Então, segurou o grande lóbulo da orelha direita com vários dedos, e puxou-o algumas vezes.

Andrews observou Becker brincar com a própria orelha. Vira o gesto várias vezes em encontros anteriores, e tratava-se de um hábito que sempre parecia preceder um comentário provocador.

Becker apontou um dedo para o vice-presidente.

— Quero saber quem, ou o que, está de fato por trás do memorando que recebi do presidente Whitman, há alguns dias.

— Que memorando? — Andrews indagou, impassível.

— Não se faça de bobo comigo, Preston. — Em uma demonstração ostensiva de desrespeito, Becker recusava-se a se dirigir a Andrews como "sr. vice-presidente", assim como Andrews recusava-se a se dirigir a Becker como "general". — O memorando esboçando cortes no orçamento da CIA, a serem feitos nos próximos três anos. O memorando que pede um relatório completo de todas as despesas com os Wolverines, desde a concepção do projeto.

— Ah, sim, aquele memorando.

Andrews poderia alegar ignorância sobre tal memorando, mas decidiu não fazê-lo, pois queria que Becker soubesse que ele estava envolvido, que também era capaz de conduzir jogos mentais com seus oponentes.

— Sim, aquele memorando — Becker rosnou. — Quero saber por que você pressionou o presidente para fazer aquilo.

— Quem disse que eu pressionei o presidente? — Andrews virou-se para Robin com um sorriso. — Disse ao sr. Becker que eu fiz isso?

Robin sacudiu a cabeça com ar inocente.

— Eu digo que fez! — Becker praticamente berrou, sem conseguir conter a exasperação.

— Ah — Andrews murmurou baixinho, e limitou-se a encarar Becker em silêncio, esperando.

— E então? Por que pressionou Whitman para cortar nosso orçamento? Quero saber.

Andrews assumiu expressão séria.

— Eu não disse que o pressionei.

Ninguém admitia nada, em Washington, mesmo que fosse filmado fazendo aquilo de que era acusado.

— Mas vamos analisar por que o presidente poderia querer uma prestação de contas. — Adotou o tom anonimamente agressivo, que todo político experiente usava para atacar um oponente. — Todos nós sabemos que o presidente está sofrendo pressões para cortar os gastos do governo, e sabemos que o presidente tem uma verdadeira legião de analistas de custos trabalhando para ele, no Departamento de Gerência e Orçamentos. Digamos que eles tenham começado a fazer algumas estimativas grosseiras de quanto a CIA tem gasto com os Wolverines, e que o presidente tenha ficado preocupado quando viu os números: preocupado que a CIA esteja gastando demais com os Wolverines, e o insuficiente com outras coisas; preocupado que o projeto Wolverine tenha se tornado o animalzinho de estimação de alguém na CIA; preocupado que essa pessoa, em sua ânsia de ocupar o Salão Oval da Casa Branca, possa estar comprometendo a segurança do país.

Andrews fez uma pausa. Estava se animando demais. Tinha de manter a compostura. Não queria que Becker percebesse quanto a questão se tornara pessoal.

Becker estreitou os olhos. Chegara a hora de virar a mesa. Sentia o sangue ferver em suas veias, mas conseguiu começar a falar em voz baixa.

— E suponhamos que, em um dos altos cargos da administração do presidente, houvesse um indivíduo, igualmente ansioso por assumir o comando da Casa Branca. Um indivíduo que acreditou que teria o caminho livre para o Salão Oval, quando o presidente terminasse o seu segundo mandato; e pensou que não teria rivais com quem disputar a posição que ele deseja com tamanho ardor, que seria capaz de qualquer coisa para conseguir. Qualquer coisa — Becker repetiu as palavras, pronunciando-as em tom sombrio e ameaçador.

Como se por reflexo, Andrews recuou na cadeira, e Robin percebeu o movimento sutil.

— Então, surge um concorrente no horizonte — Becker continuou. — Inicialmente, esse concorrente não aparenta ser uma ameaça real. No entanto, sua popularidade cresce. De repente, os dois homens estão no topo, mas o concorrente parece ter alguma vantagem. Na minha opinião, esse indivíduo da administração do governo vê-se acuado. Na minha opinião, ele não hesitaria em meter o nariz onde não foi chamado.

— Na tentativa de encontrar algo que não existe — Ferris acrescentou com visível satisfação.

Andrews engoliu em seco. Sentiu o sangue latejar em suas têmporas. Não deveria dizer o que estava pensando. Estavam jogando um jogo de guerra política, no qual Becker estava se mostrando um adversário à altura. Até então, nenhum dos dois havia desrespeitado as regras de tal jogo. Haviam testado um ao outro, e seria melhor deixar tudo como estava... deixar a discussão morrer e concentrar-se na conversa benigna sobre a cerimônia de premiação. Porém, havia sempre um momento em qualquer batalha, em que um dos jogadores elevava o nível da competição, apenas para saber até aonde o outro iria, e por mais controlado que Andrews fosse, era um homem extremamente competitivo.

Andrews começou a falar, mas então parou. Sempre pense antes de falar. Sempre use o último segundo de momentos como esse para ter certeza de que sabe exatamente o que está dizendo. Becker fora até lá, preparado para a batalha. Provavelmente, saiba o que Andrews ia dizer e, portanto, devia estar guardando munição. Deixe estar, Andrews pensou.

Mas não conseguiu.

— O presidente também poderia saber como uma determinada pessoa está patrocinando sua campanha eleitoral.

As palavras pairaram no ar durante um longo momento. Era um risco calculado, algo que Becker poderia não estar esperando, e que poderia abalar-lhe o equilíbrio. Andrews estava colocando as cartas na mesa, para que todos vissem, mas às vezes essa era a melhor estratégia. Às vezes, um ataque frontal como aquele devastava de maneira tão completa o outro jogador, que ele murchava e abandonava o jogo de cabeça baixa. Agora, Becker sabia que Andrews não estava procurando apenas por irregularidades administrativas na CIA. Estava à procura de fraude. O nível da competição subira vertiginosamente.

Robin tossiu, e Ferris mudou de posição na cadeira, parecendo extremamente desconfortável. Andrews e Becker, porém, continuaram a se encarar, imóveis. O ódio tornava o ar pesado.

Becker forçou um sorriso.

— As pessoas podem especular sobre aquele indivíduo da administração do presidente, também. Se pararem para pensar por um segundo, que seja.

Andrews sentiu o pulso acelerar. O que aquilo poderia significar? De repente, pensou em sua regra número um, de jamais subestimar Becker. Teria cometido esse erro?

— Do que você está falando?

Becker respirou fundo.

— As pessoas poderiam querer saber como ele está patrocinando a campanha dele — esclareceu com voz calma.

Robin apertou o braço da cadeira com força. Queria interromper a conversa, mas se fizesse isso, pareceria estar defendendo Andrews diretamente. E as regras daquele jogo não permitiam algo assim.

Andrews não disse nada.

— Certamente, ele e a família possuem, supostamente, patrimônios pessoais imensos — Becker continuou.

— Mais dinheiro que Deus — Ferris complementou com um sorriso sarcástico.

Becker soltou uma risadinha.

— Sim, mais dinheiro que Deus. Mas as coisas nem sempre são o que parecem ser...

Fez uma pausa, esperando que Andrews se manifestasse, se defendesse com tamanha veemência, que ao fazê-lo acabasse se traindo.

O vice-presidente, porém, permaneceu em silêncio. Também era muito experiente naquele jogo, e perfeitamente capaz de manter a calma, mesmo estando sob o fogo direto do inimigo.

— Os grandes negócios da família dele podem não estar apresentando uma evolução tão boa quanto as pessoas imaginam — Becker prosseguiu. — Aliás, poderiam estar indo por água abaixo.

A voz do general, normalmente alta, foi crescendo ainda mais, na ênfase às últimas palavras. Ele se virou para Robin.

— Perdoe-me pela expressão grosseira, srta. Carruthers — desculpou-se com cortesia exagerada.

Robin não demonstrou qualquer sentimento ou reação, mas sentiu o sangue ferver de raiva.

— A companhia poderia estar dando prejuízos tão altos que o patrocínio da campanha eleitoral poderia, simplesmente, tornar-se secundário. Uma preocupação mais urgente poderia ser uma falência corporativa. Pior ainda, seria uma falência pessoal. E essa seria uma possibilidade real, se alguém tivesse a maior parte de seu dinheiro investida na companhia. E, se um homem vê sua fortuna e seu futuro político desmoronando diante de seus olhos, justamente quando está prestes a ocupar o cargo mais importante de seu país, ele pode se sentir disposto a fazer quase qualquer coisa para salvar a si mesmo. Quase qualquer coisa.

Andrews permaneceu sentado e silencioso, perguntando-se quanto o outro sabia e quanto era, simplesmente, adivinhação da parte dele. A realidade, porém, era que ele sabia de alguma coisa.

— Evidentemente, se essa companhia for de propriedade privada, será muito difícil alguém saber a verdade sobre sua situação financeira.

Era uma desculpa muito fraca. Andrews sabia disso, mas tinha de dizer alguma coisa.

Becker abanou a mão diante do rosto.

— É claro que seria difícil.

Ele e Ferris trocaram um olhar bem ensaiado.

Andrews não queria que aquele jogo fosse adiante.

— Sim, bem, tudo isso é um tipo muito interessante de especulação, mas creio que devemos voltar à realidade.

O vice-presidente puxou sua cadeira para mais perto da mesa, um sinal sutil de que a conversa estava encerrada e que deveriam se concentrar no trabalho a fazer.

— Há apenas mais uma coisa, Preston.

Becker voltou a puxar o lóbulo da orelha com vigor. De repente, as veias sob o couro cabeludo exposto pelo corte de cabelos militar tornaram-se bem visíveis.

Andrews ergueu os olhos para o adversário. Não o agradava a força com que Becker puxava a própria orelha.

— O que é?

— A CIA perdeu um homem na América Central, há pouco tempo, em Honduras — Becker disse. — Um homem chamado Carter Guilford. — Sacudiu a cabeça e exibiu expressão triste. — Uma história terrível. Carter era um homem bom, casado com uma mulher adorável, e tinha uma linda família. Estive com eles diversas vezes. Mas, por alguma razão, ele se desviou do caminho do bem. Morreu em um acidente de avião, em uma pista clandestina de uma floresta remota, juntamente com um traficante de drogas, membro de um dos cartéis mais poderosos da Colômbia.

— O que isso tem a ver com qualquer coisa do que estamos discutindo? — Andrews inquiriu, contendo a irritação.

O sujeito era mesmo persistente.

Becker ignorou a pergunta e continuou:

— Nossas fontes nos informaram que Guilford estava trabalhando para o cartel, fornecendo informações altamente confidenciais sobre os esforços da CIA e da DEA para impedir o tráfico. Tais informações permitiam que o cartel se esquivasse ao policiamento e transportasse muito mais cocaína para os Estados Unidos do que qualquer outro cartel. Pagavam muito dinheiro a ele por essas informações. Muito dinheiro. Alguns dos relatórios que temos mostram pagamentos feitos a Guilford, atingindo valores como duzentos milhões de dólares. A soma verdadeira pode ser ainda maior. É claro que não conseguimos encontrar esse dinheiro em lugar nenhum.

— E? — Andrews sibilou.

— Bem, sei como Guilford conseguia as informações sobre as atividades da CIA para apanhar os traficantes, mas não faço idéia de como ele obtinha informações da DEA. Eles são muito sigilosos, quase tanto quanto nós.

— Não entendo aonde você quer chegar — Andrews persistiu, engolindo em seco.

Becker hesitou por um longo momento.

— Acontece que conseguimos recuperar alguns pertences de Guilford entre os destroços do avião. Um deles era uma agenda. — Becker voltou a hesitar. A sala parecia ter sido tomada por uma imobilidade mortal. Ele deu mais um puxão vigoroso na orelha. — Havia uma anotação sobre uma reunião com você, ocorrida há pouco tempo.

Os olhos de Robin fixaram-se instantaneamente em Andrews. O que estava acontecendo, afinal? Ela respirava depressa e com certa dificuldade. Conhecia aquele homem, Preston Andrews, não conhecia? Ele estava acima de qualquer suspeita, não estava?

Becker coçou a cabeça.

— Preston, você não está profundamente envolvido com o trabalho da DEA? A Agência não foi um de seus "projetos de estimação", como gosta de chamá-los, no seu discurso de posse do cargo de vice-presidente?

Andrews levantou-se.

— Saia. — Não ergueu a voz. — Agora. Minha equipe organizará a cerimônia para os Wolverines.

Becker, Ferris e Robin também se puseram de pé. Becker assentiu.

— Está bem. Acho que já abusamos da sua hospitalidade — declarou, sorrindo para Ferris. Encaminhou-se para a porta, com Ferris no seu encalço. Já com a mão na maçaneta, virou-se para Andrews e Robin. — Preston... — fez um breve pausa e baixou a voz para pouco mais que um sussurro — ...não se meta comigo.

Sem dizer nem mais uma palavra, ele e Ferris saíram

Andrews continuou olhando fixamente para a porta fechada. Estava lívido, mas com esforço, conseguiu manter a compostura. Não podia deixar Robin vê-lo explodir. Do contrário, ela poderia suspeitar de algo mais do que já suspeitava, e ele precisava de sua assistente agora, mais do que nunca.

Tentou clarear a mente, mas a tentativa foi em vão. Estava claro que Becker tentaria apanhá-lo com tudo o que sabia, ou que poderia inventar.

Lentamente, Robin afastou-se de sua cadeira e posicionou-se diretamente em frente à mesa de Andrews. Inclinou-se na mesa, plantando as duas mãos na madeira escura e fitou os olhos distantes de Andrews. Finalmente, ele a encarou.

— Quero saber quem era aquele homem no seu quarto, no hotel Doha Marriott — Robin declarou. — E quero saber agora.

Andrews continuou a fitá-la, sem sequer piscar. Não disse nada.

— Boa tarde, Kathleen. — John Schuler levantou-se quando Leeny e Mace entraram em seu escritório. Saiu de detrás da mesa para cumprimentá-los, enquanto sua secretária fechava a porta. — Agradeço terem concordado em vir até aqui.

Schuler segurou a mão de Leeny com gentileza excessiva, quando se reuniram no centro da sala.

Leeny exibiu um sorriso maroto.

— Ora, não foi nada, John — murmurou com sua voz macia e sedutora. — Você não faz idéia de até aonde estou disposta a chegar, por uma subscrição de um bilhão de dólares do Chase Bank. — Fez uma pausa. — A propósito, pode me chamar de Leeny.

Mace ergueu os olhos subitamente, como se um alarme houvesse disparado em sua mente.

Schuler assentiu, esperançoso de haver compreendido corretamente a implicação de até aonde ela chegaria.

— Sim, claro, bom. — Largou a mão dela bem devagar, para então apertar a de Mace. — Olá, Mace — cumprimentou em tom brusco.

— Boa tarde, John.

Mace riu consigo mesmo. Era fácil imaginar que pensamentos haviam invadido a mente de Schuler, quando Leeny insinuara até aonde seria capaz de chegar por um bilhão de dólares do Chase. Mace reconhecera o brilho do desejo iluminar os olhos do gerente por um instante. Na verdade, isso não era importante. Leeny jamais iria para a cama com um sujeitinho como aquele. Ela apenas o faria pensar que iria, mas não chegaria a esse ponto, pois não seria necessário.

— Aceitam uma xícara de café? — Schuler ofereceu, apontando para o carrinho de chá posicionado na ala de estar de sua sala, onde havia dois bules de café, sucos, refrigerantes e petiscos.

— Obrigada, John. Acho que vou aceitar — Leeny falou.

Ela e Schuler aproximaram-se do carrinho.

Mace, por sua vez, foi até a janela, que dava vista para o rio East e, mais adiante, o Brooklyn. Era uma linda e ensolarada tarde de fevereiro. O céu, totalmente limpo de nuvens, apresentava uma linda tonalidade de azul. A cor dos olhos de Rachel, ele pensou, deixando que os olhos vagassem para além do rio, na direção do Brooklyn. Talvez ela houvesse ido para lá, depois de deixá-lo no restaurante. Talvez houvesse voltado para casa, no Brooklyn, para esquecê-lo. Mace telefonara várias vezes, durante o fim de semana, para o apartamento dela, na Colúmbia, mas não tivera resposta. E não sabia como encontrá-la no Brooklyn. Os quatro Sommers que constavam da lista telefônica do Brooklyn haviam afirmado não conhecer nenhuma Rachel, quando ele telefonara.

Do outro lado do rio, a selva de edifícios estendia-se para o horizonte, até onde sua vista alcançava. Como fora idiota! Deveria ter explicado a situação a ela, tratando-a como a mulher madura que era. Havia apenas um problema. Se houvesse começado a explicar a Rachel o que realmente sentia, não teria sido capaz de resistir ao impulso de iniciar um relacionamento com ela. De repente, deu-se conta da profundidade de sua atração por ela.

Mace virou-se, dando as costas à janela. Schuler e Leeny pareciam estar perto demais, um do outro, enquanto se serviam de café, e também pareciam muito à vontade em sua conversa. Não era possível, Mace pensou. Só podia ser fruto de sua imaginação. Ela jamais faria uma coisa como aquela, para finalizar uma transação.

Schuler afastou-se ligeiramente de Leeny, ao perceber que Mace os observava.

— Por que não nos sentamos? — convidou, apontando para o longo sofá e para as poltronas da ala de estar do escritório.

Mace assentiu, e os três se sentaram: Schuler e Leeny no sofá, Mace em uma das poltronas.

— Bem, John, você nos telefonou — Leeny falou, colocando sua xícara de café sobre a mesinha de canto, esperando que o líquido esfriasse um pouco.

— Sim. — Ele começou no tom profundo do executivo importante. — Eu queria colocá-los a par das considerações do Chase sobre a subscrição de um bilhão de dólares para a Broadway Ventures.

Schuler falava diretamente para Leeny, como se Mace nem estivesse presente, como se não quisesse perder nem por um segundo a chance de olhar para aquele lindo rosto, de avaliar cada reação que ela pudesse esboçar ao que ele dizia.

Mace sorriu. Schuler estava mesmo caído por Leeny. Ele tentava parecer oficial, manter o mistério sobre se o banco concordaria ou não em subscrever o empréstimo para o fundo, com aquele discurso de "colocá-los a par". Mas a verdade era que estava totalmente encantado com Leeny.

— E? — Mace indagou, divertindo-se com a situação.

Mesmo assim, Schuler nem sequer olhou na direção de Mace.

— Discuti exaustivamente essa oportunidade com nosso diretor sênior, nosso presidente, nosso gerente de crédito e com o chefe de consórcios. — Fez uma pausa, mantendo a expressão séria.

— Ora, não nos deixe em suspense, John — Leeny encorajou-o, estendendo a mão e tocando o joelho de Schuler.

— Acredito que, depois de muitas discussões, estamos noventa e nove por cento inclinados em concordar.

Nesse ponto, Schuler exibiu um sorriso largo.

Leeny levou as duas mãos aos lábios, para então voltar a pousar uma delas na perna de Schuler.

— Ah, meu Deus! Isso é maravilhoso! Você é incrível!

Mace percebeu o sotaque da Geórgia voltar a se tornar carregado na voz dela. Tratava-se do sotaque "bela sulista, ah, você é um homem incrível, farei qualquer coisa por você".

Schuler pousou a mão sobre a de Leeny por um breve instante e, então, retirou-a.

— Restam alguns detalhes a serem discutidos.

— Claro, claro — Leeny concordou com entusiasmo excessivo.

— Quaisquer retiradas do fundo estarão subordinadas ao mínimo de um bilhão de dólares em subscrições particulares, efetivamente realizadas — Schuler continuou. — O dinheiro terá de estar no banco. Sei que, às vezes, vocês, investidores, não forçam seus clientes a realmente depositar o dinheiro em conta. Nesse caso, porém, exigiremos que o total esteja depositado, antes de emprestarmos um centavo sequer. — Mostrou-se ligeiramente constrangido ao pronunciar a última frase, como se esperasse problemas resultantes de tal exigência.

— Ora, é claro que não esperaríamos nada diferente, nesse caso — Leeny declarou.

Mace não pôde deixar de notar o olhar que Schuler lançou para as mãos de Leeny e, por um momento, a lembrança dela deitada, linda, à sua frente, na cama enorme do hotel em Nova Orleans, invadiu-lhe a mente. Então, lembrou-se da maneira como ela o encarava de manhã, quando ele despertara, como ela fora para o banheiro e voltara, sem dizer uma palavra sequer, e do fato de que ela não mencionara o episódio nenhuma vez, assim como ele.

Schuler relaxou diante da reação de Leeny, como se um grande peso houvesse sido retirado de sobre seus ombros.

— Mas, tudo isso posto, creio que poderemos finalizar essa transação, provavelmente, amanhã. — Ele hesitou. — A menos que surjam problemas imprevistos.

— Não imagino que problema possa ocorrer — Leeny assegurou, o sotaque tornando-se mais e mais carregado.

Pobre homem, Mace pensou. Schuler realmente acreditava que conseguiria alguma coisa com aquela linda criatura.

— Bem, como eu disse, restam alguns detalhes a serem discutidos. Gostaria de fazer isso agora.

Mace e Leeny assentiram.

Durante a hora seguinte, discutiram as preocupações do banco e as melhores maneiras de estruturar a transação, de maneira que não só o Chase pudesse vender títulos a outros bancos, a fim de reduzir sua exposição de um bilhão de dólares rapidamente, mas também que os termos e condições do negócio atendessem os critérios da Walker Pryce e permitissem que Mace e Leeny fizessem o que quisessem, sem ter de se submeter a limitações e restrições.

Finalmente, depois que o último detalhe foi analisado e resolvido, Schuler reclinou-se no sofá.

— Acho que vamos conseguir. — Soltou um gemido alto enquanto se espreguiçava. — Mas não posso garantir nada até amanhã — acrescentou com um sorriso para Leeny.

Mace consultou o relógio. Eram quase cinco horas. Precisava voltar à Walker Pryce para rever algumas das avaliações de ações que os dois associados designados por Webster haviam preparado. E queria tentar falar com Rachel outra vez. Esperava que, àquela hora, ela já houvesse retornado da aula.

— Acho melhor irmos embora, Leeny — disse, levantando-se da poltrona.

Leeny lançou um olhar rápido para Mace e, então, voltou a encarar Schuler.

— Eu... — Hesitou por um instante. — Por que não volta para a Walker Pryce sem mim?

Mace estreitou os olhos. Schuler havia se virado para apanhar uma xícara de café, que só podia estar gelado, ocupando-se em bebericar o líquido escuro.

— Está bem. Mas pensei que examinaríamos as avaliações de ações feitas pelos associados.

— Sim, bem... Leve-as com você, no vôo de amanhã de manhã. Darei uma olhada nelas, durante a viagem.

Mace hesitou.

— Quer que eu peça ao motorista que passe por sua casa para apanhá-la, no caminho para o aeroporto, amanhã?

Subitamente, deu-se conta de que ela pretendia dar a Schuler o que ele queria, e sem razão. Leeny deveria saber que Schuler conseguiria a aprovação para o fechamento da transação. Aliás, provavelmente, já estava aprovado, e ele estava apenas ganhando tempo e importância. Toda aquela conversa de Schuler sobre não poder garantir nada até o dia seguinte era só isso: conversa. Leeny não precisava fazer aquilo.

Ela sacudiu a cabeça depressa.

— Não será necessário. Encontrarei você na sala de embarque.

Mace estudou-a por alguns momentos. Leeny parecia triste, melancólica.

— Tem certeza de que quer fazer isso? — perguntou, tentando transmitir o verdadeiro significado das palavras através de seu tom de voz. — Não é necessário.

Leeny fitou-o durante vários segundos, antes de responder:

— Sim, tenho — ela disse, com a imagem do homem de Washington muito clara em sua mente.

17

— COMPANHIA STILLMAN. Boa tarde — a voz agradável da telefonista atravessou o fone colado ao ouvido de Rachel.

Rachel estava cansada, e a voz suave pareceu-lhe reconfortante. Era aquele tipo de voz capaz de fazer uma pessoa dormir em um instante.

— Eu gostaria de falar com Bradley Downes, por favor.

— Quem gostaria?

— Rachel Sommers.

— Um momento, por favor.

A linha estalou e ficou silenciosa por vários momentos. Rachel apreciou o silêncio. Não gostava de ouvir música ou notícias, como acontecia na maioria dos lugares, atualmente, enquanto esperava na linha.

Durante sua espera sossegada, Rachel passou os olhos pelo apartamento minúsculo que fora o seu lar durante os dois últimos anos. Mal havia espaço para uma cama e um sofá. Mas seria por pouco tempo. A carta da Walker Pryce lhe fora entregue naquela manhã, por um mensageiro. Ela sorriu com tristeza. Mace sentia algo por ela. Tinha de sentir. Mas, por alguma razão, recusava-se a admitir. Talvez a razão fosse Leeny Hunt.

— Rachel?

— Olá, Bradley.

Rachel usou sua voz mais doce e chamou-o pelo nome de batismo por saber que ele adorava isso. E ela precisava de informações. Bradley era um dos muitos gerentes de carteiras de ações que cuidavam do imenso patrimônio da família Stillman, de

Pittsburgh, uma das famílias mais ricas do país. Tal patrimônio era estimado em mais de quatro bilhões de dólares.

Rachel conhecera Bradley Downes em Nova York, durante a apresentação de um analista, à qual ela assistia para saber mais sobre algumas ações nas quais ela investira dinheiro do fundo da Colúmbia. Ele estava lá, representando a família Stillman, que também investira em ações daquela companhia, embora uma quantia infinitamente maior que a Colúmbia. Haviam conversado durante um intervalo e conversado duas ou três vezes por mês, ao telefone, desde então. Bradley a convidara para sair várias vezes, em suas visitas a Nova York, mas Rachel recusara delicadamente cada um dos convites, alegando uma carga de trabalho excessiva em seu curso na Colúmbia.

— Como vai você? — a voz de Downes indicava grande animação.

Geralmente, era ele quem telefonava e, portanto, aquele prazer fora inesperado.

— Bem.

Rachel não estava realmente bem. Não dormia mais que umas poucas horas por noite, desde que deixara Mace no restaurante.

— É bom ouvir isso. — O tom de Bradley era ligeiramente esnobe, mas ele era um bom sujeito. Mais de uma vez, dissera a Rachel que deveria estar trabalhando em Wall Street, mas que os Stillman haviam feito uma oferta irrecusável quando ele se formara na Stanford Business School, cinco anos antes. Afinal, ele era de Pittsburgh. — E a que devo esta interrupção?

— Ah, por favor, desculpe-me, Bradley. Posso ligar mais tarde, se estiver ocupado.

Em certos aspectos, ele chegava a ser desagradável, sempre dando a impressão de estar ocupado demais.

— Não, não. O que a fez ligar?

O tom esnobe diminuiu sensivelmente.

— Duas coisas. Primeiro, eu gostaria de saber se você pretende vir a Nova York, em breve. Pensei que, se você vier, poderíamos jantar juntos. Vou me formar na Colúmbia muito em breve, e gostaria de ouvir a sua visão do mundo financeiro, já que está nele há anos, enquanto estou aqui sentada, totalmente protegida, no mundo acadêmico. Sabe do que estou falando: o trabalho em corporações privadas *versus* Wall Street, Pittsburgh *versus* Nova York, e coisas assim.

Chegava a sentir náuseas por ter de fingir tamanha ingenuidade, mas àquela altura tinha de fazer o que fosse necessário.

— Ótimo! Será por minha conta. — Downes ficou instantaneamente entusiasmado. — Terei prazer em conversar com você. — Seu ar condescendente havia desaparecido por completo, agora.

Rachel sorriu. Ele lhe forneceria as informações que queria, sem qualquer dificuldade.

— Passarei vários dias aí, no próximo mês.

— Bom. Ligue para mim alguns dias antes de vir, e marcaremos um encontro.

Ela foi muito cuidadosa na escolha da palavra "encontro".

— Maravilhoso! Estou ansioso por isso.

— Eu também — ela replicou com voz meiga.

— Precisa de algo especial?

— Na verdade, sim. — Rachel hesitou por um instante. — Ouvi falar desse novo fundo que a Walker Pryce está criando.

— É mesmo?

Ela percebeu um leve toque de cautela na voz do amigo.

— Sim, chama-se Broadway Ventures. A Walker Pryce está tentando levantar um bilhão de dólares para investir no mercado imobiliário de Manhattan e em ações.

Rachel foi direta, recitando informações muito específicas imediatamente. Tinha de mostrar a ele que não estava apenas especulando o óbvio, que poderia ter informações valiosas que ele desconhecia, e que ela estaria disposta a barganhar.

— Como soube de tantos detalhes sobre esse fundo?

— Tenho minhas fontes — ela murmurou com voz sexy.

Downes riu alto.

— Aposto que tem. Sim, certo. Também ouvi algo a respeito.

— Então, a Walker Pryce realmente fez contato com vocês.

Downes hesitou. Seus instintos lhe diziam que ele não deveria divulgar muitas informações. Por outro lado, ele queria muito poder marcar um encontro com aquela linda criatura.

— Sim, eles nos contactaram.

— Foi uma mulher chamada Leeny Hunt que os procurou?

Mais uma vez, Downes hesitou.

— Sim, foi.

Rachel respirou fundo. Aquela era a pergunta-chave. Durante aquele jantar, Mace dissera que Leeny esperava um investimento de duzentos milhões de dólares, talvez mais, da família Stillman.

— Quanto os Stillman pretendem investir no fundo?

— Essa decisão ainda não foi confirmada — Downes respondeu depressa.

— Mas vão investir?

— Sim, mas a informação é extra-oficial. Se alguém me telefonar, dizendo que Rachel Sommers disse que a família Stillman vai investir no Broadway Ventures, ficarei muito zangado.

Downes tentou fazer com que as palavras soassem como uma brincadeira, pois não queria ofendê-la, mas estava falando muito sério. Tinha um bom emprego, e não queria arriscá-lo.

— Eu jamais diria uma palavra a ninguém Bradley.

— Bom.

— A quantia que estão pensando em investir está acima de cem milhões de dólares? — Rachel perguntou com firmeza.

— O quê? — Downes inquiriu e, no mesmo instante, começou a rir. — Está brincando? — De repente, sua voz tornou-se mais séria do que nunca. — Alguém lhe disse isso?

— Não, é claro que não.

Ele a ignorou.

— Porque, se alguém disse, essa pessoa está redondamente enganada. Nós jamais investiríamos cem milhões de dólares em um fundo como esse.

A respiração de Rachel tornara-se pesada.

— É claro que não.

Havia algo errado com o Broadway Ventures. Leeny esperava, no mínimo, aquela quantia, dos Stillman. Mace tinha certeza disso.

— Cem milhões — Bradley repetiu, com outra explosão de gargalhadas. — O velho Stillman pediria nossas cabeças em uma bandeja de prata. Ora, terão sorte se conseguirem dez milhões de nós. E, de qualquer maneira, ela propôs apenas vinte.

— Só vinte? — Rachel inquiriu, incrédula.

Não fazia sentido. Vinte milhões de dólares eram o mesmo que um pingo em um balde, para um fundo de um bilhão.

— Sim, ela disse que o círculo estava quase fechado, e que teríamos sorte se conseguíssemos entrar. Minha vontade era mandá-la para o inferno, não fosse pelo fato de a Walker Pryce estar patrocinando a operação. Queremos manter um bom relacionamento com eles e, por isso, tenho certeza de que a família aprovará dez milhões, no mínimo. Mas não será muito mais que isso.

Rachel mal ouviu as últimas palavras. O fundo estava quase completo, mas a família Stillman investiria apenas dez milhões. As peças não se encaixavam. Demoraria uma eternidade para levantar um bilhão de dólares, com investimentos de dez milhões. No entanto, Leeny dizia já ter levantado a maior parte do total. Talvez ela estivesse apenas se valorizando, dizendo isso para impressionar os investidores e persuadi-los a investir.

— Bradley, alguma vez, você negociou com a LeClair e Foster?

— Você está se referindo ao banco de investimentos de San Francisco?

— Sim.

— Claro, muitas vezes. — A voz dele reassumiu o tom condescendente. — Tenho um grande amigo que trabalha lá, um sujeito que freqüentou Stanford comigo. Fomos colegas de classe, no segundo ano.

Rachel hesitou. Não conhecia Bradley Downes tão bem. Se Leeny descobrisse que Rachel a estava investigando, uma situação difícil poderia se criar. Leeny poderia tentar persuadir Lewis Webster a rescindir a oferta de emprego na Walker Pryce, especialmente se a família Stillman ficasse desconfiada devido à interferência de Rachel.

— Bradley, você sabia que Kathleen Hunt, a mulher que está levantando o capital para esse fundo da Walker Pryce, trabalhou na LeClair e Foster?

— Não, mas isso não é surpresa. Trata-se de uma empresa muito grande. Como eu disse, é meu amigo que trabalha lá.

— Claro. — Estava comprometida, agora. Estabelecera a ligação entre o nome de Leeny e a LeClair e Foster. — Bradley, você me faria um favor? Poderia telefonar para o seu amigo, e perguntar a ele sobre Kathleen Hunt?

Fez-se silêncio do outro lado da linha.

Rachel prendeu a respiração.

— Qual é o problema? — Bradley perguntou devagar.

— Nada, apenas rotina.

Rachel esperava que sua voz soasse normal, e sentiu-se grata por ele não poder vê-la, através do telefone.

— Está parecendo que você trabalha em algum órgão governamental que investiga irregularidades em transações financeiras, ou então, no Departamento de Polícia de Nova York.

Ela riu alto.

— Ora, você é mesmo engraçado. Acho que nosso jantar será muito agradável.

— Espero que sim.

A voz de Bradley traiu sua ansiedade.

— Então, vai me fazer esse favor? Vai perguntar ao seu amigo sobre ela?

— E você não vai me dizer mais nada sobre o por quê?

— Direi no jantar, mas acredite, não é nada sério.

Rachel podia ouvir a respiração pesada do outro lado.

— Está bem.

— Diga a ele para me enviar tudo o que puder descobrir. Tudo. E obrigada. Você é mesmo um grande amigo.

— Ora, de nada. Ei, você gosta de jantar no Le Cirque?

— Quem não gosta? — De repente, um bip soou na linha. — Ah, outra ligação está entrando, Bradley. Preciso desligar. Pode me telefonar o quanto antes, depois de conversar com seu amigo, na LeClair e Foster?

— Claro, claro.

— Tem o número do telefone do meu apartamento?

— Sim.

– Ótimo. Até logo.

– Até logo.

Rachel ouviu Bradley desligar o telefone. Mais uma vez, ouviu o bip que indicava uma outra ligação. Lentamente, recolocou o fone no gancho. Era Mace. Podia sentir. Mas ainda não estava pronta para falar com ele.

Bradley Downes olhou fixamente para o telefone durante vários segundos, depois de desligar. Uma ligação estranha. Mas ele queria Rachel Sommers. Não contara a ela toda a história sobre o seu contato na LeClair e Foster. O homem em questão era o seu melhor amigo. Downes sorriu. Rachel ficaria impressionada. Se havia qualquer coisa a descobrir sobre a tal Kathleen Hunt, Rachel saberia. Seu amigo compreenderia a situação e o ajudaria de todas as maneiras possíveis. Downes queria que Rachel estivesse muito impressionada, quando saíssem para jantar. Talvez ele gastasse o dinheiro do próprio bolso para passar aquela noite em uma suíte do Plaza.

18

ERAM TRÊS HORAS da madrugada, mas Slade Conner não conseguia dormir. Sentou-se na beirada da cama, lendo a carta anônima pela quarta vez, em duas horas.

> Caro sr. Conner,
>
> Preciso lhe contar sobre Carter Guilford, agente veterano e chefe de todas as operações da Agência Central de Inteligência na América do Sul. Ele morreu recentemente, em Honduras, em resultado de um acidente de avião.
>
> Guilford estava trabalhando para o cartel do traficante Ortega, da Colômbia. Fornecia informações altamente confidenciais a respeito das atividades da CIA e da DEA, em seus esforços para combater a entrada de drogas ilegais nos Estados Unidos: informações específicas sobre as identidades de agentes infiltrados, localização das patrulhas de fronteira, e planos de vôo dos aviões de vigilância da DEA, na busca por aeronaves carregadas de drogas. As informações fornecidas por Guilford ao cartel permitiram a Ortega trazer uma quantidade significativamente maior de cocaína para dentro do país, durante os últimos quatro anos, do que qualquer outra operação semelhante. Também ajudou seus homens a identificar e, supostamente, matar onze agentes infiltrados, no mínimo. Os corpos nunca foram encontrados. Sua assistência se traduziu em bilhões de dólares em lucros para Ortega, que o recompensou com quase duzentos milhões de dólares.
>
> O dinheiro que Guilford recebeu do cartel entrou diretamente nas contas da CIA, e foi utilizado por Malcolm Becker no patro-

cínio dos Wolverines, um projeto com o qual o senhor está intimamente familiarizado. Os Wolverines superaram em muito o orçamento, situação que se mantém até o presente momento. Becker precisava do dinheiro das drogas para cobrir seus gastos excessivos com os Wolverines. Mais dinheiro chegaria em breve, mas Becker descobriu que Guilford pretendia delatá-lo, relatando tudo o que se passava a um contato no alto escalão da administração de Whitman. Portanto, acredito que Becker mandou matar Guilford. Não acredito que a queda do avião em Honduras tenha sido um acidente.

O senhor deve encontrar evidências ligando Becker diretamente à morte de Guilford. Entrarei em contato novamente, dentro de duas semanas.

Slade não conseguia desviar os olhos da página. "Um contato no alto escalão da administração de Whitman." Sua mente girou em disparada, buscando a lembrança da anotação na agenda que ele havia retirado do bolso de Guilford: a reunião com Preston Andrews. Ora, mas isso era ridículo. Se tudo isso fosse verdade, Guilford jamais teria escrito o nome do vice-presidente em sua agenda. Seria muita estupidez. Por outro lado, às vezes, as pessoas faziam coisas realmente estúpidas. Até mesmo agentes da CIA. Slade sacudiu a cabeça. Especialmente agentes da CIA.

Deitou-se na cama. Era possível que Becker o estivesse testando. Talvez fosse esperado que ele levasse aquela carta diretamente a Becker, que apertaria sua mão e lhe agradeceria por sua lealdade.

Ou, quem sabe, fora Ferris. O Homem Rato poderia não gostar tanto do velho Malcolm quanto fazia parecer.

A hipótese mais provável era de que alguém estivesse fazendo adivinhações, atirando no escuro para ver se atingia algum alvo.

Slade cerrou um punho e golpeou o colchão. Não havia um meio de determinar qualquer coisa sobre aquela carta, se havia alguma verdade em tudo aquilo, ou se não passava de um amontoado de mentiras. Precisaria de mais informações sobre as contas dos Wolverines. E não havia a menor possibilidade de determinar se Guilford estivera mesmo trabalhando para Ortega, pois ele não tinha contatos sólidos na América Central. Sair investigando e fazendo perguntas por lá, sem saber exatamente com quem falar, poderia significar morte rápida.

— Droga!

Slade não podia fazer nada. Só lhe restava sentar e esperar. E ele era um homem de ação. Detestava esperar.

Leeny estava sentada na cama, nua, as pernas dobradas de encontro ao peito, e os braços em torno das pernas. Por cima dos joelhos, olhava fixamente para a luz que emanava por debaixo da porta do banheiro do quarto de hotel. Atrás daquela porta, John Schuler fazia alguma coisa. Quem sabia o quê? Quem se importava?

Ela tremia de maneira incontrolável, mas não chorava. Havia ultrapassado o ponto em que deveria ter chorado. Durante as duas últimas horas, Schuler a tivera de todas as maneiras que desejara. Todas as maneiras nas quais ele conseguira pensar, grunhindo como um porco, cada uma das quatro vezes em que atingira o clímax.

Apertou as pernas com força ainda maior contra o próprio peito, e fechou os olhos. Era uma prostituta de um bilhão de dólares. Ele havia prometido com veemência, depois de cada orgasmo, que a primeira coisa que faria, ao chegar em seu escritório na manhã seguinte, seria assinar o documento que comprometeria o Chase a subscrever um bilhão de dólares para o fundo Broadway Ventures, e enviá-lo através do fax para ela, na Walker Pryce. Leeny sacudiu a cabeça. O homem de Washington estaria sorrindo, se soubesse do sacrifício que ela estava fazendo.

Mas valia a pena, não valia? Deixar que aquele animal fizesse o que quisesse, em troca de um bilhão de dólares. Afinal, Leeny havia se livrado de alguns anos de prisão por crimes de fraude, e quando o projeto chegasse ao fim, ela receberia cinco milhões de dólares, e fugiria e se esconderia para sempre. Ou, talvez, pudesse esfaquear o gerentezinho atrás daquela porta, antes, matá-lo a sangue frio e, só então, fugir e se esconder para sempre... com os seus cinco milhões de dólares.

Quatro vezes em duas horas, ele explodira. Leeny nunca vira nada parecido antes. Como ele conseguia se manter naquela forma? Ainda assim, ele afirmava querer mais. Ela não era uma mulher religiosa, mas de repente deslizou as mãos até os joelhos, onde juntou-as e começou a rezar a qualquer deus disposto a ouvi-la, para que John Schuler tivesse um infarto fulminante no banheiro do hotel.

Leeny beijou suavemente o próprio joelho. Fique firme, garota. Mantenha a situação em perspectiva. Um meio para atingir um fim, era o que tudo aquilo representava. Subitamente, pensou em Mace. Ele, ao menos, fora honesto com ela, em Nova Orleans, sobre suas intenções. E fora terno e gentil, enquanto faziam amor. Schuler a manipulara para levá-la para a cama, ameaçando suspender as negociações, se ela não o acompanhasse ao hotel. E não havia demonstrado o menor sinal de sensibilidade durante o sexo, apenas egoísmo. Ela voltou a sacudir a cabeça. Era uma grande ironia. Desprezava o homem no banheiro e, ainda assim, ela o estava ajudando a elevar sua carreira vários degraus. Ele ganharia milhões com o empréstimo ao Broadway Ventures. E estava desfrutando do corpo dela de todas as maneiras que desejava, usando-a das formas mais terríveis. Contra a própria vontade, Leeny começara a gostar de Mace, mas mesmo assim, no final, ajudaria a decretar sua morte.

No banheiro, Schuler baixou os olhos para o próprio sexo, totalmente ereto de novo, e sorriu. Cocaína, inspirada profundamente por um canudo minúsculo, transformava até mesmo um executivo de meia-idade, calvo e gorducho, em um amante exemplar, por uma noite. Com todo cuidado, voltou a dobrar o papel fino em sua forma triangular, guardando a preciosa carga dentro dele, e escondeu-o na cesta de vime repleta de artigos de perfumaria. Leeny, provavelmente, não usaria nada dali, se fosse ao banheiro.

Abriu a porta e, sem apagar a luz, encaminhou-se para onde Leeny estava sentada. Com gestos gentis, acariciou-lhe a face por alguns instantes. Então, lentamente, enroscou a mão em uma espessa mecha de cabelos loiros e começou a puxá-la para a beirada da cama.

— Você está me machucando — Leeny sussurrou.

Mas Schuler não parou de puxá-la até que ela estivesse sentada na beirada da cama. Então, segurou-lhe o queixo e ergueu-o, forçando-a a fitá-lo nos olhos.

— Você é linda.

— Muito obrigada — ela agradeceu com voz rouca. Como? Bem que ela gostaria de saber. — Ainda não se cansou de mim?

Schuler sorriu.

— Eu jamais me cansaria de você, Leeny. — Voltou a acariciar-lhe a face. — Fique de joelhos.

— John, são quatro horas da madrugada, e terei de pegar um avião dentro de poucas horas. Por favor, deixe-me...

— De joelhos — ele a interrompeu com voz firme. — Não quer que eu reconsidere o empréstimo ao Broadway Ventures, quer?

— Não — ela murmurou com voz suave.

Lentamente, Leeny deslizou da cama para o chão e virou-se, de maneira que seu peito repousasse no colchão. Sentiu Schuler ajoelhar-se atrás dela. Ah, era terrível! Sentiu as carícias dele e fechou os olhos com força. Alguém pagaria caro por aquilo. No instante seguinte, ele a penetrou. Leeny agarrou os lençóis e mordeu o colchão. Alguém pagaria muito, muito caro.

Becker falava ao telefone com alguém no Chile, enquanto Slade o observava. Aquele homem fora como um pai para ele, nos últimos cinco anos, e Slade tinha profunda afeição por ele. Mas, ironicamente, não confiava em Becker pessoalmente. E como poderia? Becker era o diretor da Agência Central de Inteligência.

A confiança havia se tornado um conceito relativo para Slade Conner, em seus anos no serviço militar. Confiava-se nas pessoas em alguns aspectos, não em outros. Malcolm Becker merecia confiança no que dizia respeito a não conhecer limites para proteger o bem-estar de seu país, mas não era confiável com relação ao bem-estar de outro indivíduo. Becker jamais hesitaria em sacrificar um indivíduo pelo bem do todo.

A carta anônima que Slade recebera naquela madrugada era, muito provavelmente, uma farsa. Apenas alguém tentando encontrar um caminho que levasse aos registros mais confidenciais da CIA, alguém tentando encontrar fogo onde, provavelmente, não havia nada. Isso acontecia o tempo todo, especialmente naquela cidade. Washington estava repleta de pessoas que não se importavam com a maneira pela qual obtinham informações, desde que as obtivessem. Washington estava repleta de inimigos.

Mesmo assim, enquanto observava Becker completar sua ligação, parte do conteúdo da carta o perturbava. Várias das informações contidas nela era suficientes para levantar sérias questões.

Becker colocou o fone no gancho.

— Bom dia, Slade.

— Bom dia, general.

— Como tem passado?

— Bem, senhor.

— Ótimo.

Becker apanhou a xícara e bebericou o café fumegante.

Todas as vezes que Slade entrava naquela sala, tudo acontecia da mesma maneira. Bom dia, Slade, como tem passado e, então, um gole de café. A vida do general seguia um regime rígido. A disciplina gerava dinastias. A prática levava à perfeição. Esses eram os credos do general.

Becker devolveu a xícara à mesa.

— Você sempre se destacou nos seus serviços para mim — começou.

— Obrigado, general.

— Slade, não farei rodeios. Preciso de seus talentos especiais outra vez.

Slade assentiu. Sabia que seria esse o propósito daquela reunião, desde o momento em que entrara na sala e constatara que o Homem Rato não estava presente.

— O que precisa que eu faça?

O general respirou fundo. O ar produziu um som agudo ao passar rapidamente pelas narinas enormes.

— Nosso amigo, Preston Andrews, está se tornando um problema. — Becker fez uma pausa, a fim de avaliar a reação de

Slade à menção do nome do vice-presidente. Porém, não houve reação. Um dos talentos especiais de Slade era justamente permanecer impassível diante de qualquer informação, e até então, Becker apreciara esse talento. Agora, queria ser capaz de ler aquela expressão. — Preciso que obtenha certas informações sobre Andrews, para mim.

Internamente, Slade suspirou de alívio, mas não demonstrou nada ao general. Quando Becker mencionara seus talentos especiais, Slade pensara que ele se referia à sua capacidade de provocar acidentes fatais. Lealdade para com o general era uma coisa. Matar o vice-presidente era outra. Slade assentiu.

O general imitou-lhe o gesto..

— Então, posso contar com a sua cooperação?

— Claro.

Becker sorriu. Conner era um homem leal. A CIA precisava de outros como ele, dispostos a fazer o que fosse preciso. Becker inclinou-se para a frente.

— O que vou lhe contar agora é altamente confidencial. Está entendendo?

— Sim, senhor.

Becker hesitou por um momento e, então, voltou a falar. Usou o tom de voz de comandante severo.

— O sr. Andrews está tentando provocar um escândalo aqui, na CIA. Está tentando encontrar um meio de me derrubar. Está fazendo isso por um bom motivo. Está aterrorizado com a possibilidade de eu o derrotar nas eleições para presidente. Por isso, está tentando criar uma história para me desacreditar e, com isso, tirar-me da competição e vencer as eleições.

A pressão de Slade alterou-se sutilmente. As palavras contidas na carta invadiram-lhe a mente, enquanto ele observava um quadro na parede. "Um contato no alto escalão da administração de Whitman." A anotação na agenda de Guilford: Preston Andrews.

— Andrews guarda um segredinho sujo. A Andrews Industries, de propriedade da família dele, vai de mal a pior. E sinto-me inclinado a acreditar que ele pode ter usado de maneira ilegal o dinheiro da corporação, sem que os outros membros da família soubessem. É possível que Andrews tenha cometido fraude em sua companhia, para poder patrocinar sua campanha contra mim. Mas a história vai ainda mais longe. — Becker inclinou-se mais um pouco sobre a mesa. Seus olhos se estreitaram, e as veias em seu couro cabeludo tornaram-se visíveis. — Fui informado de que Andrews está tentando arquitetar uma conspiração de proporções gigantescas, algo que trará lucros enormes para ele, o bastante para tirar sua companhia dos limites do desastre, patrocinar sua campanha eleitoral e muito mais.

Slade engoliu em seco. O que tudo aquilo significava, afinal? Queria perguntar a Becker como ele havia obtido aquelas informações, mas sabia que de nada adiantaria, pois Becker jamais revelaria suas fontes.

— Quer que eu o investigue.

Slade não formulou a frase em tom de pergunta.

— Sim. Quero saber tudo o que houver para descobrir sobre ele. Minha equipe B está trabalhando nisso há alguns meses, mas chegou o momento de entregar o trabalho ao primeiro escalão. Quero que você investigue tudo: a casa da família dele, em Michigan, a companhia, o escritório dos contadores, o escritório dos advogados dele. Tudo! Quero informações exatas sobre a situação financeira da Andrews Industries, assim como das contas pessoais de Andrews. Quero saber se existe alguma verdade no que meu contato no Oriente Médio relatou.

Slade ergueu uma sobrancelha. Contato no Oriente Médio. Aquele era o ponto da credibilidade, as poucas palavras pronunciadas para legitimar a acusação de conspiração de proporções gigantescas.

Slade estudou Becker. Talvez devesse ter seguido Mace em sua carreira no mundo financeiro, depois da faculdade. Na época, Wall Street havia lhe parecido tão inútil e complexa. Agora, porém, parecia simples e direta, se comparada ao que ele estava envolvido, no momento.

— Sim, senhor. Cuidarei de tudo.

Levantou-se e bateu continência para o general.

19

— LEENY, ESTE É Roger Hamilton. — Mace apertou a mão gorducha de Hamilton e, então, conduziu-o até Leeny. — Roger é o vice-presidente da Maryland Mutual Life, responsável por todos os investimentos em carteiras de hipotecas. Como você sabe, Leeny, Maryland Mutual é a terceira maior companhia de seguros de vida dos Estados Unidos, e também uma das maiores financiadoras do ramo imobiliário.

Leeny encarou Hamilton com os olhos vidrados. Eram apenas dez horas da manhã. Isso significava que aquele gerentezinho asqueroso, John Schuler, despedira-se dela com um beijo, no quarto do hotel Intercontinental, somente quatro horas antes. Fora um beijo rude, que ela se forçara a suportar, o tipo de beijo que Leeny teria esperado receber de um garoto de catorze anos. Por outro lado, deveria ter esperado que ele a beijasse em despedida como um adolescente inexperiente. Afinal, ele fizera amor a noite inteira daquela mesma maneira.

Leeny dormira durante a curta viagem de avião, do Aeroporto La Guardia ao National Airport, em Washington, e no táxi, no trajeto do aeroporto aos escritórios da Maryland Mutual, no centro de Washington. E não se dera ao trabalho de dar a Mace uma explicação para o seu cansaço exagerado. Felizmente, ele não havia perguntado qual era o problema.

Finalmente, Leeny se recompôs e focalizou o rosto obeso de Hamilton.

— Bom dia — cumprimentou-o com voz rouca.

Tentou exibir um sorriso provocante para o responsável pela carteira de investimentos, visivelmente impressionado consigo mesmo, mas descobriu que, no momento, não conseguiria nada assim. Na verdade, havia pensado em telefonar para Mace, depois que Schuler finalmente a deixara, para dizer-lhe que fosse sozinho a Washington, naquela manhã, mas sabia que ele poderia comentar com Webster o fato de que ela não o acompanhara, o que deixaria o velho furioso. E Leeny não queria dar a Webster nenhum motivo para se enfurecer com ela.

— Olá — Hamilton replicou com sotaque pomposo, apertando-lhe a mão como se realizasse uma tarefa extremamente tediosa.

Leeny quase se encolheu ao contato da mão fria e pegajosa.

— Leeny tem sido a maior responsável pelo levantamento do capital particular para o Broadway Ventures, mas também estará envolvida na parte de investimentos — Mace informou.

Estava desempenhando muito bem o seu papel, esforçando-se para que todos se sentissem à vontade, preparando o ambiente. Como de costume, estava no comando da situação: perfeitamente preparado, calmo e tranqüilo.

— Entendo — Hamilton murmurou, parecendo apenas vagamente interessado.

Leeny tentou mexer nos cabelos com ar sensual, para parecer mais atraente e tentadora, desempenhando o papel que sabia ser o seu. Infelizmente, não estava dando resultado. Principalmente porque ela não estava se sentindo nem um pouco sexy, naquela manhã. A imagem de Schuler em cima dela, repetidas vezes, ainda era nítida demais em sua mente, e Hamilton lembrava Schuler: gordo, calvo e inútil. Hamilton era, simplesmente, uma versão mais alta e mais gorda que o gerentezinho do Chase. E com um sotaque pomposo para completar!

— Como vai, Roger? — Leeny tentou ser cordial, sem muita convicção.

— Bem.

Hamilton retirou a mão gelada da dela e virou-se abruptamente, antes de caminhar com ar solene para trás de sua mesa e sentar-se.

Mace hesitou por um instante, perguntando-se o que havia de errado com Leeny.

Ela deu de ombros e virou-se. Quando a bomba explodisse, ela não sentiria o menor remorso ao colocar aquele sujeito arrogante em seu devido lugar. Além do mais, ele não seria tão arrogante, quando o momento chegasse. Leeny já podia ouvi-lo chorar como um bebê, enquanto via os valores de sua carteira despencar bem diante de seus olhos. Então, ele imploraria para que ela tirasse as hipotecas de suas mãos.

— Qual é o montante da carteira de hipotecas da Maryland Mutual atualmente, Roger? Ouvi algo em torno de trinta bilhões. Está correto? — Mace indagou, lançando um olhar pela janela do escritório, na direção da cúpula do Capitólio, que se erguia na distância, antes de se sentar em uma das duas cadeiras posicionadas diante da mesa imponente.

Hamilton cruzou os braços sobre o estômago proeminente.

— Trinta e dois bilhões — corrigiu com arrogância.

Leeny sentou-se na outra cadeira diante da mesa dele. Já podia ouvir Hamilton implorando para que ela comprasse os títulos hipotecários... a qualquer preço. Seria uma doce vingança pela atitude insolente dele. No final, ela lhe daria alguma coisa pelos títulos, provavelmente centavos, mas não antes de vê-lo sofrer.

Mace assentiu ao ouvir o número.

— Impressionante.

— Sim, de fato.

Hamilton parecia tão impressionado consigo mesmo, quanto com o valor da carteira de ações.

Mace forçou um sorriso. O cliente sempre tinha razão, era o que ele continuava repetindo para si mesmo. Sorria e suporte-o.

— Como vai a sua esposa, Shirley?

Hamilton exibiu o seu primeiro sorriso, desde que Mace e Leeny haviam entrado na sala.

— Estudou muito bem os cartões guardados em seu escritório, não é mesmo, Mace?

Mace sacudiu a cabeça. Shirley era uma mulher maravilhosa, simpática e agradável. Mace a conhecera dois anos antes, durante um jantar de fechamento de negócios, em Manhattan. Estavam ali para comemorar um bem-sucedido contrato de financiamento, negociado por Mace, para um espetacular edifício comercial de setenta e dois andares a ser construído lá, para o qual a Maryland Mutual havia fornecido o capital para construção e financiamento permanente de hipotecas. Como era possível um homem como Roger Hamilton agarrar uma mulher como Shirley? Tratava-se de uma daquelas situações que desafiavam qualquer senso de lógica.

— Como ela está?

— Ela cozinha, limpa a casa e cuida das crianças, todas as coisas de que uma mulher deveria se ocupar.

Hamilton virou o rosto na direção de Leeny ao dizer as últimas palavras, mas não desviou os olhos de Mace.

Leeny sentiu o sangue ferver. Jurou que enterraria aquele homem. Vivo. Até o pescoço. Então, cobriria sua cabeça de pólen e agitaria um vespeiro. E assistiria ao seu sofrimento.

Mace tossiu. Hamilton era um idiota. Não haveria como negar isso. Porém, ele controlava títulos no valor de trinta e dois bilhões de dólares, sendo que boa parte deles estava investida no mercado imobiliário de Manhattan. Se Webster estivesse certo e os valores imobiliários em Nova York realmente despencassem, o Broadway Ventures poderia arrematar uma boa fatia daqueles títulos, a um preço muito inferior ao real e, então, vendê-los com lucros fabulosos, quando os valores voltassem a subir.

— Fico contente em saber que Shirley está bem. É uma mulher adorável. Lembro-me dela descrevendo seu jardim de rosas, durante o jantar de fechamento da propriedade Ames — Mace comentou com um sorriso inocente.

No mesmo instante, Hamilton deu-se conta de que havia cometido um erro, pois Mace realmente se lembrava de sua esposa. Esfregou o rosto por um momento. De repente, queria prosseguir com a reunião rapidamente.

— Bem, deixe-me esclarecer isso, Mace. A Walker Pryce decidiu criar um fundo abutre porque vocês estão prevendo uma grande queda nos valores do mercado imobiliário. Certo?

Mace assentiu, reconhecendo instantaneamente para onde a conversa seguiria, mas não havia como desviar-se daquele caminho, e ele já tinha uma resposta preparada.

— E vocês vieram até aqui, hoje, para me falar sobre o fundo, para que quando a bomba explodir, eu venda parte de meus títulos a vocês, a preços irrisórios — Hamilton continuou.

— Sim, é mais ou menos isso, Roger — Mace confirmou com um sorriso.

— De maneira que você e o seu pessoal de investimentos, na Walker Pryce, possam comprar de volta os mesmos títulos que me venderam. É claro que os venderam para mim a uma taxa de cem centavos de dólar, e querem comprá-los a noventa centavos. Se eu tiver sorte. — Hamilton voltou a esfregar a mão no rosto. — Quanto comprei da Walker Pryce? Provavelmente, quatro bilhões, dos trinta e dois da carteira. — Hamilton tinha o hábito de responder às próprias perguntas. — Agora, você vem me dizer que o mundo imobiliário está prestes a desmoronar, depois de ter me vendido tudo aquilo.

Aquele era o clássico conflito de interesses que todos os agentes de investimentos enfrentavam, estivessem eles atuando no mercado corporativo, imobiliário, ou qualquer outro. As empresas de investimentos representavam tanto compradores quanto vendedores. O que, por definição, criava problemas. Quando o presidente de uma empresa decidia vender ações ao público, ele queria que seus agentes de investimentos obtivessem o preço mais alto possível pelas ações. Mas o investidor, o indivíduo ou instituição que comprava as ações, queria ver seu investimento crescer rapidamente em valor, e isso poderia não acontecer, caso o preço inicial fosse alto demais. No final, um ou outro sairia infeliz. Era inevitável.

Para piorar ainda mais as coisas, o agente de investimentos ganhava dinheiro, fosse qual fosse o resultado da negociação. Empresas como a Walker Pryce cobravam altas comissões, às vezes até sete por cento de tudo o que fosse comprado ou vendido, independentemente do rumo que o preço das ações ou títulos tomasse depois da transação.

Agora, Hamilton estava lembrando Mace, de maneira nada sutil, daquele conflito. As mesmas regras que se aplicavam a ações serviam para títulos, também, e Hamilton possuía uma das maiores carteiras do país.

A expressão de Mace tornou-se séria. Já era tempo de lembrar Hamilton de que ele e a Maryland Mutual haviam conseguido proporcionar aos seus investidores e acionistas lucros excepcionais durante os cinco últimos anos, como resultado direto da assessoria da Walker Pryce. Com a mesma rapidez que dava, Wall Street podia retirar seu apoio. Wall Street era um pequeno cartel; não mais que dez empresas originavam, consistentemente, oportunidades de investimentos significativos, do volume que interessava à Maryland Mutual. Formavam um pequeno, porém poderoso cartel. Tão forte quanto o cartel de petróleo da OPEC, sua influência sobre o mundo econômico era infinitamente maior. E, se alguém irritasse um membro do cartel de Wall Street, ou do clube, como seus membros preferiam chamá-lo, suas oportunidades de investimentos secariam como um riacho no deserto.

Já era tempo de Mace colocar Roger Hamilton em seu devido lugar.

— Como você bem sabe, Roger, os agentes de investimentos proporcionam liquidez, oportunidade e a melhor assessoria possível a seus clientes. É tudo o que podemos fazer. Não temos controle sobre o mercado imobiliário. Você sabe disso. Trata-se de um mercado que segue seu próprio caminho, com seus próprios altos e baixos. Tudo o que podemos fazer é abrir as oportunidades para você, e estar à disposição, quando precisar de nós. — Mace falava com voz calma, mas firme. — Ou não estar disponíveis, quando você mais precisar de nós.

Hamilton ergueu uma das mãos.

— Sim, claro, Mace. A Maryland Mutual está muito satisfeita com o trabalho que a Walker Pryce vem fazendo para nós — apressou-se em dizer, compreendendo a advertência contida nas últimas palavras de Mace.

Mace assentiu. Finalmente, haviam chegado a um acordo.

Hamilton exibiu um sorriso largo, pela primeira vez.

— De qualquer maneira, não acredito que estejamos correndo o risco de uma correção no mercado imobiliário. Se isso acontecer, será uma correção leve, e não grande o bastante para nos deixarmos entusiasmar. Com certeza, nada que envolva bilhões de dólares.

Hamilton era o tipo de homem que tinha de dar a última palavra. Era, simplesmente, a sua natureza. E o seu comentário, assim como o sorriso largo, deixavam claro que aquela era a sua última palavra.

Mace ignorou a intenção do outro.

— Se não se importa, gostaria de fazer algumas perguntas sobre a sua carteira de títulos. Já se passaram alguns meses, desde que nós a revisamos juntos, e eu gostaria de fazer uma atualização.

— Tudo bem — Hamilton concordou.

De repente, o interfone na mesa de Hamilton tocou, emitindo um ruído alto e estridente.

— Sr. Hamilton?

— Sim, Rose — ele respondeu, revirando os olhos ao ouvir a voz da secretária no pequeno alto-falante.

— George Warner precisa falar com o senhor por um instante.

Hamilton gemeu baixinho ao se levantar da poltrona.

— Voltarei em um minuto.

Leeny deixou a cabeça cair para trás, assim que Hamilton saiu da sala. Seria tão bom deitar-se em sua cama, naquela noite, e puxar as cobertas até o queixo. Certamente, estaria dormindo antes das oito horas da noite.

— Afinal, o que você fez, ontem à noite?

Leeny endireitou-se na cadeira, sobressaltada. Sacudiu a cabeça devagar e empertigou-se.

— Do que você está falando?

— Você parece um tanto... — Mace fez uma pausa e, então, sorriu — ...devagar, pode-se dizer.

— Estou naqueles dias do mês — Leeny declarou de pronto.

— Ah... — Mace murmurou, desviando o olhar rapidamente.

Leeny passou as mãos pelos cabelos. Aqueles dias do mês. Era a desculpa feminina mais antiga, mas também a mais eficaz. A resposta era capaz de fazer calar um chefe em meio a uma explosão, ou deter um policial prestes a preencher uma multa por excesso de velocidade. Desde que o interlocutor fosse do sexo masculino, o argumento obtinha sucesso em noventa e nove por cento das vezes em que era utilizado.

— Achei que, talvez, você houvesse saído para jantar com Schuler — Mace comentou em voz baixa.

Ela o fitou pelo canto do olho, e verificou que ele examinava alguma coisa sobre a mesa de Hamilton.

— Não — replicou com firmeza. — Conversei com ele por algum tempo, no Chase, e fui para casa. Sozinha. — Fez uma pausa. — Por que disse isso?

— Ah, ele telefonou para o meu escritório ontem, por volta de oito horas da noite, de algum restaurante, para dizer que havia acabado de desligar com diretor de crédito do Chase. A transação foi aprovada ontem à noite. Uma subscrição de um bilhão de dólares, do Chase Bank para o Broadway Ventures. Acredita nisso? — Mace sacudiu a cabeça, como se ele mesmo não acreditasse. — Eu pretendia perguntar se você já havia recebido a notícia, durante o vôo para cá, mas você parecia tão cansada que preferi não atrapalhar o seu cochilo. — Fez uma pausa. — Muito em breve, teremos dois bilhões de dólares para brincar, Leeny. Só espero conseguir fazer bons negócios com esse dinheiro. Espero que sua confiança em mim seja justificada.

Leeny, porém, não ouviu as últimas palavras. Sua visão tornou-se turva, ao mesmo tempo que ela sentia o sangue latejar nas têmporas. Na noite anterior, Schuler deixara a mesa do restaurante às oito horas, supostamente para ir ao banheiro. Como ele não havia demorado a voltar, ela não dera a menor atenção ao fato. Aparentemente, ele fora telefonar para o diretor de crédito do Chase e, em seguida, para Mace, mas ao retornar à mesa, Schuler não pronunciara uma palavra sequer sobre os telefonemas.

Aquele patife! Ele a usara da pior maneira possível. Não existira nenhum motivo real para suportar aquela tortura. A transação fora finalizada antes que ela fosse para o quarto do hotel com ele. Leeny sentiu os olhos se encherem de lágrimas.

— Leeny, você está bem? — Mace indagou, tocando-lhe a mão com delicadeza e sentindo-lhe a pele quente, quase febril.

— Sim, estou — ela balbuciou, hesitante.

Mas não estava bem. Precisava ir ao banheiro imediatamente. Levantou-se depressa e correu para a porta, uma das mãos apertando o estômago com força.

— Slade, esta é Kathleen Hunt — Mace fez as apresentações. — Ela e eu trabalhamos juntos na Walker Pryce.

— Olá, Kathleen.

Slade apertou a mão dela em um gesto cortês e soltou-a depressa. Tinha a impressão de que conhecia aquela mulher e, por isso, teve o cuidado de não fitá-la por muito tempo, para o caso de o contexto de sua lembrança não ser favorável. Preferiu lançar-lhe vários olhares rápidos, sempre por menos de dois segundos, pois seu treinamento lhe ensinara que se alguém se desse conta de estar sendo observado por mais de dois segundos tornava-se instantaneamente desconfiado de que o observador tinha alguma intenção definida e, então, começava a prestar atenção na pessoa. E Slade não queria que ela prestasse atenção nele.

Kathleen Hunt. Kathleen Hunt. O nome e o rosto eram muito familiares, mas ele não conseguia determinar de onde. Praguejou mentalmente, irritado consigo mesmo. Raramente se esquecia de um nome... ou de um rosto.

— Olá — Leeny replicou.

Estava exausta, e tudo o que queria era ir para casa. Porém, não poderia perder Mace de vista. Aquelas eram as ordens expressas de Webster. Especialmente agora, estando em Washington.

Assim que entraram na recepção do Clyde's, um restaurante muito famoso, situado no centro de Georgetown, uma das jovens recepcionistas acenou para eles, do meio do salão.

— Ali — gritou, apontando para uma mesa vazia, junto à janela.

Os três encaminharam-se rapidamente para lá. Era pouco mais de meio-dia, e o restaurante estava apinhado. Haviam tido sorte por conseguir um lugar tão depressa.

Mace puxou uma cadeira para Leeny, quando alcançaram a mesa, e ela se deixou cair pesadamente. Não retirou os óculos escuros, apesar de o interior do restaurante não ser bem iluminado. Queria se esconder, entrar em um buraco bem fundo e ser esquecida. Seu estômago ainda estava sensível, e os aromas emanados pela comida recém-preparada não melhoravam em nada a sua situação.

— O que disse que faz, Slade? — perguntou, na intenção de cumprir rapidamente com sua obrigação social e, então, ficar quieta em seu canto.

— Sou advogado — Slade respondeu com uma piscadela para Mace.

Aquela era a resposta mais segura para se dar em Washington. Milhares de firmas de advocacia prosperavam, ali. Se ela perguntasse para qual delas ele trabalhava, bastaria inventar um nome qualquer, e ela jamais sequer desconfiaria.

Leeny assentiu, mas não demonstrou maior interesse.

Mace sorriu.

— Leeny não está nos seus melhores dias.

— Ah, sim — Slade murmurou, lançando mais um de seus olhares rápidos para ela.

Sentiu a lembrança aproximando-se da superfície de sua mente. Estava quase lá, quase certo do motivo pelo qual o nome e o rosto dela soavam tão familiares.

— Estou bem — Leeny afirmou, embora não estivesse. Precisava ir ao banheiro outra vez. — Voltarei em um instante.

Com isso, levantou-se e saiu à procura do toalete feminino. Mace e Slade também se levantaram, como bons cavalheiros, e a ajudaram a sair do canto atrás da mesa, onde havia se sentado. Sentaram-se lentamente, observando-a desaparecer na direção dos fundos do salão.

Slade tamborilou os dedos na mesa. Quase. Quase identificara de onde a conhecia.

— Bonita, não? — Mace comentou com um sorriso largo para o amigo. Slade parecia jamais saciar o seu apetite pelas mulheres. — Eu sabia que você gostaria dela. Infelizmente, ela não está bem, hoje. Eu disse a ela que pegasse um avião e fosse para casa, antes de mim, mas ela...

De repente, Slade virou-se e encarou Mace. Não conseguira lembrar-se de tudo sobre a mulher, mas lembrara o suficiente. Interrompeu Mace no meio da frase:

— Se, algum dia, você precisar de alguma coisa, ligue para mim. Sabe que pode contar comigo.

Mace recuou ligeiramente. Nunca ouvira aquele tom na voz do amigo, antes.

— O que isso significa?

Slade fitou-o nos olhos durante um longo momento. Então, suas feições relaxaram. Não queria alarmar Mace. E não poderia dizer mais nada a ele.

— Nada. Nada demais. Só quero que se lembre de ligar para mim, caso precise de alguma coisa. Qualquer coisa.

Mace assentiu, ainda confuso quanto ao significado oculto que havia detectado na voz de seu mais antigo amigo.

Rachel esperava por aquele momento, desde que deixara o restaurante, na noite da última sexta-feira. Esperava para ver o rosto bonito e o sorriso reconfortante, o andar confiante e os olhos cheios de vida. Esperava pelo calor agradável que tomava conta de seu corpo instantaneamente, cada vez que o via. Havia ignorado o telefone por tempo demais. Sabia que ele sentia algo por ela. Deixara-o no restaurante e permanecera fora de seu alcance todos aqueles dias, para que ele se desse conta, sem qualquer sombra de dúvida, do que sentia por ela.

Sua respiração tornou-se ofegante, à medida que a expectativa pela chegada dele crescia. Ele entraria pela porta, como sempre fazia, mantendo os olhos fixos na mesa preta posicionada na frente da sala. Chegaria lá, depositaria a maleta de couro, tiraria o casaco e o paletó, e os colocaria sobre a mesa, para então olhar em volta por vários segundos. Olharia para tudo e para todos no anfiteatro, exceto para ela. Finalmente, seus olhos se fixariam nela, como sempre acontecia. E, no exato momento em que seus olhares se encontrassem, a expressão dele se alteraria sutilmente. Não o bastante para que alguém, exceto ela, notasse. E ela sorriria, mostrando a ele que tudo estava bem. Definitivamente, conversariam depois da aula. Talvez saíssem para jantar. Talvez muito mais que isso. Era possível que, antes que a noite terminasse, Rachel estivesse onde realmente queria estar: com ele.

— Rachel, você preparou bem o caso? — Don Hammonds, sentado ao lado de Rachel na última fileira, perguntou.

Ele, simplesmente, não havia preparado o caso, e estava preocupado com a possibilidade de Mace chamá-lo, pedindo-lhe que iniciasse a aula, porque ele nunca fora chamado para isso antes. Hammonds estava à procura de um salva-vidas em que pudesse se agarrar, e sabia que Rachel era a sua melhor opção.

— Sim — ela respondeu, empurrando o caderno sobre a carteira, na direção de Hammonds, sem desviar os olhos da porta.

Eram quase sete horas, e ainda não havia o menor sinal de Mace.

— Obrigado — Hammonds agradeceu, apanhando o caderno e copiando ostensivamente as anotações contidas nele.

Rachel não disse nada.

Então, sentiu um forte aperto no peito ao ver Fenton atravessar a porta com passos determinados, dirigindo-se à mesa preta. O burburinho de conversas diminuiu no mesmo instante.

Ele bateu com o cachimbo na mesa, embora a classe já tivesse mergulhado no silêncio.

— Boa noite — cumprimentou com expressão contrariada. — Bem, o sr. McLain tem sido irrepreensível em matéria de presença e pontualidade, até agora. Portanto, suponho que eu não deveria estar tão abalado. — Fez uma pausa. — O sr. McLain ficou retido, de maneira inevitável, em uma negociação esta noite, e não poderá comparecer para a aula de hoje. E, como não temos ninguém que possa substituí-lo, vocês podem ir para casa e estudar para os seus exames.

Com isso, ele se foi, desaparecendo no corredor.

Durante vários instantes, até que a classe tivesse certeza de que Fenton já se afastara o suficiente para não ouvir a algazarra, todos permaneceram em seus lugares, reunindo cadernos e papéis, em silêncio. Então, como se fossem um coro, soltaram um grito de alegria e trocaram amigáveis tapinhas nos ombros e nas costas. Sentiam-se felizes pela perspectiva de não se embaraçarem diante de uma pergunta difícil ou de um pedido para conduzir uma discussão sobre algum aspecto árduo das finanças do mercado imobiliário. Estavam todos muito excitados. Todos, exceto Rachel. Enquanto a classe comemorava ao seu redor, ela permaneceu imóvel.

— Obrigado, Rachel — Hammonds agradeceu, devolvendo-lhe o caderno. — Não vou precisar disso hoje, afinal de contas. Graças a Deus!

Ele se levantou, apanhou seu material e se foi, assim como os outros alunos.

Rachel continuou sentada em seu lugar, até que todos houvessem deixado a sala. Só então, com gestos lentos, começou a guardar seu material. De repente, lamentou ter ignorado o que só podiam ter sido ligações de Mace.

— E então? Como vai o seu amigo, Roger Hamilton? — Webster perguntou, sentando atrás da mesa grande e antiga de seu escritório, fitando Mace por debaixo das sobrancelhas escuras.

— Machista como sempre, eu imagino — Leeny interferiu, quando se deixava envolver pelas macias almofadas do sofá confortável da sala de Webster. — Embora tenha sido a primeira vez que vi o sujeito, não acredito que ele tenha desenvolvido aquela total falta de respeito para com as mulheres, desde a última vez em que você o viu.

Lançou um olhar para Mace e, então, fechou os olhos enquanto pronunciava as palavras. Não queria ter voltado à Walker Pryce, depois da excursão a Washington. Queria ter ido diretamente para a cama, em sua casa, logo após a viagem de volta. Infelizmente, Webster havia deixado um recado para eles, com a secretária de Hamilton, instruindo-os a se dirigir à Walker Pryce, assim que seu avião pousasse em La Guardia.

— Roger é, simplesmente, assim. Não é tão mau.

— Não é tão mau? — Leeny tornou-se subitamente agitada. — Ele considera um absurdo o fato de as mulheres terem o direito de votar! É um homem de Neanderthal!

— Está exagerando — Mace replicou com um sorriso.

— É um patife — ela persistiu com frieza.

— Já chega — Webster sussurrou com autoridade.

Não estava se divertindo com a conversa inútil dos dois.

Mace lançou um olhar curioso para Leeny. Nunca antes ouvira aquele tom gelado na voz dela.

— Qual foi a reação do sr. Hamilton ao Broadway Ventures? — Webster perguntou.

Mace sentou-se em uma poltrona, ao lado do sofá.

— Primeiro, Roger ficou irritado porque eu disse a ele que o mercado imobiliário sofrerá uma crise. Uma má notícia para alguém a quem vendemos títulos imobiliários no valor de vários bilhões de dólares, nos últimos dois anos. Então, ele disse que não se importa, porque não acredita em nossa idéia. Não acredita que o mercado imobiliário sofrerá grandes correções.

Leeny reconheceu a frustração crescente na voz de Mace. Ele havia expressado tal sentimento para ela, várias vezes, ao longo das últimas semanas, cada vez que eram tratados com arrogância e atitudes esnobes.

Webster ignorou o tom cínico de Mace.

— Informou-o dos preços que o Broadway Ventures pagaria pelos títulos dele? Relatou os preços que eu lhe disse para oferecer?

Mace não respondeu de pronto.

— Ele fez isso? — Webster insistiu, virando-se para Leeny.

Mace fitou-o, boquiaberto. Webster parecia ter enlouquecido. Mace fora o responsável por cinqüenta milhões de dólares em honorários e comissões para a Walker Pryce, no ano anterior, e lá estava Lewis Webster, o sócio sênior, investigando-o com Leeny, que trabalhava na empresa havia poucas semanas. Que tipo de lealdade era aquela? Que tipo de confiança?

— Lewis, eu...

— Ele relatou os preços a Hamilton? — Webster repetiu, fitando Leeny com olhar penetrante.

Ah, como ela desprezava Webster, e tudo o que dizia respeito a ele.

— Sim. Mace informou os preços a Hamilton.

Mace virou-se para Leeny. Ela poderia ter contado a verdade a Webster e, possivelmente, passado a administrar o fundo sozinha, dali por diante. No entanto, preferira protegê-lo. Mentira. Ele voltou a encarar Webster.

— Lewis, você precisa ser mais realista em termos dc preços. Os valores que você está estabelecendo para as propriedades estão baixos demais. E ainda nem discutimos os valores das ações que os dois associados calcularam. Todas as ações que eles recomendaram por estarem subavaliadas, você rejeitou. O que está acontecendo, afinal? — Mace levantou-se e passou a mão pelos cabelos. Não podia mais se controlar. — Se não acha que as ações recomendadas pelos analistas estão subavaliadas, deve pensar que estão supervalorizadas. Certo? — Estava, deliberadamente, encurralando Webster.

O homem mais velho mudou de posição na cadeira, visivelmente constrangido, mas não respondeu. Sabia aonde Mace chegaria com aquela argumentação, e não queria chegar lá.

— Se acha que as ações estão supervalorizadas, vamos resolver isso. Vamos comprar opções de vendas, ou vender resgates antecipados — Mace prosseguiu, aproximando-se de Webster.

— Não.

Webster levantou-se devagar e apoiou-se na mesa, plantando as duas mãos sobre o tampo de madeira. Subitamente, lamentou ter envolvido aquele brilhante e jovem agente de investimentos no fundo... mesmo que Mace já houvesse aberto muitas portas para Leeny, que nem ela nem Webster teriam sequer sabido a respeito, não fosse por ele.

De repente, Mace arrependeu-se sinceramente de não ter seguido sua reação instintiva com relação àquele projeto, quando Webster o apresentara pela primeira vez. Finalmente, virou-se e dirigiu-se para a porta.

Leeny levantou-se para segui-lo, mas o olhar de Webster a impediu. A porta bateu com estrondo atrás de Mace, quando ele saiu para o corredor.

— Aonde você pretendia ir? — Webster inquiriu, profundamente irritado com o fato de a primeira reação dela ter sido a de seguir Mace.

Leeny empinou o queixo.

— Para casa, Lewis. Só quero ir para casa. — Deu a volta na mesa, como Mace fizera momentos antes. — Ontem à noite, eu fiz o que você e aquele monstro de Washington pediram para fazer. — Sua respiração tornou-se ofegante. — Fiz tudo o que me foi pedido. — O nó voltava a se formar em sua garganta. — E tudo o que quero fazer agora é voltar para a minha casa e dormir. E rezar para não ter pesadelos sobre o que aconteceu, ontem à noite.

Com isso, virou-se e encaminhou-se para a porta.

— Pare, exatamente onde está! — ele ordenou em um sussurro ameaçador.

Leeny queria continuar andando, não queria parar. Queria sair pela porta do escritório de Webster, e nunca mais voltar. Webster poderia mandar matá-la quando quisesse. Ela não tinha a menor dúvida disso, agora.

— Ele realmente apresentou você a vinte e cinco investidores?

Leeny assentiu. Percebeu, pela voz de Webster, que ele se aproximava.

— E você tem a lista completa das ações recomendadas pelos analistas? E as ações que constam daquela lista que Mace considera a melhor?

— Não. Essa lista está com ele.

Webster postou-se diretamente atrás dela, examinando os longos cabelos dourados que cascateavam pelas costas de Leeny. Era bonita. Fazia tanto tempo que ele não dava a menor atenção às suas necessidades de homem. Era fácil imaginar o que havia por debaixo do vestido justo. Mas não queria mais imaginar, simplesmente. Queria saber.

— Mace McLain está muito próximo do final de sua utilidade. Você entende o que estou dizendo?

Leeny engoliu em seco. Então, iam mesmo matá-lo.

— Sim.

— É fundamental que você o vigie vinte e quatro horas por dia, agora. Não me importa como fará isso, mas terá de fazer. Do contrário, introduziremos outra pessoa na situação, alguém que seja capaz de fazer o trabalho corretamente. Estou sendo claro?

— Sim.

A voz de Leeny soou totalmente desprovida de emoção.

Webster inspirou profundamente.

De repente, Leeny sentiu as mãos dele em seus quadris. Virou-se para encará-lo.

— Nunca mais faça isso — sibilou. — Nunca se atreva a me tocar. Não me importa se vai me entregar às autoridades, por crime de fraude, ou se vai mandar me matar. Pode me manipular de todas as maneiras que quiser, menos fisicamente. Nunca permitirei que ponha as mãos em mim, Lewis Webster.

Webster recuou e, então, sorriu com expressão maligna, apontando um dedo para ela.

— Não se esqueça. Mantenha-o sob vigilância, o tempo todo.

Leeny fitou o velho durante um longo momento, antes de virar-se e sair da sala.

Um táxi aproximou-se lentamente de Mace. Ele observou, curioso, o carro parar diante dele. Não fizera nenhum sinal. Então, a janela traseira do passageiro abaixou. O rosto bonito de Leeny apareceu.

— Olá, forasteiro — ela falou com voz baixa e rouca. — Quer uma carona?

Mace sorriu. Estava frio na rua, e a verdade era que ele já não se sentia disposto a caminhar pelas ruas de Manhattan.

— Claro. — Abriu a porta e entrou no banco traseiro, sentando-se ao lado dela. — Fico contente que tenha aparecido, pois...

Leeny não deixou Mace terminar a frase. Ergueu a mão até pousá-la no rosto dele, colou o corpo delicado ao dele, e beijou-o nos lábios.

Mace aceitou o beijo. Estava errado. Não deveria ceder àquela tentação outra vez, mas não podia evitar. Deslizou a mão por entre os cabelos sedosos, e puxou-a para si. Leeny era deliciosa, e ele queria aquela intimidade. Sentia-se frustrado com Webster, e a única pessoa capaz de compreender tal sentimento era Leeny. O beijo arrastou-se por vários segundos, crescendo em paixão e ardor.

— Para onde? — o motorista perguntou em tom rude, como seria de se esperar de alguém nascido e criado no Brooklyn.

Mace tentou responder, mas Leeny não permitiu que ele descolasse os lábios dos dela.

— Ei, estou aqui para ganhar a vida! Quanto antes me disserem para onde querem ir, mais depressa poderão fazer o que querem!

O motorista estava irritado. Estava perdendo tempo e, por alguma razão, não o agradava o fato de a mulher estar se derretendo toda pelo sujeito que acabara de entrar em seu táxi.

Finalmente, Leeny afastou-se apenas um pouco, passando a língua pelos lábios. Eles refletiram o brilho das luzes de néon na noite de Manhattan, que atravessaram os vidros das janelas do automóvel.

— Talvez eu queira fazer dentro de um táxi — ela sussurrou no ouvido de Mace.

Ele sorriu. Leeny estava colocando todo o seu peso sobre ele e, mesmo assim, ele não sentia nada.

— Ei, para a casa de quem devemos ir? A dele, ou a dela? Decidam-se.

Àquela altura, o motorista já estava furioso.

Leeny roçou os lábios na orelha de Mace, antes de dizer:

— Vamos para o seu apartamento. O meu está uma bagunça.

Ele assentiu.

— Está bem.

— E então?

— Então, o quê?

— Qual é o seu endereço, bobinho?

Leeny sabia de cor o endereço de Mace, mas não poderia deixá-lo perceber isso. Mace poderia desconfiar se, de repente, ela o recitasse para o motorista.

— Ah, claro. — Mace havia se demorado a fornecer o endereço ao motorista, para ver se ela responderia, revelando um segredo. — Esquina da 82 com a Columbus.

— Pode deixar — o motorista resmungou, pisando no acelerador e fazendo o táxi disparar.

Leeny e Mace, praticamente, colaram no encosto do banco.

Mais uma vez, ela o beijou com ardor. Finalmente, afastou-se.

— Você gosta de mim, não gosta? — perguntou em um sussurro.

Mace fitou-a nos olhos.

— É claro que gosto.

Dez minutos depois, chegaram ao apartamento de Mace. Assim que ele se virou, depois de fechar a porta atrás de si, Leeny atirou-se em seus braços. Beijaram-se demoradamente no vestíbulo escuro. Então, Mace encostou-a na parede, deslizando os lábios por seu pescoço. Ela arqueou as costas, ao sentir as carícias ousadas contra sua pele delicada. Gemeu baixinho. Era muito bom.

— Por Deus, pare com isso! Vai deixar marcas no meu pescoço!

Apesar dos protestos, suas unhas cravaram-se no couro cabeludo de Mace, apertando-o contra si.

— Não — ele sussurrou. — Prometo deixar dólares.

— O quê? — Leeny afastou-se, ofegante.

— Nada. — Mace sorriu. — Apenas o velho humor dos investidores.

Ela voltou a colar o corpo ao dele.

— Você é um menino muito malvado. Sabe que eu te quero muito, não sabe?

— Talvez.

Mace preferiu não dizer a ela que o sentimento era mútuo.

Leeny beijou-o outra vez.

— Prepare uma bebida para mim, garoto malvado.

Mace estudou-a por um momento, considerando se deveria ou não atender o pedido. Queria possuí-la imediatamente, mas sabia que o álcool poderia pôr fim a quaisquer inibições.

— Está bem. O que quer beber?

— Uísque com água.

— Certo. Voltarei em um instante.

— Talvez eu não esteja totalmente vestida, quando voltar. Tudo bem?

Mace sorriu.

— Pode ficar inteiramente à vontade.

Beijaram-se mais uma vez. Então, ele se virou e encaminhou-se para a cozinha com cuidado, através do apartamento escuro.

Ao alcançar a porta da cozinha, pressionou o interruptor, banhando o espaço em luz. Foi até um pequeno armário ao lado da pia, apanhou uma garrafa de Chivas, e despejou o uísque em um copo alto. Acrescentou água. Abriu a geladeira e retirou uma cerveja para si. Apanhou o copo de uísque que havia deixado sobre o balcão, e voltou para a sala.

— Webster é um grande imbecil, você não... — Mace parou de falar no meio da frase.

Leeny estava deitada no sofá de couro, profundamente adormecida. Ele sacudiu a cabeça e riu baixinho. Claro. Ela estava exausta.

Levou as bebidas de volta à cozinha, foi até um armário no corredor, de onde retirou um cobertor de lã da prateleira mais alta, voltou à sala e cobriu Leeny. Ela respirava de maneira cadenciada, regular. Provavelmente, só acordaria na manhã seguinte.

Mace estendeu a mão para a bolsa que Leeny ainda segurava contra o peito, retirou-a das mãos dela com gentileza, e colocou-a sobre a mesa de centro, diante do sofá. Estava pesada. Riu consigo mesmo. Era como se ela carregasse pedras.

Cuidadosamente, usando as duas mãos, Mace retirou os óculos de Leeny. Virou-se e ergueu-os no ar, contra a luz que vinha da cozinha. Pareciam não ter qualquer grau de correção. Aparentemente, os óculos tinham efeito puramente cosmético. Ele sacudiu a cabeça e colocou-os no canto da mesa, perto da bolsa.

Talvez ele, simplesmente, não houvesse notado a curvatura das lentes, na semi-escuridão. Finalmente, ajeitou o cobertor em torno do corpo de Leeny, beijou-a na testa, e foi para o quarto.

Assim que ouviu a porta se fechar, Leeny abriu os olhos apenas um pouco, a fim de se certificar de que Mace havia, de fato, entrado no quarto. Quando teve certeza disso, levantou-se e apanhou sua bolsa. Inspecionou-a com todo cuidado. Deu graças a Deus por ele não ter aberto sua bolsa, pois teria visto a pequena pistola que ela carregava consigo.

Leeny deixou a bolsa no carpete e voltou a se deitar no sofá. Sentia-se exausta, mas não poderia dormir, ainda. Estava ali para cumprir uma missão, algo que não poderia começar a fazer, enquanto Mace não estivesse dormindo. Respirou profundamente. Ah, como odiava tudo aquilo!

20

Às nove horas em ponto, na manhã seguinte, Mace saiu do elevador, no segundo andar do edifício da Walker Pryce, o andar executivo. No final do corredor, situava-se a sala de Lewis Webster. Mace respirou fundo. Precisava falar com Webster sobre várias coisas, principalmente para saber se ainda tinha um emprego.

Caminhou pelo corredor largo, de pé-direito alto, com passadas rápidas, passando por debaixo dos lustres imponentes. O corredor era pontilhado pelos balcões das secretárias, equipados com a última palavra em tecnologia na área. Os balcões posicionavam-se diretamente em frente às enormes salas dos altos executivos, para que eles pudessem acessar rapidamente suas linhas de contato com o mundo externo, sempre que necessário. As mulheres que se sentavam àquelas mesas protegiam os executivos com ferocidade. Fazia anos que trabalhavam com seus respectivos superiores, e eram uma das chaves de seu sucesso.

Mace inclinava a cabeça em cumprimento para cada uma delas, à medida que passava pelos balcões. Todas eram bem conhecidas em toda a instituição, tanto quanto os homens para quem trabalhavam.

Geralmente, Mace gostava de ir ao segundo andar, onde as paredes pareciam emanar poder, fazendo-o lembrar da preeminência que a Walker Pryce desfrutava e do respeito que ela comandava no mundo do mercado financeiro. Lambris de cedro entalhado cobriam as paredes, impregnando o corredor com o agradável perfume da riqueza. Pinturas a óleo ornamentavam os lambris, e cada peça de mobília no corredor, incluindo as mesas das secretárias e os consoles onde repousavam computadores modernos e equipamentos de comunicação, era antiga. Em circunstâncias normais, Mace teria caminhado lentamente pelo espesso carpete cor de vinho, na direção da sala de Webster, refletindo sobre a história da venerável instituição, mas, naquele dia, ele estava muito preocupado.

— Bom dia, Mace — Walter Marston cumprimentou-o.

Estava parado atrás de sua assistente executiva, ditando uma carta. Uma de suas mãos segurava com firmeza uma tira dos suspensórios coloridos, enquanto a outra empunhava um charuto aceso. A fumaça perfumada mesclava-se ao aroma do cedro, tornando ainda mais intenso o clima de luxo e riqueza que imperava por ali.

— Bom dia, Walter.

Mace interrompeu sua missão por um instante, aproximando-se de Marston para apertar-lhe a mão. Não era má idéia, sempre que tivesse uma oportunidade, beijar o anel do homem que, provavelmente, substituiria Lewis Webster no cargo de sócio sênior, em algum ponto dos três anos seguintes. Marston era um homem que, com toda certeza, teria um papel muito importante na determinação de quando Mace se tornaria, ou não se tornaria, sócio da empresa. Mesmo Webster tendo lhe garantido previamente a sociedade, caso o Broadway Ventures obtivesse sucesso.

— Parece um tanto preocupado, esta manhã, meu jovem — Marston comentou, soltando uma baforada do charuto.

Mace exibiu um sorriso largo e relaxou ao soltar a mão de Marston. Nunca era recomendável mostrar-se agressivo demais, na Walker Pryce. Mace aprendera a lição em seus primeiros meses na empresa. Os profissionais da Walker Pryce deveriam ser capazes de manter a calma em qualquer situação, ser o que os sócios chamavam de "conservadoramente agressivos".

— Não, estou bem — Mace replicou em tom tranqüilo. — Estamos trabalhando duro no Broadway Ventures, tentando fazer o fundo decolar.

— Ah, sim, o fundo — Marston murmurou.

Mace percebeu uma expressão estranha tornar o semblante de Marston sombrio. Era como se o sócio considerasse a menção ao Broadway Ventures repugnante. Mas Webster havia deixado claro que Marston apoiava o fundo, naquele primeiro dia, em seu escritório.

– Como vai o fundo? – o mais velho perguntou, parecendo pouco à vontade.

Mace pensou ter detectado dúvidas na voz de Marston. Ora, ao que parecia, Webster havia forçado pelo menos aquele membro do comitê executivo a concordar com ele, talvez através de uma daquelas reuniões a portas fechadas de que Mace ouvira falar. Ele assentiu.

– Razoavelmente bem – respondeu com voz contida, usando um tom que deveria transmitir a Marston a mensagem de que ele também não estava convencido de que o Broadway Ventures fosse mesmo uma boa idéia.

Se o fundo fracassasse, Mace queria poder fazer sua carreira ressurgir das cinzas. Talvez, se Marston realmente tivesse dúvidas sobre o que estava se passando, e compreendesse que a participação de Mace no empreendimento não era totalmente voluntária, Marston o perdoaria depois de substituir Webster como sócio sênior. Talvez permitisse que Mace recomeçasse seu trabalho na área de assessoria da empresa. Se, por qualquer razão, o fundo fosse por água abaixo, Mace sabia que Webster seria massacrado pelos demais sócios, como um leão senil nas planícies africanas, e Marston tinha grandes chances de se tornar o novo rei.

– O que você quer dizer com "razoavelmente bem"? – Marston inquiriu, subitamente interessado.

– Bem, todo o dinheiro já foi levantado.

– Está brincando! – o mais velho exclamou em meio a uma baforada.

Mace sacudiu a cabeça.

– Há dois dias, o Chase se comprometeu a subscrever um empréstimo de um bilhão de dólares para o fundo, com prazo de cinco anos. O empréstimo se tornaria efetivo quando conseguíssemos reunir um bilhão de dólares em capital particular. Esta manhã, Leeny Hunt informou-me de que já conseguimos os trezentos milhões que faltavam. Planejamos fechar o negócio em definitivo esta tarde. Ainda hoje, o Broadway Ventures será completamente operacional e terá dois bilhões de dólares para investir.

Marston limitou-se a fitar Mace, sem dizer uma palavra. Ele jamais acreditara que Webster conseguiria levar aquele projeto adiante. Jamais acreditara que o Broadway Ventures levantaria tanto dinheiro, tão depressa. Tal ocorrência desafiava qualquer explicação lógica. Soltou a tira dos suspensórios que segurava na mão esquerda e esfregou os olhos. Webster era um grande negociador. Um sujeito desprezível, mas bom no que fazia. Sentiu-se forçado a admitir isso.

— Então, agora temos dois bilhões de dólares para investir — Mace repetiu, baixando a voz antes de continuar. Naquele andar do edifício, as paredes tinham ouvidos. — E nenhum lugar onde possamos colocar todo esse dinheiro.

Marston assentiu. Aquele era o X da questão. O pequeno problema que poderia derrubar Webster, caso o sócio sênior estivesse errado em sua previsão sobre correções no mercado. Ainda assim, ele não imaginara que o projeto chegaria sequer ao ponto onde estava, agora.

— Bom dia, sr. Marston.

O pesado sotaque italiano veio de detrás de Mace. Ele se virou para ver quem estava falando. Aproximando-se pelo corredor, vinha Vincenzo, o idoso engraxate que fizera uma carreira de trinta anos, engraxando os sapatos dos executivos da Walker Pryce.

— Bom dia, Vincenzo — Marston cumprimentou-o com alegria.

Mace voltou a encarar Marston.

O semblante de Marston recuperou a seriedade por um instante.

— Mantenha-me informado sobre os progressos do fundo — ele sussurrou.

Mace assentiu.

Os dois trocaram um rápido aperto de mão, antes que Marston se virasse e entrasse em sua sela, seguido por Vincenzo.

Mace sorriu para a secretária de Marston, antes de prosseguir pelo corredor, na direção da sala de Webster. Aquele encontro fora bom, ele pensou. Marston havia compreendido a sua situação. O que lhe garantiria um salva-vidas, caso o fundo desse errado. No entanto, Mace teria de ser muito cuidadoso com o que dissesse a Marston. Webster ficaria furioso se soubesse que ele estava fornecendo informações sobre o Broadway Ventures a Marston. E Webster ainda era o sócio sênior.

Mace passou pela sala escura de Graham Polk. Polk passava a maior parte do tempo no agitado décimo sétimo andar, onde funcionava o departamento comercial da Walker Pryce. E fazia sentido. Polk tinha de estar perto da ação, a fim de tomar decisões rápidas. Porém, passar tanto tempo no departamento comercial significava que ele dedicava pouco tempo à sua vida política. E, para os executivos daquele nível, maquinações políticas eram tão importantes quanto ganhar dinheiro para a empresa.

Finalmente, Mace alcançou a estação de trabalho de Sarah Clements.

— Bom dia, Sarah.

Sarah ergueu os olhos de seu computador, e seu rosto iluminou-se em um grande sorriso. Ela gostava de Mace. Ao contrário de muitos outros jovens que trabalhavam na empresa, ele era sempre simpático e agradável.

— Bom dia, Mace.

Mace passou vários minutos conversando sobre amenidades, fazendo perguntas sobre os filhos de Sarah, que já eram quase adultos, agora. Finalmente, lançou um olhar para a porta fechada da sala de Webster.

— Ele está aí? — perguntou, apontando para a porta.

Sarah sacudiu a cabeça.

— Não, ele foi passar o dia em Washington. Recebeu um telefonema inesperado, ontem à noite. — Sarah fez uma pausa. — Você deveria ter me telefonado antes de descer. Teria poupado sua vinda até aqui.

Mace sorriu.

— Ah, está tudo bem. Eu tinha de ir à rua, de qualquer maneira, para resolver um assunto particular.

Era uma desculpa. Mace não tinha nenhum assunto particular a resolver. Quando precisava falar com Webster, ele nunca telefonava antes. Como rezava a norma para os procedimentos das secretárias, Sarah informava a todas as pessoas que ligavam que Webster estava ocupado e retornaria a ligação mais tarde. A menos que Webster orientasse Sarah a aceitar a ligação de um indivíduo específico, ela se livrava de todos da mesma maneira. E poderia demorar horas, ou até mesmo dias, para que Webster retornasse a ligação, dependendo de quem houvesse ligado.

— Ele deverá estar de volta amanhã.

— Washington — Mace murmurou, pensativo.

Sarah assentiu.

— É capaz de guardar segredo? — perguntou em voz baixa, inclinando-se para a frente.

Mace lançou-lhe um olhar de cãozinho de estimação magoado.

— É claro que sou.

— Bem, não vai acreditar com quem ele ia se encontrar.

Mace riu.

— Com o presidente — zombou.

Sarah sacudiu a cabeça com ar solene.

— Não. Com o vice-presidente.

O sorriso desapareceu do rosto de Mace. Sarah estava mesmo falando sério. Era fácil verificar isso nos olhos dela. O vice-presidente?

Rachel curvou-se a fim de se proteger do vento gelado que varria as ruas. Apertava o pacote que chegara de Pittsburgh com força de encontro ao peito. Dentro do envelope azul e laranja estavam as informações de Bradley Downes sobre a Stillman Company, informações que ela havia esperado com ansiedade durante vários dias. Ele poderia, simplesmente, ter ignorado o seu interrogatório sobre Leeny e não ter se dado ao trabalho de telefonar para o seu contato na LeClair e Foster. Mas não fora assim. Bradley cumprira sua promessa. Agora, cada nervo do corpo de Rachel parecia em chamas.

Ela havia telefonado para Bradley na véspera, e ele a informara de que acabara de enviar as informações pelo serviço de correio noturno. Disse que não conversaria sobre o conteúdo do envelope por telefone, mas fez com que ela prometesse várias vezes que jamais o identificaria como sendo a sua fonte. A única exceção fora que ele concordara em confirmar para Mace, e somente para Mace, que a família Stillman havia investido apenas dez milhões de dólares no Broadway Ventures, não as centenas de milhões que Leeny alegava ter conseguido.

Rachel deixou a calçada, seguindo na direção da entrada do edifício de apartamentos onde morava. Ao fazê-lo, parou e espiou por cima do ombro. Lá estava ele de novo, o homem forte de cabelos loiros e longos. Desta vez, estava do outro lado da rua, caminhando na direção oposta a ela. Era a terceira vez que Rachel o via: na véspera, na rua; minutos antes, na agência do correio; e, finalmente, agora. Continuou observando o homem que se afastava. Era o mesmo homem. Tinha quase certeza disso.

Outra rajada de vento varreu a rua, quase arrancando o envelope de suas mãos. Rachel afastou os cabelos dos olhos e correu para a porta de entrada do edifício. Sorriu para o segurança de uniforme azul, ao atravessar a segunda porta. Ele retribuiu o sorriso. Rachel apertou o envelope com força ainda maior, mesmo já estando a salvo do vento lá fora. Mal podia esperar para abri-lo.

Antes mesmo que a porta do velho elevador se fechasse totalmente, ela já havia rasgado uma das extremidades do envelope e retirado o conteúdo. Seus olhos passaram rapidamente pelas páginas escritas à mão, e pelas datilografadas. O elevador subiu lentamente para o quarto andar. A respiração de Rachel tornou-se ofegante e seus olhos se arregalaram, à medida que ela lia rapidamente as informações. Era incrível!

O elevador parou no terceiro andar, e a porta começou a se abrir. Em um gesto instintivo, ela devolveu os papéis para dentro do envelope. Ninguém deveria ver aquilo.

Um cavalheiro idoso, empunhando um buquê de flores semimurchas, entrou no elevador. Sorriu com timidez para Rachel, que retribuiu o sorriso. Ela o viu apertar o botão no painel, e soube que ele se dirigia ao último andar, onde moravam todas as solteironas.

Por um momento, distraiu-se especulando que mulher ele estaria cortejando. Sua mente, porém, não se demorou naquela distração. Ela logo voltou a baixar os olhos para o envelope em suas mãos. Precisava falar com Mace imediatamente. Ele tinha de ver aqueles papéis.

Mace abriu a porta de seu apartamento e entrou. Atirou o casaco e o paletó no sofá e foi direto para a cozinha. Queria aquela garrafa de cerveja gelada que quase consumira na noite anterior, com Leeny. Pensando melhor, não só queria aquela garrafa de cerveja, mas precisava dela. Fora um dia longo.

Mace apanhou a garrafa na geladeira, retirou a tampa e bebeu um longo gole, sentindo-se instantaneamente satisfeito. Quando, finalmente, afastou a garrafa escura dos lábios, limpou-os com as costas da mão. Foi então que notou o copo na pia, o qual ele havia usado para misturar uísque e água para Leeny, na véspera. Bebeu mais um gole de cerveja. Ela ainda dormia no sofá, quando ele saíra do quarto naquela manhã, às seis horas, para preparar o café. Aliás, ela estava deitada na mesma posição em que ele a havia deixado, depois de cobri-la. Mas, quando ele saíra do quarto pela segunda vez, depois do banho, ela se fora.

Vários outros goles de cerveja passaram por sua garganta. A garrafa já estava quase vazia. Leeny havia telefonado para o seu escritório na Walker Pryce, às onze horas daquela manhã, informando-o de que todo o capital particular para o Broadway Ventures fora levantado, o total de um bilhão de dólares. O dinheiro começaria a ser depositado na conta do Chase no dia seguinte. Também dissera que não estaria em seu escritório até depois do almoço. Não oferecera qualquer explicação para o seu grande atraso para o trabalho, nem para a partida abrupta do apartamento dele, de manhã. Leeny parecera distante ao telefone, e continuava assim, quando finalmente chegara ao escritório, por volta de três horas da tarde. Era uma mulher estranha, como ele começava a perceber.

A garrafa de cerveja vazia caiu com um ruído alto na lata de lixo ao lado da raramente usada lava-louça. Sem perder tempo, Mace abriu a geladeira outra vez, apanhou outra cerveja, e caminhou pelo apartamento, até o segundo quarto, que ele usava como escritório. Queria verificar seus e-mails, para saber se a Walker Pryce havia lhe enviado algo, uma vez que ele saíra de lá quarenta e cinco minutos antes.

Mace acomodou-se confortavelmente na elegante poltrona adornada com a insígnia da Universidade de Iowa, diante de seu computador. Bebeu mais um gole de cerveja e, então, ligou o computador. Enquanto o equipamento tomava vida, ele olhava fixamente para o monitor. O programa antivírus iluminou a tela. Finalmente, Mace inclinou-se para a frente, quando os números familiares surgiram no final do ciclo. De repente, quando ele se preparava para digitar uma seqüência, o computador começou a apitar. Mace recuou impulsivamente, enquanto o alarme continuou a soar por dez segundos. Lentamente, seus lábios se entreabriram, e ele foi assimilando a surpresa. Alguém havia ligado o seu computador e acessado seus arquivos sem sua permissão. O alarme significava que alguém havia utilizado o computador sem utilizar a senha. O computador podia ser usado normalmente sem o uso da senha, mas Mace havia instalado o aviso por diversão. O vendedor comentara que o sistema de alarme vinha juntamente com o programa que ele havia comprado e, então, por que não usá-lo?

Finalmente, o alarme parou de tocar, mas Mace não se moveu. Alguém havia acessado os seus arquivos. E, para ele, era óbvio quem era esse alguém. Somente uma pessoa poderia ter feito aquilo. Em algum momento, durante aquela noite, Leeny havia se levantado do sofá e, sistematicamente, examinado todos os arquivos que ele armazenara no disco rígido, e talvez os que ele havia gravado nos disquetes alinhados na pequena caixa ao lado da unidade de processamento, também. Mas, por quê?

21

ESTAR ALI IA CONTRA todo o seu treinamento. Especialmente diante de tudo aquilo que ele fora ensinado a valorizar, como lealdade ao seu comandante, obediência às ordens, e honra. Mas ele também fora treinado para compreender que talvez chegasse um dia em que ele teria de ignorar tudo aquilo e agir por conta própria. Sua experiência lhe dizia que essa era uma de tais situações. Slade Connor introduziu a minúscula chave mestra na fechadura da porta do escritório de James Franklin, sócio da conceituada firma de contabilidade financeira, Neel, Layer & Thoss, situada em Detroit. Após alguns instantes, o trinco cedeu com um ruído leve. Slade olhou para um lado e para outro, mas não havia necessidade de cautela, pois o lugar encontrava-se escuro e deserto. Ele sorriu. Se estivesse em Nova York ou Los Angeles, as luzes estariam acesas para os associados que não deixavam o trabalho antes de duas ou três horas da madrugada. E ele não teria conseguido entrar com tamanha facilidade. Mas aquele era o Meio-Oeste, onde as pessoas valorizavam coisas como passar o tempo na companhia de suas famílias. Tais valores familiares tornavam a espionagem corporativa muito menos excitante.

Slade entrou no escritório, fechou a porta, retirou uma lanterna do bolso da jaqueta, acendeu-a e fez um reconhecimento da sala. Era mobiliada com simplicidade e praticidade, com móveis de metal e madeira compensada. Havia pilhas de papéis em todos os lugares: sobre a mesa, nos consoles e nas diversas mesas nos cantos da sala, e até mesmo no chão. Ora, aquilo mais parecia uma gráfica! Era óbvio que o prazo para declaração de Imposto de Renda se aproximava, Slade pensou.

Havia um único lugar no escritório que parecia não combinar com o caos que o cercava: o centro da mesa de Franklin. Slade focalizou o facho da lanterna naquele ponto, do outro lado da sala. Lá, tudo parecia estar em perfeita ordem. Cada coisa tinha o seu lugar. Até mesmo o envelope que jazia no centro exato do espaço, suas linhas exatamente paralelas às da mesa retangular.

Slade foi até a mesa e examinou o envelope sob a luz da lanterna. Estava em branco, mas era claramente endereçado a ele. Fora deixado naquele espaço aberto, para que ele o encontrasse com facilidade, exatamente como o seu contato escrevera que seria.

A pessoa que lhe enviara a primeira carta anônima voltara a fazer contato através de uma segunda carta, na qual citava passagens da primeira, a fim de provar ser mesmo o autor de ambas. Quem quer que houvesse escrito a carta sabia, ou tivera muita sorte em sua suposição de que Slade iria até lá, aos escritórios da Neel, Layer & Thoss, à procura de informações sobre a Andrews Industries. A carta era muito específica sobre como entrar no edifício clandestinamente, sobre como ter acesso aos escritórios da Neel Layer, e em qual sala da firma de contabilidade os relatórios financeiros da Andrews Industries estariam esperando. A carta também incluía códigos, localização de câmeras e os horários exatos das rondas de vigilância no edifício.

No início, Slade se convencera de que a carta fora enviada com a finalidade de atraí-lo para uma armadilha. Tivera certeza de que a polícia local, ou até mesmo a federal, estaria de tocaia no edifício, para prendê-lo assim que ele passasse pela porta. Talvez um membro da equipe de Preston Andrews havia enviado a carta, a fim de ligar o nome de Malcolm Becker a um escândalo semelhante a Watergate, e tirar Becker da disputa eleitoral. No entanto, depois de realizar o seu reconhecimento da área, observando os guardas e testando as combinações durante o horário normal de expediente, quando não levantaria suspeitas, dera-se conta de que a finalidade da carta era mesmo ajudá-lo a entrar. Se alguém estivesse tentando apanhá-lo em uma armadilha, ao menos uma parte da informação seria falsa. Um número, ou talvez uma palavra, teria sido deliberadamente escrito de maneira incorreta, para atrapalhá-lo, criando um obstáculo temporário que, no final, seria o principal motivo de seu fracasso. Todas as informações, porém, eram corretas e precisas.

Mesmo então, Slade continuou desconfiado de que as autoridades estariam à sua espera, lá dentro. Exceto por um outro detalhe. A carta explicava que, dentro do envelope sobre a mesa de Franklin, estaria o último relatório financeiro anual da Andrews Industries, documentos altamente confidenciais que exibiam a situação financeira da grande empresa da família, mas que esse relatório não era correto. A carta explicava que os números haviam sido fraudados, a fim de mostrar que a Andrews Industries estava em condição financeira excelente e estável. Mas a verdade era exatamente o oposto. A companhia estava, na verdade, enfrentando sérios problemas, mas Malcolm Becker não deveria ter certeza disso. Ele deveria ler o relatório falso e acreditar que a Andrews Industries tinha seus cofres recheados de dinheiro, que Preston Andrews poderia usar para patrocinar sua campanha eleitoral. Ora, aquilo seria demais para uma carta que pretendia apenas servir de isca.

Slade retirou o relatório financeiro impecavelmente dobrado de dentro do envelope e examinou-o rapidamente. Embora não fosse um especialista em finanças, sabia o suficiente para entender que a empresa cujas contas estavam relatadas ali ia muito bem. E era um relatório completo, incluindo a opinião não qualificada do sócio. Slade voltou a guardar o relatório no envelope.

Então, apagou a lanterna e enfiou o envelope debaixo do braço, junto do outro, contendo os verdadeiros relatórios financeiros, que ele havia encontrado dez minutos antes, em uma outra sala, naquele mesmo corredor. Os verdadeiros não haviam sido tão fáceis de encontrar, mas o autor das cartas parecia saber, também, que ele procuraria pelo relatório real.

Slade sacudiu a cabeça. O Homem Rato. Tinha de ser ele. Provavelmente, Ferris dera-se conta de que, se fosse eleito presidente, Becker o deixaria para trás, mesmo sendo seu amigo há tantos anos. Ferris, simplesmente, não tinha a estampa necessária para dar o salto sobre o rio Potomac, na direção da Casa Branca, com Becker. E essa era a tentativa do Homem Rato de manter a sua posição na vida. Ao torpedear Becker com as acusações da primeira carta e, agora, entregando aquele relatório falso, feito para confundi-lo, Ferris realmente esperava manter o chefe longe da Casa Branca. Simplesmente, porque ele acreditava que a Casa Branca para Becker significava o fim da linha para ele. Era a única explicação possível. Ao menos, era a melhor explicação que Slade conseguia encontrar para tudo aquilo.

Vargus estremeceu, sentado no carro frio. Observava a criança brincar alegremente na neve. O jardim era iluminado pela lâmpada acesa acima do primeiro degrau. Ele voltou a estremecer, involuntariamente. A América era fria demais. Fosse nas florestas do oeste da Virgínia, ou num bairro da zona urbana, no nordeste, o clima era frio demais. Pelo menos, em fevereiro. Ah, como ele sonhava com o calor do Caribe! Mas não demoraria muito mais, pensou. E ele teria todo aquele dinheiro para fazer o que quisesse, para tornar o paraíso ainda melhor.

O homem moreno estendeu a mão para a caneca de café fumegante no banco do passageiro ao seu lado. Levou-a aos lábios, saboreando o seu calor. O líquido quente passou por sua língua e garganta. Era saboroso e parecia aquecer seu corpo inteiro. Não poderia ligar o motor do carro, pois alguém poderia desconfiar. Alguém poderia perceber a fumaça que emanava pelo cano de escapamento, e sair de sua casa para investigar. Se isso acontecesse, ele teria de fugir.

Vargus pouco se importava se alguém anotasse a placa do automóvel. Era um carro roubado, e o proprietário morrera recentemente. Portanto, não havia motivo de preocupação sobre um cidadão atento anotar os seis números da placa e reportá-los à polícia. Quando a polícia encontrasse o carro, ou o proprietário morto, ele estaria muito longe dali. Mas se, de alguma maneira, alguém conseguisse ver o seu rosto, a situação seria inteiramente diferente. Isso poderia exigir um outro passeio pela vizinhança, com um novo propósito.

Um par de faróis apareceu no espelho retrovisor. Vargus deitou-se no banco do passageiro, até ter certeza de que o outro carro havia passado por ele. Então, voltou a se sentar. O garoto ainda brincava no jardim.

Vargus consultou o relógio de cristal líquido iluminado. Eram quase oito horas. Oito horas da noite. A escuridão era total. E o garoto estava no jardim, construindo um boneco de neve. Sozinho. Os pais não eram cuidadosos com seu filho. Isso era bom. Evidentemente, eles não tinham motivo para ser cuidadosos. Viviam em uma rua calma, de um sossegado bairro de classe média. Vargus sorriu. Dentro de poucos dias, as pessoas voltariam a ser cuidadosas. As crianças não poderiam mais brincar no jardim, depois do anoitecer. E nunca mais brincariam sem a supervisão de seus pais.

De repente, a porta da pequena casa de tijolos aparentes se abriu. A mulher apareceu, os braços cruzados sobre o casaco de lã grossa, chamando o filho de oito anos. Mesmo daquela distância, Vargus pôde ver a nuvem que se formava diante dos lábios dela, quando ela falava, e se dissipava lentamente no halo de luz que emanava da lâmpada acesa acima de sua cabeça. Sua visão era excelente, ele pensou. Aliás, todos os seus sentidos eram excelentes. E Vargus os utilizava em todo o seu potencial.

O menino não atendeu imediatamente ao chamado da mãe, preferindo esconder-se atrás do boneco de neve. A mãe bateu o pé no chão várias vezes. Mesmo assim, o garoto não obedeceu. Finalmente, a mulher voltou para dentro da casa, fechando a porta atrás de si. O menino continuou escondido atrás do boneco de neve por mais alguns instantes, calculando que a mãe abriria a porta e o chamaria de novo. Mas, então, a lâmpada sobre o degrau de cimento se apagou, e poucos segundos depois o garoto esmurrava a porta. Após alguns instantes, a porta se abriu, e ele desapareceu dentro da casa.

Vargus voltou a sorrir. Ela pensava estar ensinando uma lição ao filho, quando na verdade estava selando o destino dele.

22

Impressa em uma única folha de papel, em letras maiúsculas e em negrito, estava a lista dos investidores do mercado imobiliário, que ele e Leeny haviam visitado até então. Ali estavam os nomes específicos de jogadores do mundo financeiro, divididos nas categorias de capital privado e renda fixa, que ele havia selecionado como sendo as melhores perspectivas para o fundo. Mace apanhou a folha de papel de cima de sua mesa. Não era, de maneira alguma, uma lista completa de seus contatos no mundo imobiliário, mas no que dizia respeito a investidores de capital privado, a lista continha os nomes dos mais ricos e mais sofisticados. Aqueles eram indivíduos e instituições que investiam rios de dinheiro, e investiam com agressividade, pressionando a alavancagem financeira até o limite, de maneira que seu retorno fosse o mais alto possível, fazendo com que as propriedades oscilassem constantemente, e perigosamente, nas raias da insolvência.

Mace amaldiçoou a si mesmo. Não deveria ter sido tão idiota. Não deveria ter sido tão generoso com o seu Rolodex. Agora, Leeny fora apresentada em pessoa a cada um deles. Portanto, tinha acesso direto a eles. E, se ela quisesse passar por cima de Mace, poderia fazê-lo. O toque do telefone distraiu Mace de seus pensamentos sombrios. Ele olhou para o mostrador do aparelho e verificou que a chamada vinha do balcão da recepcionista.

— Pois não, Anna.

— Sr. McLain, uma pessoa espera pelo senhor aqui, na recepção.

Mace passou a mão pelo rosto. Não estava esperando ninguém.

— Quem é?

A voz de Anna baixou para um sussurro.

— Ela não quis dar o nome.

Mace hesitou.

— Está bem. Estarei aí em um instante.

Ele desligou o telefone, reclinou-se na cadeira e gemeu baixinho. Era, provavelmente, um mensageiro, trazendo algum tipo de documento legal, e que havia recebido ordens expressas de só entregar a encomenda a Mace, e a mais ninguém. Era comum as pessoas agirem assim, em se tratando de documentos legais. Levantou-se devagar e dirigiu-se à porta de sua sala. Ao chegar lá, quase colidiu com Leeny, prestes a entrar.

— Desculpe, Mace — ela murmurou, recuando alguns passos.

Por um momento, haviam se tocado.

— Tudo bem — ele replicou em um tom de voz bem menos amigável do que o costumeiro.

Leeny ergueu os olhos depressa, percebendo a diferença de tom, e desviando-os rapidamente.

Mace cruzou os braços sobre o peito largo. Eram onze horas, e a primeira vez que a via naquela manhã, a primeira vez que a via, desde a descoberta de que, durante a noite que ela havia passado em seu sofá, Leeny examinara todos os arquivos de computador que ele possuía e, provavelmente, tudo o que havia sobre a mesa de seu escritório particular, também. Mace não disse nada, esperando que ela iniciasse a conversa.

— Está tudo bem? — Leeny perguntou com ar inocente.

Vestia saia preta curta, blusa vinho muito justa e sapatos de saltos mais altos que os habituais. Tratava-se de um traje que a maioria das mulheres sequer consideraria usar no trabalho, especialmente as que trabalhavam em Wall Street, Mace pensou. Leeny, porém, não só tinha a audácia necessária, como também o porte para não precisar se preocupar com esse tipo de detalhe.

— Mace, há algo errado?

Para quem não a conhecesse, ela parecia calma e tranqüila como sempre. Sua voz, por outro lado, geralmente macia e suave, traía uma incerteza atípica, algo que Mace não ouvira antes.

Ele sacudiu a cabeça, mas não disse nada.

Leeny mexeu, com gestos nervosos, no pequeno anel de ouro que usava no dedo indicador da mão direita, enquanto se mantinha parada diante dele. Era terrível ter a vida de um ser humano nas mãos, ela pensou, fazer o papel de Deus. De repente, ela se lembrou das muitas vezes em que fantasiara, quando criança, sobre ser Deus, sobre saber coisas que mais ninguém sabia, sobre infligir dor. Agora, dava-se conta de quanto seria terrível ser realmente Deus.

Lançou outro olhar para Mace, e voltou a desviar os olhos depressa. Não havia mais nada que ele pudesse fazer para ajudálos. Ele havia expirado sua utilidade. E não suspeitava de nada. Não havia a menor indicação de que ele tivesse a mais leve desconfiança do que estava, de fato, acontecendo, ou ainda mais importante, de que ele houvesse comunicado alguma suspeita a alguém. Nada fora encontrado no computador de sua sala, na Walker Pryce. Nada no computador em seu apartamento, ou na mesa de seu escritório, lá. Mace fora um bom soldado e, agora, pagaria por isso.

Com uma visita à sala de Webster, Leeny efetivamente poria fim à existência dele. Webster estava pressionando. Queria dar ao assassino o comando para matar Mace. Porque os homens no oeste da Virgínia estavam prontos. Porque o homem de Washington precisava desesperadamente do dinheiro. E porque, agora, Mace havia se tornado um grande risco, alguém que poderia facilmente dar-se conta do que estava mesmo acontecendo.

Finalmente, ela conseguiu encarar Mace. Ele tinha de morrer. Leeny soubera disso desde o início. Se fosse poupado, ele poderia juntar as peças do quebra-cabeça, e compreender todo o plano. Então, tudo desmoronaria sobre eles. Leeny não receberia os seus cinco milhões de dólares, e acabaria na prisão. Ora, então, o que havia de errado com ela? Fixou o olhar nos olhos cinzentos de Mace, de maneira profunda. Havia começado a gostar dele de verdade. Era simples assim. Ele a cobrira com o cobertor, no sofá de seu apartamento, e depositado um beijo terno em sua testa. Fazia tanto tempo que alguém havia mostrado a Leeny aquele tipo de compaixão.

Leeny desviou os olhos dos de Mace, e sacudiu a cabeça de leve. Seus conflitos tornaram-se, subitamente, profundos demais. Não era capaz de fazer as peças se encaixarem como deveriam, e sentiu que começava a tremer. Talvez fosse esse o significado que as pessoas davam ao termo "colapso nervoso". Talvez ela estivesse em meio a um, naquele exato momento, e nem se desse conta disso. Afinal, não se dera conta, da última vez.

— Você ia a algum lugar? — perguntou com um sorriso, tentando disfarçar seus sentimentos com uma demonstração de calma.

Ele apontou para a porta que separava os escritórios do saguão de recepção.

— Vou até a rua, para respirar um pouco de ar fresco. Preciso comprar algumas coisas na drogaria.

Por alguma razão que nem ele saberia explicar, Mace não queria contar a Leeny sobre a pessoa que o esperava.

— Qual das duas?

— Do que está falando?

— Vai respirar ar fresco, ou fazer compras na drogaria?

Mace não respondeu de pronto. Ela era mesmo uma mulher inteligente.

— As duas coisas.

— E pretendia sair em mangas de camisa? Onde está o seu paletó? O termômetro está marcando dois graus, lá fora.

— Sou de Minnesota, Leeny. Quando a temperatura chega a dois graus, em Minneapolis, sabemos que o verão está chegando. A dois graus, os homens começam a pensar em seus tacos de golfe, e as mulheres, nos garotos da piscina.

Leeny riu.

— Certo. Bem, importa-se se eu lhe fizer companhia? Preciso conversar com você por alguns minutos.

— Isso soou ameaçador.

— Não, não. Nada sério. Só quero lhe fazer algumas perguntas sobre alguns dos investidores. — Ela respirou fundo. Ah, se ele soubesse quanto sua situação estava ameaçada! Talvez devesse contar tudo a ele. Assim, Mace poderia se salvar. Tal pensamento dissipou-se rapidamente, quando ela passou a pensar em si mesma. Salve-se, Leeny. Ninguém mais o fará. — Não vai demorar.

Mace assentiu.

— Está bem.

Leeny começou a se afastar, na direção da própria sala.

— Deixe-me apenas apanhar o meu casaco. Sinto mais frio que você. Voltarei em um minuto — informou por cima do ombro.

— Está bem. Estarei à sua espera, na recepção.

Mace caminhou rapidamente na direção da porta e saiu. Então, parou abruptamente, quando seus olhos pousaram em Rachel, sentada em uma cadeira próxima ao balcão de recepção, lendo uma revista.

Por um momento, Rachel continuou a ler, mas de repente deu-se conta da presença de Mace. Deixou a revista na mesa de vidro em frente à cadeira e correu para ele, parando a poucos centímetros de distância.

— Olá — cumprimentou-o com grande entusiasmo, visivelmente satisfeita por vê-lo.

— Olá.

A porta que levava aos escritórios fechou-se com um leve estalo, atrás de Mace.

Rachel espiou a recepcionista, que parecia totalmente concentrada em suas palavras cruzadas.

— Senti sua falta — sussurrou.

— Pensei que não quisesse me ver nunca mais. Você me abandonou, simplesmente, naquela noite, no restaurante. Eu diria que foi uma atitude um tanto estranha da parte de alguém que sente falta do outro. Concorda comigo, srta. Sommers? — Mace falou em tom deliberadamente formal.

— Você não me deixou terminar. O que eu ia dizer era que senti sua falta na última aula — ela corrigiu com um sorriso maroto.

Uma expressão de mágoa tomou conta do rosto de Mace.

— Estou tentando me desculpar, Mace.

Ele começou a rir.

— Eu sei. Estou apenas me divertindo. Aliás, é melhor você se tornar mais durona, antes de vir trabalhar na Walker Pryce.

No mesmo instante, Rachel esmurrou-lhe o braço.

— Ai! — Mace gemeu, agarrando o braço onde ela o atingira.

A recepcionista ergueu os olhos por um instante e, em seguida, voltou às palavras cruzadas.

Mace baixou a voz.

— Doeu! — queixou-se, mas deixou claro que estava mesmo se divertindo.

— Você não passa de um bebê chorão — Rachel retrucou em tom severo, apesar do sorriso luminoso que curvava seus lábios.

Fazia apenas alguns dias que Mace não a via, mas sentia-se como se não desfrutasse do prazer daquele sorriso havia uma eternidade. De repente, deu-se conta de quanta falta sentira de Rachel.

— Que diabos está fazendo aqui? — perguntou, parando de esfregar o braço e exibindo um sorriso largo. — Não conseguiu esperar até hoje à noite, para me ver?

Rachel revirou os olhos, em vez de responder.

— Não pense que vai me enganar — ele persistiu. — Não pôde esperar, pôde?

— Você é demais! — A expressão dela tornou-se séria. — Preciso conversar com você — disse, fazendo um gesto na direção do envelope que carregava na mão direita.

— Pode falar. Só não me bata de novo.

Rachel sacudiu a cabeça com ar solene.

— Não quero falar aqui.

— Então, deve ser sério. Meu Deus, de repente, todos têm algo sério para discutir comigo!

Ela o fitou com expressão estranha, sem compreender o comentário.

— Sim, é muito sério. E diz respeito à sua colega de trabalho.

Naquele exato momento, a porta que separava a recepção dos escritórios se abriu. Leeny quase colidiu com Mace outra vez, ao sair para o saguão de recepção. Parou abruptamente, mantendo os olhos fixos em Rachel.

— Olá — cumprimentou com voz fria, e não estendeu a mão, como fizera quando as duas haviam se encontrado na sala de Webster.

— Olá — Rachel replicou, igualmente distante.

No mesmo instante, Leeny tocou o braço de Mace. Observou os olhos de Rachel acompanharem o movimento de seus dedos na manga da camisa de Mace.

— Vamos, querido.

Rachel foi instantaneamente invadida por uma desagradável onda de calor, ao ouvir a palavra "querido". Seus olhos buscaram os de Mace, mas ela não conseguiu ler qualquer mensagem neles.

Leeny deu um leve puxão no braço de Mace.

— Vamos — insistiu.

Ele resistiu a Leeny por um momento. Algo estava errado. Duas noites antes, Leeny o manipulara para que ele a levasse ao seu apartamento, usando como isca a possibilidade de sexo, apenas para adormecer no sofá, ou talvez fingir estar dormindo, como ocorria a Mace, agora, e mais tarde, entrar em seu escritório particular para bisbilhotar seus assuntos pessoais. Agora, ela o chamava de querido diante de Rachel, algo que nunca fizera antes. Não fazia sentido.

Leeny voltou a puxá-lo pelo braço, usando firmeza maior, desta vez.

Mace resistiu por mais um momento. Quando Leeny desviou o olhar por uma fração de segundo, ele ergueu três dedos, rapidamente, e formou com os lábios o nome "Paul Revere". Então, virou-se e entrou no elevador, deixando Rachel na recepção.

Ela passou a mão pelos cabelos, perguntando-se o que ele tentara lhe dizer, decepcionada por Mace ter cedido à pressão de Leeny com tamanha facilidade. Então, um sorriso lento formou-se em seus lábios.

— Achei que este seria um lugar muito apropriado para nos encontrarmos — Mace explicou, com um gesto que abrangia o salão do One If By Land Two If By Sea, o restaurante no qual haviam jantado juntos, algumas noites antes. Eram três horas da tarde, e o lugar estava praticamente deserto. Apenas uma outra mesa se encontrava ocupada por fregueses. — Eu não tinha certeza de que você compreenderia o código que usei, enquanto Leeny me puxava para o elevador.

— Sim, eu compreendi.

— Isso é óbvio. É claro que poderíamos ter esperado mais algumas horas, até a aula desta noite.

Rachel sacudiu a cabeça.

— Não. Você precisa ver isto o quanto antes.

Mace estudou-a por um instante. Ela falava sério. Era fácil perceber isso.

— Muito bem — murmurou. — O que você tem a me dizer?

Ela hesitou.

— Em primeiro lugar, quero dizer que lamento profundamente a maneira como agi, na outra noite, deixando você aqui, sem dizer que estava indo embora. — A voz dela era quase inaudível. — A oferta que você me fez, durante aquele jantar, foi realmente generosa. Recebi a carta confirmando a oferta, através de um mensageiro, há dois dias. Quero muito trabalhar na Walker Pryce. Espero que meu comportamento não tenha afetado a minha oportunidade de ser contratada pela empresa.

— Não, não afetou — Mace declarou com firmeza.

Um garçom começou a se encaminhar para a mesa. Mace o viu e apressou-se em dizer:

— Dois cafés.

Não queria que o pobre homem estragasse o momento. Pretendia contar toda a verdade a Rachel, e não queria ser interrompido.

O garçom pensou em reclamar do pedido pequeno, mas deu de ombros e afastou-se.

— Foi muito imaturo de minha parte — Rachel continuou.

Mace sacudiu a cabeça.

— Não, eu agi muito mal. A culpa foi toda minha. A propósito, tentei várias vezes entrar em contato com você.

— Achei que, provavelmente, era você — ela admitiu com um sorriso.

— Você estava lá? E não atendeu o telefone?

— Eu tinha de lhe ensinar uma pequena lição. — O sorriso de Rachel tornou-se tímido.

Mace fingiu-se ofendido, mas logo voltou a sorrir.

— Então, lá estava eu, telefonando para toda a cidade de Nova York, e você sentada, ignorando-me.

— Toda a cidade de Nova York?

— Exatamente! Cheguei a tentar localizá-la no Brooklyn, mas cada Sommers para quem liguei, respondeu que não conhecia nenhuma Rachel.

— É claro que não. — Ela continuava sorrindo.

Mace estudou-a, confuso.

— O que significa "é claro que não"?

— A lista telefônica do Brooklyn traz o nosso número em nome de meu padrasto: Francis Bond. Eu mantive o nome de meu pai biológico, embora nem saiba exatamente por quê. Ele, simplesmente, abandonou minha mãe quando eu tinha dois anos, e nunca mais deu notícias.

— Bem, agora sei por que não consegui encontrá-la — Mace resmungou. — Escute...

— Mace — Rachel interrompeu-o.

Ele parou de falar.

A mão dela deslizou sobre a mesa até tocar a dele.

— Sei que estava apenas me protegendo de mim mesma, naquela noite. A Walker Pryce é uma tremenda oportunidade. É a chance que terei de fazer algo significativo por mim mesma. Trabalhei duro para chegar aonde estou. Não posso me distrair de meu caminho. Sei que você tem razão.

Ora, ao que parecia, ela havia se dado conta da realidade, sozinha. Mace riu consigo mesmo, embora fosse invadido por profunda tristeza. Estivera prestes a se abrir como jamais fizera antes, e Rachel o impedira. Queria dizer a ela que seus sentimentos eram profundos. Havia decidido que os dois deveriam, simplesmente, lidar com o fato de que ambos trabalhavam na Walker Pryce, se isso se tornasse necessário. Talvez ele passasse a trabalhar em outro banco de investimentos, para que Rachel pudesse continuar na Walker Pryce, se fosse esse o preço. Um novo emprego não seria tão lucrativo quanto o que ele tinha agora, mas "lucrativo" era um termo relativo em Wall Street. E, para que servia o dinheiro, quando uma pessoa não tinha ao seu lado a pessoa de quem mais gostava? Não era o que todos diziam? Agora, porém, não poderia contar a ela o que sentia. Rachel chegara à decisão correta por si mesma, e dizer-lhe agora que realmente a queria seria muito injusto.

— Trabalhei duro demais, nos últimos anos — Rachel continuou. — Mas a Walker Pryce esperará ainda mais de mim. Preciso estar preparada para fazer o sacrifício.

Mace assentiu, solene.

— Vai trabalhar vinte e quatro horas por dia. Estará em seu escritório, quando todos os seus amigos estiverem se divertindo por aí. Vai odiar o seu trabalho. Mas vai ganhar mais dinheiro do que jamais imaginou ser possível.

— Eu sei.

Ela retirou a mão da dele.

Mace observou os dedos delicados se afastarem dos seus. Se iniciassem um relacionamento, e se esse relacionamento desse certo, jamais conseguiriam se ver. Era melhor assim, embora por alguma razão, ele não conseguia se convencer disso.

O garçom serviu os dois cafés e, então, afastou-se sem dizer uma palavra.

Rachel abriu o envelope que depositara sobre a mesa e retirou de dentro dele várias folhas de papel. Estudou-os, pensativa, durante vários momentos, antes de falar:

— Kathleen Hunt é uma mulher má, Mace.

Encarou Mace com expressão calma.

Ele se mostrou ligeiramente sobressaltado.

— O quê?

— Acho que há muito mais naquela mulher do que a vista possa alcançar.

Mace começou a sorrir.

— O que isso significa?

Rachel sacudiu a cabeça, pois lera os pensamentos dele.

— Não estou preocupada por ela representar algum tipo de competição. Eu juro. Importo-me com você, e importo-me com a Walker Pryce, agora que serei funcionária, dentro de poucos meses.

O tom de Rachel confirmou para Mace que aquela conversa não era apenas uma história inventada para afastá-lo de Leeny.

— O que é isso? — Mace perguntou, apontando para os papéis sobre a mesa, diante de Rachel.

A voz de Rachel baixou para um sussurro, embora ninguém pudesse ouvi-los.

— Lembra-se de ter me contado que Leeny trabalhou na LeClair e Foster, antes de vir para a Walker Pryce?

Mace assentiu.

— Tenho um amigo que conhece algumas pessoas na LeClair e Foster — ela disse.

— E?

— E ele conversou com seus contatos, a pedido meu. Ao que parece, há aproximadamente um ano, três pessoas que trabalhavam no escritório de San Francisco da LeClair e Foster foram indiciadas por crime de fraude.

— Lembro-me de ter lido algo a respeito, na ocasião. Mas a notícia não recebeu maior atenção da imprensa. Se não estou enganado, o assunto desapareceu dos jornais rapidamente.

Mace apanhou a xícara e bebericou o seu café.

— É verdade — Rachel confirmou, erguendo uma sobrancelha, como se Mace houvesse acabado de mencionar um fato significativo.

Mace inclinou-se na direção dela.

— Está dizendo que Leeny estava envolvida? — Sua voz se ergueu, uma vez que ele pôde prever aonde Rachel pretendia chegar. Sacudiu a cabeça. — Não acredito. Lewis Webster mandaria investigá-la detalhadamente, antes de contratá-la. Ele não se arriscaria. Com a importância que esse fundo tem para ele, Webster não exporia seu projeto, deliberadamente, a esse tipo de risco.

— Ouça o que tenho a dizer, está bem? — Rachel pediu com voz firme.

— Está bem — Mace concordou, erguendo as duas mãos em sinal de rendição.

Rachel recomeçou:

— Há um ano e meio, a LeClair e Foster foi contratada pela direção da Northwest Rod and Steel, uma fábrica de artigos de aço estabelecida em Seattle. A companhia era uma sociedade pública e, aparentemente, seus diretores ouviram rumores de que alguém, do tipo que obtém o controle sobre as empresas, comprando ações anonimamente, planejava assumir o comando da empresa. Por isso, decidiram contratar uma empresa de assessoria financeira. Escolheram a LeClair e Foster. A equipe de quatro pessoas designada pela LeClair e Foster realizou algumas investigações e descobriu que, de fato, havia um comprador hostil prestes a adquirir um grande lote de ações. Como estratégia defensiva, recomendaram que a diretoria da Northwest Rod and Steel executasse uma compra alavancada com recursos de terceiros: a diretoria entraria com o capital privado, que se somaria a empréstimos bancários, para comprar todas as ações de domínio público, antes que o tal comprador o fizesse. A diretoria concordou imediatamente. A LeClair e Foster providenciou o financiamento bancário em poucas semanas e, então, anunciou a aquisição. Quando a transação estava quase finalizada, e a oferta da diretoria chegava ao fim, o suposto comprador hostil apareceu e anunciou sua própria oferta, muito mais alta. A LeClair e Foster não conseguiu que seus investidores aumentassem sua participação e, por isso, o comprador anônimo venceu. A LeClair e Foster negociou contratos de administração para seus clientes, recebeu honorários altíssimos por seu trabalho, e a transação foi finalizada. Fim da história, certo?

— Duvido.

Rachel assentiu.

— Alguns meses depois, alguém do alto escalão da LeClair e Foster descobriu que alguns membros da equipe designada para aquela transação em particular haviam comprado ações da Northwest Rod and Steel, *depois* que a diretoria havia concordado em realizar a compra alavancada, mas *antes* que a oferta da diretoria fosse publicamente anunciada.

A expressão de Mace era sombria.

— Um caso claro de fraude.

— Exatamente. — Rachel passou a mão pelos cabelos. — O presidente da LeClair e Foster descobriu o que havia acontecido, e chamou a polícia federal imediatamente, sem que os integrantes daquela equipe soubessem o que ele estava fazendo. Houve uma investigação rápida e, em questão de dias, os federais haviam compilado evidências irrefutáveis da fraude realizada pela equipe designada para a transação. Em conseqüência, três funcionários da LeClair e Foster foram indiciados criminalmente.

Mace esfregou os olhos. Aquela não era uma boa informação. Na verdade, era uma informação terrível. Mesmo que Leeny não houvesse sido, de fato, condenada no caso, mesmo que houvesse sido apenas indiciada, a verdade teria de ser revelada aos investidores do Broadway Ventures. E eles teriam garantido o seu direito de retirar o dinheiro que haviam investido no fundo, se assim o desejassem.

— Imagino que Leeny Hunt seja uma dessas pessoas.

Rachel sacudiu a cabeça.

— Não. Ela foi o único membro da equipe que não foi indiciado.

— Mas, então, qual é o problema?

— O problema é que o contato de meu amigo na LeClair e Foster afirma que, mesmo que Leeny não fosse indiciada, não havia qualquer dúvida de que ela participou da fraude, tanto quanto os outros três, e que ela havia feito a mesma coisa em outras ocasiões, durante outras transações, também. — Rachel endireitou-se na cadeira. — Sei que você não quer ouvir nada disso, porque os fatos podem lhe trazer todo tipo de problemas, mas Leeny estava definitivamente envolvida, Mace. Ela se demitiu da empresa uma semana depois que as queixas foram registradas contra os outros três, e se isolou. Todos calcularam que ela havia feito um acordo com os federais, que apareceria para depor no julgamento, e que seria a principal defesa da acusação. Mas ela não foi arrolada como testemunha. Não foi acusada, não testemunhou. Simplesmente, foi embora.

— O que aconteceu aos outros três? — Mace perguntou. — Eu não me lembro.

Rachel fitou-o nos olhos.

— É nesse ponto que a história se torna ainda mais estranha.

— O que está querendo dizer?

— O julgamento transcorria normalmente e, de repente, o juiz começou a descartar todas as evidências, dizendo que haviam sido obtidas ilegalmente. No final, os federais não tinham mais nada, e o júri não teve escolha senão declarar os acusados inocentes. Os três saíram livres de tudo.

Mace não disse nada.

Rachel continuou:

— A pessoa da LeClair e Foster que meu amigo conhece diz que não havia a menor sombra de dúvida de que todos eles eram culpados de fraude, e que Leeny Hunt estava envolvida no crime. Os federais tinham todas as provas, mas elas desaparecem. Misteriosamente.

A buzina de um automóvel soou em frente ao restaurante. Mace olhou pela janela.

— É preocupante, mas o que eu devo fazer? As pessoas foram julgadas e consideradas inocentes, por mais estranha que a história possa parecer. — Mace hesitou. — O que realmente me preocupa é o fato de Webster não ter descoberto nada disso.

Rachel tamborilou os dedos no envelope sobre a mesa.

— Ele tinha de saber de tudo, antes de contratá-la. Teria sido muito fácil descobrir a verdade, mesmo durante o processo mais simples e superficial de investigação de um candidato a emprego. Ora, Mace, meu contato enviou-me velhos recortes de jornais da região.

— Não acredito que Webster teria contratado Leeny, sabendo de tudo isso... mesmo que ela não tenha sido condenada. — Mace sacudiu a cabeça. — Quem é o seu contato? — Baixou os olhos para e espaço reservado ao remetente no envelope, mas descobriu que o endereço havia sido rasurado a tinta.

— Não posso lhe dizer.

Ele revirou os olhos.

— O que a levou a fazer toda essa investigação?

— Você me disse que acreditava que a Companhia Stillman investiria algumas centenas de milhões de dólares, no Broadway Ventures.

Mace assentiu.

— E?

— Conversei com um amigo que trabalhava na Stillman Company, alguém que conheci por causa do fundo que administro na Colúmbia. — Rachel hesitou. — Os Stillman investiram apenas dez milhões no Broadway Ventures, uma quantia que não chega nem perto da que Leeny lhe disse que conseguiria deles.

— Tem certeza? — Mace inquiriu, sentindo um súbito mal-estar, uma sensação arrepiante de que havia algo muito errado no Broadway Ventures, que Rachel estava certa.

— Absoluta. Pode telefonar para ele. — Rachel baixou os olhos para o envelope. — Está tudo aqui, Mace: os recortes de jornais; uma carta do funcionário da LeClair e Foster, sem assinatura, é claro. Uma cópia de um memorando do presidente da LeClair e Foster, detalhando as evidências contra as quatro pessoas envolvidas nas fraudes na transação da Northwest Rod and Steel, inclusive Leeny Hunt. Há também o nome e o número do telefone do meu amigo, na Stillman Company, que confirmará a quantia que a empresa investiu no Broadway Ventures. — Rachel guardou os papéis no envelope e estendeu-o para Mace. — Pode ficar com eles. Tirei uma cópia para mim.

Mace apanhou o envelope em silêncio. Eram, de fato, muitas as coisas estranhas acontecendo: as informações reunidas por Rachel; o fato de Leeny ter investigado o seu computador; a expressão estranha no rosto de Marston; a convicção absoluta de Webster de que haveria uma crise no mercado imobiliário de Manhattan; a facilidade de Leeny para levantar um bilhão de dólares tão depressa. Mas o que significava tudo isso? Significavam alguma coisa, afinal? Mesmo que Leeny houvesse se envolvido em crime de fraude, na LeClair e Foster, e Lewis Webster soubesse de tudo, qual era o problema? Ela nunca fora efetivamente acusada de nada. Era crime atuar no mercado financeiro, com base em informações confidenciais, restritas às partes interessadas, mas se os federais não haviam conseguido manter o caso, quem era ele para dizer alguma cosia? E qual era o problema, se Leeny estava mentindo sobre a origem do dinheiro depositado no Broadway Ventures? O dinheiro estava na conta, comprovadamente. John Schuler havia assinado o compromisso de empréstimo do Chase, e não teria liberado os documentos, sem ter confirmado o fato de que todo o capital estipulado já se encontrava na conta do Broadway Ventures, no Chase. Mace sacudiu a cabeça. Provavelmente, tudo não passava de um amontoado de coincidências, mas ele teria de aprofundar a investigação de Rachel. Fazia parte da sua natureza. E Mace já sabia onde começaria a procurar pelas respostas.

— Há mais uma coisa que você precisa saber — Rachel acrescentou.

Mace ergueu os olhos para fitá-la, dando-se conta de que havia se perdido em seus pensamentos.

— O que é?

— Há mais ou menos dez anos, Leeny passou algum tempo internada em uma instituição para doentes mentais, em Montreal, como resultado de depressão clínica severa. Ela ainda toma drogas receitadas pelo psiquiatra para controlar o problema.

23

WASHINGTON, ASSIM como Nova York, havia sido tomada pelo frio, desde o início de fevereiro. Naquele dia, porém, a capital da nação desfrutava de uma trégua dos casacos pesados, luvas e cachecóis, que formavam o traje típico usado nas ruas, naquela época do ano. Slade Conner caminhava lentamente pela calçada que ladeava o comprido lago artificial conhecido como Reflecting Pool, ainda congelado, apesar das primeiras incursões da primavera no norte. Enquanto caminhava, tinha o cuidado de se esquivar das poças crescentes na calçada, poças formadas pela neve que derretia, depois de ter sido empilhada ao lado da calçada, alcançando a altura de quase meio metro. Na extremidade oeste do lago, Abraham Lincoln observava a cena com olhar severo, de sua cadeira entranhada na imensa estrutura de mármore que levava seu nome.

Em circunstâncias normais, Slade teria apreciado o clima ameno, que ele definitivamente preferia aos invernos árduos de Minnesota, que havia enfrentado na juventude. Naquele dia, porém, não conseguia apreciar coisa alguma. Naquele dia, coisas como conformidade, seguir ordens e ser o bom soldado pareciam não fazer mais o menor sentido. As máximas pelas quais ele vivera durante tanto tempo estavam sendo questionadas, e Slade sentia-se subitamente arrasado, como jamais havia sentido antes.

Malcolm Becker, as mãos cruzadas atrás das costas, caminhava ao lado de Slade. Becker mantinha os olhos fixos à sua frente, enquanto caminhava, sem sequer perceber as poças em seu caminho. Os sapatos de couro preto, parte de seu uniforme militar, estavam encharcados, mas ele parecia não notar. Sua expressão era sombria, e seus olhos mantinham-se fixos em Abraham Lincoln, que crescia diante deles, a cada passo.

— Qual é o assunto que você queria discutir comigo, Slade? — Becker foi o primeiro a quebrar o silêncio. — O que é tão importante?

Slade retirou os óculos escuros do bolso da camisa e ajeitou-os sobre o nariz. O sol, já baixo no céu do início da tarde, brilhava com intensidade, e seus raios se refletiam na neve que derretia.

Slade engoliu em seco. Não era normal questionar ordens. Tal atitude ia contra todo o seu treinamento. Se houvesse feito isso nas areias do Kuait, durante a Guerra do Golfo, poderia ter sido morto no instante em que houvesse hesitado. No entanto, havia momentos em que um homem precisava saber por quê, e enxergar horizontes maiores.

Slade verificou rapidamente os arredores. Não havia ninguém perto deles, àquela altura. A conversa que estavam prestes a iniciar exigia a mais completa confidencialidade. Fora por isso que os dois homens haviam deixado as instalações da CIA.

Becker parou de andar, percebendo o desconforto de Slade.

— O que há, filho?

Slade também parou e virou-se para Becker. Reuniu toda a sua coragem. O que estava prestes a fazer beirava um motim.

— General, por que fui enviado às Honduras?

A verdadeira pergunta era: "Por que o senhor mandou que eu matasse Carter Guilford?" Mas não havia necessidade de formular a pergunta dessa maneira. Becker compreenderia com clareza o que Slade queria dizer.

Becker não respondeu de pronto. Ao que parecia, o pupilo crescera. Não estava mais disposto a, simplesmente, aceitar as ordens de seu superior. Era o processo natural, e Becker vira o mesmo acontecer muitas vezes ao longo de sua carreira. Agora, as perguntas tinham de ser enfrentadas direta e imediatamente, ou a situação poderia fugir ao controle.

— Tire os óculos, filho. — Becker assumiu o tom militar, baixo e rude.

Slade retirou os óculos, mas não se deu ao trabalho de guardálos de volta no bolso da camisa. Limitou-se a segurá-los em uma das mãos, deixando-a cair ao lado do corpo.

Becker avançou um passo na direção de Slade, de maneira que seus rostos ficassem muito próximos. Cerrou os dentes e falou entre eles:

— Eu lhe disse que Carter Guilford estava trabalhando para um cartel de drogas da Colômbia. Estava fornecendo a eles informações altamente confidenciais, para que os traficantes pudessem evitar que seus aviões fossem detectados pelos órgãos de segurança deste país, e estava sendo muito bem pago para isso. — A voz de Becker tornou-se ainda mais baixa. — Ele guardava parte do dinheiro para si, mas transferia a maior parte para Preston Andrews, para que Andrews pudesse usar o dinheiro para estabilizar os negócios de sua família.

O semblante de Slade permaneceu impassível, mas sua mente girava em disparada. Becker alegava que o dinheiro do cartel Ortega ia, na verdade, para o vice-presidente, exatamente o oposto do que a carta anônima indicava. Não restava dúvida de que o dinheiro de Ortega fora parar em Washington, mas, agora, havia duas histórias diferentes para explicar o paradeiro da generosidade dos traficantes colombianos. Aquilo era uma loucura!

— Andrews conseguiu acesso a informações relativas a atividades de repressão ao tráfico de drogas da DEA, e Guilford, na posição de chefe de todas as operações da CIA na América do Sul, dava cobertura do nosso lado. Andrews procurou por Guilford há um ano, quando sua companhia começou a ter problemas. Ele sabia que Guilford precisava de dinheiro, e ele mesmo precisava de dinheiro para salvar sua empresa. Os dois formavam um par perfeito. Guilford fez contato com Ortega imediatamente, e não demorou para que o cartel aceitasse a oferta. Mas, agora, isso acabou. Agora, Andrews precisa de algo mais para ajudá-lo a evitar a falência. E ele está usando o poder de seu cargo para isso.

Becker fez uma pausa, a fim de permitir que a gravidade do que acabara de dizer fosse assimilada por Slade.

— Carter Guilford era um criminoso, Slade. Foi por isso que enviei você para matá-lo. — Ergueu a voz para enfatizar as palavras.

Slade encolheu-se de maneira quase imperceptível, em reação ao uso da palavra "matar".

Becker percebeu o gesto, e decidiu que chegara o momento de fechar aquela porta com firmeza.

— Preston Andrews é um criminoso, também, Slade. Mas não posso mandar você matar o vice-presidente dos Estados Unidos. Por mais que eu quisesse, isso poderia trazer alguns problemas. Mas vou lhe dizer uma coisa. O país ficaria muito melhor sem ele. O fato de ele ter a chance de se tornar presidente da nação que eu amo tanto, uma nação pela qual nós dois arriscamos nossas vidas, provoca-me arrepios. — Becker sacudiu a cabeça. — Aquele miserável alistou-se na Guarda Costeira, a fim de escapar à convocação para a Guerra do Vietnã. Eu não tinha os altos contatos de que o pai dele se utilizou. Enquanto eu estava metido em uma trincheira, sob o fogo cerrado dos vietcongues, ele perseguia ladrões de salmão, no Alasca. — Becker emitiu um som de desprezo. — Não que eu precise ser presidente. Acontece que quero que alguém que não seja ele vença as eleições. Eu retiraria a minha candidatura de bom grado, se tivesse a certeza de que, ao fazer isso, estaria garantindo a vitória de outro candidato, capaz de derrotar Preston Andrews. Mas isso não vai acontecer. A esta altura, a corrida presidencial é um páreo de apenas dois cavalos. Sou a única pessoa que pode impedi-lo de ocupar o Salão Oval.

— E o senhor acredita que ele está tentando criar um escândalo na CIA, para desacreditá-lo — Slade concluiu em voz baixa.

— Sim — Becker respondeu de pronto, demonstrando sua aprovação com um gesto da cabeça.

Finalmente, o pupilo voltava a ocupar o seu devido lugar.

— Por que tenho vigiado Mace McLain e a jovem Rachel Sommers?

Becker estreitou os olhos. Ora, o pupilo não havia retornado inteiramente ao seu lugar, ainda.

— Porque tenho informações que me levam a acreditar que Preston Andrews está trabalhando com o banco de investimentos que emprega o sr. McLain, a Walker Pryce & Company. Andrews teve vários encontros com o sócio sênior da empresa, Lewis Webster. Suspeito que Andrews recrutou Webster para ajudá-lo em uma conspiração para manter a Andrews Industries em boas condições financeiras, depois que o dinheiro das drogas deixou de vir da Colômbia. Sei que conhece o sr. McLain, e queria que você mantivesse essa linha de contato aberta, para o caso de precisarmos dela, para que o sr. McLain não desconfiasse, caso você aparecesse do nada. — Becker hesitou. — Se bem me lembro, a idéia de vigiar a srta. Sommers foi sua.

Durante um longo momento, Slade limitou-se a fitar o seu comandante. Então, o rosto de Becker tornou-se difuso, e Abraham Lincoln entrou em foco, muito atrás do ombro direito do general. O que havia de errado com ele, afinal? Como podia ter sequer pensado em questionar Becker? Um homem a quem ele devia a própria carreira?

Becker respirou fundo.

— É uma situação difícil, filho. Sei disso. Mas vai dar tudo certo.

Slade assentiu.

Os dois retomaram a caminhada, voltando pelo mesmo caminho que haviam seguido até ali, afastando-se do Lincoln Memorial. A reunião estava encerrada.

— A propósito, Slade, você conseguiu obter as informações sobre a Andrews Industries? Sei que esteve em Detroit várias vezes.

A voz do general voltara a soar amigável.

Os pensamentos de Slade focalizaram, subitamente, os dois envelopes contendo relatórios financeiros, ainda escondidos em uma gaveta de seu apartamento.

— John?

— Sim?

— Mace McLain — Mace identificou-se em voz bastante alta, pois o trânsito intenso da Sétima Avenida, onde se localizava o telefone público que ele estava usando, tornava quase impossível ouvir a voz de Schuler.

— Ah, olá, Mace. Que barulho é esse? Onde você está?

— Estou em trânsito, entre duas reuniões, John.

Mace foi deliberadamente seco com o gerente do Chase. Acabaria se atrasando para a aula na Colúmbia, se não resolvesse logo aquele assunto.

— Ah, sim. Você recebeu as cópias do contrato de financiamento para o Broadway Ventures? — Schuler perguntou. — Eu as enviei para a Walker Pryce, esta manhã.

— Sim, recebi.

Mace tornava-se rapidamente irritado. Tinha um assunto mais importante para discutir do que a mundana papelada relativa ao empréstimo do Chase. Assim como a maioria dos gerentes de bancos, Schuler era excessivamente tagarela e, às vezes, era difícil interrompê-lo e mudar de assunto.

— Vocês devem estar muito contentes, na Walker Pryce — Schuler comentou. — Dois bilhões de dólares para investir. É incrível!

— Sim, estamos muito contentes, John. — Mace aproveitou a breve pausa que Schuler fez para respirar, e entrou no assunto que era o verdadeiro motivo de sua ligação. — Preciso de um favor, John.

Schuler bebeu um gole de água.

— Pode falar.

— Preciso de informações sobre os investidores.

— Está se referindo aos investidores do Broadway Ventures?

— Sim.

Schuler bebeu mais um gole.

— Não quero parecer bisbilhoteiro, Mace, mas por que você não telefona para eles e pergunta diretamente o que quer saber? Imagino que os conheça muito bem. Afinal, são os seus investidores. Ora, eu nem sei quem são. Não tive permissão sequer para ver os acordos de subscrição. Achei que tamanho sigilo era exagerado, mas Webster enviou-me uma garantia por escrito, em papel timbrado da Walker Pryce, declarando que todos os investidores do fundo estavam devidamente qualificados, e isso era tudo o que eu precisava. Engraçado, ele sempre se esquiva a enviar qualquer papel que não seja estritamente necessário aos bancos, mas desta vez pareceu até feliz em enviar a carta. — O gerente soltou uma risadinha infantil, como se houvesse realizado um grande feito, ao conseguir uma concessão do geralmente inflexível Webster. — Eu seria capaz de apostar que, com todo esse sigilo, a maior parte dos investidores são suíços. Tudo o que sei é que o dinheiro já está na conta do fundo. Não sei o que eu poderia lhe dizer, que você não possa descobrir, telefonando para os seus investidores.

Era uma situação delicada, Mace pensou. Se abrisse o jogo com Schuler, e admitisse não saber exatamente quem eram os investidores porque Leeny e Webster haviam guardado tal informação para si, arriscaria alarmar o gerente. E aí estava algo que ele não queria, de maneira alguma, fazer. Se Schuler suspeitasse de que alguma coisa estava errada com o fundo, poderia ficar preocupado e tentar voltar atrás no empréstimo. E Webster descobriria o motivo pelo qual Schuler tentava recuar, que Mace fora a causa. Por outro lado, se Mace se esquivasse de uma explicação, Schuler poderia telefonar para Leeny e tentar descobrir o que estava acontecendo.

Um caminhão passou, rugindo, produzindo um barulho enorme ao passar pelos diversos buracos no asfalto. Mace puxou a gola do casaco, apertando-a em torno do pescoço, quando o vento gelado produzido pela passagem do caminhão o atingiu na rua escura.

— Escute, estou apenas fazendo uma investigação de rotina sobre um dos investidores. — Era uma desculpa muito fraca, mas não havia mais nada que ele pudesse dizer. — Não há motivo para se alarmar.

— O que você precisa? — Schuler perguntou, parecendo não estar convencido de que aquele tipo de investigação fosse mesmo rotineiro.

— Preciso que você rastreie os depósitos enviados para a conta do Broadway Ventures, no Chase, e me diga de onde veio o dinheiro.

— Quer que eu verifique "todos" os depósitos?

— Sim — Mace respondeu, sem hesitar. — Não creio que sejam muitos.

Tratava-se de um tiro no escuro, mas Leeny havia conseguido todo o dinheiro muito depressa. Não podiam ser muitos os investidores. As suspeitas tornaram-se, subitamente, mais intensas. Ela havia levantado o dinheiro depressa demais.

— O que está me pedindo é um tanto incomum.

— Está dizendo que não pode me fazer esse favor, John?

— Não, não. É claro que posso fazer. — Schuler hesitou. — Talvez você pudesse me dar, ao menos, uma idéia do que está acontecendo.

— John, quero lhe fazer uma pergunta, antes.

— O que é? — o gerente retrucou de pronto, parecendo entrar em estado de alerta e, ao mesmo tempo, irritado com a evasão de Mace.

— Leeny tem parecido estranha, desde aquela noite em que a deixei na sua companhia. Tem alguma idéia do que pode ter acontecido? — Mace inquiriu.

Tinha de fazer Schuler se mostrar mais prestativo, e sabia exatamente como conseguir isso.

— Não. — O tom de Schuler tornou-se subitamente seco e frio.

— Falou com ela, depois daquela noite?

— Não. Pensei que devesse negociar só com você. Ao menos, foi o que ela me disse. E é por isso que tenho tratado da documentação para o empréstimo ao Broadway Ventures através de você.

Era mentira. Leeny jamais teria dito a Schuler que tratasse da documentação somente com Mace. Schuler estava mentindo. Ele a usara naquela noite e, agora, não queria falar com ela. Provavelmente, só contara a ela que o empréstimo fora aprovado, depois de ter conseguido o que queria. E era, provavelmente, por isso, que não queria mais fazer contato com Leeny. Patife! Estava na hora de fazê-lo suar um pouco.

— Vocês saíram para jantar, depois que deixei seu escritório, naquela noite?

— Não, não. Leeny ficou por mais alguns minutos e, então, foi embora, também. E eu voltei para Connecticut. Ela disse que ia se encontrar com alguém.

— Engraçado, pensei ter ouvido Leeny dizer que você e ela haviam saído para jantar, depois da reunião.

Mace estava blefando, mas tinha certeza de que à tática daria resultados.

Houve um longo momento de silêncio, do outro lado da linha.

— Eu... estou tentando me lembrar... Os últimos dias têm sido uma loucura, sabe? — Schuler gaguejou.

— Posso imaginar — Mace replicou em tom solidário.

— Ah, sim, agora me lembro! — Schuler recomeçou. — Sim, claro! De fato, nós saímos, mas apenas para um jantar rápido.

De repente, Schuler estava em pânico. Podia perceber, pelo de tom de voz que Mace usava, que ele sabia, de alguma maneira, muito mais sobre aquela noite no Intercontinental, do que estava revelando. E, se Leeny descobrisse que Schuler havia telefonado para Mace do restaurante, para informá-lo de que o empréstimo havia sido aprovado, ela poderia começar a gritar. Se fosse uma mulher agressiva, poderia processá-lo por assédio sexual. Na melhor das hipóteses, poderia criar uma situação muito difícil para ele, junto aos executivos do Chase.

— Droga! — ele praguejou em um sussurro.

O trânsito parou no farol vermelho, e Mace ouviu a exclamação. Sorriu. Podia ver as gotas de suor se formando acima do lábio superior de Schuler.

— Está tudo bem, John?

Schuler mudou de assunto rapidamente.

— Sim, sim. Escute, Mace, terei imenso prazer em verificar os depósitos para você.

Na verdade, o que ele mais queria era desligar o telefone imediatamente.

— Preciso dessa informação com urgência, John.

— Você a terá, amanhã.

— Obrigado.

— É só isso, Mace?

— Por enquanto.

— Direi tudo o que precisa saber, amanhã. Ligue para mim, ao meio-dia.

— Obrigado pela ajuda, John. Ah, e tenho certeza de que Leeny voltará a ficar bem. É claro que, o que quer que a esteja perturbando, não é da minha conta.

Schuler hesitou por um momento.

— É claro que não.

Mace desligou o telefone. Sorriu ao consultar o relógio. Não havia a menor possibilidade de Schuler telefonar para Leeny, àquela altura.

Acenou para um táxi. No dia seguinte, teria algumas respostas e, provavelmente, conseguiria decifrar o mistério e descobrir que não havia motivo para se preocupar.

Becker ergueu os olhos da pasta aberta sobre sua mesa, quando Slade entrou na sala. O ar estava pesado pela fumaça de charuto.

— Boa noite, major — ele cumprimentou.

Slade assentiu.

— Boa noite, general.

— Já é tarde. — Becker consultou o relógio. Era quase meia-noite. — Sobre o que queria falar comigo?

Slade deu um passo à frente, olhou para a pasta que tinha nas mãos e, em seguida, colocou-a sobre a mesa do general.

Imediatamente, Becker depositou cuidadosamente o charuto no cinzeiro de cristal, apanhou a pasta, abriu-a e retirou seu conteúdo: relatórios financeiros da Andrews Industries. Folheou-os por alguns segundos, e ergueu os olhos para Slade. Lentamente, sua sobrancelha esquerda arqueou-se. Não era o que ele esperava.

24

— JÁ TEMOS O CAPITAL PRIVADO, o empréstimo bancário, e uma lista substancial de investidores. Pessoas e instituições com quantias significativas investidas no mercado imobiliário de Manhattan, todas elas já devidamente apresentadas a você. O que mais Mace pode fazer por nós? — Webster inquiriu com impaciência. — Quando o projeto atingir a hora zero, você entrará em contato com os investidores, discretamente. Eles nem vão questionar por que não será Mace quem estará telefonando. Não vão se importar. A essa altura, estarão querendo apenas sair do desespero.

Não havia mais nada que Leeny pudesse dizer, para adiar por mais alguns dias o destino de Mace. Salve-se, ela pensou.

— Você está certo, Lewis. Não há mais nada que ele possa fazer por nós. — O atestado de óbito fora assinado. — Tudo está em ordem. Não precisamos mais dele.

Um sorriso se formou nos lábios de Webster.

— Mace McLain sempre foi um idiota arrogante — o velho sussurrou. — Gostaria de saber se vai se sentir tão confiante, quando estiver olhando para o cano de uma arma.

Leeny sentiu um arrepio percorrer sua espinha, quando Webster inclinou a cabeça e a maior parte dos olhos escuros desapareceu debaixo de suas sobrancelhas. Ele era asqueroso.

Webster voltou a sorrir.

— É realmente uma pena que, provavelmente, ele nunca tenha a chance de olhar para o cano da arma. Eles são muito eficientes. Ele nem vai saber o que o atingiu. Será uma morte misericordiosa.

Webster pronunciou as últimas palavras como se estivesse desapontado, como se desejasse que os últimos instantes de Mace não tivessem de ser tão misericordiosos.

— Sim, imagino que vá ser assim. — Leeny murmurou.

Não sabia o que mais poderia dizer. Era terrível saber que Webster era capaz de se desfazer de alguém com tamanha frieza. Mace havia se dedicado de corpo e alma ao trabalho na Walker Pryce, tornando Webster um homem mais rico. E o único remorso do velho parecia ser o fato de que não estaria presente para assistir à execução de Mace.

— Imagino que a amiguinha de Mace, Rachel Sommers, vá ficar muito decepcionada, quando descobrir o que aconteceu — Webster acrescentou, alisando a barba com os dedos.

— O que disse? — Leeny indagou, sobressaltada, voltando a encarar Webster.

Ele se mostrou perplexo.

— Você não sabia? — sussurrou.

— Sabia o quê?

Agora, Leeny lutava desesperadamente para manter a voz sob controle.

— Sobre Mace e a srta. Sommers.

— O que há para saber sobre eles?

— Os dois estão dormindo juntos, há várias semanas.

As mãos de Leeny começaram a tremer. Então, Mace realmente a usara. Era exatamente igual a todos os outros homens que ela havia conhecido. Ele afirmara gostar dela, no táxi. Mas era com Rachel que Mace realmente se importava. Havia mentido para Leeny como todos os outros. Leeny cerrou os punhos junto ao corpo, para que Webster não pudesse ver o tremor em suas mãos. Sentiu o controle esvaindo-se por entre seus dedos.

— Está se sentindo bem, srta. Hunt?

— Sim, estou — ela murmurou com voz rouca.

Webster estreitou os olhos.

— Acho que talvez seja melhor você me dar uma cópia daquela lista de investidores, contendo os nomes de todos aqueles que você e Mace visitaram, nas últimas semanas. — Fez uma pausa. — Apenas para termos duas cópias. Trata-se de uma lista muito importante.

Leeny levou uma das mãos aos lábios. Pretendiam matá-la, também? Seria por isso que Webster queria uma cópia da lista? Sentiu o estômago começar a agitar-se. Tinha de sair daquela sala, imediatamente.

— Vou buscá-la, agora mesmo.

— Bom.

Leeny abriu a porta do escritório de Webster, saiu, e fechou-a rapidamente atrás de si. Durante vários minutos, ficou ali parada, encostada na porta maciça e escura, respirando com dificuldade. Era como se as paredes se fechassem em torno dela, como se a ante-sala respirasse ofegante, também. Queria gritar, mas sem saber como, conseguiu manter o controle. Cerrou os olhos com força, e voltou a abri-los instantes depois. Levou as mãos aos olhos e secou as lágrimas, espalhando o rímel pelas faces, pois suas mãos tremiam incontrolavelmente. Finalmente, afastou-se da porta e começou a caminhar com passos incertos, na direção do elevador.

Pela fresta da porta de seu escritório, Walter Marston viu Leeny afastar-se, observando-a atentamente até ela entrar em um elevador e a porta se fechar atrás dela. Queria ajudá-la, descobrir por que ela parecia tão desesperada. Mas não queria passar o resto de sua vida na prisão. A Receita Federal era rígida com pessoas que sonegavam impostos sobre uma renda de quase vinte milhões de dólares. Não o constrangia salvar a si mesmo, em vez de ajudar outra pessoa, naquelas circunstâncias. Além do mais, provavelmente, não havia qualquer esperança para ela, àquela altura. Só lhe restava rezar para que ela percebesse isso por si mesma e fugisse.

Webster sorriu, satisfeito, enquanto olhava pela janela de sua sala, apreciando Wall Street, lá embaixo. Não fazia a menor idéia se Mace estava mesmo dormindo com Rachel, mas sabia quanto a imagem de Mace e Rachel fazendo amor afetaria Leeny. Riu alto, sozinho na sala, pela primeira vez em muitos anos.

* * *

— Mace McLain.

— Mace, sou eu, John Schuler.

— Bom dia, John. — Mace consultou o relógio. Eram onze e meia. — Pensei que eu devesse lhe telefonar ao meio-dia.

— Foi o que combinamos, mas surgiu um imprevisto, e terei de comparecer a uma reunião durante o horário de almoço. — Schuler fez uma pausa. — E já tenho as informações que me pediu. Portanto, calculei que seria melhor passá-las a você agora mesmo. Assim, não precisará esperar.

A voz de Schuler soou estranhamente subserviente. Ao mesmo tempo, ele parecia desejar estar fazendo qualquer outra coisa, a estar dando aquele telefonema.

— E então? O que descobriu? — Mace perguntou.

— Algo um pouco estranho, eu acho — Schuler respondeu. — Nada que me cause grandes preocupações. Aliás, creio que não seja nada.

Era evidente que ele estava tentando não parecer preocupado com o que quer que houvesse descoberto sobre o Broadway Ventures, mas não conseguia ser convincente.

Havia algo errado. Mace tirou tal conclusão a partir do tom de voz do gerente do Chase.

— O que há, John?

— Pedi ao meu pessoal que rastreasse as fontes das transferências feitas para a conta do Broadway Ventures nas últimas três semanas, as transferências que, basicamente, representam os investimentos de terceiros. Geralmente, trata-se de um procedimento simples e rápido, hoje em dia, graças aos sistemas de investigação instalados pelo pessoal do governo, para rastrear o dinheiro das drogas. É claro que tenho amigos em altos cargos de outros bancos, que nos ajudaram quando não conseguimos rastrear uma determinada informação, através dos meios convencionais. Tive de cobrar muitos favores, para completar a operação.

— Fico muito agradecido — Mace murmurou, alertado por todos os seus instintos de que estava prestes a ouvir algo importante.

Ao que parecia, o mistério não seria decifrado com tanta facilidade, e ele não chegaria à conclusão de que não havia nada com o que se preocupar.

— Bem, talvez sejam apenas coincidências, mas se for assim, são coincidências grandes demais.

— O que descobriu, John? — Mace começava a ficar impaciente.

— Duas coisas. Primeiro, fora feito um total de quinze depósitos na conta do Broadway Ventures, durante as três últimas semanas. Nove deles foram enviados do Capital Bank, o grande banco comercial de Washington. Surgiram alguns desvios intermediários, antes que o dinheiro chegasse ao Chase, mas o rastreamento da origem sempre leva ao Capital Bank. Cada um desses depósitos foi de cem milhões de dólares. Os outros são muito menores. Cinco de dez milhões, e um de cinqüenta milhões. O depósito de cinqüenta milhões de dólares veio da conta da Walker Pryce. Os cinco de dez milhões foram enviados por investidores do mercado imobiliário, cujos nomes eu já conhecia.

Mace não ouviu a última parte do que Schuler acabara de dizer. Capital Bank. Mace conhecia bem aquela instituição. De repente, sentiu a pele arrepiar-se. Havia algo muito errado com o fato de que novecentos milhões, de um bilhão de dólares depositados na conta do Broadway Ventures, no Chase, houvessem sido enviados de contas do Capital Bank. Por que todo o dinheiro viria daquele único banco, situado em Washington? Schuler tinha razão. Eram coincidências grandes demais. Mace lembrou-se da visita recente de Webster a Washington, para se reunir com o vice-presidente. Impossível.

— Disse que descobriu duas coisas, com relação aos depósitos. A primeira é que todo esse dinheiro veio do Capital Bank. Qual é a outra?

Mace começou a rabiscar furiosamente um papel sobre sua mesa.

— A outra é que não conseguimos ir além do Capital Bank, em nossa pesquisa, o que é muito estranho. As contas, no Capital, de onde foram enviados os depósitos, parecem ser empresas de fachada. Não há qualquer substância nelas, apenas o nome. Mas não consigo descobrir como o dinheiro chegou a essas contas corporativas, no Capital. É um beco sem saída.

— Tem os nomes dessas corporações? — Mace inquiriu.

— Apenas uma. Pergament Associates. Mas ninguém, aqui no Chase, conseguiu encontrar uma companhia real, que tivesse esse nome, em nenhuma lista de corporações do mundo inteiro. Pesquisamos nossos arquivos de empresas públicas e privadas. Não há nada com esse nome.

Era loucura. Cinco depósitos haviam sido enviados de cantos diferentes do país, como seria de se esperar, segundo a lista de investidores que Leeny havia roubado de Mace. E um fora enviado pela Walker Pryce. No entanto, noventa por cento do dinheiro saíra de contas de um único banco, um banco de Washington. Não fazia sentido.

— Há mais uma coisa, Mace.

— O que é, John? — Mace forçou-se a se concentrar na voz de Schuler. — Pode falar.

— Já foi feita uma transferência "para fora" da conta.

— É mesmo?

— Sim, de um milhão de dólares. O dinheiro foi enviado a uma conta existente em uma agência de um banco do oeste da Virgínia. É um banco de Charleston.

— Qual é o nome do banco?

— Charleston National Bank and Trust.

— Para que agência o dinheiro foi transferido? — Mace voltou a rabiscar anotações no papel. — Para a matriz, em Charleston?

— Não, a agência de Sugar Grove. — Schuler riu. — Eu disse "a" agência, porque Sugar Grove não deve ser um lugar que tenha várias agências de um só banco.

— Onde fica isso? Sugar Grove, no oeste da Virgínia? — Mace indagou, enquanto continuava com suas anotações.

Schuler soltou outra risada.

— Também fiquei curioso e, por isso, procurei no mapa. Sugar Grove é uma pequena vila, na Trilha dos Apalaches, perto da fronteira da Virgínia. Ao que parece, a vila situa-se no meio de uma grande floresta. A cidade mais próxima é Terra do Nunca, e fica setenta quilômetros adiante.

Mace não riu da tentativa de humor de Schuler, pois estava ocupado demais em escrever e raciocinar.

— O que acha que tudo isso significa, Mace? — Schuler indagou, parecendo nervoso. — Quero dizer, estou emprestando um bilhão de dólares para vocês. Essa quantia representa uma grande fatia do capital do Chase. Deverei vender a maior parte desses títulos para outros bancos rapidamente, e não estou realmente preocupado com a possibilidade de o meu grau de exposição ser um problema. Mas, na qualidade de banco agente, preciso comprovar aos bancos a quem pretendemos vender os papéis, que o que temos aqui é garantido. — Ele estava genuinamente preocupado. — Se houver algum problema, meu pessoal não conseguirá vender os títulos, e ficarei com tudo aqui, encalhado. — Praticamente, engoliu as últimas palavras.

Mace sabia que Schuler estava prestes a enfartar do outro lado da linha. De repente, o gerente do Chase havia se dado conta de que existia uma possibilidade de que seu mundo estivesse desmoronando, e estava fazendo o possível e o impossível para manter a compostura.

— Está tudo bem, John — Mace declarou com voz calma e tranqüila. — Só preciso verificar um detalhe. Voltarei a lhe telefonar, amanhã de manhã. Até lá, não se preocupe com o seu dinheiro. Tenho certeza de que não o gastaremos, até amanhã.

Mace riu alto, tentando parecer confiante ao telefone, a fim de restaurar a confiança de Schuler na transação. Mas não era fácil ser convincente.

— Por favor, ligue para mim, amanhã. Quero saber o que está acontecendo — Schuler pediu com voz trêmula.

— Vou ligar.

— A propósito, como está Leeny? — o gerente perguntou, hesitante.

Mace inclinou a cabeça para trás. Tinha de manter Schuler na corda bamba, para que ele não decidisse telefonar para Leeny.

— Bem, eu acho. Ela me perguntou quando, exatamente, eu havia descoberto que o empréstimo para o Broadway Ventures havia sido aprovado pelo Chase.

— Ah, ela perguntou... — Schuler teve um acesso de tosse.

— Sim. — Àquela altura, o gerente do Chase devia estar desejando jamais ter conhecido Leeny. — E ela agiu de maneira muito, muito estranha.

Schuler hesitou.

— Estranha?

Mace sorriu.

— Sim, estranha. — Não havia a menor possibilidade de Schuler telefonar para Leeny, depois daquela conversa. Seria necessária uma grande catástrofe, para o sujeitinho reunir coragem para ligar para ela, caso não encontrasse Mace. — Voltaremos a conversar amanhã, John.

Mace desligou o telefone, sem esperar pela resposta de Schuler. Assim que depositou o fone no gancho, examinou suas anotações. Queria ter sido uma mosca na parede, durante a reunião de Lewis Webster com o vice-presidente dos Estados Unidos.

A limusine moveu-se lentamente pela Pennsylvania Avenue, afastando-se da Casa Branca. Robin Carruthers olhou para Andrews, sentado na outra extremidade do banco, apreciando através do vidro escuro o fim de tarde de inverno. O sol já mergulhava no horizonte, e a parte traseira do veículo imenso tornava-se rapidamente escura. Tão escura quanto o humor dele devia estar, Robin pensou. A reunião com o presidente não havia produzido os resultados que Andrews esperava.

Por um momento, Robin pensou em estender o braço e tomar a mão dele na sua, a fim de oferecer-lhe consolo. Estavam sozinhos no interior da limusine. Ninguém a veria fazer isso. No entanto, ela não conseguiu se forçar a fazer tal gesto, porque uma sombra de dúvida havia finalmente se instalado em sua mente, depois de todos aqueles anos de devoção cega. Acreditara na história que Preston lhe contara, sobre Becker ter ordenado a Carter

Guilford que fizesse contato com o cartel Ortega, sobre Guilford ter repassado o dinheiro para a CIA, a fim de cobrir abusos financeiros na agência, assim como o uso fraudulento do dinheiro da CIA, para patrocinar a campanha eleitoral de Becker. Acreditara em tudo porque era completamente dedicada a Preston Andrews.

Agora, tudo aquilo começava a parecer absurdo. Afinal, Becker era um herói de guerra. Era um homem que havia limpado a agência assim que assumira o cargo de diretor, um homem cuja honra não poderia ser facilmente questionada. "Acima de qualquer suspeita", era como a maioria das pessoas, até mesmo seus inimigos, o descreviam. Mesmo assim, Robin acreditara na história, do início ao fim.

Agora, graças a essa devoção cega, ela havia se exposto a terríveis problemas. As cartas anônimas para Slade Conner, escritas sob as ordens de Preston, poderiam ser incriminadoras, caso fosse descoberta que ela era a autora. Andrews tentara queimar o diretor, fazendo com que um de seus próprios homens se voltasse contra ele. Para isso, fizera com que Robin escrevesse as cartas, para que Conner investigasse as alegações contidas nelas por conta própria. Conner iria aonde eles jamais poderiam chegar. Fora uma aposta desesperada, ela agora sabia, que não os levara a lugar nenhum. Conner apanhara os relatórios financeiros nos escritórios dos contadores, mas também levara o relatório verdadeiro.

Andrews ainda estava confiante de que algo de bom resultaria de tudo aquilo, mas Robin havia perdido todas as esperanças, e agora estava paranóica, temendo que, em vez de investigar o seu comandante, Conner estivesse fazendo tudo o que estava ao seu alcance para descobrir quem escrevera as cartas. E ele acabaria descobrindo, mais cedo ou mais tarde. Afinal, Conner era um dos melhores agentes que a CIA já tivera. E o trabalho dele era descobrir quem enviava cartas como aquelas.

De repente, a imagem de si mesma, sentada em uma sala de comitê, apinhada de senadores e deputados, sendo impiedosamente interrogada, enquanto Malcolm Becker a observava, impassível, tomou conta de sua mente. Seu corpo tremeu. Não queria qualquer envolvimento com Malcolm Becker, mas ele a apanharia, se Slade descobrisse que ela havia escrito as cartas. Tudo por causa de Preston Andrews.

Robin respirou fundo e olhou pela janela. Fizera tudo isso por ele, e o que recebera em troca? Nada além de um início de úlcera, e mais de dois quilos em excesso, graças aos chocolates que vinha comendo compulsivamente, devido ao estresse terrível.

Em um gesto lento, o vice-presidente desviou os olhos da janela e virou-se para ela.

— Você está bem, Robin?

Ela também se virou para encará-lo.

— Sim — respondeu com voz gelada.

Andrews sacudiu a cabeça.

— Eu realmente acreditava que conseguiríamos forçar o presidente a obter as informações da CIA mais depressa.

Robin assentiu devagar.

— Na verdade, não parece que ele vá nos ajudar muito. Parece mais preocupado com um cenário maior — comentou em tom totalmente desprovido de expressão.

— Ele não quer se envolver em algo que o force a mostrar coragem, a fazer um inimigo. Teremos de expor o que está acontecendo na CIA, nós mesmos. Acho que já é tempo de você fazer um contato pessoal com Slade Conner.

— O quê?

— É tudo o que nos resta — Andrews declarou com firmeza.

Robin mal podia acreditar no que acabara de ouvir.

— Preston, fiz tudo o que você me pediu. Até agora. Não vou me expor a nenhum outro risco pessoal. Simplesmente, não farei isso.

— Pensei que fosse dedicada a mim — Andrews retrucou com voz controlada.

Ela sentiu o sangue ferver em suas veias.

— Nunca se atreva a questionar a minha devoção a você! — protestou, trêmula. Nunca antes dirigira-se a ela naquele tom, mas depois de todos aqueles anos de dedicação, não esperava que ele lhe pedisse que se atirasse aos leões. – Não acredito que está mesmo me pedindo isso!

– E eu não acredito que você esteja se recusando a fazer o que quer que seja necessário para nós vencermos as eleições.

– Farei o que acreditar ser do meu interesse. Só para variar. O que for do interesse do país. – Fez uma pausa, considerando as palavras que estava prestes a formular. Não deveria dizer aquilo. Deveria ficar quieta. Sua paciência, porém, chegou ao fim. – Um de nós tem de fazer isso.

Andrews não respondeu de pronto.

– O que quer dizer com isso? – indagou, a voz ainda calma, mas o tom indicando a aproximação de uma tempestade.

– Quero saber como você sabia que Carter Guilford trabalhava para o cartel Ortega para enviar dinheiro à CIA. De onde veio essa informação? Até agora, aceitei sua palavra, sem questionar. Não estou mais disposta a continuar aceitando. Preciso de confirmação. Preciso saber de toda a história.

Tomado pelo pânico causado pela sucessão de perguntas disparadas pela única pessoa que ele imaginara que jamais o questionaria, o vice-presidente repassou rapidamente na memória todas as respostas possíveis.

– Carter Guilford procurou-me, há alguns meses, para contar o que estava acontecendo – murmurou. – Carter entrou em contato comigo, através de agentes da DEA, embora não houvesse revelado sobre o que queria conversar comigo. Pensou em mim por causa do meu trabalho junto à DEA. Foi ele quem me falou sobre Slade Conner, que Conner era o único homem honesto na CIA, para não confiar em ninguém de lá, exceto Conner.

– Você gravou suas conversas com Guilford? – Robin inquiriu, decidida a não se deixar levar pelas palavras dele outra vez.

Andrews era convincente demais. Era justamente por isso que ele se tornara um político eminente.

– Não. Eu tentei, mas ele ligou um rádio em volume muito alto, enquanto conversávamos, tornando impossível gravar qualquer coisa. Conversamos apenas uma vez, por pouco tempo. Deveríamos nos encontrar novamente, mas acho que Becker descobriu que ele havia me procurado. Como já lhe disse, não acredito que a queda do avião de Carter, em Honduras, tenha sido um acidente, Robin.

Tudo parecia muito convincente, mas Preston era capaz de convencer qualquer pessoa de que os atletas profissionais não davam a menor importância ao dinheiro, que jogavam simplesmente por amor ao esporte. Era capaz de fazer qualquer coisa parecer convincente. Era um dom que ele possuía.

— Você se reuniu com Lewis Webster, sócio sênior da Walker Pryce?

Ora, como ela havia descoberto aquela informação?

— Por quanto tempo mais a chefe de gabinete do vice-presidente pretende interrogá-lo?

Desta vez, a voz de Andrews se ergueu.

Robin percebeu que ele estava furioso, pois sabia que ele só falava na terceira pessoa quando estava prestes a perder totalmente o controle. Mas não importava. Ela queria respostas.

— Por quanto tempo ela quiser — Robin retrucou. — Responda à minha pergunta, Preston.

— Foi ele quem me telefonou. Disse que ouviu rumores sobre problemas financeiros na Andrews Industries, e queria oferecer ajuda. Pedi a ele que viesse a Washington, para assegurá-lo de que a empresa de minha família não está enfrentando problemas e que, em breve, eu contrataria a empresa dele para prestar alguns serviços à Andrews Industries. O pessoal de Wall Street é ganancioso demais. Bastou que eu acenasse com a possibilidade de um contrato de serviços, em um futuro próximo, para que ele partisse satisfeito. Mas foi a melhor coisa tê-lo chamado em meu escritório e oferecido o tratamento do tapete vermelho. Funcionou perfeitamente. Não tive notícias dele, desde então. A última coisa de que eu precisava era uma pessoa como ele, contando ao mundo que estou enfrentando problemas financeiros. Como ele descobriu que a empresa está com problemas, jamais saberei. Ele se recusou a revelar suas fontes. Mas os números que ele recitou eram absolutamente precisos. Eu neguei, é claro, mas gostaria de saber onde ele os conseguiu.

Mais uma vez, a história parecia boa, mas quem poderia saber se Preston estava dizendo a verdade? Ele havia mencionado apenas um encontro, mas ela recebera a informação de que haviam sido vários.

— Por que não me disse que ia se encontrar com Webster? Afinal, sou sua chefe de gabinete.

— Estou tentando mantê-la o mais longe possível de tudo isso, Robin.

— Como pode dizer isso? — A voz dela ergueu-se de repente. — Acaba de me pedir para fazer contato pessoal com Slade Conner! Como eu poderia estar mais envolvida?

Andrews não respondeu. Simplesmente, limitou-se a fitá-la.

— Tenho uma última pergunta — Robin murmurou.

— Só uma, com certeza.

Ela ignorou o comentário sarcástico.

— Quem era o homem que estava com você, no hotel Doha, naquela noite em que entrei em seu quarto? Você ainda não me disse.

Andrews desviou o olhar no mesmo instante. Não podia contar a ela. Aquela informação deveria ser mantida em sigilo absoluto. Por quanto tempo fosse necessário.

25

O HOMEM ESTAVA VESTIDO de eletricista, mas seu conhecimento da profissão limitava-se a um único e breve curso vocacional que ele fizera, durante o colegial, muitos anos antes. Ele colou o ouvido à porta e ouviu atentamente, por vários segundos, tentando discernir algum som do lado de dentro. Não ouviu nada. Conferiu o número na porta do apartamento mais uma vez, só para ter certeza. Então, abriu-a devagar. Cerrou os dentes ao empurrar a porta. Teria sido muito melhor poder surpreender o alvo em uma rua escura, ou em uma estação de metrô apinhada, mas seus patrões o queriam morto imediatamente.

A porta se abriu silenciosamente. O assassino espiou pela fresta, para verificar se havia alguma luz acesa no interior do apartamento, mas estava tudo escuro. Entrou, fechou a porta e guardou no bolso a pequena ferramenta que utilizara para destravar o trinco. Com gestos cuidadosos e silenciosos, ajoelhou-se, depositou a bolsa já aberta no chão, à sua frente, e retirou de dentro dela a arma carregada. Colocou-se de pé novamente e começou a mover-se sorrateiramente na direção do quarto. Haviam lhe dado um mapa grosseiro, porém completo do apartamento, que incluía o posicionamento da mobília. No entanto, não havia necessidade de ser tão cauteloso, pois as luzes da cidade, que se infiltravam pela grande janela da sala de jantar, eram suficientes para guiá-lo.

O assassino encaminhou-se rapidamente para a porta do primeiro quarto. Mace McLain estava lá dentro, dormindo em sua cama. Passava de duas horas da madrugada, e a informação que ele havia recebido indicava que Mace ficara no escritório até nove horas e, então, chamara um táxi para levá-lo de volta ao seu apartamento, em Upper West Side. Estava cansado, e iria para a cama, assim que chegasse em casa. Essa era a informação que o assassino recebera. Mesmo assim, ele esperou até aquela hora, apenas por precaução.

Estava quase terminado, agora. O alvo já poderia ser considerado morto. O homem hesitou diante da porta por um segundo. A arma refletiu o brilho da luz que vinha da janela, quando ele a ergueu até a altura do rosto e levou a mão à maçaneta. Não se tratava de uma arma convencional. Era um revólver de dardos. O dardo, porém, não fora enchido com sedativos. O projétil pontiagudo continha um veneno mortal, que paralisaria o alvo seis segundos após a penetração na pele, e faria o coração parar, dezessete a vinte segundos depois. Talvez McLain conseguisse sair da cama e cair no chão, mas não mais do que isso.

Matar McLain não seria o problema. O verdadeiro problema seria tirar o corpo do edifício de apartamentos sem ser visto. Não queriam que o corpo fosse encontrado... nunca. Por isso, McLain teria de ser morto ali, sem qualquer sinal de luta ou violência, para então ser transportado a um lugar, onde poderiam livrar-se do corpo da maneira apropriada.

O assassino girou o trinco sem produzir qualquer ruído, respirou fundo três vezes, e invadiu o quarto. A cama estava vazia. Rapidamente, ele foi ao banheiro e, então, ao segundo quarto. McLain não estava no apartamento. A informação que o assassino recebera estava errada.

Com gentil firmeza, Mace levou Leeny até a parede e, então, pressionou o corpo nu contra o dela. A parede era fria contra a pele das nádegas e das costas de Leeny, mas a sensação não era desagradável, uma vez que o quarto estava muito quente. Suas mãos massagearam os ombros dele por alguns instantes, para então encontrarem-se na altura da nuca de Mace. Por um longo momento, ela fitou os olhos cinzentos, apreciando o reflexo das várias velas nas pupilas escuras. Então, ele a beijou com paixão.

Porém, quando ela pensou que Mace fosse penetrá-la, quando suas pernas já se preparavam para envolver-lhe os quadris, ele recuou um passo. Leeny sacudiu a cabeça, sem compreender.

Mace foi até a porta do quarto e abriu-a. Rachel, já nua, entrou no quarto com passos lentos, vinda da escuridão lá fora, segurou a mão de Mace e conduziu-o até a cama enorme, no centro do aposento. Deitou-se na cama diante dele, de costas, gesticulando para que Mace se juntasse a ela.

Leeny tentou gritar, mas o som ficou preso em sua garganta. Ela tentou se afastar da parede, mas por alguma razão, descobriu-se incapaz de mover-se. Não podia fazer nada, senão assistir a Mace deitar-se na cama e fazer amor com Rachel.

Leeny sentou-se na cama de um pulo, gritando ao despertar do sonho. Respirou pesadamente durante vários instantes e, então, deu-se conta de que seu corpo estava banhado em suor. O colchão estava encharcado.

— Ah, meu Deus! — murmurou, olhando em volta, para a escuridão que tomava conta de seu quarto.

Apoiou-se em um cotovelo e estendeu o outro braço, até alcançar o abajur sobre a mesa-de-cabeceira, para acendê-lo. No mesmo instante, a luz suave e reconfortante tomou conta do ambiente. Mas a imagem de Mace fazendo amor com Rachel continuou com ela. Aquela era uma imagem que ela não poderia apagar da mente.

Mais uma vez, Leeny estendeu o braço para a mesa-de-cabeceira, de onde apanhou o vidro de remédios. Retirou quatro comprimidos do frasco, o que representava quatro vezes a dose receitada pelo médico e impressa no rótulo, e engoliu-os de uma só vez, com um gole de água. Lentamente, devolveu o copo à mesa. Ele oscilou na beirada por um segundo e, então, tombou para o chão, desfazendo-se em mil pedaços. Mas Leeny nem notou. Seus olhos estavam fixos nos números vermelhos do relógio. Duas e meia da madrugada. O assassino já havia terminado o seu trabalho, àquela altura. Mace McLain estava morto.

Slade observou a mulher desaparecer na escuridão do *campus* da Universidade de Georgetown. Eram quase três horas da madrugada. Fora preciso muita coragem para ela ir até lá. Sem dúvida, ela sabia que o dever de Slade seria relatar aquela traição a Becker.

Na distância, as luzes do velho McDonogh Gymnasium brilhavam. O que ele devia fazer? Robin Carruthers, chefe de gabinete do vice-presidente dos Estados Unidos, acabara de se revelar autora das duas cartas anônimas que ele havia recebido. Ela fizera acusações incríveis contra Malcolm Becker, seu comandante. E pedira a ajuda de Slade. Ele riu alto. "Bizarro" era a única palavra que lhe ocorria para descrever com exatidão o que ele acabara de ouvir.

Slade virou-se e partiu na direção oposta à que Robin seguira. Que diabos ele faria, agora?

O motor estava funcionando no máximo de seu limite havia vinte minutos, os pistões rugindo à medida que o carro subia lentamente a montanha íngreme, enfrentando uma curva fechada atrás da outra. O odor de óleo queimado tomava conta do interior do veículo, e o indicador de temperatura indicava que o motor não suportaria a pressão por muito mais tempo. E, se o motor queimasse ali, a ajuda estaria a quilômetros de distância. O último sinal de civilização fora o velho posto de gasolina na base da montanha, e não havia nenhuma luz acesa dentro dele.

Finalmente, o carro alcançou o topo da montanha imensa, e então, iniciou a longa descida. A luz dos faróis cortava a noite escura, iluminando pouco mais que a densa floresta, grandes montes de neve, que em certos pontos atingiam três metros de altura, ao lado da estrada tortuosa e desolada, e a presença ocasional de cervos, que às vezes se lançavam na frente do carro, vindos da floresta, e saltavam de volta para a segurança no último instante.

Mace estava encolhido atrás do volante do automóvel pequeno. Decidira alugar aquele modelo porque não queria chamar atenção sobre si, ao chegar na minúscula vila do oeste da Virgínia, dirigindo um carro esporte, ou grande. Mantinha as duas mãos firmes no volante, concentrando-se inteiramente na estrada estreita e repleta de curvas. Estava exausto. O avião que o levara de Nova York para Charleston só decolara do Aeroporto La Guardia às onze horas da noite, e aterrissara no oeste da Virgínia sob uma nevasca relativamente intensa. O que havia custado a Mace mais tempo, pois ele não pudera ultrapassar a velocidade de quarenta quilômetros por hora, durante os primeiros noventa minutos na estrada. Havia considerado a idéia de passar a noite em Charleston, mas logo a descartara. Não tinha tempo a perder. Logo se dariam conta de sua ausência.

Mas a neve finalmente cessara e, agora, era apenas uma questão de vencer as montanhas daquela região remota do país, e evitar os cervos, que pareciam ser tão numerosos ali, quanto os sem-teto nas ruas de Nova York. Os grandes montes de neve e altos pinheiros ficavam para trás rapidamente. Aquele lugar era mesmo o fim do mundo! Mace não vira um carro sequer, ao longo dos últimos vinte quilômetros. Ele respirou fundo. Devia estar muito perto de seu destino. Ao menos, era o que o mapa indicava.

Foi então que viu uma pequena placa visível apenas quando ele alcançou o topo de uma lombada. "SUGAR GROVE: 10 KM." Lentamente, ele começou a relaxar no banco. Estava chegando.

De repente, lançou-se para a frente outra vez, curvando-se sobre o volante, quase colando o rosto ao pára-brisa. Esforce-se sempre mais no final, do que durante o jogo. Não relaxe ao avistar a linha de chegada. Marque mais um ponto no último minuto. Suas pálpebras pareciam pesar toneladas, mas já estava quase chegando, e havia um motel à sua espera em Sugar Grove. Havia verificado tal informação.

Mace sacudiu a cabeça. Provavelmente, todo aquele esforço seria por nada. A transferência de dinheiro da conta do Broadway Ventures no Chase, para aquela pequena agência do Charleston National Bank & Trust, em Sugar Grove, no fim do mundo, provavelmente não significava nada. Mas ele tinha de se certificar disso.

De repente, um cervo surgiu de dentro da floresta densa, surpreendendo Mace ao deixar o abrigo proporcionado pelos pinheiros. Era um animal grande e formoso. O cervo, aparentemente despercebido da besta de aço que avançava na sua direção, movia-se devagar, exatamente no caminho do veículo.

Apesar do progresso lento do animal, Mace calculou que o cervo alcançaria o outro lado da estrada com facilidade, antes que o carro o atingisse. Porém, quando atravessava o asfalto, o animal cometeu o erro fatal de virar-se na direção dos faróis. O cervo parou, imóvel como uma estátua, os olhos fixos nos faróis. Mace pisou no freio imediatamente, mas os pneus não aderiram ao asfalto no mesmo instante, pois derraparam sobre a camada de gelo que cobria a estrada.

No último instante, Mace retirou o pé do pedal de freio. O carro continuou derrapando, inclinando-se para a direita, quase atingindo o dorso do cervo. Então, certo de que não havia mais a possibilidade de atropelar o animal, Mace voltou a pisar no freio. Mais uma vez, o carro compacto derrapou no gelo. Finalmente, colidiu de frente com um enorme monte de neve.

O carro não estava em velocidade particularmente alta, no momento do impacto, e por isso Mace não sofreu qualquer ferimento. Por outro lado, no momento da batida, o motor morreu. Mace tentou dar a partida novamente, mas o motor não emitiu nenhum som. Ele tentou várias vezes, esperando alguns minutos entre uma tentativa e outra, mas a ignição não respondeu. Finalmente, ele abriu a porta com um chute e saiu do carro. Tinha uma longa caminhada pela frente.

Inclinou-se, colocando parte do corpo dentro do carro, apanhou sua mala e virou-se para partir. O cervo, que não havia se movido quando o carro derrapara bem junto ao seu corpo, lançou-se em um salto repentino para o meio das árvores que ladeavam a estrada.

— Droga! — Mace recuou um passo, em um movimento involuntário.

O animal o assustara.

O cervo desapareceu rapidamente na floresta escura. Mace continuou parado, apurando os ouvidos durante um longo momento, ouvindo os sons produzidos pelo animal ao esbarrar e quebrar galhos pelo caminho, sons que foram se tornando cada vez mais fracos e distantes, até ele não ouvir mais nada. Só então, Mace deu-se conta de que não havia som algum nos arredores.

Com passos lentos, iniciou sua caminhada pela estrada coberta de gelo, na direção de Sugar Grove. O que Leeny pensaria, se soubesse onde ele estava? O que Webster pensaria? Bem, nenhum dos dois descobriria. Mace estaria de volta a Nova York na noite de segunda-feira, e de volta ao trabalho nas primeiras horas da terça, com uma explicação plausível para a sua ausência na véspera, e sem nenhum recibo de cartão de crédito a ser rastreado. Ele havia sacado do banco uma quantia significativa, em dinheiro, para pagar por qualquer situação imprevista à vista.

Mace sacudiu a cabeça. Rachel estava certa. Leeny tinha muitos problemas. Por que ela havia se mostrado tão interessada, naquela tarde, em saber a que horas ele voltaria para casa? E se ele tinha planos de sair, à noite?

26

SUGAR GROVE SITUAVA-SE em um vale remoto dos lendários montes Apalaches. Os picos cobertos de árvores e neve erguiam-se em todas as direções, ao redor do pequeno agrupamento de casas de madeira. Tratava-se de um lugar que o século XX esquecera-se completamente de visitar. Os poucos veículos presentes nas ruas esburacadas eram caminhonetes cobertas de lama. Todos os três mil habitantes da vila pareciam ser parentes ou, ao menos, conhecer muito bem um ao outro. E havia dois, de quase tudo o que existia ali: dois mercados, duas casas de ferragens, dois bancos, duas lojas de bebidas, e dois velhos cinemas, que ainda exibiam filmes da década de 70.

O motel Deliverance, situado na rua principal, em frente à lanchonete Mabel's Truck Stop Diner, oferecia quartos com pouco mais que um colchão duro, uma Bíblia, e um velho telefone preto, com disco em lugar de teclas. Para fazer uma ligação do aparelho antigo, um hóspede do motel tinha de ser conectado ao mundo externo pela pessoa que estivesse cuidando do minúsculo balcão de recepção. Na maior parte do tempo, essa pessoa era Max Shifflette, o obeso proprietário do estabelecimento.

A única comodidade moderna disponível no motel era uma televisão de tela gigantesca no "salão social", que oferecia noventa e dois canais, graças a uma imensa antena parabólica posicionada no pico mais alto entre os que cercavam a vila. O motel Deliverance não se comparava, nem de longe, aos hotéis cinco estrelas de Londres, Paris e Los Angeles, aos quais Mace estava habituado, mas quando ele se deitou na cama simples, às cinco horas da manhã de sábado, depois de uma caminhada de quase dez quilômetros, desde o ponto onde o carro alugado quebrara, foi como se houvesse chegado ao paraíso.

— Mais uma cerveja, Max? — Mace ofereceu, passando a embalagem de doze latas de Coors, já meio vazia, para o proprietário do motel, que estava sentado em uma velha poltrona de madeira ao seu lado.

Mace havia comprado a cerveja na Piggly Wiggly, situada ao lado da Mabel's. Era engraçado, Mace pensou, quando estendia a embalagem para o outro. Aquele pequeno recanto de Sugar Grove parecia-se muito com Nova York em um aspecto: tudo o que era necessário encontrava-se disponível logo adiante de sua porta, vinte e quatro horas por dia.

— Se não se importa, vou aceitar — Max respondeu depressa, com sua voz alta e pesado sotaque das montanhas.

Virou a lata que empunhava de cabeça para baixo, engoliu o restante de seu conteúdo e atirou-a no tapete surrado do salão. Então, esticou a mão e apanhou a embalagem que Mace lhe estendia. Com uma das mãos enormes, Max retirou da embalagem mais uma lata dourada, abriu-a e bebeu metade da cerveja de um só gole. Arrotou alto quando, finalmente, afastou o alumínio dos lábios.

Mace sorriu consigo mesmo, observando o homem consumir a cerveja. Max parecia mais um urso do que um homem. Tinha, aproximadamente, um metro e noventa e sete de altura, e mais de cento e trinta quilos. Os cabelos pretos eram longos e malcuidados, assim como a barba, e ele parecia ser o tipo ideal para desfrutar de uma próspera carreira na Federação Mundial de Luta Livre. Mace havia, por brincadeira, se oferecido para ser seu agente em tal empreitada, mas Mad Max, como Mace ouvira a jovem camareira se dirigir ao patrão, naquela manhã, recusara a oferta, alegando querer ficar em Sugar Grove até o dia de sua morte, cuidando do motel em cinco dias da semana, e caçando ursos negros e cervos nos outros dois. Isso era o que Max entendia por vida boa, e estava plenamente satisfeito com o que tinha. E havia uma boa dose de verdade naquilo, Mace pensou.

De repente, a recepção da gigantesca televisão tornou-se difusa, até que a corrida de tratores desapareceu da tela.

— Droga! — Mad Max terminou sua cerveja e atirou a lata vazia na televisão.

— O que houve com a recepção? — Mace indagou.

Mad Max enfiou a mão na embalagem de cerveja que ele havia colocado cuidadosamente sobre as próprias coxas, e retirou mais uma lata.

— Ah, provavelmente, o satélite deve ter saído do ar. Ou então, a companhia que o opera finalmente descobriu que estou pirateando o sinal deles.

— O quê? — Mace sorriu.

Mad Max bebeu um gole de cerveja e virou-se para Mace, exibindo um sorriso largo que deixava à mostra a protuberante gengiva superior.

— Isso mesmo. Meu irmão e eu instalamos aquela parabólica no topo da montanha, há dois anos, sem informar ninguém.

— E a polícia não fez nada?

Mad Max sacudiu a cabeça.

— Meu irmão é o delegado.

Mace assentiu para o proprietário do motel.

— Claro — murmurou, divertido.

— O que vamos assistir agora? — Visivelmente irritado por aquele pequeno imprevisto, Mad Max pôs-se a trocar de canal em velocidade estonteante. — Talvez algum outro canal continue no ar. Poderíamos encontrar outra corrida de tratores.

Mace consultou o relógio. Passava pouco das sete horas da noite de domingo. Ele pensou em sugerir o "Sessenta Minutos", mas pensou melhor e mudou de idéia.

— Max, conte-me um pouco sobre Sugar Grove.

Mad Max colocou o controle remoto sobre a mesinha ao lado de sua poltrona, cofiou a barba por um momento, e reclinou-se na cadeira. Não questionou o desejo de Mace em compreender a história de Sugar Grove, simplesmente porque achava natural um visitante querer saber tudo sobre a sua cidade.

— Sugar Grove foi fundada em 1866, pela ovelha negra de uma família de Richmond, na Virgínia, que não queria conviver com os ianques, depois da Guerra Civil. Calculou que eles não o encontrariam aqui, e acertou, pois são poucos os ianques que aparecem na região. Estou surpreso por você ter chegado aqui. E estou ainda mais surpreso por continuar aqui.

Por alguma razão, Max considerou tal comentário extremamente engraçado, e riu às gargalhadas durante vários minutos, antes de recuperar a compostura com alguns longos goles de cerveja.

Mace não perguntou a Mad Max por que ele achara a observação tão engraçada. Não queria saber.

Finalmente, o proprietário continuou:

— No início do século XX, as grandes companhias de papel instalaram-se aqui. Criaram muitos empregos na cidade e tornaram o neto do fundador da cidade um homem rico. No final da década de 40, vieram as companhias de carvão, trazendo mais empregos e tornando o bisneto do fundador da cidade um homem ainda mais rico. Mas, desde a queda de Richard Nixon, o último presidente de verdade do país, a sorte de Sugar Grove não tem sido muito grande. Vinte anos atrás, as companhias de papel se foram porque descobriram que poderiam conseguir madeira muito mais barata, no sul. E, agora, o carvão praticamente acabou. A população da cidade é metade do que era antes. — Mad Max sacudiu a cabeça com tristeza. — Dentro de mais vinte anos, não restará mais ninguém. Então, meu primo não terá a quem vender os produtos de seu mercado.

Max bebeu outro gole de cerveja.

— Seu primo é dono de um dos mercados? — Mace perguntou, bebericando sua cerveja.

Mad Max hesitou.

— Ele é o dono dos dois mercados. E, também, é dono das duas casas de ferragens.

Mace assentiu, compreendendo por que os preços, em Sugar Grove, não eram muito diferentes daqueles a que estava acostumado, em Nova York. A família de Mad Max monopolizava o mercado da região.

— E, provavelmente, você é o proprietário do motel do outro lado da cidade, certo?

Mad Max exibiu sua expansiva gengiva superior rosada mais uma vez.

— Claro. Além da oficina onde seu carro está. Minha esposa administra o negócio. O que dá muito certo, pois a oficina a mantém ocupada. Assim, não sou obrigado a vê-la com freqüência. O que significa que posso caçar mais vezes.

Mace soltou uma gargalhada.

— Meu Deus! Todos vocês são barões ladrões dos tempos modernos! — zombou, sorrindo para o homem da montanha.

O sorriso de Max se dissipou. Ele não sabia ao certo o que era um barão ladrão, mas o termo parecia referir-se a algo criminoso, e ele não gostou da implicação.

— Aposto que uma parte da sua família é dona de tudo o que há em Sugar Grove. Estou certo?

— Sim, está. — Max assentiu com certa rigidez. Não entendia por que aquele pequeno detalhe interessava tanto àquele homem de Nova York. Max abriu mais uma lata de Coors. — E você, por que está aqui, ianque? — Piscou para Mace. — Estava apenas de passagem por nossa vila, quando o seu carro quebrou?

— Não, eu não estava de passagem. Sugar Grove era o meu destino. Eu estava a caminho daqui, para passar alguns dias. Mas estou começando a achar que nunca conseguirei ir embora. Está demorando um pouco mais do que eu imaginava, para consertar o motor do meu carro — Mace explicou, erguendo uma sobrancelha para Mad Max.

Max sorriu.

— Preciso mantê-lo aqui por algumas noites, para ganhar algum dinheiro. Como deve ter notado, não tenho um grande movimento, em meu motel.

Era verdade. Na noite anterior, havia apenas outros dois hóspedes, e agora, Mace era o único ocupante pagante.

— Na verdade, eu teria de ficar até amanhã, de qualquer maneira — Mace disse.

— Por quê? — Mad Max endireitou-se na cadeira, subitamente interessado. — Por que está aqui?

Mace estudou-o por alguns instantes.

— Trabalho para o governo. Estamos investigando uma das famílias criminosas de Nova York.

Max inclinou-se para a frente. Agora, estava realmente interessado. Já ouvira falar de tais famílias.

— Está se referindo à máfia? — perguntou em um sussurro.

Mace assentiu com ar solene.

— Acreditamos que eles estejam lavando dinheiro, através da agência de Sugar Grove do Charleston National Bank and Trust.

Tratava-se de uma história totalmente implausível, mas Mace sabia que "lavar dinheiro" soaria oficial, e que Max não faria a menor idéia do que isso significava e, provavelmente, não pediria uma explicação.

— Ah, meu Deus! Minha sobrinha trabalha nessa agência.

Mace ergueu os olhos de pronto. Bingo!

— O pessoal da agência corre algum risco? — Max perguntou, visivelmente preocupado.

— Não, não. — Mace deu-se conta de que o homem da montanha estaria ao telefone, contando a história a toda a sua extensa família, dentro de dois minutos, se ele não fosse cuidadoso. — Não, não é nada que deva causar preocupação. E preciso que me dê a sua palavra de que não dirá nada disso a ninguém.

— Nada — Mad Max repetiu de olhos arregalados.

— Max, o que sua sobrinha faz na agência?

— Trabalha no caixa.

— Acha que ela estaria disposta a me ajudar? — Mace perguntou depressa.

Max hesitou por um longo momento, antes de responder, mas algo nos olhos de Mace disse ao homem da montanha que ele podia confiar no ianque.

— Claro. O que ela teria de fazer?

— Nada demais. Só preciso de algumas informações sobre uma determinada conta. Imagino que ela tenha acesso a esse tipo de informação.

Max assentiu com ênfase.

— Ela tem acesso a tudo, por lá. É chefe de caixa. — Fez uma pausa. — Não há a menor chance de que alguém descubra que ela se envolveu nisso, há?

— Nenhuma.

— E tenho certeza de que o governo estaria disposto a pagar pela informação que ela forneceria, certo?

Mace fitou o homem da montanha nos olhos. Ora, então era esse o ponto... Mace riu.

— Sim, certo.

Não se deu ao trabalho de explicar que se o governo quisesse informações sobre uma conta, um agente entraria pela porta da frente do banco e as exigiria. Em se tratando de problemas envolvendo dinheiro, não havia nenhum direito à privacidade.

Mad Max assentiu.

— Amanhã de manhã, vá ao banco e pergunte por Carol Shifflette. Ela terá prazer em ajudá-lo.

27

MAD MAX HAVIA EXAGERADO o prazer que sua sobrinha teria em ajudar o que ela pensava ser um agente do governo dos Estados Unidos. Os olhos da jovem, muito distantes um do outro, no rosto largo e coberto de sardas, revelavam a sua relutância. Mace sorriu para ela, ao se postar diante da abertura do caixa, mas ela não retribuiu o sorriso.

— Carol?

— Sim — a moça confirmou em um sussurro.

A agência era pequena e pouco movimentada àquela hora da manhã. Era evidente que ela não queria que seu superior, um sujeito gorducho, sentado a uma mesa não muito longe do caixa, ouvisse a conversa.

— Meu nome é Mace McLain — Mace também baixou a voz. — Seu tio, Max Shifflette, recomendou que eu a procurasse.

— Eu sei. — Carol parecia irritada, como se estivesse retribuindo um favor que lamentava ter recebido. Olhou em volta, visivelmente nervosa. — Dê-me o número da conta.

Seus cabelos ruivos caíam, lisos, dos dois lados de seu rosto, e Mace notou que sua gengiva superior era tão protuberante quanto a do tio, o que se tornava visível em seus raros sorrisos.

Mace deslizou um pedaço de papel, juntamente com uma nota de vinte dólares, por debaixo das barras de ferro escuro que os separavam.

— Poderia me dar quatro notas de cinco, por favor? — ele perguntou em voz alta.

O gorducho ergueu os olhos de seu café e jornal, mas só por um momento.

A jovem apanhou o pedaço de papel, no qual estava escrito o número da conta, guardou-o discretamente no bolso do vestido florido e, então, apanhou o troco pedido por Mace em voz alta.

— Encontre-me no posto de gasolina da Shell, na esquina da rua principal com a Ridge, dentro de meia hora — ela sussurrou através das grades, estendendo as quatro notas de cinco dólares para Mace. — Só poderei me ausentar daqui por uns poucos minutos. Por isso, se não estiver lá, perderá a sua chance.

Mace sorriu para Carol, mas outra vez ela não retribuiu o gesto de simpatia. Obviamente, não se deixara impressionar com o homem atraente da cidade grande. Ele estava fazendo algo errado. Carol não tinha a menor dúvida disso, mas seu tio Max a instruíra a ajudá-lo, e ela não queria que tio Max contasse ao seu pai que ela e o namorado vinham usando o motel Deliverance, em vez do banco traseiro do carro, durante o inverno.

— Estarei lá — Mace garantiu.

Vinte e cinco minutos depois, quando Mace estava na cabine telefônica parcialmente arruinada, em frente ao posto de gasolina da Shell, com o fone pressionado contra o ouvido, conversando com ninguém, ele viu Carol Shifflette caminhando rapidamente pela rua principal. Andava com o corpo inclinado para a frente, a fim de se proteger do vento frio. Tinha uma das mãos pressionada contra o peito, e na outra levava um cigarro aceso. Na mão pressionada contra o peito, segurava um envelope pardo.

Mace recolocou o fone no gancho e saiu da cabine para encontrá-la. Tudo aquilo, provavelmente, não daria em nada, e lá estava ele, prestes a gastar o dinheiro que ganhara com tanto trabalho. De novo. E para quê? Provavelmente, nada. Ora, mas o que mais poderia fazer? Afinal, se chegara até ali, tinha de esclarecer toda a história.

A jovem o viu sair da cabine telefônica e apressou o passo, atravessando rapidamente o posto de gasolina, até chegar ao asfalto coberto de gelo, onde ele estava.

— Por que não vestiu um casaco? — Mace perguntou, sinceramente preocupado.

Ela sacudiu a cabeça e estremeceu.

— Se eu apanhasse o meu casaco, o sr. Griffith teria notado que saí. Ele entra no vestiário com freqüência. — Olhou em volta. — Aqui está. — Estendeu o envelope para Mace. — Três meses de atividades da conta com o número que me deu. Fotocópias de todos os cheques cancelados. Tudo. Mas não há muita coisa. Espero que seja o que está procurando, seja você quem for. — Fitou-o nos olhos por um momento. — Ou talvez eu não devesse esperar nada — murmurou.

— Não se preocupe — Mace tentou tranqüilizá-la. — Aqui está. — Estendeu-lhe um envelope com um gesto rápido. Dentro dele, havia mil dólares.

Carol apanhou o envelope e enfiou-o no bolso.

— Quanto deu ao meu tio? — ela perguntou.

— O mesmo. Exatamente o mesmo.

Era mentira. Mad Max exigira cinco mil dólares para convencer a sobrinha. Mas Mace não diria isso a ela. Baixou os olhos para o bolso onde ela havia guardado o envelope recheado de notas de cem dólares que ele havia sacado de sua conta bancária, antes de partir de Nova York, parte dos vinte mil dólares que ele havia retirado, apenas por precaução.

— Quer o seu dinheiro de volta, agora? — A jovem levou as duas mãos ao bolso, como se quisesse proteger seu pagamento. — Não vou devolver. Começarei a gritar, se você tentar...

Mace ergueu as duas mãos.

— Tudo o que quero é aquele pedaço de papel que dei a você, no banco, contendo o número da conta. — Mace inclinou a cabeça para o lado. — Não quero esse número solto por aí. Acho que entende o que quero dizer.

Sem pronunciar uma palavra, Carol enfiou a mão até o fundo do bolso de seu vestido, localizou o pedaço de papel, e entregou a Mace. Então, virou-se e começou a caminhar rapidamente na direção da rua principal, de volta ao Charleston National Bank and Trust. Aquele era o dinheiro mais fácil que ela ganhara em toda a sua vida. E era justamente por isso que estava tão preocupada.

* * *

— Está hospedado no Deliverance?

— Isso mesmo.

Gene Shifflette, proprietário do mercado Gene's Food Market, estava parado diante de Mace na entrada de carga, nos fundos do edifício. Gene parecia uma cópia em carbono de Mad Max. Tinha a mesma gengiva superior protuberante, os mesmos cabelos pretos e malcuidados, iguais à barba, como o primo, além da mesma compleição robusta e o mesmo olhar distante. Se ficassem lado a lado, passariam por irmãos gêmeos ou, pelo menos, irmãos, e não apenas primos. Bem, talvez os muitos anos de endogamia houvessem feito com que, em Sugar Grove, um primo fosse tão próximo quanto um irmão.

— Andem logo com isso! — Gene gritou para os vários garotos que descarregavam um caminhão e levavam os produtos para dentro do armazém do mercado.

Os garotos pareciam não ter mais de dez anos de idade. Então, Mace pensou, era assim que os comerciantes ganhavam a vida, ali: monopolizando preços e ignorando as leis federais sobre trabalho infantil.

Gene sacudiu a cabeça.

— Não prestam para nada. Onde foi que paramos? Ah, sim. O que precisa? Max disse que queria me fazer algumas perguntas.

— Isso mesmo.

Mace apalpou o envelope pardo cuidadosamente guardado no bolso interno do seu casaco de esqui. Seus pensamentos voaram para os extratos que Carol Shifflette lhe entregara, contendo cheques destinados ao Gene's Food Market, com datas dos dois últimos meses, somando um total de quase cem mil dólares.

— Pode falar. Um amigo de Max é meu amigo, também. Ei! Mexam-se, garotos! — Gene voltou a gritar com os meninos.

— Sr. Shifflette — Mace começou em tom insistente.

Já era meio-dia de segunda-feira. Leeny, provavelmente, já percebera a sua ausência e, sem dúvida, alertara Webster. Se havia algo importante para ser descoberto, seria melhor descobrir agora. Se não estivesse de volta ao trabalho, na manhã seguinte, teria de dar muitas explicações a Webster. Um dia longe do trabalho seria fácil de explicar, àquela altura, mas dois dias consecutivos trariam mais problemas.

— Sim, o que é? — Gene virou-se para encarar Mace.

— Escute, eu trabalho para o governo. Estou fazendo uma investigação de rotina, e só quero lhe fazer algumas perguntas sobre alguns cheques de altos valores que o senhor recebeu nos últimos meses.

Shifflette ergueu as mãos de pronto.

— Ei, não fiz nada errado!

— Sr. Shifflette, nós sabemos disso. — Mace usou "nós", a fim de parecer mais oficial. — Não é no senhor que estamos interessados. Falei com meus colegas da Receita Federal, ontem à noite. O senhor está limpo.

Shifflette empalideceu à menção das autoridades que policiavam os impostos.

— É claro que estou. Sou um cidadão respeitador da lei. — Lançou um olhar furtivo para as crianças que se esforçavam para carregar várias caixas pesadas, repletas de carne. — Por que não vamos até o meu escritório, para conversarmos mais à vontade?

Pousou a mão enorme no ombro de Mace e começou a conduzi-lo na direção do interior do edifício.

Mace sacudiu a cabeça.

— Não será necessário. Nossa conversa será breve.

Shifflette parou.

— Está bem. — Fez uma pausa. — Pode, ao menos, me dizer do que se trata?

Mace olhou em volta.

— As informações que obtive mostram que, ao longo dos últimos meses, o senhor recebeu quase cem mil dólares de... — Fez uma pausa e começou a tatear os bolsos, à procura do envelope pardo. — O nome me escapa, no momento. Deixe-me...

— Não se preocupe — Gene interrompeu-o. — Sei de quem está falando. Eles vêm a cada dois dias, para apanhar as encomendas. — Riu. — São os únicos fregueses que retiram seus pedidos aqui atrás. Não têm escolha. O volume é muito grande.

Tem sido um excelente negócio para mim. Espero que nunca acabe. — Shifflette sacudiu a cabeça. — Devem estar alimentando um exército, com toda aquela comida.

Alimentando um exército? As palavras ecoaram na mente de Mace.

— O que pode me dizer sobre eles?

Mais uma vez, Gene sacudiu a cabeça.

— Nada. Quando vêm apanhar a encomenda, já deixam a lista do pedido seguinte. É sempre assim. Carne moída, batatas e legumes. Sempre o mesmo pedido, nas mesmas quantidades. É tudo o que posso lhe dizer. Eu nem saberia dar uma descrição, pois parece uma pessoa diferente a cada vez, ao menos, quando estou por aqui.

— Não tem mais nada para dizer, então?

Mace estava desapontado.

Shifflette cofiou a barba, enquanto examinava a prancheta.

— Não. Mas se tem algo a perguntar, por que não pergunta a eles, diretamente?

Mace estreitou os olhos.

— O que está sugerindo?

Shifflette voltou a baixar os olhos para a prancheta.

— Devem vir apanhar uma encomenda hoje, às nove horas da noite, quando a loja já estiver fechada.

Mace respirou fundo. O dinheiro fora transferido da conta do Broadway Ventures no Chase, para uma conta da agência do Charleston National Bank, em Sugar Grove, na Virgínia. E, agora, Mace sabia que vários cheques dessa conta, atingindo um total de quase cem mil dólares, haviam sido passados ao dono de um mercado local, que descrevia as encomendas feitas por esses pagadores como sendo suficientes para alimentar um exército. Mace olhou em volta. Leeny Hunt estava interessada em seu computador particular. Lewis Webster havia criado um fundo abutre improvável. E havia um exército nas montanhas do oeste da Virgínia. Eram coincidências demais, agora, além de muitas perguntas sem resposta. Foi então que a idéia lhe ocorreu com força brutal. Mace sacudiu a cabeça com violência. Não. Não era possível. Lewis Webster considerava-se um deus, mas nem ele tentaria algo assim. Tentaria? Os olhos de Mace fixaram-se nos do homem da montanha.

– Onde posso conseguir um veículo? Meu carro está na oficina.

Shifflette sorriu.

– Sim, eu sei. E, ao que parece, vai demorar um pouco para ficar pronto. Lamento muito.

– Tenho certeza disso. – De repente, Mace considerou a possibilidade de ele haver, de alguma maneira, atravessado uma fronteira para algum país estrangeiro, um lugar além da imaginação, onde estivesse sendo mantido refém, sem sequer se dar conta disso. Talvez nunca recebesse o seu carro de volta, e tivesse de continuar a pagar os quarenta e sete dólares por noite ao proprietário do motel Deliverance, para sempre. – Um veículo. Onde posso conseguir um?

Gene Shifflette apontou para o que parecia ser um ferro-velho, visível através das árvores desprovidas de folhas.

– O que posso conseguir lá? – Mace inquiriu.

– Mike vai lhe vender a motocicleta mais veloz já conhecida pela humanidade.

Mace fitou Gene por um longo momento.

– Deixe-me adivinhar. Ele é seu primo.

Gene sorriu.

– Não. É meu pai.

– Eu deveria saber – Mace disse a si mesmo, enquanto saltava da plataforma do armazém para o chão. De repente, virou-se novamente para encarar Shifflette.

– Ei, Gene!

Shifflette fitou-o por cima do ombro.

– O que é?

– Nem uma palavra a essa gente, esta noite. Entendeu? Se eu quiser falar com eles, eu mesmo farei contato. Não diga nada. Tio Sam está de olho em você!

Shifflette assentiu. Por um momento, pensou nos recibos de milhares de dólares de seu mercado, que ele não estava declarando em seu Imposto de Renda. Engoliu em seco. Qualquer tipo de auditoria em suas declarações de renda, comparadas à sua conta bancária, revelaria inconsistências significativas, até mesmo aos olhos do contador mais inexperiente. Fazia tanto tempo que Gene sonegava impostos, que não haveria como encobrir o fato. Deu de ombros. Se quisessem ir a Sugar Grove, que fossem. Iam se arrepender disso.

— Nem uma palavra — gritou para Mace, que já atravessava as árvores na direção do ferro-velho.

Mace avançava lentamente pela crista de um penhasco paralelo à grande usina de processamento de carvão abandonada, lançando-se de uma árvore a outra em corridas velozes. As construções parcialmente enferrujadas, erguidas sobre vários hectares de floresta derrubada, estavam poucos metros abaixo dele, mas quase não eram visíveis na escuridão da madrugada. Mace não conseguia enxergar seu relógio, mas calculou que fossem quase quatro horas da madrugada. Levara consigo uma pequena lanterna, mas não queria usá-la por medo de revelar sua posição a alguém que pudesse estar lá embaixo. Construída na base da face oeste da montanha, a usina não começaria a receber os raios de sol por, no mínimo, outras duas horas. Felizmente, a noite não tinha nuvens e, embora não houvesse lua, Mace ainda podia distinguir as formas maiores.

Durante um longo momento, ele observou o vasto complexo abaixo, em meio à escuridão. Então, voltou para a floresta, sentou-se sobre um grande tronco caído junto à linha formada pelas primeiras árvores, e fechou os olhos. Estava exausto. Escondido entre as árvores que separavam o mercado do ferro-velho, Mace vira o grande caminhão apanhar sua encomenda de alimentos, deixada na porta dos fundos do Gene's Food Market, exatamente às nove horas da noite anterior. Os dois homens haviam trabalhado em silêncio, carregando rapidamente as caixas da plataforma nos fundos da loja para a carroceria do caminhão. Então, os dois saltaram para dentro da cabine do caminhão e partiram. Mace seguira o caminhão a uma distância segura, montado na motocicleta usada que o pai de Gene lhe vendera naquela tarde.

O caminhão saíra da cidade, seguindo na direção oposta à que entraram em Sugar Grove, na noite de sexta-feira, e subiram a encosta das montanhas ao sul da vila, em ritmo muito lento. Às vezes, a velocidade fora tão baixa, que Mace encontrara dificuldade para manter o equilíbrio sobre a motocicleta. Naqueles pontos, ele simplesmente estacionara a moto no acostamento da estrada e esperara que o caminhão seguisse adiante por alguns minutos, temendo que os homens percebessem a presença do farol persistente atrás deles.

Agora, Mace tinha certeza absoluta de que havia uma razão para Leeny Hunt e Lewis Webster não terem lhe permitido acesso à identidade dos investidores. Uma razão para a maior parte do dinheiro depositado na conta do Broadway Ventures, no Chase, ter originalmente passado pelo Capital Bank. Uma razão para Leeny ter conseguido levantar todo o dinheiro para o fundo tão depressa. Uma razão para o julgamento do crime de fraude cometido pelos agentes da LeClair e Foster não ter dado em nada. Tinha certeza de que havia um fator que ligava todas aquelas coincidências. Não eram meras coincidências. Mace, porém, não sabia que fator era esse. Tinha suspeitas, mas nenhuma prova. No entanto, o caminhão, ou o lugar para onde se dirigia, poderia confirmar as suspeitas de Mace. Desde que os homens no caminhão não o detectassem.

Comida suficiente para alimentar um exército; a absoluta certeza de Webster de que o mercado imobiliário de Manhattan entraria em crise; o interesse de Leeny Hunt no computador de seu apartamento. Todos esses pensamentos cruzaram a mente de Mace, enquanto o vento castigava o capacete que ele havia comprado em uma das duas casas de ferragens de Sugar Grove, naquela tarde.

Na metade da subida da terceira montanha, vinte quilômetros ao sul da cidade, o caminhão entrara subitamente à direita, em uma estrada de terra. Os dois homens haviam saltado do caminhão, trancado um portão atrás de si e, então, seguido adiante. Como não visse alternativa, pois a motocicleta faria barulho demais, Mace a escondera vários metros abaixo do portão e iniciara o que acabaria se revelando uma árdua caminhada de cinco horas, através da floresta Apalache, seguindo em linha paralela à estrada de terra que o caminhão utilizara. Fora assim que Mace chegara ao tronco onde estava sentado, agora.

Mace inspirou profundamente o ar frio e limpo. Por debaixo das roupas, ele transpirava intensamente, apesar da temperatura estar pouco acima de zero. Com movimentos lentos, levantou-se novamente, voltou ao limite da floresta e espiou o complexo lá embaixo, por entre os galhos dos pinheiros na crista do penhasco. Havia chegado ali. Não havia por que fazer aquela longa caminhada pela floresta, e não encontrar o que fora procurar, o que quer que fosse. Mace riu consigo mesmo. Um agente de investimentos de Nova York, esgueirando-se pela densa floresta do oeste da Virgínia, no meio da noite. Talvez ele fosse mesmo tão intenso quanto as pessoas diziam.

Respirou fundo mais uma vez, e saiu do abrigo proporcionado pelas árvores, para iniciar a descida pela encosta íngreme. Precisava ter Slade ao seu lado, agora. Afinal, aquilo era provavelmente o que Slade fazia todo o tempo, embora, evidentemente, ele nunca houvesse deixado isso claro.

A neve cedeu sob suas botas. Por alguns momentos, Mace conseguiu manter-se de pé, lutando contra a força da gravidade, mas finalmente perdeu o equilíbrio. Agarrou-se a vários pequenos arbustos que cresciam na parede da encosta, enquanto rolava para baixo, mas não conseguiu segurá-los, ou acabou agarrando apenas alguns gravetos que haviam se quebrado em sua mão enorme. Continuou rolando e caindo, incapaz de parar, devido à inclinação da encosta e à neve, até sentir o chão desaparecer completamente de sob seu corpo, e despencar em queda livre, por três metros, e cair sobre a neve macia acumulada na base do penhasco.

Durante vários minutos, permaneceu deitado, imóvel, coberto de neve, apurando os ouvidos em busca de algum som que indicasse que sua queda houvesse sido detectada, testando seu corpo à procura de ossos quebrados. Mas não ouviu nenhum som que sugerisse que sua presença fora notada, nem diagnosticou nenhuma fratura. Apenas alguns hematomas nas pernas, que se tornariam roxos em poucas horas. Já enfrentara muito mais no campo de futebol da Universidade de Iowa.

Finalmente, pôs-se de pé, tirou a neve do casaco e do rosto e, sem perder tempo, dirigiu-se à lateral de um grande edifício. Ao alcançá-lo, caminhou devagar junto à parede, sentindo o seu caminho pelos tijolos rústicos, até encontrar o que lhe pareceu ser uma porta. Girou o trinco e empurrou gentilmente. A porta se abriu, e ele entrou em silêncio. No mesmo instante, o cheiro de mofo e ferrugem assaltou suas narinas. Mace esperou alguns instantes, para que seus olhos se ajustassem à escuridão total lá dentro, mas não conseguiu distinguir nada. Não havia nenhuma luz no interior do edifício.

— Droga! — praguejou baixinho.

Queria estar de volta à segurança da floresta de pinheiros, muito antes que os raios de sol começassem a banhar aquele vale remoto. Mas também queria descobrir o que estava acontecendo. Enfiou a mão no bolso do casaco, procurando pela pequena lanterna. Não fazia a menor idéia de onde acabara de entrar, ou de quem poderia vê-lo se ele acendesse a lanterna, mas aquele era um risco que ele teria de correr. Não podia, simplesmente, ficar ali parado.

Prendeu a respiração e apertou o botão. Instantaneamente, a luz banhou o lugar. Mace olhou em volta, ganhando aos poucos a confiança de que não havia mais ninguém no recinto. Então, de repente, o facho de luz começou a tremer, quando seu olhar focalizou as letras escritas nas laterais das caixas empilhadas até o teto: munição. Olhou fixamente para as letras por alguns segundos e, então, aproximou-se das caixas devagar e pressionou a mão enluvada contra as inscrições.

— Meu Deus! — murmurou.

Lentamente, foi movimentando a luz pelo lugar. No chão, havia uma caixa aberta, muito maior que as outras. Mace foi até lá, abaixou-se e inspecionou o conteúdo. Rifles de ataque. AK-47, era o que estava escrito na lateral da caixa de madeira. Mace ouvira falar muito daquela arma, mas nunca vira uma antes. Ficou fascinado pela visão de uma arma feita para matar.

Mace voltou a se pôr de pé, e olhou em volta, pelas paredes de tijolos de cinzas. O que significava aquilo? Confirmava que o fundo estava envolvido em algo que não deveria. Como aquilo poderia ser uma operação honesta e decente? Armas escondidas em uma região remota das florestas do oeste da Virgínia. Mace não tinha outras respostas, mas a ameaça representada pelo Broadway Ventures começava a sufocá-lo. Tinha de encontrar respostas para as perguntas que massacravam sua mente.

Eram quase quatro e meia. Restava pouco tempo. Mace avançou com cautela até uma porta na parede oposta. Assim como o trinco da outra porta, aquele se abriu com facilidade. Ele empurrou a porta devagar e espiou pela fresta. De repente, a fresta da porta foi tomada pela grande cabeça de um pastor alemão, rosnando com os dentes à mostra. O ataque poderoso do cão enorme fechou a porta com estrondo, derrubando Mace no chão do depósito de munição.

— Jesus Cristo! — ele murmurou.

Podia ouvir o cachorro latir e arranhar a porta de metal com as unhas, como se fossem pregos arranhando papelão. Então, Mace ouviu uma voz gritar com o cachorro.

No mesmo instante, Mace levantou-se de um pulo, apagou a lanterna e correu para a outra porta. Parou apenas o bastante para se certificar de que a porta que acabara de atravessar para sair do edifício estava bem fechada. Ouviu o cão latindo lá dentro, enquanto se esgueirava rapidamente ao longo da parede, seguindo por onde viera. Como podia ter sido tão tolo? Deveria ter partido à primeira visão da munição. Não deveria ter tentado encontrar qualquer outra coisa. Deveria, simplesmente, ter apanhado uma das metralhadoras como prova a ser apresentada à polícia estadual, e saído dali pela floresta.

Correu ao longo do edifício na maior velocidade possível, afundando os pés na neve. Qualquer pessoa normal jamais teria ido até lá. Qualquer pessoa normal teria ficado o mais longe possível do Broadway Ventures.

O final do edifício estava pouco à frente. Mace teria de atravessar o espaço aberto para chegar à floresta. Não havia escolha. Quanto mais tempo ficasse perto do complexo, maiores as chances de ser apanhado. Ainda estava muito escuro, mas ele conseguiu distinguir um lugar onde a inclinação da crista parecia menos íngreme.

Afastou-se do edifício e correu na direção da floresta. Quarenta metros adiante, justamente quando a inclinação começava a se tornar visível, Mace ouviu a porta que havia usado há pouco se abrir.

— Vá, Sasha! Pegue, Sasha!

Mace olhou para as primeiras árvores da floresta. Ainda faltavam, aproximadamente, cem metros de subida coberta de neve, para alcançá-las. A idéia de conseguir chegar lá era ridícula. Mace jamais chegaria à floresta, antes que o pastor alemão o alcançasse. Ele respirou fundo. Mesmo que chegasse à floresta, o cachorro o encontraria pelo cheiro. Ora, o homem seguiria as pegadas na neve, mesmo sem a ajuda do cachorro. E, provavelmente, estava armado com um daqueles AK-47.

O cachorro lançou-se em perseguição, assim que o homem soltou-o da coleira, farejando o cheiro de Mace ao longo da parede, procurando pelo fugitivo com excitação. Tabiq sorriu, caminhando pela neve, atrás do cachorro. Estaria terminado em questão de minutos. Vargus ficaria satisfeito.

Mace correu, desajeitado, pela neve, na direção de um barracão mais acima da base do penhasco. Era a sua única chance. A adrenalina inundava seu corpo, possibilitando-lhe ir muito além do que ele mesmo jamais imaginara ser capaz. Fora perseguido em campos de futebol, mas nunca por alguém empunhando uma arma mortal, guiado por um cão sedento de sangue. Era incrível o que o corpo podia fazer quando necessário, o que a mente podia forçar o corpo a fazer.

Mace alcançou a porta do barracão, abriu-a, entrou e fechou a porta atrás de si. Rapidamente, acendeu a lanterna que ainda segurava em uma das mãos, tentando enxergar se havia no barracão alguma ferramenta que lhe pudesse ser útil. Imediatamente, a luz incidiu sobre os corpos do homem e da mulher que Vargus matara semanas antes. Bem preservados pelo frio intenso, os turistas pendiam lado a lado da parede de madeira, presos por cordas, cujas extremidades envolviam seus troncos com firmeza e os ganchos afixados na parede. Os pés envoltos por botas mal tocavam o chão do barracão. Mace recuou um passo, soltou a lanterna e caiu de joelhos, com a imagem do corpo quase desprovido de cabeça ao lado da mulher impressa com clareza em sua mente, fazendo com que ele se esquecesse por um instante do cão feroz que o perseguia. Não comia havia muitas horas, o que restava de sua última refeição, um hambúrguer com batatas fritas, espalhou-se no chão do barracão. Mace descobriu-se incapaz de se controlar.

O pastor alemão correu pela neve, seguindo diretamente para o barracão. Já não precisava farejar sua presa. O homem sorriu, enquanto seguia pela neve atrás do cachorro. Não se dera ao trabalho de vestir um casaco, e ficou satisfeito ao constatar que a perseguição terminaria muito em breve. A questão, agora, não era se o intruso seria apanhado ou não, mas sim como Tabiq deveria lidar com ele, quando o apanhasse. Deveria matá-lo imediatamente, ou levá-lo a Vargus? Tabiq diminuiu a velocidade de seus passos, ao se aproximar do barracão. Posicionou a arma, preparando-se para atirar se fosse necessário.

— Sentado, Sasha — sussurrou.

O cão obedeceu, ganindo baixinho de excitação, ao se sentar nas patas traseiras, junto à porta, as orelhas eretas, a espuma se formando nos cantos da mandíbula negra, como se antecipasse o prazer que viria, quando recebesse permissão para entrar no barracão. Tabiq fixou os olhos na porta. O intruso tinha de estar lá dentro. Por um momento, pensou em voltar ao complexo para convocar ajuda. Havia apenas um intruso, o que fora fácil determinar pelas pegadas na neve, mas o homem poderia estar armado. Então, Tabiq sacudiu a cabeça. Ele tinha um cachorro e uma arma, e era um subcomandante bem treinado. Tabiq abriu a porta com um gesto abrupto, e o pastor alemão se lançou para dentro do barracão.

No instante seguinte, Mace deu a volta rapidamente na pequena construção, seguindo pelo lado em que a porta pendia das dobradiças. Com um esforço enorme, bateu a porta, fechando-a e aprisionando o animal lá dentro. Em seguida atingiu com a pá, que estivera pendurada ao lado dos corpos, a cabeça do homem que o perseguia. O sujeito tombou na neve, inconsciente.

Os primeiros raios de sol começavam a surgir no vale, e Mace mal pôde divisar o sangue escorrendo pelo rosto do homem. Quase totalmente sem fôlego, Mace inspirou profundamente, olhando fixamente para o homem caído, o homem que pretendera matá-lo.

Sem perder tempo, abaixou-se e apanhou o AK-47. Poderia precisar da arma. Olhou para trás, na direção do complexo. Outros não demorariam a aparecer. Surgiriam mais cães e mais armas. Tinha de sair dali imediatamente, para ter alguma chance de sair vivo. Engoliu em seco e agradeceu a Deus pelo fato de o barracão ter uma outra porta nos fundos.

Vargus apontou para Tabiq, ainda inconsciente, caído na neve.

— Levantem-no — rosnou para os outros quatro homens.

Eles obedeceram de pronto, apanhando o companheiro caído e começando a carregá-lo para o complexo. Vargus observou-os, estreitando os olhos por detrás dos óculos escuros que usava para se proteger do sol brilhante. O complexo fora invadido. O segredo do projeto fora violado. Ele podia ver as pegadas que seguiam pela encosta, afastando-se do barracão e desaparecendo na floresta. Justamente no último dia em que ficariam ali. Ia contra todas as probabilidades. Não poderia ter acontecido. Mas acontecera.

Não poderiam sair no encalço do intruso, pois tinham uma programação rígida, agora. Não havia a menor possibilidade de ficar ali por mais um dia, para tentar encontrar quem quer que houvesse entrado na base.

Vargus cuspiu várias sementes de girassol na neve. O homem de Washington não ficaria nem um pouco satisfeito. Mas não havia nada que Vargus pudesse fazer, agora.

Seus olhos pousaram na porta e na neve revirada em frente a ela. Fora ali que a batalha crítica ocorrera, onde Tabiq falhara. Vargus sacudiu a cabeça. Quem quer que fosse o intruso, era alguém de bons recursos. Tabiq era um matador experiente, que não errava seu alvo.

Vargus abriu a porta do barracão. O pastor alemão estava deitado junto ao corpo sem cabeça do turista morto, que o intruso havia retirado da parede e estendido cuidadosamente no chão do barracão. Enquanto Vargus observava, o cachorro farejou a coxa do cadáver, sem deixar de vigiá-lo nem por um instante. Vargus sacudiu a cabeça outra vez. Arrependia-se de não ter se livrado dos corpos imediatamente. Negligenciar um detalhe, por menor que fosse, podia ser devastador.

28

JANICE DOLAN SAIU DO BANHEIRO, com apenas uma toalha em torno do corpo. Estremeceu ao sentir o ar mais frio do quarto atingir sua pele molhada. O banho quente a ajudara a relaxar, depois de um longo dia dando aulas na escola pública elementar do bairro. Ela havia sonhado com as águas azuis e límpidas do Caribe, enquanto o jato do chuveiro caía sobre ela. Agora, porém, o frio de seu quarto funcionava como um rude lembrete de que o inverno ainda assolava o município de Nyack.

Janice voltou a estremecer. Detestava o inverno. Havia nascido e crescido na Flórida, e nunca conseguira acostumar-se ao frio constante, ali, durante todo o inverno. Infelizmente, o trabalho de Jim era ali e, por isso, teriam de ficar. Ao menos, os verões eram agradáveis.

Ah, se Bobby lhe obedecesse e entrasse em casa, quando ela o chamasse pela primeira vez, Janice pensou, enquanto se encaminhava para o espaçoso quarto de vestir, ao lado do banheiro! Era uma pena que Jim só fosse voltar para casa no início da manhã seguinte. Bobby sabia disso, e aproveitaria a situação ao máximo, como sempre fazia, todas as vezes que Jim era escalado para trabalhar no turno da noite. Seria uma verdadeira batalha fazer com que ele abandonasse a brincadeira na neve e entrasse em casa, para terminar os deveres de casa. Era sempre assim. O melhor a fazer seria ela se resignar à luta.

De início, a presença do homem no quarto de vestir não se registrou com clareza na mente de Janice. A figura grande e forte era tão diferente do que ela esperava encontrar, ao fazer deslizar a porta revestida por um espelho, que por um momento tudo o que Janice fez foi ficar ali parada, olhando fixamente para o rosto moreno e o bigode espesso, que mesclava fios pretos e prateados.

Então, Janice virou-se para correr, mas Vargus lançou-se instantaneamente sobre ela, como um imenso e ágil tigre, atirando-a de bruços sobre a colcha florida que cobria a cama. Dominou-a com facilidade, imobilizando-lhe o corpo delicado contra o colchão, pressionado pelo peso de seus músculos bem treinados e desenvolvidos. Uma das mãos enormes agarrou-lhe um punhado de cabelos molhados, empurrando-lhe a cabeça de maneira que a boca de Janice fosse pressionada contra o colchão, e ela não pudesse gritar. Enquanto isso, com a outra mão, Vargus retirava do cinto um pedaço de corda de nove fios. Com firme destreza, passou o cordão em torno do pescoço dela, cruzou as extremidades atrás de sua nuca, segurou cada uma delas com uma das mãos, e começou a estrangulá-la com força. As mãos de Janice estavam presas sob o seu próprio corpo, ainda imobilizado pelo peso de Vargus e, por isso, ela não podia resistir. Nem gritar. O cordão paralisou suas cordas vocais.

Vargus sorriu para ela, enquanto observava as veias de seu pescoço incharem. Inclinou-se para o lado, a fim de poder ver-lhe o rosto, à medida que a cabeça arqueava-se na direção dele, em resultado da pressão do cordão. Enquanto apertava mais e mais a corda, Vargus sacudiu duas vezes o pescoço de Janice, em movimentos abruptos, e seu sorriso tornou-se mais largo quando ele viu uma veia estourar logo abaixo do olho dela, inundando a região com o líquido arroxeado.

Ela tentou falar, pronunciar apenas uma ou duas palavras, que informassem o homem de que ele poderia levar o que quisesse, se relaxasse o aperto que a sufocava rapidamente. Havia dinheiro na casa, e se não fosse suficiente, ela o acompanharia até um caixa eletrônico para sacar mais. Ele também poderia levar as jóias. Poderia até mesmo violentá-la, se quisesse. Janice não resistiria, e jamais diria uma palavra a ninguém sobre o que se passara, se ele a deixasse viver. Mas não, ela não pôde dizer nenhuma dessas coisas, pois a corda estava apertada demais em torno de sua garganta. Implorando silenciosamente para que ele tivesse misericórdia, fitou os olhos escuros e frios.

Apenas mais alguns segundos, e ela estaria morta. Apenas mais algumas horas, e o passo seguinte seria dado. Apenas mais alguns dias, e a missão estaria terminada, e ele seria dono de vinte e cinco milhões de dólares. Seus rostos estavam a poucos centímetros de distância e, por um instante, ele fitou os belos olhos que imploravam por misericórdia. Vargus considerou a idéia de violentá-la. Fazia muito tempo que não sentia o sabor da pele feminina, e já estava faminto. Ela era mais bonita do que Vargus se lembrava, e não imporia a menor resistência, àquela altura. Mas isso deixaria evidências que a cirurgia plástica não poderia alterar.

O garoto brincava no jardim, como fazia todas as noites. Era o menino que Vargus queria, mas tinha de dar fim à mãe, antes. Se levasse o garoto sem matá-la primeiro, ela logo se daria conta da ausência do filho, e alertaria o marido. O que poderia pôr em risco toda a missão. Antes de entrar na casa, Vargus pensara em ser misericordioso, levando mãe e filho, mas logo descartara a idéia. O homem de Washington estava furioso o bastante devido ao intruso que os visitara no oeste da Virgínia. Não haveria qualquer novo desvio do plano original. Vargus inclinou-se sobre ela ainda mais, puxando as extremidades da corda com força maior. Então, os olhos de Janice reviraram, voltando-se para o interior das órbitas.

— Saia de cima dela! — Bobby Dolan, de oito anos, gritou para o homem enorme, ao mesmo tempo que atravessava o quarto correndo e lançava o corpo pequeno sobre Vargus.

Mais do que qualquer coisa, o impacto surpreendeu Vargus, e ele se desequilibrou e rolou para o lado, soltando a corda que a sufocava.

Subitamente, as mãos de Janice se libertaram de debaixo de seu próprio corpo, no momento em que Vargus rolou. Ela se agarrou à colcha e tentou arrastar-se para longe dele. Tentou gritar, também, a quem quer que pudesse estar passando diante da casa, mas nenhuma palavra escapou de sua garganta, exceto gemidos roucos.

No instante seguinte, Vargus estava de pé outra vez. Olhou para a mulher, e calculou que ela estaria incapacitada por alguns minutos. Virou-se para o menino, agarrou-o pela parte de trás do pescoço, e atirou-o para dentro do quarto de vestir. Em questão de segundos, imobilizou Bobby com a ajuda de duas gravatas do pai do garoto, que pendiam de um cabide num canto do armário. Então, enfiou uma terceira gravata na boca de Bobby, a fim de impedi-lo de gritar.

Mais alguns segundos, e Vargus emergia do quarto de vestir e se lançava sobre a mulher, que se arrastava na direção da porta do quarto. Agarrou-a pelo pescoço e atirou-a com força contra a parede. A toalha caiu aos pés dela, ele se permitiu um momento de prazer, deixando que os olhos passeassem pelo corpo esguio e delicado.

Usando toda a força que lhe restava, Janice enfiou as longas unhas de dois dedos, profundamente, no olho esquerdo do homem. O sangue tomou conta do olho dele. Vargus gritou de dor, mas não a soltou, nem mesmo quando o sangue começou a escorrer por sua face. Com a fúria renovada pela raiva e pela dor, envolveu o pescoço dela com as duas mãos e apertou, ignorando os socos e chutes que ela desferia, em uma luta desesperada pela própria vida.

E essa luta durou pouco. Após alguns instantes, os braços de Janice caíram ao lado de seu corpo, inertes, enquanto seus músculos sofriam espasmos, e seus olhos voltavam a desaparecer no interior das órbitas. Ainda assim, Vargus não parou de apertar-lhe o pescoço. Deixou que o corpo escorregasse para o chão, mas continuou a esganá-la com as duas mãos. O sangue de seu olho esquerdo pingava sobre o rosto dela, mas ele não parou. A pressão dos dois últimos meses veio à tona com força total, e Vargus liberou toda a sua frustração naquele corpo delicado e indefeso. Foi somente quando se deu conta de que ela havia perdido o controle sobre as funções do próprio corpo, que ele se afastou. Estava morta, agora.

Vargus levantou-se e caminhou com passos determinados na direção do quarto de vestir. A dor em seu olho ferido era quase insuportável, mas ele já havia enfrentado dores muito mais brutais do que aquela, e o final da missão continuava pairando a sua frente. A perda de um olho seria um preço baixo pelos vinte e cinco milhões de dólares.

Abriu a porta corrediça do quarto de vestir. Certo de que só lhe restavam uns poucos segundos de vida, o garoto estava aterrorizado. No entanto, estava enganado. Com um gemido, Vargus abaixou-se, tomou Bobby nos braços, carregou-o escada abaixo, apagou a luz da varanda antes de deixar a casa e, então, seguiu rapidamente na direção do Ford Taurus estacionado na rua escura, diante da casa.

Deitou o garotinho na neve, atrás do carro, por um breve instante, olhou em volta, enquanto procurava pelas chaves em seu bolso e, quando finalmente as localizou, tentou abrir o porta-malas. Demorou longos segundos para focalizar o que fazia, através do sangue que começava a secar sobre seu olho, mas ele finalmente conseguiu enfiar a chave no trinco do porta-malas, e abri-lo.

Vargus abaixou-se, apanhou o menino que lutava para se libertar, atirou-o no porta-malas e bateu a porta. Com gestos calmos, o homem moreno voltou a olhar para um lado e outro da rua, antes de se dirigir à porta do motorista, abri-la e sentar-se ao volante. Respirou fundo diversas vezes, perguntando-se se deveria voltar e se certificar de que a mulher estava mesmo morta. No fim da rua, avistou o brilho fraco dos faróis de um carro, e decidiu ir embora. Ela estava morta. Não podia haver qualquer dúvida.

Por um momento, Vargus lembrou-se das pegadas que vira na neve, no oeste da Virgínia, naquela manhã. Pegadas que seguiam para a floresta. O único furo no plano. Infelizmente, não havia nada que ele pudesse fazer, agora. Deu a partida no motor, e conduziu o carro em velocidade baixa para longe da cena do crime, que só seria descoberta quando já fosse tarde demais.

A Rotunda, o gigantesco edifício de tijolos com cúpula de marfim, que servia como ponto central da Universidade Thomas Jefferson da Virgínia, desde a fundação da escola, em 1819, erguia-se no céu da noite como um farol sobre o mar calmo, com seus pórticos e pilastras claramente iluminados por lâmpadas embutidas de alta voltagem. A arquitetura clássica da construção pairava, imponente, na extremidade norte do Lawn, uma área gramada que se estendia por várias centenas de metros, em direção ao sul. Às margens do gramado, estavam os pavilhões e salas aquecidas por lareiras, que haviam servido de salas de aula e dormitórios da universidade, no passado. Agora, os pavilhões eram usados exclusivamente em ocasiões sociais, e somente os melhores e mais brilhantes alunos tinham o privilégio de residir naqueles dormitórios.

Mace apoiou-se na parede lisa e caiada da entrada do túnel subterrâneo que percorria toda a extensão da Rotunda. Manteve-se nas sombras, no degrau mais baixo, de braços cruzados e olhos fixos no cenário histórico. Em condições normais, Mace teria apreciado a rica tradição daquele lugar, mas não dormia havia quase dois dias e, no momento, sua atenção focalizava-se somente em manter os olhos abertos e permanecer acordado. Eles poderiam estar em qualquer lugar, fossem eles quem fossem. E se o encontrassem... Bem, ali estava uma possibilidade que ele não podia sequer considerar.

Passava de duas horas da madrugada, e as catacumbas debaixo do imenso edifício estavam desertas. Mace estremeceu. O ar da noite de fevereiro era frio. Ele daria tudo para deitar a cabeça em um travesseiro macio e puxar um cobertor espesso sobre seu corpo, em uma cama confortável. Mas isso estava fora de questão, agora. Havia mais uma coisa a ser feita, antes que ele pudesse montar novamente na motocicleta e seguir para um hotel.

De repente, um ruído alto ecoou na direção de Mace, vindo da extremidade oposta do túnel escuro e assombrado, como se fosse uma onda rolando na praia. Mace virou-se na direção do som. Por um momento, poderia jurar ter visto uma sombra desaparecer em um canto distante da catacumba. Estreitou os olhos para se certificar de que a sombra não passava de mero produto de sua imaginação. Não havia nada lá. A paranóia começava a exercer seus efeitos sobre sua mente cansada.

Mace voltou a se virar para o gramado e, ao fazê-lo, viu-se cara a cara com Slade Conner.

— Meu Deus! — Mace exclamou, recuando instantaneamente. Então, sorriu. — Eu preferia que você não tivesse feito isso.

Suas palavras ecoaram na escuridão do túnel.

— Faz parte da descrição do meu cargo ser capaz de fazer isso, sempre que eu quiser. Trata-se de um pré-requisito para ser agente da CIA. — Slade retribuiu o sorriso de Mace, para então espiar por cima do ombro. — Vamos caminhar — disse com voz firme.

Nunca era aconselhável ficar em um mesmo lugar por muito tempo, pois isso tornava a pessoa vulnerável. Um alvo em movimento era sempre mais difícil de atingir. Mace assentiu.

Os dois subiram a escada juntos e seguiram lentamente na direção da área aberta e escura do Lawn, do lado oposto à Rotunda.

Quando, finalmente, alcançaram a escuridão, além do arco de luz que emanava das lâmpadas da Rotunda, Slade quebrou o silêncio.

— E então? O que está acontecendo? Você me pareceu um tanto aflito, ao telefone.

Mace assentiu.

— Sim, eu estava mesmo aflito. — Hesitou. — Em primeiro lugar, quero agradecer por você ter vindo de Washington até aqui, para me encontrar.

Slade abanou a mão.

— Ora, não foi nada. São apenas duas horas, de Washington até Charlottesville, por uma estrada excelente. Já enfrentei coisas muito piores, acredite. — Slade parou por um instante, lembrando-se da longa estrada de terra que levava à remota pista de pouso clandestina, em Honduras. — Mas, que diabos você está fazendo aqui, tão longe de Nova York?

— Explicarei tudo, em um minuto.

— Está bem, irmão — Slade declarou, erguendo as mãos.

Não queria se mostrar interessado demais.

Alcançaram a extremidade da primeira faixa de grama, e começaram a descer a rampa que levava à segunda.

— Você disse que, se algum dia eu precisasse de ajuda, deveria ligar para você — Mace começou, baixando a voz para um sussurro.

— Claro. — A expressão de Slade tornou-se séria. Tinha um estranho pressentimento com relação àquela situação, sobre o que ela envolvia e quem poderia estar implicado. Mantivera viva a esperança de que o assunto daquele encontro compreendesse algo totalmente diferente, que ele não fosse forçado a fazer aquela escolha horrível, se o motivo do telefonema de Mace fosse o que ele pensava. — O que está havendo?

Mace parou de caminhar e virou-se para Slade.

— Telefonei para você de uma cidadezinha no oeste da Virgínia.

— Oeste da Virgínia? — Slade também interrompeu seus passos. — Então, foi por isso que marcou o encontro aqui, pois fica no caminho de volta para Nova York.

— Sim.

— O que estava fazendo no oeste da Virgínia?

Mace não se deu ao trabalho de dar um prefácio à sua explicação, com um pedido de confidencialidade. O sigilo estava implícito, àquela altura.

— Lembra-se de que eu lhe falei, quando você esteve em Nova York, há pouco tempo, que eu havia assumido novas responsabilidades, na Walker Pryce?

— Sim, eu me lembro — Slade respondeu em tom firme, tentando mascarar a trepidação que o invadira.

— Que estávamos criando um grande fundo, para investir no mercado imobiliário de Manhattan e em ações da Bolsa de Valores de Nova York.

— Se não me engano, um bilhão de dólares foi o valor que você mencionou.

— Exatamente. — Mace sorriu. — Vejo que prestou atenção ao que eu disse, embora parecesse concentrado em outras coisas.

— Essa é outra característica do meu trabalho.

— Bem, não me pergunte como, mas obtive informações um tanto estranhas com respeito a como o dinheiro para o fundo foi levantando, e para que parte dele estava sendo usado. No início, pensei estar apenas imaginando coisas, mas...

— Mas não estava — Slade terminou o pensamento.

Mace hesitou por alguns instantes, antes de voltar a falar.

— Não é o que parece. Há algo muito errado com aquele fundo. — Fez uma pausa. — Parte do maldito dinheiro estava sendo usada para patrocinar algum tipo de... bem, a única maneira que posso descrever aquilo é atividade ilegal.

Slade riu, sem parecer impressionado.

— Irmão, tem certeza de que não foi secretamente treinado pela CIA? Atividade ilegal? Isso parece muito oficial, e muito suspeito. Mesmo sendo pronunciado por um agente de investimentos.

Não era comum Slade agir de maneira tão casual, Mace pensou. Havia algo estranho, ali, também.

— Não estou brincando.

Slade sabia que o amigo estava falando sério, muito sério. Mas, pela primeira vez em sua vida, não queria encarar as responsabilidades de uma amizade.

— Sei disso — murmurou com voz excessivamente calma. — Conte-me mais.

— Rastreei uma transferência do fundo para essa cidadezinha no oeste da Virgínia. Para encurtar a história, mais especificamente, rastreei o dinheiro até o que deveria ser uma mina de carvão abandonada, a aproximadamente vinte quilômetros da cidade. Acontece que a mina já não estava abandonada. Até onde pude perceber, estava sendo usada como um tipo de base de treinamento.

Os olhos de Slade fixaram-se nos de Mace. Ele não disse nada, mas Mace compreendeu a pergunta assim mesmo.

— Fui caminhando pela floresta, ontem à noite, entrei em um dos edifícios do complexo, e encontrei um grande carregamento de armas e munição. Infelizmente, fui longe demais. Alguém me ouviu, e ele e seu cão perseguiram-me pela neve. Como você pode ver, consegui fugir.

— E quem transferiu o dinheiro da conta para a tal cidadezinha? Pensei que você fosse o responsável pelo fundo.

Mace sacudiu a cabeça.

– Meu trabalho com relação ao fundo era levantar o empréstimo bancário e identificar investidores no mercado imobiliário. Não tive qualquer envolvimento com o levantamento do capital privado, e não tinha autoridade para transferir dinheiro da conta do fundo para qualquer outra conta. Não me deram sequer autoridade para examinar a conta. – Ergueu as sobrancelhas. – Somente a pessoa diretamente superior a mim tinha tal autoridade.

– E quem era essa pessoa? – Slade perguntou.

– Lembra-se da mulher que estava comigo em Washington, no dia em que nos encontramos, não faz muito tempo? Leeny Hunt.

Slade assentiu devagar. Esperava que Mace não percebesse sua reação física ao nome dela.

– Foi ela quem transferiu o dinheiro para o oeste da Virgínia.

– Mas, com certeza, ela não é a única pessoa que tem acesso à conta.

– Há somente mais uma pessoa com autoridade para acessar essa conta. Lewis Webster, sócio sênior da Walker Pryce.

Mace olhou por cima do ombro de Slade, para os carvalhos imensos, que começavam a oscilar levemente à brisa gelada. Mais uma vez, pensou ter visto sombras, mas só podiam ser produto da sua imaginação.

– Você teme que Leeny ou Webster, ou os dois, estejam envolvidos no que quer que esteja acontecendo no oeste da Virgínia – Slade concluiu com expressão sombria.

Mace assentiu.

– E não posso voltar à Walker Pryce, porque se um deles, ou os dois, estiver envolvido, e aquelas atividades forem mesmo ilícitas...

– Você é um homem morto – Slade terminou a frase. – Porque não apareceu no trabalho, e eles serão informados de que um intruso esteve lá. Podem concluir que era você.

– Eu ainda não ia me referir a mim mesmo como um homem morto, mas é algo assim. Com certeza, não era uma reunião de escoteiros o que estava ocorrendo na mina abandonada. Especialmente, pela maneira como o sujeito e o cachorro vieram atrás de mim. – Mace fez uma pausa. – Um bilhão de dólares é muito dinheiro. Poderia levar pessoas a fazer coisas inacreditáveis, principalmente se já estiverem envolvidas no que não deveriam estar.

– Como por exemplo? – O tom de Slade era tenso.

– Tenho informações que indicam que houve algum tipo de acobertamento de irregularidades no emprego que Leeny Hunt tinha, antes de vir para a Walker Pryce.

– Como conseguiu essas informações?

Mace não queria mencionar o nome de Rachel, enquanto pudesse evitar.

– Saber um pouco sobre os seus colegas de trabalho não faz mal a ninguém. Você sabe disso. Tenho amigos no ramo. Bastou pesquisar um pouco, para descobrir algumas questões intrigantes. Mas ainda não tenho as respostas.

– Sei... – Slade não estava satisfeito, mas não pressionou. – Havia mais alguma coisa estranha na conta do fundo?

Mace assentiu.

– Havia. Quase todo o capital privado veio através do Capital Bank, em Washington. Esse dinheiro chegou ao fundo por atalhos, mas um amigo rastreou todos os depósitos, até aonde pôde chegar, e a maioria deles foi feita por intermédio do Capital Bank. Novecentos milhões de dólares. E ele não conseguiu ir além do Capital Bank. Com exceção de um caso.

– O que está dizendo?

– Ele conseguiu chegar ao nome de uma das contas no Capital Bank, uma conta da qual foi enviado um depósito, mas não conseguiu passar disso. Em outras palavras, não descobriu como o dinheiro entrou nessa conta.

– Qual era o nome da conta?

Mace sorriu. Slade havia entrado no eixo, agora. Estava fazendo as perguntas corretas.

– Pergament Associates. – Mace hesitou. – Escute, preciso de sua ajuda, porque estou isolado das minhas fontes de informações. E... bem, para ser honesto, não sei como lidar com o tipo de poder de fogo que vi na mina abandonada, no oeste da Virgínia. Eu não sabia a quem mais procurar. As autoridades locais, provavelmente, pensariam que sou louco, uma vez que não tenho nenhuma prova tangível. Obviamente, não podia procurar por Leeny, ou Webster.

— Está tudo bem. Vou ajudar. Sou o seu melhor amigo. É para isso que estou aqui.

— Fico muito agradecido, Slade. — Mace olhou em volta. — Então, deixe-me dormir um pouco, e voltaremos ao oeste da Virgínia juntos, pela manhã. Calculo que você tenha meios de convencer a polícia de lá. Afinal, você tem credibilidade.

Slade sacudiu a cabeça.

— Não — declarou com firmeza. — Quero que vá diretamente para Washington, esta noite. Vá para o hotel Four Seasons, em Georgetown, e hospede-se lá. Espere por um telefonema meu.

— O quê? — Mace inquiriu, fitando Slade nos olhos.

— Faça o que estou dizendo. — O tom de voz de Slade beirava uma ordem irritada. — Você me procurou em busca de ajuda, não é?

Mace assentiu.

Slade fitou-o por um longo momento. A escolha era chocante. Era a escolha mais terrível de sua vida. Ele respirou fundo, sem demonstrar qualquer emoção ao amigo, através de sua expressão facial.

— Por que escolheu este lugar, para nos encontrarmos?

Mace sorriu.

— Nós jogamos contra o time da Universidade da Virgínia, no último ano. O técnico trouxe-nos ao Lawn, na véspera do jogo, para que sentíssemos como se ele estivesse realmente nos educando. Você não se lembra?

Tantos anos haviam se passado. Como ele poderia se lembrar de uma ridícula aula de história, ocorrida há tanto tempo?

— Sim, claro. Eu me lembro — Slade respondeu depressa.

29

Os olhos de Liam se abriram, assim que ele ouviu o estrondo da porta da torre de vigilância, que se abria, também. No mesmo instante, havia quatro deles em sua frente, vestidos de preto da cabeça aos pés, empunhando armas de aparência impressionante. Por que diabos precisavam de armas novas e, provavelmente, mais caras, que atiravam apenas tinta?

O velho policial sacudiu a cabeça. Ao que parecia, os guardas do portão haviam sido apanhados de surpresa outra vez e, em conseqüência, ele fora apanhado dormindo, novamente. Desta vez, ele receberia uma advertência por escrito e, talvez, fosse até mesmo suspenso. Liam gemeu ao se inclinar para a frente, sobre a mesa de madeira.

— Por favor, não usem éter de novo. Da última vez, tive enjôos durante vários dias — resmungou. — Podem me amarrar e me deixar aqui. Não vou gritar, nem tentar lutar. — Estendeu as mãos unidas, diante do rosto. — Muito bem, vão em frente. Amarrem-me.

De repente, um dos invasores ergueu o AK-47, apontou-o para a testa de Liam e atirou. O corpo do velho guarda foi lançado, juntamente com sua cadeira, para um canto da sala de vigilância da torre. Os homens assentiram uns para os outros e, então, viraram-se e seguiram pelo caminho que haviam utilizado para chegar ali.

Vargus esperava por eles na base da escada, segurando o garoto pela nuca.

— Pronto?

— Sim — respondeu o primeiro homem a descer a escada.

— Bom. — Vargus empurrou o menino na direção dele. — Segure-o e siga-me.

Três minutos depois, Vargus estava postado diante da imensa porta cromada da sala de controle. Atrás dele, estavam trinta dos duzentos homens que formavam o esquadrão de ataque... e Bobby. Vargus virou-se para o homem que segurava o garoto pelo pescoço.

— Traga-o aqui.

O homem empurrou Bobby até Vargus.

Vargus exibiu um sorriso largo, dando tapinhas gentis no ombro de Bobby.

— Por favor, não me machuque — Bobby choramingou, sabendo que o sorriso do homem moreno não significava absolutamente nada. — Por favor.

Vargus deu-lhe outro tapinha no ombro e, então, com um gesto abrupto, pressionou a boca de Bobby Dolan contra o alto-falante metálico instalado junto à porta da sala de controle. Ao mesmo tempo, forçou o punho esquerdo do garoto até quase a altura de sua nuca.

— Papai, ajude-me! Por favor! — Bobby gritou.

Não houve nenhuma reação no interior da sala, nenhum som foi emitido pelo alto-falante junto à porta, nada que indicasse que alguém que estivesse na sala de controle da Usina Nuclear Nyack houvesse escutado os gritos do menino.

A expressão de Vargus tornou-se subitamente sombria, e ele puxou de uma só vez o punho de Bobby até acima de sua cabeça. Ouviu-se um estalo alto no momento em que o ombro de Bobby se separou.

O menino começou a gritar novamente, reagindo à dor intensa.

— O que você quer? Não machuque o garoto. Por favor, pelo amor de Deus, não machuque meu filho! — uma voz ergueu-se do alto-falante.

Vargus empurrou o rosto do menino com força contra o arame cromado do alto-falante, que também servia de microfone para quem estivesse do lado de fora da porta. O lábio de Bobby enroscou momentaneamente no arame, o que provocou um corte profundo em sua boca.

— Continue gritando — Vargus ordenou.

Bobby obedeceu, gritando pateticamente, com o rosto colado ao alto-falante.

— O que você quer? Por favor!

— Sabe muito bem o que eu quero — Vargus rugiu do outro lado. — Abra a maldita porta!

— Não podemos. As barras automáticas já foram acionadas! Só poderão ser abertas daqui a vinte e quatro horas.

Jim Dolan olhou por cima do ombro para os demais engenheiros que o cercavam. Eles não queriam que a porta fosse aberta. Pouco se importavam se o filho de Dolan estava sendo torturado a poucos metros dali. Importavam-se consigo mesmos, e sabiam o que significaria abrir aquela porta.

— Mentira! Eu não toquei no trinco. Pode abrir a porta quando quiser. — Vargus fez uma pausa. — Se são os seus amigos, aí dentro, que o estão impedindo de me obedecer, diga-lhes que tenho um recado para eles, também. Temos um ente querido de cada um de vocês, aqui fora, e se não abrirem a porta imediatamente, começarei a cortá-los em pedaços pequenos, bem devagar, para que todos aí dentro possam ouvi-los morrer. — Era mentira. Vargus não seqüestrara nenhum membro de qualquer outra família, mas eles não tinham meios de verificar tal informação. — Se abrirem a porta agora, prometo que tudo será muito mais fácil.

Bobby Dolan tombou no chão diante da porta, no momento em que Vargus o soltou.

Durante vários minutos, nenhum som se fez ouvir no altofalante. Então, a imensa porta cromada começou a zunir. Os terroristas empunharam as armas, à medida que a abertura foi se tornando maior, embora não houvesse a menor necessidade disso, uma vez que os engenheiros lá dentro estavam completamente indefesos. A Usina Nuclear Nyack estava, agora, totalmente dominada por duzentos terroristas.

Eles entraram rapidamente na sala de controle, no momento em que a porta parou de zunir. Vargus liderava o grupo.

— Amarrem-nos — gritou, apontando para os engenheiros. — Levem todos eles para o núcleo, e mantenham-nos amarrados. Poderemos precisar deles, mais tarde.

Enquanto sete dos terroristas depositavam suas armas sobre as mesas e assumiam as posições mais críticas na sala de controle, uma vez que esses homens haviam recebido treinamento extenso nas operações de uma usina nuclear, o resto deles conduziu aos empurrões os engenheiros para fora da sala, e desapareceram no corredor. Vargus observou o grupo de prisioneiros se afastar. Tudo correra muito bem. O homem de Washington ficaria satisfeito outra vez.

— Senhor!

Vargus virou-se para Tabiq, cuja testa exibia uma longa cicatriz, evidência da luta que tivera na manhã do dia anterior, com o intruso, no oeste da Virgínia.

— O que é? — Vargus inquiriu, furioso pela lembrança de que o invasor conseguira escapar.

Tabiq apontou na direção da porta.

— Ele se recusa a sair. — Jim Dolan estava sentado no chão da sala de controle, perto da porta aberta, embalando o filho inconsciente nos braços. — O que devemos fazer com eles?

O líder estreitou os olhos, sem desviá-los dos de Tabiq.

— Você precisa endurecer um pouco mais, meu amigo — Vargus murmurou, arrancou a arma das mãos de seu subcomandante, apontou para pai e filho e disparou uma rajada de balas. No mesmo instante, o homem tombou sobre o garoto. Os dois estavam mortos. — Levem-nos daqui e joguem-nos no tanque de combustível usado.

Vargus devolveu a arma para Tabiq e deu-lhe as costas.

Poucos minutos haviam se passado desde a abertura da Bolsa de Valores de Nova York, às nove e meia, e o lugar estava tomado pela atividade frenética. Duas ofertas hostis haviam sido anunciadas durante a noite, e a luta do dia seria árdua. Os arbitradores queriam tirar proveito da situação, e tinham de executar ordens imediatamente, se quisessem ganhar algum dinheiro. As ações das duas companhias que eram os alvos do dia estavam subindo rapidamente. Ambas haviam superado em muito os valores das ofertas iniciais publicadas pela imprensa, naquela manhã.

Homens e mulheres vestindo paletós coloridos andavam de um lado para outro, procurando por seus compradores para dar continuidade às transações, pois investidores que haviam mantido as ações por algum tempo queriam vendê-las o quanto antes. Não seriam gananciosos. Pegariam seus lucros e desapareceriam, deixando os arbitradores profissionais arriscarem seu precioso capital, a fim de obter mais alguns últimos dólares de lucro.

Compradores formavam semicírculos caóticos diante dos especialistas: homens e mulheres encarregados das negociações daqueles títulos específicos, na Bolsa de Valores de Nova York. Alguns gritavam com selvageria as ordens de compra e venda aos especialistas. Outros, em sua maioria mais velhos e experientes, simplesmente gesticulavam para os especialistas sem falar, usando os movimentos das mãos para enviar suas mensagens.

Então, um silêncio estranho tomou conta do salão imenso. Até mesmo os pontos onde os especialistas mediavam as transações das duas grandes vendas do dia imobilizaram-se. Todos os presentes na Bolsa de Valores de Nova York tinham os olhos fixos no painel de cristal líquido, a respiração suspensa, lendo o que esperavam ser uma simples brincadeira de mau gosto. O breve anúncio rolou pela tela estreita.

> "A Usina Nuclear Nyack, localizada a aproximadamente vinte e cinco quilômetros ao norte de Nova York, à margem do rio Hudson, foi invadida por terroristas. O ataque ocorreu por volta de quatro e meia desta madrugada."

A multidão reunida no salão da Bolsa continuou a fitar o painel por alguns segundos, mesmo depois que as últimas palavras haviam desaparecido. Lentamente, as pessoas começaram a se movimentar outra vez. Alguns retomaram suas negociações. Outros riam, preferindo não acreditar no que haviam acabado de ler. E, ainda, houve aqueles que deixaram o edifício em silêncio.

E, embora as ações das duas empresas-alvo continuassem a subir ao longo da manhã, os índices gerais não seguiram o mesmo rumo. Ao meio-dia, o índice Dow Jones havia caído mais de três pontos percentuais. A previsão de Lewis Webster estava se realizando, como ele soubera desde o início que seria.

Kyle Mcyntire, comandante dos mil Wolverines que atuariam em Nyack, saltou do banco do passageiro do helicóptero para o solo gelado do campo. Então, correu, totalmente curvado, para longe das hélices que ainda giravam e na direção do homem uniformizado que o esperava diante de um agrupamento de árvores à margem do campo. Folhas e gravetos rodopiaram em movimentos caóticos em torno de seu corpo, durante vários momentos, enquanto o helicóptero se erguia no ar, fazia um giro e se afastava rapidamente, a apenas dez metros de altura. De repente, tudo ficou quieto, pois os ruídos foram efetivamente absorvidos pela grossa camada de nuvens invernais.

— Senhor! — O Wolverine havia se afastado das árvores, para se postar diretamente em frente a Mcyntire. — Capitão Thomas Ellet — o jovem apresentou-se com uma continência.

— À vontade, soldado.

— Sim, senhor. — Ellet balançou a cabeça apenas uma vez, com vigor, para então virar-se e apontar na direção da casa da fazenda, atrás dele. — Já evacuamos os residentes e estamos usando a casa como posto de comando. Está perto, mas não perto demais — acrescentou, olhando para a extremidade oposta do campo.

Mcyntire seguiu a direção do olhar do rapaz e avistou as torres de resfriamento da usina nuclear, que se erguiam por detrás dos topos das árvores desprovidas de folhas.

— Qual é a distância?

— Pouco mais de cinco quilômetros.

Mcyntire desviou os olhos da usina para encarar o jovem.

— Dê-me a posição atual, capitão.

— Sim, senhor. — A postura de Ellet tornou-se rígida. — Aproximadamente oitocentos Wolverines já se encontram na região, e mais duzentos estão a caminho, vindo de Fort Dix. Devem chegar dentro de uma hora. A usina está cercada pelos lados norte, oeste e sul. No lado leste, não há espaço suficiente entre a usina e a beira dos penhascos, para posicionar homens sem torná-los vulneráveis ao poder de fogo dos terroristas, mas temos barcos no rio.

— E quanto às tubulações que ligam a usina ao rio?

— Senhor?

— Refiro-me aos canos que vão do rio à usina, levando a água que é utilizada para resfriar o núcleo, e aos que devolvem a água aquecida ao rio. Sugiro colocarmos câmeras lá, se ainda não fizemos isso, apenas para o caso de alguém tentar entrar ou sair da usina por ali.

— Sim, comandante.

O jovem ficou desapontado consigo mesmo por não ter pensado nisso antes.

— Quantos terroristas estão na usina, capitão?

— Estimamos que sejam várias centenas.

— Em que se baseia essa estimativa.

— Dois guardas de segurança conseguiram fugir pela floresta, durante o ataque inicial. Estão à sua espera, lá dentro — voltou a apontar para a casa da fazenda.

Mcyntire suspirou profundamente e sacudiu a cabeça.

— Serão inúteis. Estavam desesperados para salvar a própria vida. Duvido que tenham visto muita coisa, e o que quer que tenham visto, não vão se lembrar com clareza. — O comandante fez uma pausa. — Quantos reféns?

— Cem, no mínimo.

— Mais alguma coisa?

— Só isso — Ellet respondeu, enfiando a mão no bolso e retirando um envelope, para entregá-lo a Mcyntire.

O comandante apanhou o envelope sem abri-lo.

— O que é?

— Uma carta dos terroristas.

— Como chegou a nós?

— Eles libertaram um dos reféns, há mais ou menos uma hora, e mandaram que nos entregasse a carta.

— O que diz aqui?

— Diz que eles querem um bilhão de dólares e a libertação de certos terroristas presos no mundo inteiro. Receberemos a lista de tais terroristas mais tarde. E, também, diz que querem garantias de fuga segura para o Iêmen do Norte, onde libertarão os reféns.

Mcyntire enfiou o envelope no bolso da calça, de onde retirou um maço de cigarros e acendeu um.

— E? — indagou, pois sua experiência lhe dizia que restava alguma informação a ser relatada.

— A carta diz que eles instalaram cinco bombas de uma tonelada cada uma, em torno do núcleo da usina, e que vão detoná-las, caso suas exigências não sejam atendidas.

— Qual é o prazo estipulado por eles? — o comandante perguntou com calma.

— Ainda não foi estabelecido.

Mcyntire tirou várias tragadas do cigarro.

— Senhor?

— Sim, Ellet?

— Se eles detonassem as bombas...

— A cidade de Nova York se tornaria inabitável em duas horas. É claro que não faria diferença para nós, pois já estaríamos mortos.

30

Leeny observava cuidadosamente, enquanto Webster andava para um lado e para outro, diante da janela de sua sala, parando de quando em quando para apreciar Wall Street. Quando parava para observar a rua, ainda fervilhando de atividade, apesar da invasão da usina Nyack, naquela manhã, apoiava o queixo na mão e sacudia a cabeça, resmungando algo incompreensível, mantendo os lábios colados à palma da mão. Parecia aflito, demonstrando um nervosismo que Leeny jamais o imaginaria capaz de sentir. Para ficar nervoso, uma pessoa precisava ter sentimentos, e aquele homem era o ser humano mais frio que ela já vira.

Talvez a agitação de Webster se devesse ao fato de ele saber que, juntamente com o homem de Washington, ele havia planejado a invasão da Usina Nuclear Nyack e era, portanto, responsável pelo caos que os terroristas já haviam provocado na cidade de Nova York. As emissoras de notícias anunciavam números muito acima da média de mortes causadas por infartos e derrames, particularmente entre os idosos, o que os médicos estavam atribuindo ao terrível estresse resultante dos acontecimentos em Nyack. Saques haviam começado a ocorrer nas áreas onde as pessoas haviam decidido deixar a cidade.

No entanto, a idéia de que Webster pudesse se importar com alguma dessas coisas era absurda. Ali estava um homem insensível, que não dava a menor importância ao sofrimento alheio, fosse quem fosse o sofredor, a menos que os problemas o afetassem diretamente. O motivo de sua agitação só podia ser de natureza pessoal.

Leeny reclinou-se no confortável sofá de couro da sala de Webster. O plano estava dando certo. Exatamente conforme eles esperavam. Os proprietários de imóveis em Manhattan que haviam sido visitados por ela e Mace já estavam telefonando por iniciativa própria, "apenas para saber como iam as coisas", diziam. Queriam saber se o recém-criado Broadway Ventures ainda estava em operação, ou se estava em compasso de espera, até que o problema na usina nuclear fosse resolvido... de um jeito ou de outro. Tentavam parecer calmos com relação ao que se passava ao norte de Manhattan, ao norte de suas preciosas propriedades, mas Leeny reconhecia em suas vozes o tom do pânico, prestes a emergir. Embora nenhum investidor corresse algum risco físico, uma vez que moravam e trabalhavam em cidades bem distantes de Nova York, eles temiam pelas próprias vidas. Simplesmente, porque seus edifícios, seus patrimônios líquidos, situavam-se exatamente no caminho do perigo. Vulnerável e imóveis. À mercê dos terroristas que poderiam detonar bombas a qualquer momento, provocando uma chuva de radiação mortífera sobre Manhattan.

Tentavam transmitir calma e confiança para ela, ao telefone, mas não conseguiam. Ao final da conversa, mantinham Leeny na linha com assuntos banais, algo para o que eles geralmente não tinham tempo, como se esperassem que no último instante, ela poderia fazer uma oferta por seus edifícios. Eram incapazes de fazer o primeiro lance, pois isso não estava na sua natureza. Investidores experientes e astutos do mercado imobiliário jamais abriam uma negociação e, por isso, certificavam-se de jamais deixar qualquer intenção à mostra.

Leeny não os apaziguou. Limitou-se a se despedir com um agradável "até logo". Sabia que eles voltariam a telefonar. Sabia que quando o fizessem, o telefonema indicaria que estavam derrotados, que a pressão havia se tornado forte demais para que eles a suportassem.

Ela já começava a receber as segundas ligações. E estava brincando com eles, fazendo com que rastejassem e, ainda assim, não oferecendo nenhuma proposta concreta, nenhuma indicação de quanto ela ofereceria por suas propriedades, ou "se" ofereceria. Leeny estava desempenhando o papel de Deus novamente... e adorando seu papel, desta vez.

— Qual é o problema, Lewis?

O velho virou-se para ela, o queixo ainda apoiado na mão.

— Nada.

O fogo nos olhos escuros parecia prestes a se apagar, Leeny pensou. Alguma coisa estava, definitivamente, errada.

O telefone tocou alto, interrompendo o silêncio que dominava a sala.

— Alô — Webster sussurrou.

Leeny observou com atenção a expressão dele, enquanto ouvia. Era óbvio que a informação que ele recebia naquele momento não era boa.

— Sim. — Webster balançou a cabeça diversas vezes, enquanto ouvia. Então, desligou o telefone.

Fitou Leeny com intensidade, durante um longo momento, mas não disse nada.

— Lewis, o que há? — Ela engoliu em seco. — Diga!

A leve suspeita já se transformava em intensa apreensão.

— Mace McLain — ele sibilou.

— O quê? — Leeny quase gritou, encolhendo-se no sofá ao ouvir o nome de Mace.

— Achamos que ele invadiu o complexo de treinamento, no oeste da Virgínia, pouco antes de o esquadrão partir para Nyack — Webster esclareceu, inclinando a cabeça com expressão ameaçadora.

Leeny sacudiu a cabeça com veemência.

— Isso não é possível. Mace McLain está morto. Você me disse que ele seria assassinado na sexta-feira, à noite.

— Ele não estava no apartamento, quando o assassino foi até lá. Havia desaparecido. E não voltou — Webster sussurrou em tom quase inaudível.

O olhar de acusação tornou-se mais pronunciado.

— Por que está me olhando assim? — Leeny acomodou-se no sofá com gestos lentos, atordoada pela notícia.

Webster estreitou os olhos. Observou-a atentamente, à procura de algum indício de que ela havia avisado Mace sobre o assassino. Não havia nada na expressão de Leeny, exceto choque. E ele sabia que, embora ela soubesse que o esquadrão terrorista estava sendo treinado no oeste da Virgínia, jamais soubera com exatidão em que parte da Virgínia. Portanto, Leeny não poderia ter conduzido Mace a Sugar Grove, e seria ilógico achar que ela o avisara para fugir. Porque era perfeitamente claro o motivo que fizera McLain deixar Nova York: para ir a Sugar Grove.

— Ele não está morto — Webster declarou.

— Mas... como? Como ele descobriu sobre as instalações no oeste da Virgínia? — Leeny indagou, tomada por um súbito sentimento de desespero.

— Não sei.

— Mas os homens no oeste da Virgínia devem tê-lo apanhado.

Ela se agarrava a qualquer coisa que pudesse sustentá-la.

— Não. Ele fugiu.

— Alguém o viu? É por isso que tem certeza de que era Mace?

— Somente um homem o viu e, mesmo assim, não o viu com clareza. Ao menos, não com a clareza necessária para identificá-lo.

— Então, como sabe que era Mace? — Leeny inquiriu, cobrindo os lábios com as mãos.

— Habitantes de Sugar Grove reconheceram a fotografia dele.

— Mas, se é assim, ele sabe do que está se passando — ela concluiu com voz trêmula.

— Eu diria que existe uma grande chance de ele já ter juntado as peças do quebra-cabeça. Tudo o que ele tem de fazer é ler o jornal e pensar um pouquinho. Esperamos demais para matá-lo.

A respiração de Leeny tornou-se ofegante.

— Precisamos encontrá-lo.

— É claro que precisamos — Webster sussurrou, furioso. — E estamos procurando em todos os lugares. Mas Mace é esperto. Sacou vinte mil dólares de sua conta pessoal, antes de deixar Nova York. Não usou cartão de crédito e, por isso, não conseguimos localizá-lo.

— Pegue a moça.

A voz de Leeny soou mecânica e sombria. Algo lhe dizia que Rachel tinha as respostas que eles precisavam.

Os olhos de Webster fixaram-se nela de pronto.

— Está se referindo a Rachel Sommers?

Leeny assentiu.

— Ela deve saber onde ele está. Provavelmente, sabe muito mais, também.

Webster sacudiu a cabeça.

— Acontece que estamos procurando por ela, e não a encontramos em lugar nenhum. A Colúmbia suspendeu as aulas, e ela desapareceu.

— De onde ela é?

— O único endereço da srta. Sommers que consta dos arquivos da Colúmbia é o do apartamento, e já investigamos todos os Sommers de Nova York. Nada.

— Meu Deus!

Leeny engoliu em seco e cruzou as mãos diante do corpo, apertando-as com força, para evitar que tremessem.

Webster apanhou o telefone e começou a discar um número.

— Volte para a sua sala, srta. Hunt — ordenou com voz calma. — Continue a atender os telefonemas dos investidores. Mantenha-me informado sobre cada pessoa com quem conversar e quaisquer ofertas que receba.

Leeny levantou-se do sofá, sentindo as pernas trêmulas, e ficou instantaneamente tonta. Segurou-se na beirada da mesa, a fim de se sustentar. Mace estava vivo, em algum lugar, como um vírus em um computador, esperando o momento certo para atacar. E, quando esse momento chegasse, ele atacaria, sem dúvida, destruindo cada um deles. Leeny podia sentir isso. Tinham de encontrá-lo.

Caminhou com dificuldade na direção da porta. Precisava voltar à sua sala depressa. Precisava de seus comprimidos.

— Comandante?

Mcyntire ergueu os olhos dos papéis espalhados sobre a mesa.

— Sim, capitão Ellet?

— Eles libertaram mais um refém.

— E?

O tom de Mcyntire foi breve e quase rude. A pressão já começava a pesar demais sobre seus ombros.

Ellet aproximou-se da mesa e depositou um envelope sobre ela, diante do comandante.

— O que diz esta carta? — Mcyntire perguntou, embora já soubesse qual era o conteúdo da mensagem. Tratava-se, simplesmente, de uma questão de quanto tempo lhe seria dado.

— Diz que temos setenta e duas horas para atender às exigências dos terroristas.

O comandante emitiu um gemido cansado, e virou-se para olhar pela janela da casa da fazenda, na direção das torres de resfriamento da usina.

— Muito bem. Ligue para Ferris e informe-o da atual situação. Becker precisa saber disso o quanto antes.

Roger Hamilton, diretor da Maryland Mutual Life e responsável por sua carteira de títulos hipotecários de trinta e dois bilhões de dólares, olhava fixamente para a tela da televisão, posicionada a um canto de seu escritório luxuoso. De sua poltrona, tinha uma bela vista do Capitólio, que ele geralmente admirava várias vezes ao longo do dia. Naquela manhã, porém, a paisagem não despertava o seu interesse. Toda a sua atenção concentrava-se na televisão e na situação da Usina Nuclear Nyack.

Observava a tela como se estivesse em transe. O correspondente da CNN estava entrevistando mais um físico nuclear, desta vez o chefe aposentado da Comissão de Regulamentação Nuclear. O homem confirmou o fato de que uma precipitação radioativa poderia, facilmente, tornar Manhattan inabitável. Inútil, nos termos de Hamilton.

Ele desviou os olhos da televisão para fixá-los no telefone que repousava sobre sua mesa. Ainda não tentara entrar em contato com Mace McLain. Havia conseguido convencer a si mesmo que tudo aquilo não passava de um terrível pesadelo, ou de um grande engano; que o governo, ou os terroristas, logo recuariam, que um acordo seria alcançado. E a vida voltaria ao normal na cidade de Nova York, o mais significativo mercado imobiliário do país.

De repente, o âncora da CNN interrompeu a entrevista.

— Nós temos, sim... — Fez uma pausa, pressionando com um dedo o minúsculo fone de ouvido que usava. — Sim, já temos a confirmação. Os terroristas estabeleceram um prazo. Setenta e duas horas. Se suas exigências não forem atendidas até então, ameaçam detonar as bombas que instalaram em torno dos dois núcleos da Usina Nuclear Nyack.

Hamilton estremeceu involuntariamente, ao ouvir aquela informação. Sua carreira estaria acabada. Assim que as bombas fossem detonadas. Se o impensável realmente ocorresse, bilhões de dólares de seus títulos hipotecários passariam a não valer absolutamente nada, em uma fração de segundo. Os edifícios continuariam de pé, mas ficariam desprovidos de ocupantes e, portanto, desprovidos de fluxo de caixa... eternamente. Ao menos, no que dizia respeito à eternidade da existência de Hamilton.

Ele não queria fazer aquela ligação, mas parecia não haver escolha.

— Mace McLain, por favor — Hamilton murmurou ao telefone, mexendo com dedos nervosos em sua agenda, enquanto ouvia a secretária do outro lado.

— Desculpe, mas o sr. McLain não se encontra na empresa, hoje — ela disse.

— Ah...

Talvez Mace já houvesse optado por deixar a cidade. Talvez o Broadway Ventures não fosse um abutre tão grande, nem tão malvado, quanto ele esperava.

— A srta. Hunt está atendendo as ligações dele — a secretária continuou.

Havia um lado bom e um lado ruim naquela informação. Ao menos, o fundo continuava operante. Por outro lado, o fato de a pessoa encarregada de atender às ligações ser a srta. Hunt, e de ele não ter sido particularmente simpático, quando ela o visitara na companhia de Mace... Só lhe restava rezar para que ela houvesse esquecido o incidente.

— Posso transferir a sua ligação, se quiser — a secretária ofereceu com voz tensa.

— Sim, por favor.

Hamilton reconheceu a consternação no tom da mulher. Podia imaginar o que deveria ser estar vivendo dentro do campo de alcance dos tentáculos mortais da radiação. Se as bombas explodissem, ele não teria uma carreira, mas teria sua vida e sua casa.

A linha estalou várias vezes, enquanto a secretária realizava a transferência. Hamilton examinou seu Rolodex enquanto esperava. Walker Pryce. Walker Pryce. Lá estava. Kathleen Hunt.

O telefone começou a tocar. Era uma escolha incrível a que as pessoas de Nova York enfrentavam. Partir e arriscar-se a ter sua casa saqueada, talvez sem motivo, se os terroristas não detonassem as bombas. Ou ficar e esperar, correr o risco e encarar a morte. Afinal, se as bombas explodissem de repente, os especialistas previam que demoraria menos de três horas para que a radiação alcançasse a cidade. E não havia a menor possibilidade de todos aqueles milhões de pessoas conseguirem deixar Nova York em três horas. Manhattan era uma ilha! Os pobres coitados teriam de se lançar no rio Hudson e atravessá-lo a nado! E, mesmo que conseguissem escapar, não poderiam voltar por muitos anos.

A fusão de usinas nucleares havia ocorrido diversas vezes na Europa e na antiga União Soviética, e Hamilton ficara sabendo de quanto os resultados haviam sido devastadores, tanto sobre a população, quanto sobre as propriedades. Tais acidentes, com exceção de Chernobyl, haviam sido mantidos em sigilo, mas ele tinha amigos naqueles países, e eles haviam relatado os acontecimentos reais. A precipitação radioativa daquelas usinas havia sido pequena e rapidamente controlada, mas a situação em Nova York seria milhares de vezes pior, caso os terroristas perdessem a calma.

— Atenda, por favor — ele gritou ao telefone, tomado por um súbito pânico.

Suas preces foram atendidas imediatamente.

— Alô. Aqui fala Kathleen Hunt.

Uma onda de alívio o invadiu.

— Srta. Hunt, aqui fala Roger Hamilton, da Maryland Mutual Life — ele se identificou, forçando-se a usar o tom mais simpático e amigável possível, embora não conseguisse livrar-se de uma ponta de arrogância, que ele mesmo podia ouvir e reconhecer. — Creio que se lembra de mim.

— Sim, eu me lembro — Leeny replicou com voz fria.

Apesar da tensão provocada pela notícia de que Mace não havia morrido, conseguiu sorrir. Sabia que aquele telefonema lhe proporcionaria imenso prazer.

Hamilton percebeu a frieza e a distância no tom de voz de Leeny. O que indicava que ela não havia se esquecido. Bem, ela que fosse para o inferno! Ainda tinha de respeitá-lo, assim como à posição de poder que ele ocupava e a quantia imensa de dinheiro que ele controlava.

— Eu gostaria de lhe dizer que tive imenso prazer em conhecê-la, Kathleen, e...

— Está ligando para saber se ainda estamos abertos a negociações, certo? — ela interrompeu.

— Bem...

— Estou certa? — Leeny persistiu.

— Sim.

A voz de Hamilton baixou para pouco mais que um sussurro. Sua carreira estava implodindo, e ela não dava a mínima. Engoliu em seco. Chegara o momento de rastejar. A situação era perigosa demais, e ele tinha de fazer o que fosse preciso para se livrar dos títulos.

— Vai se sentir aliviado por saber que continuamos abertos. Em conseqüência, como tenho certeza de que o senhor sabe, estou recebendo muitas ligações. Portanto, meu tempo é limitado. — Leeny fez uma pausa. Ouviu a respiração difícil do outro lado da linha. O sujeito estava suando frio. Era maravilhoso. Ela não pôde conter mais um sorriso. Suas palavras seguintes o desintegrariam. — Serei generosa e oferecerei vinte centavos sobre o dólar por seus títulos, Roger. Darei duzentos milhões de dólares para cada bilhão em títulos que você tiver. Não há qualquer razão para que eu me dê ao trabalho de fazer uma análise específica de cada propriedade. Minha oferta compreende toda a sua carteira.

— O quê? Mas isso é ridículo! É loucura! — ele gaguejou.

— Talvez seja, mas é como Nova York está se comportando, no momento.

— Não posso aceitar vinte centavos sobre o dólar. Eu calculava algo em torno de noventa e seis, noventa e sete centavos. — Hamilton passou os olhos pelo escritório. Vinte centavos por dólar. O que se traduzia em um prejuízo de oitocentos milhões de dólares. Sentiu o suor brotar nas palmas de suas mãos.

— Bem, é evidente que estamos distantes demais em nossas idéias de preços, para sequer iniciar uma discussão sobre a compra de seus títulos pelo Broadway Ventures. Se minha oferta não o agrada, sugiro que ligue para outros compradores do ramo imobiliário. Se conseguir encontrar algum, a esta altura. Ou, então, pode me ligar de volta, quando estiver preparado para discutir a sua posição em termos mais racionais. Obrigada, Roger.

Leeny recolocou o fone no gancho com movimentos cuidadosos. Então, sorriu. Um arrepio de prazer percorreu seu corpo. O poder que possuía agora era espetacular, embriagante.

— Droga! — Hamilton rugiu, ao ouvir a linha estalar ao seu ouvido. Desligou o telefone com violência. — Droga! — gritou pela segunda vez.

Sabia que não havia qualquer outro comprador à disposição. Kathleen Hunt era a única opção.

Leeny sorriu, olhando para o telefone, satisfeita com o próprio desempenho. Fora como se o houvesse apunhalado com uma faca de caça. Àquela altura, ele estava lamentando profundamente o fato de ter sido rude com ela, no dia em que a conhecera. De repente, o telefone voltou a tocar. Seria possível que Hamilton já estivesse ligando outra vez?

— Alô.

Ouviu apenas um profundo silêncio do outro lado da linha.

— Alô! — repetiu, erguendo a voz.

— Leeny? — indagou uma voz tímida.

— Sim.

— Como vai? É John Schuler quem está falando.

Leeny estreitou os olhos.

— Como vai, John? Já faz tempo que não nos falamos — comentou com voz suave e agradável.

Schuler tossiu, nervoso.

— Estou bem. — Não esperava ser atendido de maneira tão amigável. — Dadas as circunstâncias, é claro.

Os especialistas afirmavam que uma precipitação radioativa na Nyack poderia atingir Greenwich, se as bombas explodissem, o que era realmente possível. No entanto, a radiação demoraria muito mais para chegar a Greenwich do que para atingir Nova York. E os efeitos seriam muito mais fracos. Por isso, ele havia deixado o banco imediatamente após ouvir a notícia da invasão, fazendo com que seus subordinados arriscassem suas vidas estúpidas para manter o banco aberto. De Greenwich, ele poderia saltar para dentro de seu BMW e colocar grande vantagem sobre qualquer efeito da explosão. Em Nova York, seria um homem morto.

— Sim, eu sei — Leeny murmurou com voz patética e assustada. — Estou apavorada, John.

— Por que não sai logo daí, pelo amor de Deus? — ele inquiriu.

— Vou sair. Preciso apenas terminar algumas coisas e, então, irei embora.

Schuler sentiu um grande alívio. Ao que tudo indicava, o Broadway Ventures encerraria as suas atividades, pelo menos temporariamente.

— Então, você, Mace e Webster não pretendem especular os acontecimentos atuais, certo? Não vão comprar coisa alguma, certo? — As perguntas foram hesitantes.

— É claro que não — Leeny mentiu.

— E ainda não compraram nada, compraram?

— Não.

— Bom. — De repente, a voz de Schuler retomou toda a sua força, pois o seu bilhão de dólares estava salvo.

— John? — Leeny chamou com voz extremamente insegura.

— O que é?

— Estou mesmo muito assustada. Engraçado, não pude deixar de pensar em você, quando soube que a usina havia sido invadida por terroristas. Queria saber se você estava bem. — Hesitou. — John, quero vê-lo. Mesmo que seja apenas por alguns minutos. Mesmo que seja apenas para que me dê um abraço. Preciso ver você.

Schuler sorriu. Evidentemente, Mace havia interpretado mal o comportamento de Leeny. Estava claro que ela havia adorado o que ele lhe dera naquela noite, no Intercontinental. O sorriso de auto-satisfação tornou-se mais largo. Ora, afinal, ele não havia perdido a capacidade de seduzir uma mulher com suas habilidades de amante. Lembrou-se de como a arrastara para o chão, de joelhos, puxando-a pelos lindos cabelos dourados. No mesmo instante, foi surpreendido pela familiar sensação latejante nas virilhas. Às vezes, um homem tinha de ser rude com uma mulher.

— Quando acha que poderíamos nos encontrar?

— Esta noite.

— Não vou voltar para Nova York — ele advertiu.

— Eu jamais lhe pediria isso — ela replicou com voz rouca. — Por que não nos encontramos no Stamford Marriott? Fica a apenas vinte minutos de Greenwich, não é?

— Sim. — Ora, aquele telefonema estava se revelando uma surpresa espetacular. — A que horas?

— Por volta das dez. Vou reservar um quarto. Basta mandar ligar, quando chegar.

— Está bem. Até lá, então.

Schuler sorriu ao desligar o telefone.

Leeny devolveu o fone ao gancho, e o sorriso dócil que curvara seus lábios durante a conversa com Schuler desapareceu. No entanto, ela não teve tempo de pensar em Schuler, pois o telefone voltou a tocar.

— Alô — ela atendeu com suavidade, para o caso de ser o gerentezinho novamente.

— Srta. Hunt?

Ela revirou os olhos. Já era Hamilton, de novo!

— Sou eu, Roger Hamilton.

Desta vez, não havia o menor resquício de arrogância na voz dele.

— Pois não?

— Que tal noventa centavos sobre o dólar?

— Não. — De repente, a voz de Leeny voltou a soar gelada. — Trinta centavos. É minha oferta final. — Desligou.

Hamilton recolocou o fone no gancho lentamente e, mais devagar ainda, deixou a cabeça pousar na madeira da mesa. Sua vida equilibrava-se no fio de uma navalha, nas mãos de terroristas, a mais de trezentos quilômetros dali. Como pudera chegar àquele ponto?

31

— ALÔ? — atendeu a voz familiar.

Uma onda de alívio invadiu o corpo de Mace.

— Rachel!

— Mace?

— Sim.

— Mace, meu Deus! Estou tão feliz por ouvir a sua voz!

Foi a vez de Rachel ser tomada de alívio.

De detrás da cortina de seu apartamento no quarto andar, Mace observava o pátio do hotel Four Seasons, em Washington. Aquele era o apartamento onde Slade o orientara a se hospedar. Mais de vinte e quatro horas haviam se passado, e ele ainda não tivera notícias de Slade.

— Eu queria ter telefonado antes, mas não consegui me lembrar do sobrenome de seu padrasto, até há pouco.

— Ah... — ela hesitou. — Eu estava preocupada com você. — Sua voz soou rouca, comprovando a sua preocupação. — Telefonei para o seu escritório, mas a secretária continuou repetindo que você não estava lá. Liguei para o seu apartamento, mas não houve resposta.

— Estive fora — ele declarou sucintamente.

— Estou contente que tenha ligado. Meu padrasto queria ficar aqui de qualquer jeito, independentemente do que pudesse acontecer. Ele acredita que não devemos permitir que terroristas nos apavorem a ponto de abandonarmos nossas casas. Felizmente, mamãe o convenceu a partir. E eu vou com eles. Acho que é a melhor coisa a fazer. Especialmente agora, que deram um prazo.

Por um momento, Mace não disse nada.

— Mace?

— Sim.

— Está tudo bem? Onde você está?

— Em Washington — ele respondeu.

— O que está fazendo aí?

— Rachel, lembra-se do material que me deu?

— Sobre Leeny Hunt? — De repente, a voz de Rachel soou insegura.

— Sim.

— É claro que me lembro.

— Bem, definitivamente, você descobriu algo importante.

— Do que está falando? — Agora, ela parecia assustada.

— Vou poupá-la dos detalhes, mas não creio que haja motivo para preocupação com a possibilidade de as bombas serem detonadas em Nyack.

— O quê? — Rachel quase gritou.

Mace hesitou.

— O Broadway Ventures estava patrocinando um centro de treinamento no oeste da Virgínia, um centro de treinamento para terroristas.

Rachel prendeu a respiração.

— Rastreei uma transferência de dinheiro da conta do Broadway Ventures no Chase para uma cidadezinha chamada Sugar Grove e, então, descobri esse lugar. E quase não sobrevivi para lhe contar tudo isso. Não voltei ao escritório, desde então... por razões óbvias.

— Isso é incrível! — Rachel sussurrou, ofegante.

— E fica ainda melhor. Acho que o pessoal do oeste da Virgínia está envolvido com a situação atual da Nyack. Acho que foram eles que invadiram a usina. É por isso que não acredito que as bombas serão detonadas. Se é que existe alguma bomba, lá.

— Não estou entendendo, Mace.

— Pense bem. O Broadway Ventures estava financiando essa gente no oeste da Virgínia, um fundo abutre patrocinando um grupo terrorista. E o Broadway Ventures deveria investir no mercado imobiliário de Manhattan e em ações da Bolsa, justamente os valores que seriam mais afetados pela invasão da Nyack. O mercado imobiliário, por motivos óbvios. As ações, porque um grande número das maiores companhias estão instaladas e operam na área metropolitana de Nova York, ou perto dali.

— Não acredito! — Rachel murmurou, mas compreendeu o motivo e a ligação de pronto. — É perfeito.

— Exatamente. É um plano que tem a cara de Lewis Webster. Foi a maneira que ele encontrou de salvar a sociedade.

— Mas se o que você está dizendo é preciso, e se ele está envolvido, então, Webster correu um grande risco. Poderia ser facilmente exposto, caso algo saísse errado. Por que ele faria isso? É um homem muito rico, não é? — Rachel indagou.

— Sim. Correm rumores de que ele tem um patrimônio de quase trezentos milhões de dólares.

De repente, Mace lembrou-se do encontro que Webster tivera em Washington, que Sarah Clements mencionara, no dia em que Mace fora ao andar executivo.

— Então, por que ele faria isso?

— Para salvar a sociedade, imagino — Mace respondeu. — É ultrajante, eu sei. Também não entendo por que ele correria tamanho risco, mas é a única explicação que pude encontrar. — Era um grande furo em sua teoria e, evidentemente, Rachel fora direto ao ponto. — Por favor, não me entenda mal, Rachel. Quero que saia da cidade agora mesmo — declarou com voz firme.

Ela não respondeu imediatamente.

— E quanto a Leeny Hunt?

— O que tem ela?

— Acha que também está envolvida?

Mace respirou fundo.

— Tenho de achar. Ela levantou o dinheiro para o fundo depressa demais. E... — parou de falar. E todo o dinheiro viera de Washington.

— E o que, Mace? O que está escondendo?

— Nada.

Ele não queria contar a ela o que estava pensando. As implicações eram muito graves.

— E você procurou as autoridades para contar tudo o que descobriu?

Agora, a voz de Rachel adquirira um tom estridente, nervoso. Afinal, se o que Mace estava dizendo fosse verdade, haveria gente atrás dele.

— Não posso. Não tenho prova de nada.

— Mas não pode ficar quieto!

Ele assentiu.

— Eu sei. Estou aqui, apenas esperando pelas informações de um amigo. Então, voltarei para Nova York. Há mais uma coisa de que preciso, antes de procurar as autoridades.

Rachel hesitou.

— Vai procurar Leeny, não vai? — perguntou em um sussurro. — Aposto que ela pode lhe contar tudo.

Ela era mesmo inteligente, e pensava exatamente como ele.

— Não, trata-se de outra coisa.

De fato, havia outra coisa que Mace precisava fazer, mas Leeny era a sua prioridade. Não podia contar a Rachel qual era a outra coisa, pois não queria assustá-la ainda mais.

— Por favor, procure as autoridades, Mace. Agora, por favor.

— Está bem. — Ele não poderia procurar as autoridades, porque não possuía provas suficientes de que suas suspeitas tinham fundamento, mas tinha de acalmá-la. — Escute, preciso desligar. E você, também. Saia da cidade. Para o caso de eu estar enganado quanto a tudo isso.

Um silêncio pesado se seguiu. Os dois se deram conta de que havia uma possibilidade de nunca mais voltarem a se ver, caso Mace estivesse errado, e as bombas realmente existissem.

— Rachel? — Finalmente, Mace quebrou o silêncio.

— O que é? — ela respondeu depressa.

— Lembra-se de que me perguntou "E quanto a nós?", durante aquele jantar?

— Sim, eu me lembro.

Mace hesitou. Era difícil. Não estava acostumado a expor seus sentimentos.

— Eu gosto muito de você. Quando tudo isso terminar... — Não terminou a frase.

— Eu sei. — Ela compreendeu. — Sabe que eu também gosto muito de você.

Ele passou a mão pelos cabelos. Nunca sentira tanta falta de alguém, antes, mas não havia mais nada a dizer.

— Bem... Adeus.

— Adeus, Mace.

Rachel desligou o telefone devagar.

Mace recolocou o fone no gancho, e o telefone tocou quase imediatamente. Só podia ser uma pessoa.

— Alô?

— Mace, sou eu, Slade.

— Onde você esteve? — Mace inquiriu, tomado por uma onda de alívio.

— Desculpe, irmão. Estive tentando conseguir a informação que você me pediu.

— Imagino que saiba o que está acontecendo em Nova York.

— Sim. — A voz de Slade tornou-se mais baixa.

— Sabe o que eu acho?

Slade respondeu sem a menor hesitação:

— Que as pessoas que estavam na mina abandonada, no oeste da Virgínia, são os responsáveis.

— Exatamente. Você foi até a mina, em Sugar Grove.

— Sim, fui.

— E não havia mais ninguém lá, certo?

— Não, não havia ninguém. — Slade retirou um cigarro do maço que segurava na mão esquerda e acendeu-o, enquanto segurava o fone com a direita. Olhou para o Lincoln Memorial. Fazia anos que não fumava, desde os tempos do Lar para Garotos Abandonados de Plymouth. O palito de fósforo tremeu em sua mão. — Mas, para mim, é óbvio que havia gente lá, até há pouco. Encontrei cartuchos de balas espalhados por todos os lados.

— Lewis Webster e Leeny Hunt são responsáveis pela crise em Nova York, Slade. Não há nenhuma bomba em Nyack. Tudo não passa de uma conspiração para especular o mercado imobiliário de Manhattan e as ações da Bolsa de Nova York.

Slade sacudiu a cabeça. Mace era esperto demais para o próprio bem.

— Essa história parece um tanto ridícula, Mace.

— Talvez, mas estou convencido de que é a verdade.

— As bombas são reais, Mace. Meu chefe está controlando a situação na usina. As bombas são reais.

— Não, não são. Você tem de dizer isso a ele. Do contrário, se houver um ataque das forças governamentais, em uma última tentativa de resolver a situação, Wolverines morrerão desnecessariamente.

— As bombas são reais — Slade persistiu.

— Está bem, são reais. — Mace estava irritado. Por que Slade se mostrava tão obstinado? De repente, um alarme disparou em sua mente. Era fraco, mas real. — Conseguiu alguma informação sobre Leeny, ou sobre a Pergament Associates?

— Não. Ainda estou trabalhando nisso. — Ele preferiu não revelar para Mace o que descobrira sobre ambos. Não podia. Ainda. — Escute, dê-me mais um dia.

Slade deu uma tragada no cigarro. Seus nervos se acalmaram imediatamente. Tinha de manter Mace naquele hotel.

— Não posso. Vou voltar para Nova York.

— Não!

— Não posso esperar mais, neste quarto de hotel, Slade. Estou enlouquecendo.

Slade lançou um olhar rápido para a Reflecting Pool. Era óbvio que Mace iria para Nova York. Estava convencido de que era indestrutível.

— Está bem. Escute, estou muito perto de conseguir a informação que você quer. Escolha um lugar e um horário para nos encontrarmos em Manhattan.

Mace refletiu por um segundo. Considerando a situação em Nova York, poderia levar tempo para chegar lá.

— Amanhã, à noite. Às onze horas. No ringue de patinação do Rockefeller Center.

— Combinado.

Mace desligou o telefone. Slade estava escondendo algo. Ele conhecia o amigo a tempo suficiente para saber quando Slade não estava sendo totalmente honesto. Mas o que ele estaria escondendo? E por quê? Mace voltou a olhar para o pátio do hotel. Apesar de ter discordado, quando Mace dissera que as bombas não eram reais, Slade havia sugerido que se encontrassem em Nova York. O que provava que Slade também não acreditava na existência de bombas de verdade. Do contrário, jamais sugeriria Nova York como ponto de encontro. Então, por que estava agindo como se estivesse convencido da ameaça real de bombas na usina?

Slade deu mais uma longa tragada em seu cigarro. Mace tinha razão. Homens inocentes poderiam morrer. Homens dos Wolverines, homens que ele conhecia. E parte do sangue estaria em suas mãos.

Schuler sentou-se na beirada da cama enorme, vestindo apenas a cueca. Olhou para Leeny, parada diante dele, totalmente nua. Era linda, uma deusa. Exatamente como ele se lembrava.

Olhou para a televisão mais uma vez. Nada mudara. Os terroristas continuavam no controle da usina, e as autoridades estavam perdidas, sem um plano de ação. Schuler estendeu a mão para o controle remoto, a fim de abaixar o volume. Leeny havia ligado a televisão em volume alto demais, e isso o distrairia, quando começasse a fazer amor.

Leeny interceptou seu movimento, segurou o controle remoto e retirou-o da mão de Schuler com um gesto sedutor, antes de jogá-lo no chão. Então, ajoelhou-se rapidamente diante dele, despindo-o da cueca e beijando, embora não fosse necessário. Schuler já estava excitado como um colegial.

Após alguns instantes, ela se levantou e empurrou-o gentilmente pelos ombros, forçando-o a deitar-se de costas para poder montá-lo. Segundos depois, estava posicionada sobre ele, sentindo-o dentro de si.

Schuler observava, atordoado, o corpo delicado movendo-se para cima e para baixo. Ah, como era bom! Fechou os olhos e esqueceu o Broadway Ventures, o Chase Manhattan e a ameaça de radiação. Gemeu baixinho quando ela se inclinou subitamente para um lado. Leeny era mesmo muito boa na cama.

— John! — Leeny, de repente, chamou-o pelo nome, em voz mais alta que o volume exagerado da televisão. Queria que ele visse aquilo.

Schuler abriu os olhos e, por um momento, não pôde compreender o que estava acontecendo. Então, compreendeu. A idéia de tentar se mover atravessou sua mente, mas ele não teve tempo de colocá-la em prática. A bala atravessou a cartilagem nasal, diretamente entre seus olhos, saindo pela parte de trás de sua cabeça. Seu corpo foi sacudido por espasmos durante um longo momento, sob o corpo de Leeny. Então, imobilizou-se por completo.

32

Seguindo um Mercedes marrom, a perua movia-se lentamente para leste, na ponte George Washington, que liga Nova York a Nova Jersey, sobre o rio Hudson. Era uma hora da madrugada, mas a ponte continuava congestionada pelos carros das pessoas que deixavam a cidade. A ausência de pânico era surpreendente, e as pessoas agiam calmamente, de maneira geral. Apesar do trânsito intenso, os carros seguiam em ritmo constante, na velocidade média de cinqüenta quilômetros por hora.

De repente, no meio da ponte, a perua parou. No mesmo instante, os motoristas dos carros que vinham atrás começaram a buzinar com insistência. O motorista da perua, porém, não deu atenção. Com toda calma, ele retirou as chaves da ignição, saltou para fora do veículo, e correu na direção do Mercedes, que havia parado quinze metros à frente. Os passageiros dos carros que passavam por ele gritavam ao vê-lo correr, mas mais uma vez, ele não lhes deu atenção. Segundos depois, estava sentado na segurança do banco traseiro do automóvel alemão. O motorista pisou no acelerador, e o carro se lançou adiante, misturando-se rapidamente ao trânsito.

Exatamente dois minutos e trinta segundos mais tarde, a perua se desintegrou em uma grande bola de fogo. A explosão destruiu completamente a pista da ponte que seguia para leste. Carros e pessoas que passavam pela ponte, e que não foram incinerados pela explosão, caíram nas águas negras abaixo, em uma cena chocante. Momentos depois, as duas extremidades da pista pendiam na direção do rio, presas por uns poucos cabos.

Postado na torre de vigilância da Usina Nuclear Nyack, Vargus pudera assistir à explosão com excepcional clareza, contra o céu escuro da noite. Ele sorriu, imaginando o que se passava lá embaixo: o caos e o pânico que reinavam nos dois lados da ponte, e o efeito que aquilo teria sobre os habitantes da cidade.

Bobby Maxwell, o investidor do mercado imobiliário, residente em Nova Orleans, proprietário de doze edifícios situados na ilha de Manhattan, sentou-se na cama devagar. Sua cabeça doía terrivelmente. Ele havia bebido vinho demais, na noite anterior. Riu alto, enquanto esfregava os olhos vermelhos. Ao menos, a bebida o ajudara a esquecer a situação de Nova York. Gemeu ao estender o braço para apanhar o controle remoto da televisão e ligar o aparelho. No mesmo instante, esqueceu a dor de cabeça latejante.

A repórter estava parada na margem de Nova Jersey, do rio Hudson, com as extremidades pendentes da ponte George Washington atrás de seu ombro esquerdo, na distância. O vento agitava seus cabelos, e ela pressionava o minúsculo fone contra o ouvido, ao mesmo tempo que empunhava um microfone diante dos lábios. Finalmente, ela assentiu e começou a falar:

— Repetindo, por volta de uma hora desta madrugada, toda a pista da ponte George Washington que seguia para leste foi destruída por uma bomba de grande porte, aparentemente levada até a ponte por um caminhão, ou algum outro veículo grande. Testemunhas forneceram à polícia o número da placa de um Mercedes, que foi visto afastando-se da cena em alta velocidade. As autoridades localizaram o carro abandonado, por volta de quatro horas da madrugada, no condado de Westchester, Estado de Nova York. Nenhuma prisão foi feita até o momento, e as autoridades se recusam a revelar o número de vítimas por enquanto. O grupo que se encontra no controle da Usina Nuclear Nyack assumiu a autoria do atentado.

Maxwell engoliu em seco, antes de levantar-se rapidamente da cama e abrir a gaveta do criado-mudo, à procura do número de um telefone específico. Não precisava ouvir mais da história de sofrimento humano. Pouco se importava com pessoas. Importava-se com edifícios. E os seus edifícios corriam o risco imediato de se tornar totalmente desprovidos de valor.

Precisava falar com Mace imediatamente.

Às nove e meia, apesar do que havia acontecido na ponte George Washington, a Bolsa de Valores abriu para as operações do dia. Os corretores e especialistas que haviam aparecido naquela manhã, aproximadamente metade do número habitual, apresentavam-se estranhamente quietos, enquanto andavam para um lado e outro do imenso salão. Mantinham os olhos fixos no painel o tempo todo, e trabalhavam sem entusiasmo. Ao meio-dia, o índice Dow Jones havia caído mil pontos percentuais, e o pregão da Bolsa foi encerrado. Seria inútil continuar operando. Mesmo assim, quando a campainha de fechamento soou, o Broadway Ventures havia realizado compras extremamente atrativas, através de contas numeradas insuspeitas.

Mace olhou em volta, para o que restara de seu apartamento. Estava chocado. Tudo fora destruído. Os sofás de couro e suas almofadas haviam sido rasgados, de maneira que seu conteúdo se espalhasse por todo o chão. Os quadros haviam sido retirados das paredes e quebrados e, assim, os cacos de vidro misturavam-se ao conteúdo dos sofás. Grandes buracos haviam sido abertos nas paredes. Saqueadores? Não podia ser, ele pensou. A maior parte dos componentes do aparelho de som estavam destruídos, mas continuavam lá.

O vidro se estilhaçava sob a sola de seus sapatos, à medida que ele atravessava o apartamento na direção do banheiro, onde ele havia escondido o pacote que Rachel lhe entregara, o pacote que detalhava o envolvimento de Leeny no escândalo de fraude na LeClair e Foster, um pacote que a pessoa que destruíra o seu apartamento poderia estar interessada em encontrar.

Mace removeu um azulejo do teto do banheiro, depois de se equilibrar sobre a beirada da banheira. Uma imensa onda de alívio o envolveu. Estava lá, exatamente onde o deixara. Ele removeu o envelope com todo cuidado. Agora, Rachel estava em segurança. Agora, não poderia estabelecer a ligação que ela tinha com ele. Ao menos no que dizia respeito a atrapalhar os planos deles. Se houvessem encontrado o envelope e visto o nome da destinatária, teriam se dado conta de que ela estava envolvida. Então, Rachel correria perigo de vida.

Mace desceu da banheira. Estava na hora de encontrar Leeny. Depois, ele procuraria as autoridades com o que tinha em mãos.

Leeny estava sentada a uma mesa do Joey's Place, uma lanchonete que ficava aberta durante vinte e quatro horas, exatamente em frente ao edifício onde Mace morava, bebericando uma xícara de café devagar. Seus olhos estavam fundos nas órbitas, devido à falta de sono e ao estresse que ela enfrentara. Olhava fixamente através da janela da lanchonete, na direção da porta de entrada do edifício. Mace sabia de tudo sobre o Broadway Ventures. Não havia a menor dúvida. E ele ia destruir tudo. Por causa dele, ela iria para a prisão. A menos que conseguisse impedi-lo.

A imagem do corpo de John Schuler morto, deitado na cama, atravessou sua mente. Ela riu alto e, então, olhou em volta para ver se alguém ouvira. Ninguém prestava a menor atenção a ela.

De dentro da bolsa, Leeny retirou a foto que havia tirado, com uma Polaroid, no quarto do Stamford Marriott. Não havia necessidade de formar na mente a imagem do cadáver. Podia olhar para a reprodução da realidade. Colocou a fotografia, um *close-up* do rosto ensangüentado de Schuler, sobre a coxa, e baixou os olhos para apreciá-la. Passou a mão pelos cabelos, examinando a expressão horrível no semblante do gerentezinho. Um sorriso formou-se em seus lábios, enquanto ela admirava o próprio trabalho.

— Deseja mais alguma coisa, senhorita? — a garçonete perguntou, parando junto de Leeny e tentando ver o que havia debaixo da mesa.

Leeny cobriu a foto rapidamente com as mãos, lançou mais um olhar para a entrada do edifício de Mace e, finalmente, ergueu os olhos para a mulher.

— Não — sussurrou.

A garçonete sacudiu a cabeça. Aquela loira era uma criatura muito estranha. Estivera ali várias vezes, nos dois últimos dias, para se sentar sempre à mesma mesa, durante horas, observando o edifício do outro lado da rua. A garçonete do turno da noite relatara a mesma coisa. A mulher era mesmo esquisita, e elas haviam pensado em chamar a polícia para tirá-la dali. Mas a verdade era que a freguesa não causara nenhum problema, e dava gorjetas de vinte dólares, embora só tomasse café.

— Tem certeza de que não quer mais nada? — a garçonete insistiu, olhando para as notas de vinte dólares espalhadas sobre a mesa.

— Tenho.

A voz da loira era quase inaudível.

— Está bem. Ouça, senhorita. Vamos fechar daqui duas horas para irmos embora daqui. Sugiro que saia da cidade, também. Pessoalmente, acho que aqueles terroristas estão falando sério.

Leeny assentiu, mas não disse nada. Voltou a se virar para a janela e observar o edifício de apartamentos. Tinha de matá-lo. Do contrário, ele contaria tudo o que sabia. Ela se sentia indefesa, sentada ali, mas era a única coisa que conseguira pensar em fazer, sua única chance de encontrá-lo.

O assassino estava sentado a uma mesa nos fundos do Joey's Place, observando Leeny por detrás de seu jornal. Webster, finalmente, lhe dera a ordem para matá-la. Ele sorriu. Ela já estava morta, por assim dizer. Era evidente que a pressão a sufocara. Algumas pessoas não conseguiam resistir a uma situação estressante como aquela, e Kathleen Hunt era uma dessas pessoas.

O assassino bebericou o seu refrigerante. Webster não ficaria nada contente, se soubesse o que estava acontecendo. Webster afirmara querer aquela mulher morta imediatamente. Queria que o assassino descesse até a sala dele e fizesse o serviço ali mesmo, o que parecia totalmente incoerente com um homem tão racional. Por outro lado, Webster estava visivelmente perturbado. Algo que o assassino jamais testemunhara antes. Mas o assassino convencera Webster de que matar Kathleen Hunt em seu escritório não era uma boa idéia, que ele precisaria esperar e matá-la de maneira mais discreta.

Na esquina, apenas alguns metros adiante do Joey's Place, uma figura solitária esperava, olhos fixos na entrada da lanchonete. A pessoa tivera sorte por encontrar Leeny Hunt naquela manhã, sorte por ela ter ido trabalhar na Walker Pryce por umas poucas horas, como se tudo estivesse normal. Ela puxou a gola do casaco para cima, escondendo a maior parte do rosto.

De repente, Leeny levantou-se de um pulo e dirigiu-se para a porta. Quase derrubando o que restava de seu refrigerante, o assassino também se levantou depressa, e apanhou a carteira e as chaves de cima da mesa. O que havia com ela, afinal? Teria, por algum acaso, se dado conta de que estava sendo seguida, e agora tentava fugir? Ele correu para a porta da lanchonete.

A garçonete observou os dois saírem apressados. Primeiro, a loira e, em seguida, o homem que, obviamente, a seguia. Sacudiu a cabeça. Aquela era uma cidade maluca, cheia de situações estranhas. A melhor coisa a fazer era não se envolver.

Sem pressa, a garçonete aproximou-se da mesa à qual a loira ficara sentada durante as duas últimas horas. Estava curiosa para saber o que havia caído do colo da mulher, quando ela se levantara e correra para a porta. Ainda empunhando o bule de café, a garçonete abaixou-se para apanhar o objeto e, subitamente, deparou-se com o rosto ensangüentado de John Schuler.

A garçonete deixou cair o bule de café, chocada com a visão horrível do cadáver de Schuler. O vidro espatifou-se em milhares de cacos minúsculos, ao colidir com o chão, e o café quente espirrou em suas pernas. Durante alguns segundos, ela não se deu conta da dor. Então, começou a gritar.

Mace saiu do edifício com passos rápidos, seguindo na direção da estação de metrô. Não se dera ao trabalho de utilizar a saída dos fundos, pela qual havia entrado sub-repticiamente, a fim de evitar ser visto por alguém que pudesse estar vigiando. Quem quer que houvesse destruído o seu apartamento se fora havia muito tempo, a julgar pela comida estragada na geladeira aberta, e não esperaria vê-lo de volta ali.

Mace pôs-se a correr. Tinha de se apressar. Um homem gordo deu um súbito passo para a esquerda, colocando-se diretamente no caminho de Mace, no último instante. Mace colidiu com o homem obeso, derrubando-o na calçada.

– Desculpe! – ele murmurou, parando para ajudar o homem a se levantar.

Olhou em volta quando o puxava pela mão. Ainda havia um número surpreendente de pessoas na cidade. Bem, o prazo imposto pelos terroristas no controle da usina só expiraria no dia seguinte, mais precisamente ao meio-dia. Mace voltou a olhar ao seu redor. Aquela rua poderia se tornar muito diferente, então.

Correu na direção da estação do metrô. Tinha de encontrar Leeny, e em primeiro lugar tentaria a Walker Pryce. Ela poderia lhe dizer tudo o que ele precisava saber. Não faria isso sem resistir, mas ele resolveria esse problema quando chegasse o momento.

O trem chegou à estação, passando rápida e ruidosamente pela plataforma apinhada, repleta de pessoas carregando malas e sacolas, até finalmente parar com ruído ainda maior. As portas se abriram, e as pessoas que esperavam na plataforma não perderam tempo para entrar no trem.

Mace caminhou na direção de uma das portas, seguindo a multidão à sua frente, mas parou quando as pessoas começaram a gritar. Elas começaram a se afastar, abrindo um espaço bem à frente dele, empurrando umas às outras, derrubando algumas, na tentativa desesperada de sair do caminho.

No início, ele não compreendeu o que se passava. Então, Mace a viu. Ela vinha pela plataforma, encaminhando-se diretamente para ele, com passos lentos, como se estivesse em transe, os olhos vitrificados, a arma, a mesma utilizada para matar Schuler, erguida diante do rosto, firmemente segura em ambas as mãos.

O condutor, colocando a cabeça para fora da porta do quinto vagão do trem de nove, descobriu a causa da comoção. Fechou as portas do trem rapidamente e gritou pelo interfone para que o engenheiro deixasse a estação. O trem partiu instantaneamente.

Leeny parecia uma pessoa diferente da mulher que Mace conhecera na limusine, a caminho da Colúmbia. As linhas em torno de sua boca haviam se tornado distintamente visíveis. Seus cabelos eram de um amarelo sem brilho, e não o dourado brilhante de que ele se lembrava. Os olhos também haviam perdido o brilho, e pareciam não ver nada. A pele era de uma palidez fantasmagórica.

Ela estava a seis metros de distância, ainda caminhando na direção de Mace, andando a poucos centímetros da lateral do trem que partia em disparada ao seu lado, sem sequer perceber o movimento, toda a atenção fixa em Mace. De repente, ela parou, apontou a arma e posicionou o dedo no gatilho. Então, atirou.

Instintivamente, Mace levou as mãos ao rosto. Não imaginara que ela fosse capaz de cometer um ato violento. Agora, porém, lembrava-se de Rachel ter lhe dito que Leeny passara algum tempo internada em um sanatório. Definitivamente, Mace havia julgado mal Leeny Hunt.

Rachel atravessou os últimos três metros em um único salto. Não ouviu as pessoas gritarem, ou o trem disparando para fora da estação. Não viu as pessoas derrubando umas às outras, para sair da frente da arma, ou o movimento do trem atrás do corpo de Leeny. Rachel não viu nada, exceto a figura delicada de Leeny apontando a arma para Mace.

Rachel lançou-se sobre Leeny no último instante, no momento em que Leeny puxava o gatilho, no momento em que a bala explodia na direção de Mace. O impacto violento e inesperado tirou o equilíbrio de Leeny, lançando-a contra a lateral do trem em disparada. O corpo de Leeny bateu no metal e foi atirado para a frente, pela velocidade do trem, na direção de Mace. Ela gritou ao cair, incapaz de evitar a queda. Sua cabeça bateu com força contra uma coluna de suporte de aço, na extremidade da plataforma, e ela tombou no chão, inconsciente. A pistola caiu de sua mão e deslizou no cimento, disparando mais um tiro.

Mace olhou para Leeny, caída no chão, para Rachel e, então, para si mesmo, à procura de ferimentos. Mas não fora ferido.

Então, viu um homem correndo na sua direção, desviando das pessoas que ainda se encolhiam de medo, ajoelhadas na plataforma. O homem pretendia matá-lo. Não havia a menor dúvida disso. Mace viu a arma e a maneira como os olhos do sujeito fixavam-se nele, exatamente como os de Leeny, momentos antes.

O assassino manteve a arma escondida, enquanto se aproximava de Mace. Não se importava se as pessoas poderiam ver a arma, mas seria melhor não deixá-la tão visível, para o caso de haver algum herói entre a multidão.

O homem aproximava-se com rapidez pela plataforma, e estava a apenas trinta metros, agora. Mace lançou um olhar rápido para Rachel. Os olhos dela exibiam o profundo terror que ela sentia. Rachel também vira o homem e também se dera conta de que ele estava caçando Mace.

Era um extraordinário golpe de sorte, o assassino pensou, enquanto se desviava das pessoas na estação. O palpite de Leeny Hunt fora correto. Mace McLain voltara ao apartamento por alguma razão. Ele havia reconhecido o jovem agente de investimentos pelas fotografias que o homem de Washington lhe dera. Agora, terminaria o trabalho que Leeny Hunt tentara executar. Não conseguiria apanhar Mace em seu apartamento, na noite de sexta-feira, mas o apanharia agora. Então, trataria de se certificar de que Leeny também estava morta, e fugiria pelo túnel do metrô até a estação seguinte. Era incrível! Dois pelo preço de um!

O assassino ergueu a arma, ao se aproximar de Mace. O homem de Washington ficaria muito agradecido.

Mace atirou-se no chão, na direção da pistola de Leeny, caída na plataforma a vários metros de distância, apanhou-a e disparou. Seus movimentos foram graciosos, sem sinal de pânico, demonstrando o seu preparo atlético. Mace manteve uma calma gelada enquanto se lançava na direção da arma, sabendo que teria de acertar o primeiro tiro. Costumava caçar passarinhos, quando criança, e aprendera que o grande segredo era manter a calma, mesmo estando sob pressão, e ter o cuidado de mirar com precisão. A pressa o faria errar. E, naquelas circunstâncias, Mace não poderia errar.

O assassino agarrou a coxa esquerda com as duas mãos, e tombou no chão.

Mace colocou-se de pé rapidamente, correu até Rachel e ajudou-a a levantar-se depressa.

— Venha!

Correu até a beirada da plataforma e saltou para a linha do trem. Então, virou-se e puxou-a para baixo, também. Através da escuridão, Mace divisou o farol do próximo trem aproximando-se da estação. Agarrou a mão de Rachel e puxou-a na direção da escuridão, do outro lado da estação. Tinha de tirá-la de lá.

Mace beijou Rachel apaixonadamente, quando se viram juntos, na plataforma da linha doze, na estação Penn de Nova York. Finalmente, afastou-se.

— Você salvou minha vida.

Ela sorriu, e a adorável covinha apareceu em sua face.

— É verdade. Acho que isso faz de você meu escravo.

Mace assentiu e retribuiu o sorriso.

— Acho que sim. Mas juro que não vou me queixar.

— Todos a bordo! — o condutor gritou o anúncio, que ecoou pela plataforma.

Mace conduziu Rachel na direção da porta do trem.

— Lembra-se do que eu lhe disse?

Rachel revirou os olhos.

— Sim. Mountaintop Inn. Harpers Ferry. Devo pegar o trem para Baltimore, alugar um carro lá, ir para Harpers Ferry e esperar que você me telefone.

— Certo. Se qualquer outra pessoa telefonar, saia de lá. Não importa que se mostrem amigos. Se perceber qualquer coisa remotamente suspeita, saia. Compreendeu?

Ela assentiu, hesitante, subitamente apavorada de novo. Mas reconheceu a preocupação genuína no rosto de Mace, e gostou do que viu.

— Você tem dinheiro?

— Uns duzentos dólares, eu acho.

Ela havia sacado até o último centavo de sua conta, antes de sair à procura de Leeny.

— Tem cartão de crédito?

— Sim, tenho um.

— Bom. Use-o para alugar o carro, em Baltimore, mas não o utilize no Mountaintop Inn. Pague o hotel em dinheiro. — Mace fez uma pausa. — Compreendeu?

— Sim.

A porta do trem começou a se fechar. Mace segurou-a, inclinou-se e beijou Rachel mais uma vez. Então, piscou para ela.

— Vai dar tudo certo. Eu prometo.

— Espero que sim.

— Vamos lá, camarada! — o condutor gritou para Mace. Queria que Mace soltasse a porta. Queria sair dali.

Mace olhou para o homem, e voltou a encarar Rachel.

— Por que estava na estação? Como podia estar ali? Como podia saber?

— Segui Leeny desde a Walker Pryce, esta manhã. Calculei que se a seguisse, mais cedo ou mais tarde, eu encontraria você.

Mace sacudiu a cabeça. Ela era incrível. Beijou-a outra vez e, então, deixou que a porta se fechasse. Rachel acenou pela janela.

O trem deixou a estação Penn lentamente, seguindo pela teia de trilhos. Rachel estava em segurança. Mace consultou o relógio e seguiu para a escada que levava de volta ao terminal principal da estação. Uma hora. Faltavam dez horas para o seu encontro com Slade.

Vargus reclinou-se na cadeira e esfregou o olho inchado. Estava infeccionado, e a dor era quase insuportável. Uma leve batida na porta distraiu-o por um instante.

— Quem é?

— Tabiq.

— Entre.

A porta se abriu, e Tabiq entrou na sala.

— O que você quer? — Vargus espiou o outro com o olho ileso.

— Os homens querem saber se você teve alguma resposta das autoridades — Tabiq falou, apontando para o telefone sobre a mesa.

– Sobre o quê?

Vargus havia destruído os aparelhos de televisão da usina. Não deveria haver nenhum meio de eles saberem de sua comunicação com o mundo externo.

– Não há motivo para blefar. – Tabiq começava a ficar irritado com a falta de informação por parte do líder. – Você fez exigências. Por que mais teria libertado dois reféns?

Vargus voltou a esfregar o olho.

– Diga a eles que relaxem. As autoridades estão cedendo às exigências. Mas precisam de tempo para atender a nosso pedido. Um bilhão de dólares é muito dinheiro.

Vargus sorriu para tranqüilizar o subcomandante.

Tabiq não se convenceu, mas ao menos Vargus admitira ter feito exigências. Ao menos, ele agora sabia que as negociações estavam em andamento.

– Direi isso a eles. Vai ajudar.

Com isso, ele se foi.

Vargus sacudiu a cabeça e emitiu um longo suspiro. Mais umas poucas horas, e estariam todos mortos... menos ele. Desde que não ocorresse nenhum imprevisto. Desde que o comandante dos Wolverines obedecesse ordens e não tentasse ser herói por conta própria. Essa seria a única maneira de tudo correr bem.

33

— SR. WEBSTER, aqui fala Roger Hamilton, da Maryland Mutual Life.

— Pois não?

Um sorriso maligno se formou nos lábios do velho, enquanto ele ouvia a voz do outro lado da linha.

— Até agora, negociei com uma mulher chamada Kathleen Hunt, a respeito de alguns títulos que minha empresa possui.

— Sim.

Webster esperava que o assassino já houvesse cumprido a sua missão, àquela altura.

— Mas a secretária informou-me de que, agora, é o senhor quem está cuidando do assunto.

— Isso mesmo — Webster confirmou com tranqüilidade.

Queria ver o sujeito suar, até ele fazer sua oferta.

— O que tenho a discutir é um tanto urgente.

— E do que se trata? — Webster perguntou à queima-roupa, pois queria dar o golpe de misericórdia rapidamente.

— A srta. Hunt e eu estivemos discutindo a compra de um bilhão de dólares em títulos que minha firma possui.

A voz de Hamilton tornou-se subitamente rouca.

— E? — Webster fez questão de ser breve e frio, a fim de deixar claro que não haveria qualquer remorso de comprador, no último instante.

O sangue latejava nas veias de Hamilton.

— Venderei os títulos ao Broadway Ventures, por setenta centavos por dólar.

Agora, sua voz não passava de um sussurro fraco.

Webster não disse nada. Absolutamente nada. Era uma estratégia de negociação, que ele aprendera anos antes. A maioria das pessoas detestava o silêncio ao telefone, e continuaria falando, apenas para evitá-lo.

— Sr. Webster? — Hamilton balbuciou.

— Sim?

— Está me ouvindo?

— Sim.

Mais uma vez, Webster fez uma pausa, permitindo que o silêncio desconfortável continuasse.

Hamilton sabia o que estava acontecendo. Sabia o que Webster estava fazendo. Não era um garoto inexperiente. Porém, não tinha escolha. Tinha de negociar contra si mesmo. O presidente da firma queria "alguma coisa" pelos títulos.

— Sessenta centavos por dólar.

— Não — Webster respondeu imediatamente.

— Por favor, pelo amor de Deus.

— Não.

A voz de Webster era gelada.

Hamilton engoliu em seco e, então, respirou fundo. Suas mãos tremiam.

— Cinqüenta.

Webster sorriu.

— Feito. Envie-me um fax, imediatamente, confirmando a transação. O dinheiro será enviado à Maryland Mutual ainda hoje.

O sorriso maligno voltou a iluminar o semblante de Webster. Acabara de ganhar meio bilhão de dólares.

Mace entrou sorrateiramente no quarto do hospital onde Leeny estava internada, sem ser visto pelas enfermeiras. Uma vez dentro do quarto, aproximou-se rapidamente da cama. Tinha de tirá-la dali, depressa.

Ela virou a cabeça devagar. Ao reconhecê-lo, seus olhos se encheram de lágrimas.

Mace examinou a bandagem que envolvia sua cabeça.

— Venha. Precisamos sair daqui.

Ela não resistiu. Não disse uma palavra. Simplesmente, levantou-se da cama com a ajuda dele e calçou os sapatos que a enfermeira deixara junto à porta.

Mace segurou-a pela mão, conduzindo-a para a porta, onde parou pelo tempo suficiente para se certificar de que não havia nenhum médico ou enfermeira no corredor. Havia alguns, mas estavam distraídos pela chegada constante de novos pacientes. Com passos rápidos, Mace saiu para o corredor, com Leeny no seu encalço, e desapareceu pela escada, situada exatamente em frente ao quarto que ela ocupara.

Assim que os dois sumiram, um médico saiu do elevador e seguiu na direção do quarto quatrocentos e vinte e cinco. Movimentava-se com ar casual, empunhando uma prancheta, mantendo a cabeça baixa para que os outros não percebessem a sua presença. Quando alcançou a porta, tateou a arma que levava debaixo do avental branco. O silenciador já estava instalado. Apesar do silenciador, o tiro ainda produziria ruído, mas ele estava confiante de que os funcionários do hospital estavam tão distraídos, que ele conseguiria sair dali sem problemas, depois de matá-la. Sorriu. O primeiro assassino havia estragado tudo e, além de não conseguir cumprir sua missão, estava agora em uma cama de hospital, do outro lado da cidade. Agora, ele era o homem. Deveriam tê-lo enviado em primeiro lugar.

O lobo vestindo pele de cordeiro olhou para um lado e para outro do corredor, pela última vez, antes de entrar no quarto. Abriu a porta e parou, estarrecido. Leeny Hunt se fora.

Meia hora depois, Mace e Leeny entraram no quarto do New York Hilton. Aquela seria a última noite que o hotel ficaria aberto. A gerência fecharia as portas às sete horas da manhã seguinte. Fora o que o único funcionário presente na recepção informara a Mace. Sem exceções. Os hóspedes seriam escoltados por guardas armados, até a rua, caso não houvessem deixado o hotel até então. O homem fora tão insistente na advertência, que nem dera atenção à bandagem que envolvia a cabeça de Leeny. Mace tentara escondê-la com um boné de beisebol, mas a faixa branca ainda era visível.

— Sente-se — Mace falou em tom gentil.

Leeny sentou-se na beirada da cama. Tinha o olhar distante, e os braços firmemente cruzados sobre o peito.

Mace ajoelhou-se diante dela e tomou-lhe as mãos nas suas. Fitou-a nos olhos.

— Vai me contar tudo, entendeu?

Não havia razão para resistir. Ela assentiu, obediente.

Mace levantou-se e retirou um pequeno gravador do bolso, no qual inseriu uma fita minúscula. Sentou-se ao lado dela.

— Primeiro, quero que grave a história. Depois, vai escrever tudo o que disse. Está entendendo?

Ela voltou a assentir e, de repente, as lágrimas saltaram de seus olhos. Soluços sacudiram seu corpo, e ela enterrou o rosto nas mãos.

— Eu sinto muito, Mace. Sinto muito.

Eram as primeiras palavras que ela dizia, desde que haviam deixado o hospital.

Seus ombros tremiam incontrolavelmente, enquanto Mace a via desintegrar-se. Ela já mal podia ser considerada um ser humano. Pouco restava da mulher bonita e astuta que ele conhecera. Mace sacudiu a cabeça. Leeny tentara matá-lo, horas antes. Mesmo assim, ele não poderia deixar que ela soluçasse daquela maneira, sem oferecer nenhum consolo. Não fazia parte da sua personalidade ser tão frio. Por isso, estendeu a mão e pousou-a no ombro de Leeny.

Era tudo o que ela precisava. Leeny atirou os braços em torno dos ombros de Mace, pressionou o rosto contra o peito largo, e chorou.

Rachel desceu os degraus iluminados da entrada do Mountaintop Inn e seguiu pela escuridão da noite de fevereiro, na direção do carro que alugara no final daquela tarde, em Baltimore. A viagem pela estrada interestadual havia demorado bem menos do que ela havia calculado.

Estremecendo de frio, ela se apressou a atravessar o estacionamento. Estava muito frio, lá fora, e ela queria voltar para dentro do hotel o quanto antes. Chegara no Mountaintop Inn mais de duas horas antes, e tomara um longo banho quente, depois de se hospedar. Mas havia esquecido as roupas que comprara em Baltimore dentro do porta-malas. Agora, precisaria delas.

Quando se aproximou do carro alugado, retirou a chave do bolso da calça e deu a volta no veículo, para se postar diante do porta-malas. Enfiou a chave no trinco e abriu a tampa. Abaixou-se para apanhar a grande sacola de compras que continha suas roupas.

Quando voltou a se endireitar, e começava a fechar o porta-malas, depois de retirar a sacola, sentiu a mão enluvada pousar com firmeza sobre sua boca e nariz. Odores estranhos penetraram suas narinas e pulmões e, em questão de segundos, ela estava inconsciente, um peso morto nos braços do homem.

O primeiro homem olhou para o segundo.

— Foi fácil demais — sussurrou. — Coloque-a no porta-malas. Vou atrás de McLain.

Ferris fechou a porta da sala de Malcolm Becker e, então, virou-se para encarar o diretor da CIA, que fumava um de seus adorados charutos Monte Cristo, sentado à sua mesa.

— E então? — Becker indagou.

O Homem Rato já não podia mais se controlar. Exibiu um sorriso largo, deixando à mostra os dentes longos e curvos.

— Apanharam Rachel Sommers em um hotel, em Harpers Ferry, no oeste da Virgínia — anunciou com voz triunfante.

Becker continuou a fumar o seu charuto por um instante.

— E McLain?

O sorriso do Homem Rato se dissipou.

— Ele não estava com ela.

Becker esmurrou a mesa com violência.

— Diabos! — rugiu.

Virou-se para a janela, observando a noite da Virgínia. Estava tão negra quanto o seu humor.

— Vai dar tudo certo, chefe — o Homem Rato consolou-o. — Temos a garota. Podemos usá-la para atrair McLain. Conner vai encontrar McLain e, então, vamos arrancá-lo de qualquer buraco em que ele possa ter se metido. Vai dar certo.

Becker apoiou-se na mesa.

— Sim, temos a garota. E Mclain não revelará o que sabe, enquanto não tiver certeza de que ela está a salvo.

— Exatamente — Ferris concordou com mais um sorriso. Becker precisava dele, em momentos como aquele. O general era um excelente planejador, mas às vezes não raciocinava com clareza, sob pressão. Era por isso que os dois formavam um par tão formidável. O Homem Rato transformava-se em Homem de Gelo, sob pressão. — Arrancaremos McLain de seu buraco e o mataremos. Então, estaremos tranqüilos.

— Sim. — Becker olhou para Ferris. — Conto com você, Willard. Sabe disso, não sabe?

Ferris assentiu. Seus olhos se estreitaram.

— Já conversou com Webster?

— Sim.

— E?

Becker sorriu.

— É inacreditável. O Broadway Ventures investiu quase dois bilhões de dólares, desde que os homens de Vargus explodiram a ponte George Washington. — O general sacudiu a cabeça. — Webster estima que o valor de mercado de tudo o que foi adquirido pelo fundo, nos últimos três dias, aproxima-se de três bilhões e meio de dólares. Quando os Wolverines retomarem Nyack e nenhuma bomba explodir, o valor da carteira subirá vertiginosamente, voltando ao valor original, três bilhões e meio de dólares. Webster devolverá os novecentos milhões de dólares da CIA imediatamente, através de corporações fantasmas. Então, venderá tudo o que o Broadway Ventures comprou. Realizará as vendas devagar, e nos enviará o dinheiro aos poucos, a fim de evitar qualquer suspeita. Evidentemente, teremos de devolver ao Chase o bilhão que nos emprestaram, com juros, assim como proporcionar aos investidores particulares os lucros prometidos.

Mesmo assim, tudo indica que a CIA e a Walker Pryce terão um lucro líquido de mais de um bilhão de dólares. O que cobrirá com folga o excesso de gastos com os Wolverines e a quantia de que preciso para patrocinar a minha campanha.

Ferris assentiu. Becker era como um deus em sua capacidade de arquitetar um plano como aquele, de designar as tarefas adequadas a cada integrante do grupo, sem jamais informar todos os detalhes da operação a nenhum dos indivíduos, de maneira que ele fosse o único a saber de tudo. O trabalho do Homem Rato fora garantir que a operação no oeste da Virgínia se realizasse sem contratempos.

— Será incrível, quando os Wolverines invadirem a usina Nyack, chefe. O país inteiro prenderá a respiração em expectativa, e o esquadrão, o seu esquadrão, sairá vitorioso. Imagine a cobertura que a imprensa dará aos acontecimentos, depois que tudo terminar. Imagine toda aquela gente gritando o seu nome, querendo abraçá-lo, querendo "votar" no senhor. E o senhor dirá que a operação de retomada da usina estava planejada desde o início da invasão, que estávamos apenas esperando que a maior parte dos habitantes de Nova York deixasse a cidade, para entrar em ação.

Ferris estava em êxtase.

Becker sentou-se na beirada da mesa.

— Sim — sussurrou em tom dramático, antes de virar-se para o Homem Rato. — Willard, tem certeza de que Vargus conseguiu instalar as bombas na usina?

Ferris assentiu.

— Sim, claro. Quando os Wolverines retomarem o controle dos reatores, encontrarão cinco bombas em torno de cada núcleo. Mas elas não podem ser detonadas. Vargus neutralizou os detonadores. Supostamente, ele é a única pessoa do grupo com autoridade para mandar tudo pelos ares, mas se um dos outros tentar bancar o herói, as bombas não explodirão. É lindo!

Becker riu alto.

— Mal posso esperar para ver a expressão no rosto de Andrews, quando ele souber que os Wolverines retomaram a usina. Ele saberá, no mesmo instante, que a campanha eleitoral terminou.

— Exatamente. — Ferris continuava excitado. — É incrível como todo o plano funcionou exatamente conforme o esperado.

De repente, os dois homens baixaram os olhos para o chão. Restavam apenas dois problemas: Leeny Hunt e Mace McLain. Os dois tinham de ser mortos, depressa, ou toda a conspiração correria sério risco. E eles sabiam disso.

Becker respirou fundo.

— Não fosse por aquele maldito Mace McLain, estaria tudo bem. Kathleen Hunt estaria morta, e nós não teríamos com o que nos preocuparmos.

— Vai dar tudo certo, chefe. Lembre-se de que temos Rachel Sommers em nosso poder. Ele não fará nada, enquanto ela estiver conosco.

Becker lançou um olhar para o Homem Rato.

— Espero que você esteja certo. — Tirou uma baforada do charuto. — Como os agentes conseguiram localizar Rachel Sommers, afinal? Ela foi apanhada em Harpers Ferry! Não que seja um lugar tão remoto quanto Sugar Grove, mas também não é a Quinta Avenida! Ela usou o cartão de crédito para se hospedar no hotel? Foi idiota a esse ponto? Pelo que sei sobre ela, imaginei que fosse uma mulher inteligente e esperta.

Ferris sacudiu a cabeça.

— Não. Ela pagou o hotel com dinheiro. — O Homem Rato hesitou. — O carro que ela alugou em Baltimore estava equipado com um telefone celular. Pode-se rastrear um celular e obter sua localização precisa, a qualquer momento. E a Bell Atlantic tem imenso prazer em colaborar com a CIA.

34

Mcyntire apoiou-se em uma das vigas que sustentavam o telhado da varanda da frente da casa da fazenda, e acendeu um cigarro. O céu da noite estava nublado. Não havia uma estrela sequer. E ele interpretou tal fato como uma dádiva divina.

O comandante observou um par de faróis que se aproximava pela longa alameda de cascalho. O jipe parou ruidosamente diante da casa. Capitão Ellet saltou pela porta do passageiro e encaminhou-se para onde Mcyntire esperava, com passos rápidos.

— Mandou me chamar, senhor? — Ellet inquiriu, batendo continência.

— Sim. — A voz de Mcyntire soava desanimada. Ele olhou para o motorista do jipe, que também saíra do veículo e, agora, apoiava-se no pára-lama. Calculou que ele não poderia ouvir a sua conversa com o capitão, pois a distância que os separava era bastante grande. — Vamos atacar dentro de sete horas, às três da madrugada.

— Uma decisão de Washington.

Embora Ellet pronunciasse as palavras como se elas formassem uma afirmação, Mcyntire reconheceu o tom de pergunta que estava por trás. Ellet queria ter certeza de que aquela ordem viera de cima, que o comandante não tomara uma decisão unilateral.

— Prepare os homens, capitão Ellet — o comandante acrescentou, impassível.

O capitão baixou os olhos, fixando-os nas próprias botas.

— Sim, senhor.

Arrependia-se de ter questionado. Tal atitude beirava a insubordinação. O problema era que as possíveis conseqüências de um ataque eram graves demais.

— Detectamos movimentos nas linhas dos Wolverines! — Tabiq anunciou, entrando na sala sem bater.

Vargus gemeu ao se sobressaltar com a interrupção rude. Seu corpo inteiro doía em reação à infecção que fizera a região em torno de seu olho inchar, até quase atingir o tamanho de uma maçã.

— O quê?

— Isso mesmo. Podemos vê-los, através de nossos binóculos noturnos. Parecem estar recuando.

Vargus consultou o relógio. Eram quase nove horas. Cedo demais. E por que eles recuariam?

— Mountaintop Inn. Em que posso ajudá-lo? — a voz feminina suave se fez ouvir do outro lado da linha.

— Betty Saif, por favor.

Aquele era o nome falso que Mace orientara Rachel a usar.

— Um momento, por favor. Vou transferir a ligação.

— Obrigado — ele murmurou.

Ficara chocado com o que Leeny lhe contara, no final de sua confissão gravada. A história era ultrajante, mas a última coisa que ela disse era incompreensível. Mace consultou o relógio. Onze e dez. Slade devia estar à sua espera.

Após alguns segundos, o telefone começou a tocar. Ao décimo toque, a telefonista do pequeno hotel interrompeu a chamada.

— Ela não atende. Quer deixar um recado?

— Pode me dizer se ela está mesmo hospedada aí? — Mace perguntou.

— Um instante, por favor — a mulher disse, no mesmo tom de voz, gentil e educado, que usaria muitas vezes antes que a noite terminasse. — Sim. Ela se registrou há, aproximadamente, três horas.

Mace hesitou. Aquilo era muito estranho. Ele a instruíra a ficar dentro do quarto, a menos que notasse algo suspeito.

— Há mais alguma coisa que eu possa fazer para ajudá-lo, senhor? — a telefonista indagou.

Uma sensação desagradável tomou conta do estômago de Mace.

— Não, obrigado. Voltarei a ligar mais tarde.

Desligou o telefone, hesitou por um momento e, então, dirigiu-se ao Rockefeller Center.

Malcolm Becker designara Slade para realizar a tarefa de fazer contato com Mace, meses antes, supostamente como parte da conspiração: para vigiá-lo; para ter certeza de que Mace não faria nada suspeito; para oferecer ajuda, inocentemente, caso Mace jamais precisasse dela. Fora o que Leeny relatara no final de sua gravação. Tal informação deixara Mace tão nervoso, que ele se vira forçado a desligar o gravador. Seu contato com Slade não fora, de maneira alguma, acidental, ao longo dos últimos meses. Só agora Mace dava-se conta disso. Slade estivera reunindo informações, vigiando Mace para Becker. Mace sentiu a raiva tomar conta de seu peito, ameaçando sufocá-lo.

O complexo Rockefeller Center estava intensamente iluminado, mas totalmente vazio de público. Conseqüentemente, não foi difícil encontrar Slade. Ele estava apoiado em uma mureta de cimento, junto aos mastros das bandeiras, no lado sul do famoso ringue. Fumava um cigarro, algo que Mace não o via fazer, desde os tempos do orfanato.

Mace estudou o velho amigo por um momento. Como podiam ter chegado àquele ponto? Haviam crescido juntos, ajudado um ao outro em tempos difíceis. Agora, ele descobriu que Slade fazia parte de uma terrível conspiração.

Com cautela, Mace aproximou-se de onde Slade estava, caminhando pelas sombras, para que Slade não o visse. Mace olhava em volta o tempo todo, à procura de outros que pudessem estar esperando, outros que Slade poderia ter levado consigo, para ajudar na captura de Mace... ou pior.

— Olá, Slade — Mace cumprimentou em voz baixa.

— Olá, irmão. — Slade jogou o cigarro no chão e apagou-o com o pé. — Não precisava ser tão sorrateiro, em sua aproximação. Não há mais ninguém comigo.

Bem, ao que parecia, Slade percebera a presença de Mace desde o momento em que ele chegara.

— Fumando?

Slade assentiu.

— Sim, eu preciso.

Sua voz soou melancólica, mas Mace não perguntou por quê. E não esperou para revelar as informações fornecidas por Leeny Hunt, no quarto do hotel.

— Eu sei de tudo, Slade. Sei que Becker é o responsável pelo ataque terrorista à usina Nyack. Sei que ele coagiu Lewis Webster e Leeny Hunt a criarem o Broadway Ventures para ele. Sei que usou a perspectiva de anos na prisão para forçá-los a concordar. Sei que ele está usando o dinheiro que ganhou com o Broadway Ventures para cobrir o excesso de gastos e as fraudes na CIA. Sei de tudo. Hospedei Leeny em um quarto, no hotel Hil... — Mace parou de falar.

Os olhos dos dois amigos se encontraram.

— No hotel Hilltop, no Brooklyn — Mace terminou, na esperança de que Slade não percebesse que ele estava, simplesmente, inventando um nome de hotel.

— Entendo — Slade murmurou.

Um silêncio pesado se seguiu.

Mace foi quem, finalmente, quebrou-o.

— Há quanto tempo você sabe, Slade? Há quanto tempo está me enganando?

— Nunca enganei você, Mace. Eu jamais faria isso — Slade respondeu em voz baixa. — Você devia saber. Nossa amiga é antiga e forte demais. — Uma rajada de vento soprou de repente. — Fiquei sabendo do que estava se passando há uma semana. Só isso.

— Mentira! — Mace ficou subitamente furioso. — Leeny disse que Becker mandou você me vigiar, desde o início.

— É verdade. — Slade continuou falando em voz muito baixa. — Mas eu não sabia por que ele queria que eu o vigiasse. Lembre-se de que ele é meu chefe, e é o diretor da CIA. — Slade hesitou, e sua voz baixou ainda mais. — Quando ele me contou o que estava acontecendo, porque eu o pressionei, depois de ter viajado ao oeste da Virgínia, após o nosso encontro em Charlottesville, concordei em ajudá-lo, em fazer parte da conspiração, porque era a melhor maneira de ajudar você. E porque, se ele sequer desconfiasse que eu pretendia estragar seus planos, mandaria me matar. E, simplesmente, mandariam outro homem atrás de você. Meu Deus, eles já fizeram isso.

Mace não conseguia acreditar.

— Como vou saber que está me dizendo a verdade?

Poderia, facilmente, ser mentira. Ele não podia confiar em ninguém, àquela altura, nem mesmo em Slade, especialmente, depois do que Leeny contara.

— Não há como saber — Slade admitiu, virando-se para encarar Mace frente a frente. Agora, era ele quem começava a ficar furioso. — Ouça, não posso forçá-lo a acreditar em algo, se você não quer acreditar. Somos amigos desde que tínhamos quatro anos de idade. Eu não devia precisar fazer você acreditar em mim. Estou lhe dizendo a verdade. É tudo o que você precisa ouvir. — Fez uma pausa. — Mandei você se hospedar no Four Seasons. Se quisesse, poderia tê-lo entregue a Becker, quando estava lá.

Mace ignorou o último comentário, e fitou Slade diretamente nos olhos, à procura de algo, de uma indicação de que ele dizia a verdade, ou que mentia. Os olhos do amigo, porém, não revelavam qualquer informação.

Slade olhou em volta, furtivamente.

— Tenho informações para lhe dar, que vão ajudá-lo a apanhar Malcolm Becker, aquele patife.

Mace reconheceu o ódio contido na voz de Slade, mas isso também poderia ser mera encenação.

— O que é?

Slade retirou um envelope do bolso do casaco.

— Pegue — murmurou, estendendo-o para Mace.

— O que há aqui dentro?

— Os nomes e números das contas fantasmas que Becker usou para enviar dinheiro ao Broadway Ventures, memorandos assinados por Willard Ferris autorizando as transferências das contas da CIA. É a ligação que faltava para você.

Mace guardou o envelope no bolso, ainda temendo ser surpreendido pelos colegas de Slade.

— Leeny Hunt também estava na folha de pagamentos — Slade continuou. — Eu a investiguei, a pedido de Becker, algum tempo atrás. Ele sabia que ela havia participado de fraudes, e estaria mais do que disposta a concordar com o que teria de fazer, em troca da garantia de não ser processada. Bastou que Becker resolvesse o problema da acusação, para ela aceitar todas as exigências dele. Mas eu não sabia para quê ele a queria, na ocasião.

— Eu sei tudo sobre o envolvimento dela na fraude — Mace afirmou.

— Ah, é verdade. Você a hospedou no... — Slade fez uma pausa —... no hotel Hilltop, no Brooklyn.

— Sim — Mace confirmou, aliviado por constatar que Slade ouvira o endereço falso.

— Mace, há mais uma coisa que você precisa saber — Slade declarou em tom sombrio.

— O quê?

— Rachel Sommers está em poder de Becker. Ela foi apanhada em Harpers Ferry.

Por vários segundos, a expressão de Mace não se alterou. Então, ele abaixou a cabeça e seus ombros vergaram. Não havia motivo para duvidar do que Slade estava dizendo.

— Ah, meu Deus! — sussurrou baixinho.

— Isso mesmo, irmão. — Slade apontou para o envelope que acabara de entregar a Mace. — Não pode entregar isso às autoridades, se pretende vê-la viva outra vez. Acabei de falar com Willard Ferris, assistente de Becker.

— Então, por que me deu as informações? — Mace inquiriu, alterando a voz.

— Para você usar como instrumento de negociação — Slade explicou calmamente.

— Do que está falando?

— Ele sabe que você esteve em Sugar Grove.

Slade acendeu outro cigarro.

— Contou isso a ele, também? Não acredito! — Mace ergueu a voz ainda mais.

Slade estreitou os olhos.

— Eles suspeitaram que você fosse o intruso que havia invadido a mina abandonada, quando você não apareceu para trabalhar. Então, mostraram sua fotografia a moradores de Sugar Grove. Vários deles o reconheceram. Agente da Receita Federal, lembra-se? — Slade sacudiu a cabeça. — Sei que passou por coisas terríveis. E é por isso que não o culpo por desconfiar de mim.

Mace desviou o olhar. Era difícil demais confiar em Slade, àquela altura. O amigo tinha respostas para tudo, e suas respostas eram sempre plausíveis. Os instintos de Mace, porém, diziam que Slade havia trabalhado com Becker todo o tempo. E se ele houvesse seguido os seus instintos desde o início, quando Webster o abordara com a proposta do Broadway Ventures, ele não se encontraria na situação em que estava, agora.

— Becker sabe que você percebeu que havia algo errado. Por que mais você chegaria ao centro de treinamento, no oeste da Virgínia? — Slade hesitou. — Quero acabar com aquele homem. Quero vê-lo cair. Mas é você quem tem de derrubá-lo. Eu não posso. — Voltou a apontar para o envelope no bolso de Mace. — Direi a ele que conversei com você por telefone, e que você tem essas informações, que citou os nomes e números de contas das corporações fantasmas durante nossa conversa. Vou convencê-lo a fazer uma troca justa: Rachel Sommers por essas informações. Sem o envelope, você não pode provar nada. Se ele souber que você tem esses papéis em mãos, saberá que você pode derrubá-lo e, então, aceitará negociar — Slade concluiu, dando uma longa tragada no cigarro.

Mace inspirou a fumaça do cigarro, quando Slade a exalou. Era tudo tão perfeito. Uma armadilha preparada com todo cuidado. Desconfiava de Slade. Não poderia evitar isso. Mas não fazia diferença. Se ele não concordasse com o que Slade havia sugerido, Rachel morreria. Disso, Mace não tinha a menor dúvida.

Slade apagou o cigarro. Teria de telefonar para Becker, assim que ele e Mace se separassem, para informar o general de que Leeny Hunt estava no hotel Hilton.

35

Os HELICÓPTEROS de ataque surgiram no céu da noite, acima da Usina Nuclear Nyack, e mergulharam subitamente, em ângulos de quarenta e cinco graus. Quando alcançaram a altitude de cem metros acima do nível do mar, lançaram sua carga letal sobre as linhas terroristas, formadas no perímetro da usina. Os mísseis explodiram em meio aos militantes, incinerando corpos instantaneamente.

As tropas de Wolverines começaram a invadir a usina, encontrando pouca resistência. Na verdade, entrar no edifício e assumir o controle do lugar não foi tão fácil, mas meia hora depois do início do ataque, toda a usina fora recuperada, exceto o núcleo. Vinte e sete Wolverines estavam mortos, mas também haviam morrido quase cem terroristas, sendo que alguns eram homens altamente capacitados e treinados, que o mundo terrorista batizara de membros.

Vargus olhou em volta, estudando o local de proporções gigantescas que abrigava o reator nuclear. Ele era o único que restava, agora. Podia sentir isso. E sentia que estavam perto. Sentiu sua libertação aproximar-se rapidamente. Então, ouviu a batida na porta, exatamente como esperava que seria: duas batidas leves, três fortes. Sim, exatamente como ele e Becker haviam planejado. Seus ombros vergaram. A Usina Nuclear Nyack estava sob o controle dos Wolverines, o que significava que a missão fora um sucesso. O fundo Broadway Ventures rendera bilhões, e faltavam poucos dias para ele receber os vinte e cinco milhões de dólares que seriam só seus.

Desceu devagar pelos degraus metálicos, na direção da porta. Cada passo era doloroso. Aquele olho nunca mais voltaria a enxergar, mas a perda da visão de um único olho era um preço baixo a pagar para ter tanto dinheiro, ele argumentou consigo mesmo, quando estendia a mão para destrancar a porta pesada. As dobradiças de aço rangeram, quando a porta se abriu lentamente.

O Wolverine solitário, vestindo o seu uniforme azul escuro, entrou rapidamente pela abertura. Hesitou por uma fração de segundo e, então, ergueu a metralhadora automática e atirou. A rajada de balas quase cortou o homem ao meio. Ele cambaleou por um momento, para então cair no chão, morto, sangrando profusamente no cimento.

Capitão Ellet ficou parado, olhando fixamente para Vargus durante um longo momento, certificando-se de que o terrorista estava mesmo morto. Mas não havia necessidade. Ele sorriu. A Usina Nuclear Nyack encontrava-se em mãos amigas outra vez. E todos os terroristas estavam mortos, conforme as ordens que ele recebera diretamente de Malcolm Becker, ordens que nem mesmo o comandante Mcyntire conhecia.

Preston Andrews e Robin Carruthers assistiam à televisão, enquanto Malcolm Becker subia no pódio para a conferência com a imprensa. Ele leria uma declaração preparada, anunciando que a Usina Nyack fora recuperada, e que os cidadãos de Nova York já podiam voltar à cidade em segurança. Mais uma vez, os Wolverines da CIA haviam provado serem valiosíssimos contra ações de grupos terroristas.

Andrews levantou-se de sua cadeira, apanhou o controle remoto da mesa de centro do quarto de hotel, e desligou o aparelho. Depois de recolocar o controle remoto sobre a mesa, caminhou com passos lentos até a janela com vista para a região central de Los Angeles. Fora até lá para fazer uma campanha com finalidade de arrecadar fundos para a sua campanha, mas agora parecia não haver um verdadeiro motivo para sua presença ali. Becker venceria as eleições sem qualquer dificuldade. O rosto enorme estaria em todos os jornais, revistas e noticiários de televisão do país, durante os próximos seis meses. Era um herói, outra vez. Desta vez, fora maior que a vida. Desta vez, ele conseguira salvar a cidade de Nova York da devastação total.

— Ele se tornou intocável, agora — Andrews murmurou em voz baixa. — Vai vencer as eleições, mesmo que não faça campanha — acrescentou, baixando a voz ainda mais.

Robin não disse nada, pois sabia que Preston estava certo.

Andrews soltou uma risada sarcástica.

— É o patife mais sortudo do mundo! Quem poderia imaginar que algo assim aconteceria justamente agora? E que teria o desfecho que teve? Acho que meus contatos no Oriente Médio não são tão bons quanto imaginei.

Pronunciou as últimas palavras com ar distante, como se falasse consigo mesmo.

Robin ergueu os olhos de pronto.

— Do que está falando?

O vice-presidente virou-se, dando as costas para a janela.

— O homem que esteve em meu quarto naquela noite, no Doha Marriott, que você perguntou quem era.

— Sim?

Ela se levantou, pressentindo que estava prestes a ouvir algo muito importante.

— Era um informante da DEA. Naquela noite, no Doha Marriott, ele me disse que isso estava sendo planejado. Não o ataque à Nyack, especificamente, mas um ataque a uma instalação dessas proporções, nos Estados Unidos. Devia estar se referindo à invasão da usina. Mas ele nunca conseguiu descobrir mais do que rumores e insinuações. — Andrews hesitou, como se estivesse se perguntando se havia algo que ele pudesse ter feito. — Se eu houvesse descoberto antes, poderia ter frustrado o ataque, anulando a oportunidade de Becker. — Sacudiu a cabeça. — Fiz com que todas as unidades de inteligência do governo trabalhassem para mim, na tentativa de descobrir o que estava acontecendo. Exceto a CIA, é claro. — Soltou outra risada sarcástica. — Aquele pessoal jamais me ajudaria. São muito leais a Becker.

Robin passou a mão pelos cabelos. O sonho havia terminado. Estava tudo acabado, ela sabia. Como Preston dissera, Becker se tornara intocável, agora. Becker iria para a Casa Branca, e Preston Andrews estaria acabado para a política. Assim como ela.

Os dois agentes seguiram rapidamente pelos corredores do hotel Hilton. Deveriam encontrá-la, detê-la e levá-la de volta a Washington, segundo ordens diretas de Willard Ferris. Não haviam sido informados por que Ferris precisava dela, ou o que planejava fazer com ela, depois que eles a levassem para lá. Mas isso não era incomum. Eram agentes veteranos, e haviam aprendido a esperar o incomum, na CIA.

A única informação que haviam recebido era de que Leeny Hunt estava naquele hotel. Mais nada. Mas não haviam demorado a descobrir o número do quarto em que ela estava hospedada. Assim que mostraram as credenciais ao gerente da noite do Hilton, o homem se esquecera imediatamente do juramento de confidencialidade feito a todos os hóspedes, e permitira que os agentes examinassem os registros no computador do hotel. Um dos agentes ficara para trás, a fim de garantir que o gerente não ligaria para o quarto, informando a hóspede de que eles estavam a caminho.

Os homens caminharam rapidamente pelo corredor, na direção do quarto mil setecentos e quarenta e um, inseriram a chave extra que haviam forçado o gerente a lhes fornecer na fechadura, e invadiram o quarto. Ela não estava na cama. Instintivamente, o primeiro agente a entrar no quarto dirigiu-se ao banheiro e abriu a porta. Estava vazio.

O segundo agente entrou no banheiro atrás do parceiro e, então, sacudiu a cabeça.

— Acho que entramos no quarto errado — murmurou, sem jeito.

— Acho que não — disse o outro, pensativo.

— O que quer dizer com isso?

O primeiro agente estendeu para o segundo uma pequena bolsa que ele havia encontrado sobre a pia diante do espelho. O outro examinou a bolsa, que estava recheada de fotografias do que era, obviamente, um homem morto, com vários buracos de balas no rosto. Não havia mais nada na bolsa, exceto as fotos.

* * *

O vento agitou os cabelos de Leeny, cobrindo-lhe o rosto, enquanto ela observava a Avenida das Américas, do topo do edifício do Hilton. Eram quarenta andares. Como seria sentir o corpo cair lentamente na direção da calçada de concreto? Qual seria a sensação de, finalmente, colidir com o chão? O que ela descobriria naquele último segundo de consciência, antes da morte? Leeny sempre quisera saber.

36

O SOL BRILHAVA CLARO sobre o edifício do banco das Nações, uma construção de sete andares, situada perto da esquina a sudeste do cruzamento da Baltimore Washington Parkway com a Rodovia Interestadual 495, a chamada Washington Beltway. Mace encontrava-se no topo do edifício, no canto que dava para noroeste, conforme Slade o instruíra, observando a porta que se abria para a escada que levava ao sétimo andar. Vinte minutos antes, Mace havia subido aquela escada, parcialmente esperando levar um tiro assim que abrisse a porta. No entanto, não havia ninguém no topo do edifício.

A bolsa repousava aos pés de Mace. Dentro dela, estavam as informações que Slade lhe dera, o instrumento de negociação, assim como a fita que ele havia gravado, enquanto Leeny relatava tudo o que sabia sobre o Broadway Ventures, Lewis Webster e Malcolm Becker. Becker precisaria ver aquelas coisas, antes de libertar Rachel Sommers. Fora o que Slade dissera a Mace ao telefone, na noite anterior.

Carros que circulavam pelo Beltway rugiam continuamente ao passarem pelo edifício, mas Mace não os ouvia. Ele não ouvia nada, pois sua atenção estava inteiramente concentrada na porta à sua frente. Ela poderia se abrir a qualquer momento. Então, ele se veria diante da situação mais difícil de toda a sua vida. O outro lado o queria morto, e ele estava confiando sua vida a um velho amigo. Mas essa confiança poderia estar totalmente errada. Slade poderia já tê-lo vendido ao inimigo.

Mace engoliu em seco. Preparação: mais uma chave para o sucesso. Estar completamente preparado para uma reunião, tendo antecipado todas as perguntas, todos os possíveis desfechos, tudo o que poderia sair errado: era o procedimento padrão de operação para ele. Infelizmente, não havia a menor possibilidade de estar preparado, agora. Tudo se desdobraria na velocidade da luz, e ele teria de reagir instintivamente. Do contrário, como Slade dissera, seria um homem morto.

A porta se abriu, e a figura de Slade apareceu. Malcolm Becker o seguia, caminhando três metros atrás dele. Então, surgiram um homem magro e Rachel, logo atrás de Becker. Mace sentiu uma profunda onda de alívio ao vê-la. Lembrou-se da vulnerabilidade que vira nos olhos dela, no dia em que haviam jantado juntos, e de quanto desejara cuidar dela. Agora, esse desejo seria submetido ao teste mais cruel.

Quando os quatro se aproximaram, Mace notou que o homem magro empunhava uma arma contra as costelas de Rachel. Mace fixou os olhos nos dela. Rachel estava assustada, mas apesar da arma, ela conseguiu sorrir.

Slade adiantou-se, posicionando-se diretamente em frente a Mace, enquanto os outros ficaram para trás. Sua expressão era sombria. Então, seus olhos baixaram lentamente para a bolsa aos pés de Mace.

Mace seguiu a direção do olhar do amigo.

— Vire-se! — Slade gritou.

Mace encarou-o.

— O quê?

— Vire-se!

Devagar, Mace obedeceu. Aquilo não fazia parte da encenação. Aquilo não fora coreografado ao telefone, na noite anterior.

— Mãos na parede.

Mace colocou as mãos na mureta de concreto, que alcançava a altura de sua cintura. Olhou para o chão, sete andares abaixo. Seria tão fácil para Slade empurrá-lo dali. Então, Rachel seria morta. Eles enterrariam os corpos, e ninguém jamais saberia. Sentiu as mãos de Slade apalpando seu corpo à procura de alguma arma.

— Vire-se novamente.

Lentamente, Mace girou nos calcanhares e encarou os outros.

Slade falou por cima do ombro, para Becker:

— Ele está limpo. — Então, virou-se para Mace. — Trouxe tudo?

Mace assentiu.

Slade abaixou, sem tirar os olhos de Mace.

Terminara, Mace pensou. Slade poderia dar fim a tudo, naquele exato momento. Tentar empurrar Mace do topo do edifício poderia criar dificuldades. Eles nunca haviam testado forças antes. Um não sabia do que o outro era capaz. Mace poderia, no mínimo, levar Slade consigo, na queda. Agora, porém, ele não tinha defesa.

Slade abriu o zíper da bolsa devagar, revirou o conteúdo e, então, retirou-o. Ergueu-se, de costas para Becker, de maneira que Becker e os outros não pudessem ver o que tinha nas mãos.

Mace olhava fixamente para a pistola de Leeny, que Slade agora empunhava na altura do próprio abdome. Finalmente, chegara o momento da verdade. Devagar, Mace ergueu os olhos, fixando-os nos de Slade. Não havia o menor sinal de emoção no rosto do amigo.

— Slade! — o general gritou para seu soldado.

Instantaneamente, Slade virou-se, apontou para Ferris e atirou. O Homem Rato tombou para o chão. Como se fosse um gato gigante, Slade saltou para detrás de Becker, e imobilizou-o, passando um braço forte em torno de seu pescoço, ao mesmo tempo que apontava a arma para a cabeça de Becker. O general tentou lutar por um instante, mas não era páreo para o mais jovem.

— Major Conner, solte-me! Agora! — Os olhos de Becker estavam arregalados de medo. A expressão em seu rosto delatava o terror que ele sentia diante do cano cromado pressionado contra sua têmpora. — Isso é traição!

Conner não prestou atenção ao que Becker dizia. Ao contrário, apertou-lhe ainda mais o pescoço, sufocando-o, dando vazão ao ódio que vinha crescendo dentro dele. Aquele homem era um criminoso, que perpetrara um crime hediondo contra o país. E Slade havia respeitado aquele homem. As veias na testa de

Becker começaram a saltar de maneira grotesca, à medida que o aperto de Slade se tornava mais e mais forte.

Ainda segurando a bolsa repleta de informações que condenavam Becker, Mace correu para Rachel e tomou-a nos braços. Ela o abraçou com força, temendo afastar-se. Era tão bom estar naqueles braços outra vez. Chegara a se convencer de que jamais voltaria a vê-lo.

Segundos depois, o helicóptero baixou sobre o topo do edifício, pilotado por um velho amigo de Slade, da Marinha, dos tempos da Guerra do Golfo.

Assim que a aeronave tocou o chão, a porta do passageiro se abriu. Slade começou a empurrar Becker com gestos rudes, na direção do helicóptero, na direção do homem que agitava os braços freneticamente lá dentro.

— Vamos! — Slade gritou por cima do ombro para Mace, enquanto continuava empurrando Becker para a aeronave, abaixando-se para escapar às hélices.

Mace agarrou a mão de Rachel e puxou-a para o helicóptero com urgência. Passou por Slade, que havia parado para algemar Becker, ajudou Rachel a entrar no helicóptero e, então, fez o mesmo. Depois de algemar Becker, Slade empurrou o general para a porta do passageiro. Juntos, ele e Mace forçaram Becker a entrar.

Naquele exato momento, a porta do topo do edifício se abriu, e agentes da CIA começaram a surgir da escuridão, como vespas de uma colméia recém-destruída. Não sabiam por que o seu diretor estava sendo arrastado para dentro do helicóptero como um animal, mas fariam todo o possível para impedir que os seqüestradores o levassem. Vários deles ajoelharam-se para atirar, imediatamente após terem surgido na porta.

O piloto do helicóptero viu os agentes tomarem conta do topo do edifício, e não queria envolvimento com eles. Acionou os motores da aeronave subitamente, fazendo com que ela se erguesse no ar.

Justamente quando Slade começava a subir para a cabine, o helicóptero se lançou para a frente, e o pé de Slade escorregou. Com as duas mãos, ele se segurou na barra de pouso. Agarrou-se a ela com desespero, fitando Mace com olhos arregalados, enquanto a aeronave afastava-se rapidamente do edifício.

Mace inclinou-se o máximo que pôde para fora do helicóptero, tentando desesperadamente alcançar a mão de Slade. Tentou segurar os dedos do amigo, mas sua mão alcançou apenas o ar.

As balas disparadas pelos agentes atingiam com ferocidade a lateral da aeronave que continuava subindo, abrindo buracos na fuselagem. Só mais alguns segundos, e estariam fora do alcance dos tiros, Mace pensou. Só mais alguns segundos, e Slade estaria em segurança. Mace esticou-se ainda mais para fora da porta do helicóptero, até pensar que ele mesmo cairia. Mas estava muito perto de alcançar o punho de Slade e, então, poderia puxar o amigo de volta à segurança.

A bala atravessou o ombro direito de Slade, paralisando o braço instantaneamente. Por um momento, Slade conseguiu segurar-se à barra de pouso com apenas uma das mãos. Mas o helicóptero inclinou-se para um lado, e ele perdeu o pouco equilíbrio que lhe restava. Para Mace, pareceu que, por um momento, embora a mão de Slade houvesse se soltado da barra, o amigo havia permanecido no ar, suspenso no espaço por alguma força divina. Então, no instante seguinte, a mão forte de Mace segurou o punho esquerdo de Slade. Em um esforço sobre-humano, Mace arrastou o amigo para dentro do helicóptero.

Mace caiu, deitado de costas, no chão da aeronave, com Slade sobre si. No mesmo instante, os dois se sentaram e, apesar do ferimento no ombro de Slade, abraçaram-se, rindo e chorando ao mesmo tempo. Então, Mace viu a expressão de Slade tornar-se sombria, e olhou rapidamente por cima do ombro.

Rachel jazia no chão, as mãos apertando o ventre, coberta de sangue. Outra bala atingira seu alvo.

O vice-presidente Preston Andrews e sua chefe de gabinete, Robin Carruthers, aguardavam no gramado da Casa Branca, enquanto o helicóptero baixava no ar. No início, mais parecia um cisco no céu, mas logo foi se tornando reconhecível.

Slade Conner havia telefonado para Robin, duas horas antes, contando-lhe o que havia acontecido, revelando a traição de

Malcolm Becker, a fraude do Broadway Ventures, os responsáveis pelo ataque à Usina Nuclear Nyack. Ela ouvira tudo, incrédula, mas lá estava o helicóptero, exatamente como Slade dissera que aconteceria, pousando na Casa Branca. Exatamente na hora marcada. E lá estava o general.

Mace saltou do helicóptero, antes mesmo que ele tocasse o chão. Gritou para que os guardas armados ajudassem Rachel, enquanto eles o imobilizavam e algemavam, sem saberem com certeza se ele era amigo ou inimigo. Os guardas, porém, viram imediatamente que a jovem precisava de assistência urgente, que havia perdido muito sangue.

Vários outros guardas arrastaram Malcolm Becker para fora da aeronave e o levaram, aos empurrões, para onde estava Preston Andrews. Durante um longo momento, Andrews simplesmente fitou Becker nos olhos, sem dizer nada, as mãos cruzadas atrás das costas. Então, exibiu seu largo sorriso de candidato.

— Seja bem-vindo à Casa Branca, Malcolm, embora eu esteja certo de que não era assim que você pretendia chegar aqui.

Lewis Webster desligou o telefone com violência. Onde Becker havia se metido? Consultou o relógio. Eram quase cinco horas da tarde. Desde aquela manhã, tentava encontrar o general, mas sem sucesso.

Algo estava errado. Becker não lhe parecera tranqüilo como de costume, durante a breve conversa que haviam tido ao telefone, na véspera. Agora, Webster não conseguia localizá-lo. E Ferris também desaparecera. Webster respirou fundo. Talvez fosse melhor partir para a Suíça, onde a maior parte de seu capital fora investido, ao longo dos últimos anos, e esconder-se lá até conseguir descobrir o que estava acontecendo.

A porta de sua sala se abriu devagar. Quando Webster ergueu os olhos, sentiu uma dor intensa atravessar seu peito. Mace McLain estava parado na porta. Atrás dele, vários homens desconhecidos, de armas em punho.

— Boa tarde, Lewis — Mace cumprimentou-o calmamente ao entrar, seguido por quatro agentes federais.

Webster levantou-se.

— O que significa isso?

Mace parou diante da grande mesa.

— Está se referindo a esses homens? — Apontou para os agentes.

— É claro que estou me referindo a eles! — Webster retrucou.

Mace exibiu um sorriso largo.

— Foi uma coisa engraçada. Acabei de conhecer esses homens na rua. Eles queriam conhecer o escritório de um dos mais preeminentes executivos de Wall Street, que estava prestes a passar o resto da vida na prisão. Eu disse que sabia onde eles poderiam encontrar um. Espero que não se importe.

O velho estreitou os olhos.

— Você é um patife arrogante. Sempre foi. Mas não vai me pegar. Não há nenhuma prova contra mim. Basta um telefonema para os meus advogados, e estarei livre em vinte e quatro horas. E nunca serei preso outra vez.

— Está enganado, Lewis — Mace corrigiu-o, retomando a seriedade. — Estes homens sabem tudo o que precisam saber, até mesmo sobre o seu papel na conspiração. E como Becker conseguiu que você desempenhasse esse papel.

Webster fitou Mace nos olhos. A conspiração estava acabada. Tudo o que ele conseguira fora adiar a data de sua prisão, e não evitá-la.

37

MACE SENTOU-SE em postura estóica, na cadeira posicionada na extremidade da mesa enorme, diretamente em frente a Bentley Cox, o novo sócio sênior da Walker Pryce & Company. Cox não era particularmente carismático, mas a Walker Pryce não precisava de carisma, no momento. Precisava de alguém capaz de projetar uma imagem forte e estável para o mundo lá fora, um homem acima de qualquer suspeita. E Bentley Cox era esse homem: um veterano do Vietnã, devotado à família, e líder cívico. Jamais seria considerado o homem mais inteligente do mundo, mas isso não importava. Havia uma porção de outros gênios na Walker Pryce, para cuidar daquele aspecto da firma.

Mace olhou em volta, examinado a sala durante um longo momento, enquanto os outros homens ocupavam seus lugares. Nunca antes tivera permissão para entrar naquela sala, a Sala dos Sócios.

A Walker Pryce ainda sofria os efeitos da publicidade terrível feita pela imprensa. O conselho executivo, Webster, Marston e Polk, estava atrás das grades, aguardando julgamento, e o governo havia cobrado uma multa de meio bilhão de dólares da empresa. Assim mesmo, a Walker Pryce sobreviveria... e prosperaria.

Mace observou Cox arrumar os papéis a sua frente. A empresa erguia-se sobre bases muito sólidas, tinha um grande número de bons contatos e muitos funcionários capazes e firmes, para sofrer qualquer dano permanente. E o meio bilhão de dólares de multa era apenas um problema de curto prazo para a Walker Pryce. Afinal, a empresa ganharia um bilhão de dólares, naquele ano.

Cox tossiu várias vezes, e a sala mergulhou em um silêncio mortal.

— Sr. McLain, poderia se levantar, por favor?

Mace empurrou sua cadeira e pôs-se de pé devagar. Seus olhos passearam rapidamente pela sala, passando por cada um dos sócios ali reunidos. Não sabia por que fora chamado ali, naquela noite. Talvez quisessem acusá-lo de não ter sido mais esperto, de não ter percebido antes que havia algo errado no Broadway Ventures. Aquela era a primeira vez, em seis semanas, que ele ia à empresa.

Bentley Cox começou a falar com voz firme e anasalada.

— Estamos aqui para informar a todos os sócios que Mace McLain foi premiado com a posição de sócio da Walker Pryce & Company. — Cox ergueu os olhos da pasta de couro e sorriu para Mace. — Parabéns, Mace. Você é o sócio mais jovem da história da empresa. E o único que passou, diretamente, de agente a sócio.

Uma animada salva de palmas ergueu-se dos demais sócios, e todos se levantaram e cercaram Mace para apertar-lhe a mão e parabenizá-lo.

Rachel estava parada junto à janela da sala de Mace, no sétimo andar, observando o movimento de Wall Street, lá embaixo. O ferimento provocado pela bala que atravessara seu abdome cicatrizava rapidamente. Sua vida correra risco, nos primeiros dias, mas depois de convalescer durante seis semanas, ela se sentia quase normal outra vez.

Mace entrou na sala, e ela se virou para ele, dando as costas para a janela.

— E então? O que eles queriam? — perguntou, aproximando-se e deixando-se abraçar por Mace.

— Eu poderia lhe contar, mas depois seria forçado a fazer amor com você outra vez.

Ela exibiu uma expressão de fingida irritação.

— Não faça suspense! Conte-me. Agora.

— Ele acaba de se tornar o sócio mais jovem na história da Walker Pryce — Bentley Cox, que acabara de parar na soleira da porta, informou, com uma piscadela para Rachel. — E, agora, ele terá de provar que merece essa posição. Vocês dois podem tirar uma semana de folga e, depois disso, quero os dois aqui, prontos para o trabalho. Vão para o Caribe, divirtam-se, e voltem preparados.

Mace sorriu e, então, desviou os olhos de Cox para Rachel, que continuava em seus braços.

— O Caribe é para perdedores. Nós vamos para Detroit.

— Detroit? — Rachel e Cox repetiram em uníssono.

Mace arqueou uma sobrancelha.

— Sim. É lá que está a sede da Andrews Industries. Ontem, Preston Andrews concordou em contratar a Walker Pryce. O trabalho começa amanhã. E há muito o que fazer, lá. Aquela empresa está perdendo um milhão de dólares por dia.

Cox sacudiu a cabeça. Mace era mesmo tão devotado ao seu trabalho quanto ele ouvira dizer. Cox riu e despediu-se.

Rachel encarou Mace com ar de desapontamento.

— Eu esperava que fôssemos ter algum tempo só para nós, antes que você mergulhasse no trabalho de novo.

Mace puxou-a para si e riu.

— Há uma coisa que eu não contei a Bentley.

— O quê?

Rachel sorriu, sem nem mesmo saber por quê. Mace segurou seu rosto entre as mãos.

— Vou levar uma equipe de trabalho de cinco pessoas para Detroit, conosco. Passarei um dia lá, na empresa, dizendo a essa equipe o que fazer. Então, você e eu pegaremos um avião para Roma, onde nos casaremos. — Parou de falar, fitando os lindos olhos azuis.

— Mas, e quanto à política?

— Que política?

— Aquela que diz que funcionários não podem se casar e continuar trabalhando na Walker Pryce.

Mace inclinou a cabeça para o lado.

— Não está falando a sério sobre trabalhar aqui, está? Quero dizer, ganharei o suficiente para...

— Bem, sr. McLain — Rachel interrompeu-o, fingindo-se zangada —, devo dizer que estou surpresa. Quase me matei, na Colúmbia. Agora, quero a chance de ser sócia desta empresa, também.

— Ah... — Mace mordeu o lábio, pensativo.

— Por isso, acho que temos um pequeno problema. — Ela exibiu um sorriso maroto.

Mace sacudiu a cabeça.

— Não, não temos. Vamos nos casar — declarou com firmeza. — Não dou mais a menor importância a políticas. Especialmente aquelas estabelecidas por Lewis Webster.

Rachel sorriu e beijou-o com paixão.

— Acho que, então, podemos nos casar. — Afastou-se apenas o necessário para fitá-lo nos olhos. — Nunca me deixe.

— Não deixarei. Eu prometo.